Rachel Scott McDaniel

## AUF FLÜGELN GETRAGEN

Rachel Scott McDaniel

# AUF FLÜGELN GETRAGEN

**Über die Autorin:**
Rachel Scott McDaniel hat mit ihren historischen Liebesromanen mit Spannung und geistlichem Tiefgang schon einige Preise gewonnen. Sie liebt Bücher und Hollywood-Filmklassiker. Mit ihren Geschichten voller Glauben, Hoffnung und Liebe lässt sie ihre Leser und Leserinnen in vergangene Welten eintauchen und daraus Mut für die Gegenwart schöpfen. Rachel lebt mit ihrem Mann und ihren zwei Kindern in Ohio.

🌐 www.rachelmcdaniel.net
📷 rachel_scott_mcdaniel
f Rachel Scott McDaniel

Bibliografische Information der Deutschen Nationalbibliothek
Die Deutsche Nationalbibliothek verzeichnet diese Publikation in der Deutschen Nationalbibliografie; detaillierte bibliografische Daten sind im Internet über https://dnb.de abrufbar.

ISBN 978-3-96362-439-1
Alle Rechte vorbehalten
Copyright © 2024 by Rachel Scott McDaniel under the title
*Walking on Hidden Wings*
Originally published in the USA
by Kregel Publications, a division of Kregel Inc.,
2450 Oak Industrial Dr. NE, Grand Rapids, MI 49505.
Translated and printed by mermission. All rights reserved.
German edition © 2025 by Francke-Buch GmbH
Am Schwanhof 19, 35037 Marburg an der Lahn
Deutsch von Dorothee Dziewas
Umschlagbilder: © Trevillion Images / Ildiko Neer
© pixabay / husy; © freepik / pikisupestar
Umschlaggestaltung: Francke-Buch GmbH / Marion Schramm
Satz: Francke-Buch GmbH
Printed in Czech Republic

www.francke-buch.de
info@francke-buch.de

# TEIL 1

# KAPITEL 1

*1. September 1922*
*Stella*

Ich hatte mir Handschuhe übergezogen und meine rechte Hand war in die Höhe gereckt, so als wollte ich damit den Rand des Himmels berühren, aber eine falsche Bewegung würde mich erbarmungslos zweihundertfünfzig Meter abwärts auf den harten Erdboden schleudern. Unten drängten sich Schaulustige auf einem großen Feld und reckten die Hälse, während sie zweifellos in die feurige Nachmittagssonne blinzelten. Nur, um die verrückte Frau zu sehen, die sich auf dem Flügel eines Doppeldeckers der *Curtiss Aeroplane Company* in Gefahr begab und ihr Leben riskierte.

Der speziell für dieses Flugzeug angefertigte wassergekühlte Achtzylindermotor röhrte sein sattes Lied und übertönte das Rufen der Menge, aber selbst in dieser Höhe spürte ich die knisternde Erregung der Menschen. Ich war kein Dummkopf. Sie waren gekommen, um zu sehen, ob mein Blut das von der Sonne ausgeblichene Gras tränken würde. Sensationshungrig. Allesamt. Vom Bauern bis zum Bürgermeister hatten die Bürger von Columbia County im Bundesstaat New York ihr schwer verdientes Geld ausgegeben, um zu sehen, wie ich den Tod herausforderte.

Mit den Stiefeln fest auf der Tragfläche wiegte ich mich mit den Bewegungen des Flugzeugs und wurde eins mit der Maschine, die von allen nur liebevoll »Jenny« genannt wurde.

Wir flogen mit einhundert Stundenkilometern dem Himmel entgegen – was schon auf dem Boden eine schwindelerregende Geschwindigkeit war. Erst recht in dieser Höhe.

*Stella! Du bist verrückt!*, sah ich Tex in seinem sicheren offenen Cockpit sagen.

Auch wenn der schnurrbärtige Pilot vermutlich sauer war, weil ich aus meinem Sitz geklettert war, bevor wir den höchsten Punkt erreicht hatten, kannte er mich noch nicht lange genug, um eine solche Einschätzung vorzunehmen. Er wusste nicht einmal, wie ich wirklich hieß. Der schlaksige Mann hatte mich nach der Flugshow an diesem Morgen angesprochen und an seinen abgewetzten Hosenträgern gezogen, während er behauptet hatte, der beste Pilot zu sein, der je an einem Steuerknüppel gesessen hatte.

Er hatte gelogen.

Denn den besten Piloten hatte ich geheiratet. Und dann war ich Witwe geworden, noch bevor mein Hochzeitskleid hatte ausbleichen können. Ich schob den Stich der Trauer fort und zwang mich zur Konzentration. Zum Glück schien Tex wirklich gut mit der Jenny umgehen zu können, sonst hätte ich mich nicht auf die Tragfläche gewagt. Oder vielleicht doch.

Wenn es Turbulenzen gab, musste ich mich nur hinknien und mich an der Strebe festhalten, die sich in Reichweite befand. Das Flugzeug stieg höher, fast vierhundertfünfzig Meter hoch.

Das Herz schlug mir bis zum Hals. Ich zerrte meine Entschlossenheit aus den Tiefen meiner Seele und machte einen Schritt vorwärts. Dann noch einen. Ein Stoß erschütterte das Flugzeug. Ich widerstand dem Drang, mich vorzubeugen und anzuspannen. Stattdessen blieb ich ganz ruhig stehen und passte mich an den neuen Winkel an, als wäre der Flügel fest mit meinen Füßen verbunden. Gut, dass Tex die Lenkung nicht ruckartig betätigt hatte. Eine einzige panische Bewegung hätte mich aus dem Gleichgewicht bringen und in die Rotorblätter des Propellers schleudern können.

Ich tat die letzten beiden Schritte, sodass ich fast am äußeren Rand der Tragfläche stand, und ließ den Blick über die Menge unter mir schweifen.

Diese Leute hatten keine Ahnung, wen sie da anstarrten. Mein Stunt in der Luft war nicht meine einzige Show. Und auch nicht die gefährlichste. Diese Vorführung hatte begonnen, als ich vor dem Glanz und dem Glitter geflohen war. Denn ich hatte die verletzliche Persönlichkeit der goldblonden Geneva Ashcroft Hayes, des Engels der feinen Gesellschaft, abgelegt, um die schwarz gelockte Stella Starling zu werden – Showstar der Lüfte.

Ich sah zu Tex hinüber. Er gab mir ein Zeichen, ich solle die Reißleine ziehen, und zeigte dann auf mein leeres Cockpit. Was bedeutete, dass ich entweder den Fallschirm öffnen oder in meinen Sitz zurückklettern sollte. Als wären das meine einzigen beiden Optionen.

Stattdessen streckte ich die Arme aus und spreizte die Finger. Der Wind schlug mir heftig entgegen. Ich schloss die Augen. Dunkel breitete sich aus, aber ich hatte keine Angst davor. Nicht mehr. Seit die Dunkelheit mir Warren aus den Armen gerissen hatte, kämpfte ich mit den Schatten. Und so nah an den Wolken zu sein, bedeutete, dass ich ihm näher war. Wenn ich doch nur höher greifen und den samtblauen Vorhang des Himmels zur Seite ziehen könnte, um das Gesicht meines Mannes zu sehen und sein spöttisches Lächeln, wenn er mich Eva nannte. Den bernsteinfarbenen Schimmer in seinen dunklen Augen, wenn sie das Licht auf eine bestimmte Weise reflektierten. Die Erregung, die mich erfasste, wenn er mich berührte.

Und da war er.

Der vertraute Schmerz. Er zerriss mich und ich klammerte mich verzweifelt daran, damit die brennende Macht mich für den Rest der Welt immun machte. Dies war genau die richtige Menge Betäubung, die ich brauchte, um mich für die dritte Option zu entscheiden. Eine, die Tex nicht bedacht hatte.

Meine Schläfen pochten unter meinem Lederhelm.

Ein Gebet entfloh meinen Lippen.

Dann fiel ich rückwärts und überließ mich dem Himmel.

Ein Mann lehnte zusammengesunken an meiner Tür.

Ich erstarrte auf dem Treppenabsatz, der zu meinem Zimmer führte. In der Unterkunft gab es keine Kabel für elektrisches Licht, weder drinnen noch draußen. Der abnehmende Mond und die schwache Laterne in meiner rechten Hand waren meine einzigen Lichtquellen.

Der Mann rührte sich nicht und seine verschränkten Arme lagen auf seinen angezogenen Knien. Er hatte einen Hut tief ins Gesicht gezogen, aber die Kopfbedeckung aus Stroh dämpfte nicht das raue Schnarchen, das seinen Lippen entstieg.

Ausgerechnet hier musste dieser Kerl einschlafen.

Ich hasste den Gedanken, die Vermieter im Geschoss unter mir zu holen, aber ich würde nicht mitten in der Nacht einen fremden Mann wecken. Die Alternative war, zu Mr Ewings Farm zurückzukehren und beim Vieh zu schlafen. Der großzügige Landwirt hatte mir nicht nur sein Feld für die Flugshow zur Verfügung gestellt, sondern auch mein Flugzeug hinter seiner Scheune verstaut, alles ohne Bezahlung.

Meine schmerzenden Muskeln protestierten gegen den Fußmarsch von fast zwei Kilometern zurück zum Hof der Ewings, wo doch ein bequemes Bett nur wenige Meter entfernt auf mich wartete. Ein Bett in einem Zimmer, für das ich zwei Dollar bezahlt hatte, damit ich die nächsten zwölf Stunden eine Bleibe hatte.

Im Gegensatz zu Mr Ewing hatte das Ehepaar, das dieses Zimmer über der eigenen bescheidenen Wohnung vermietete, bei meiner Ankunft die Miete um einen Dollar fünfzig erhöht – wenn man den Gerüchten Glauben schenken konnte. Früher hatte ich nur an einer Kordel ziehen müssen, um Scharen von Bediensteten herbeizurufen, die mir jeden Wunsch von den Lippen ablasen. Aber wie bei allen denkwürdigen Geschichten hatte mein Leben, anders als im Märchen, eine unvermutete Wendung erfahren und ein Happy End war mir verwehrt geblieben.

Also blätterte ich im übertragenen Sinn eine Seite weiter, machte kehrt, um den Vermieter zu holen, und wäre auf den unebenen

Dielen beinahe gestürzt. Ich umklammerte das Treppengeländer, das man bestenfalls als wackelig bezeichnen konnte, und betete, dass es nicht unter meinem Gewicht zusammenbrach.

»Hä? Was?« Der Schläfer fuhr hoch und rappelte sich dann auf, sodass sein Hut zu Boden fiel.

Du liebe Güte! »Tex? Was machst du denn hier?« Angefangen bei den dunkelblonden Haaren über dem rötlichen Schnurrbart bis zu den dürren Armen bestand er ganz und gar aus irgendwie nicht zusammenpassenden Teilen, die zu einer schlaksigen Gestalt zusammengefügt waren.

Er wischte sich mit dem abgewetzten Saum seines Ärmels den Speichel vom Mund. »Ich habe auf dich gewartet. Muss eingeschlafen sein.« Er gähnte. »Wie spät ist es?«

Ich hielt einen Sicherheitsabstand zu ihm und umfasste meine Lampe fester. Nicht die beste Waffe, aber besser als nichts. Tex wirkte nicht wie der Typ Mann, der Frauen bedrängte. Aber andererseits hatte ich ihn erst an diesem Tag kennengelernt. »Etwa zehn.«

»Und du bist jetzt erst gekommen? Was hast du gemacht?«

»Ich wüsste nicht, was dich das angeht.« Auf keinen Fall würde ich Tex den wahren Grund für mein gar nicht so beiläufiges Interesse an dieser Stadt verraten. Oder den Grund, warum ich genau diesen Flecken auf der Landkarte für eine Flugshow ausgesucht hatte.

Handgeschriebene Zettel, die ich in einem Zigarettenetui versteckt hatte, hatten jede Station meiner Reise bestimmt. Einem Unbeteiligten würden sie in dem Behältnis gar nicht auffallen, aber in seinem Inneren befanden sich gekritzelte Geheimnisse eines Privatdetektivs. Dieser Detektiv war der beste Freund meines Mannes gewesen. Und er war wenige Wochen nach Warrens Tod verschwunden. Zufall? Ich glaubte nicht mehr an Zufälle. Und deshalb hatte ich das Zigarettenetui aus Brisbanes leerer Wohnung mitgenommen.

Seine Notizen waren die einzigen Hinweise, die ich hatte.

Aber wie den anderen Orten, die ich bei meiner Jagd nach der Wahrheit aufgesucht hatte, waren auch dieser Stadt keine Antworten zu entlocken – ebenso wenig wie der Klatschtante hier, Mrs Felicia Turnbell, Inhaberin des gut laufenden Drugstores im Ort. Ich hatte mein letztes Geld für Schokolade und Limonade ausgegeben, war bis nach Ladenschluss geblieben und hatte Mrs Turnbell ermutigt, den neuesten Klatsch und Tratsch weiterzugeben. Offenbar war die Stadtversammlung sich nicht einig darüber, ob im kommenden Jahr irgendeine Fabrik hier eröffnet werden sollte. Die Lehrerin an der Schule würde im nächsten Monat heiraten und der Vorstand hatte noch immer keinen Ersatz für den Herbst gefunden. Ach ja, und die alte Mutter des Arztes hatte die Angewohnheit, beim Kirchenbasar die Preisschilder auszutauschen.

Nichts, was mit dem Mord an meinem Mann zu tun hatte. Oder mit seinem verschwundenen Freund.

Ich war bis auf die Knochen erschöpft. »Komm schon, Tex. Was machst du hier? Ich habe dir bereits eine ansehnliche Summe für deine Pilotendienste gegeben.«

»Ich bin gekommen, um nachzusehen, ob es dir gut geht.«

Nach meinem Fallschirmsprung? »Ich bin einwandfrei gelandet.« Dreißig Meter im freien Fall, bevor ich die Reißleine gezogen hatte, waren allerdings nicht meine beste Idee gewesen. Nur, um die Trauer und die Schuldgefühle, die seit Warrens Tod meine ständigen Begleiter waren, zum Schweigen zu bringen, und sei es auch nur für eine Sekunde. »Ich werde morgen Muskelkater haben, aber die Leute waren begeistert.«

»Das meinte ich nicht.« Er hob seinen Hut von dem staubigen Fußboden auf und klopfte ihn ab. »Du weißt doch, dass ich im Krieg gedient habe. Ich erkenne einen hoffnungslosen Blick, wenn ich ihn sehe, Stella.«

Ich bekam ein schlechtes Gewissen, weil ich gelogen hatte, was meine Identität betraf. Aber wenn dieser Mann wüsste, wer ich war – oder vielmehr, wer meine Familie war –, würde er sich nicht über meinen hoffnungslosen Blick Gedanken machen, sondern darüber, wie er sich die Taschen vollstopfen konnte. Demjenigen, der mich sicher zum Anwesen der Ashcrofts zurückbrachte, winkte eine Belohnung von fünftausend Dollar. »Mir geht es gut. Ich bin nur müde. Und wenn du jetzt bitte zur Seite gehst …«

»Ich möchte für dich arbeiten.« Er drückte sich den Hut auf sein Herz und spielte mit seinen Fingern an der Krempe. »Mit mir als deinem Piloten kannst du deine Show ausbauen. Das mit dem Rumlaufen auf den Tragflächen.« Etwas klang in seiner Stimme mit. Etwas, das in mir aufgeflackert war, als ich zum ersten Mal ein Flugzeug gesehen hatte – Verzweiflung. Diese plötzliche Sehnsucht, ins Cockpit zu steigen und in die Lüfte zu entfliehen.

Wie viel schwieriger musste es für Flieger sein, zu einem Dasein an Land verurteilt zu sein? Das Fliegen lag ihnen im Blut. Selbst mit beiden Beinen fest auf dem Erdboden war ihr Blick immer in den Himmel gerichtet. Heute hatte ich den Fehler gemacht, Tex einen Tropfen Abenteuermilch zu verabreichen, aber nicht genug, um seine ausgedörrte Seele zu nähren. Bei meinem Versuch, freundlich zu sein, war ich grausam gewesen. »Tut mir leid. Ich arbeite allein.«

»Warum? Ich kann helfen …«

»Ich habe morgen Mittag einen Termin und danach ziehe ich weiter.« Das war jedenfalls der Plan. Ich hatte keine Ahnung, mit wem Kent Brisbane sich verabredet hatte, bevor er verschwunden war. An seiner Stelle zu diesem Treffen zu gehen, konnte mir Antworten liefern … oder mich das Leben kosten.

Tex ließ die Schultern hängen. »Verstehe.«

»Mehrere Familien haben gefragt, ob sie eine Runde mit der Jenny drehen können. Mein Termin ist zwei Ortschaften weiter, aber wenn du willst, kannst du die Leute rumfliegen. Nimm ihnen zwei Dollar pro Person ab und beschränke die Flüge auf eine Viertelstunde. Den Erlös kannst du behalten, nachdem ich die Treibstoffkosten abgezogen habe.«

Er hob ruckartig den Kopf. »Wirklich?«

»Aber du musst um 15 Uhr fertig sein und das Flugzeug an den Zaunpfahl ketten. Ich muss los, sobald ich wieder da bin.«

»Danke, Stella.« Er drückte sich den Hut auf den Kopf.

Ich lächelte freundlich. »Und mach keine Dummheiten mit meinem Flugzeug.«

»Zum Beispiel Leute in niedriger Höhe mit dem Fallschirm von den Tragflächen springen lassen?«, erwiderte er grinsend.

»Jetzt verschwinde.« Ich stellte die Lampe ab, die während unserer Unterhaltung ausgegangen war, und holte den Zimmerschlüssel aus meiner Handtasche. »Du hast mich lange genug vom Schlafen abgehalten.«

»Natürlich, Ma'am.« Er salutierte und mit einem Mal war seine Miene wieder ernst. »Wenn du … äh … deine Meinung irgendwann änderst, hoffe ich, dass du an mich denkst als möglichen Partner.«

Ich nickte, presste aber die Lippen zusammen. Ich hatte nicht die Absicht, mich mit irgendjemandem zusammenzutun.

Tex sprang mit der Anmut von hundert Elefanten die Treppe hinunter, während ich meine Tür aufschloss. Im Zimmer roch es nach abgestandenem Zigarrenqualm und ungewaschenen Füßen. Eine Zeitung war unter meiner Tür hindurchgeschoben worden. Wahrscheinlich die Ausgabe von gestern aus einer anderen Stadt, denn in diesem Ort gab es keine Presse.

Das Mondlicht schien zwischen den verschlissenen Gardinen hindurch und fuhr mit silbrigem Finger über die Titelseite, auf der ein vertrautes Gesicht zu sehen war. Meins. Seitdem ich untergetaucht war, hatte meine Familie in jeder Zeitung und Zeitschrift von Philadelphia bis Seattle mein Konterfei veröffentlicht. Das überraschte kaum, wenn man bedachte, dass mein mächtiger Vater durch meine Hochzeit mit Warren Einfluss auf ein Dutzend der führenden Zeitungen gewonnen hatte. Ich hatte Warrens Verlagsimperium geerbt, nachdem er für tot erklärt worden war, und jetzt, wo ich nicht mehr da war, hatte sich bestimmt mein Vater an die Spitze des Unternehmens gedrängelt. Jedenfalls vermutete ich das.

Das Foto stammte aus der Zeit, als ich als Debütantin in die Gesellschaft eingeführt worden war. Mein Lächeln war reizend und unschuldig, mein blondes Haar perfekt frisiert. Wie anders ich doch jetzt aussah. Niemand würde in Stella Starling den Engel Geneva Ashcroft Hayes erkennen. Aber trotzdem musste ich vorsichtig sein. Je wilder ich mich verhielt, desto weniger würde jemand mich mit der zurückhaltenden jungen Dame aus der gehobenen Gesellschaft in Verbindung bringen.

Ich hob die Zeitung auf, damit ich am nächsten Morgen nicht darüberfiel.

Ich zündete die Lampe wieder an und dann wanderte mein Blick zu der Schlagzeile. Ich erstarrte. Meine zitternden Finger krallten sich um das Papier, als ich die fett gedruckten Wörter erneut las und hoffte – nein, betete –, dass mein müdes Hirn mir einen Streich gespielt hatte. Nein. Es stand dort. Schwarz auf weiß.

*Vermisste Dame der Gesellschaft gesteht Mord an Ehemann*

# KAPITEL 2

Ich weiß nicht mehr, wie oft ich die Schlagzeile und den dazugehörigen Artikel gelesen hatte. Jeder Satz sprang mich an und bohrte sich wie brennende Dornen in meine Haut.
»Die Polizei hat einen Brief von Mrs Hayes.«
»Sie gesteht ihre Schuld ein.«
»Übernimmt die Verantwortung für den Mord an ihrem Gatten.«
»Wird gesucht, um sie zu befragen.«
Ja, ich hatte an Kent Brisbane geschrieben, aber meine Worte waren ganz und gar missverstanden worden. Und wie war mein Brief überhaupt in die Hände der Behörden gelangt, wenn ich mich nicht einmal daran erinnern konnte, ihn überhaupt abgeschickt zu haben?

Ich wusste noch, dass ich den Umschlag beschriftet und in meine Schreibtischschublade gelegt hatte, aber ... was dann? Ich kniff die Augen zusammen und versuchte krampfhaft, die vagen Erinnerungen in mein Gedächtnis zurückzuholen. Hatte ich ihn in die Post gegeben? Anscheinend ja. Und in meinem verwirrten emotionalen Zustand war mir nicht bewusst gewesen, was ich da tat.

Wie dumm. Und wie vertrauensselig. Ich hatte meine Ängste doch nur zu Papier gebracht, um sie Brisbane zu zeigen. Weil er Privatdetektiv war, hatte ich gedacht, er könnte mir vielleicht helfen. Deshalb hatte ich ihn ja auch besuchen wollen, nur um dann festzustellen, dass er verschwunden war. Also hatte ich das Zigarettenetui an mich genommen und beschlossen, eigene Ermittlungen anzustellen.

Meine Nackenhaare sträubten sich, als ich den Zeitungsbericht erneut überflog. Brisbane wurde mit keinem Wort erwähnt. Aber wie sonst sollte jemand meinen Brief in die Finger bekommen haben, wenn nicht durch ihn? Vielleicht hatte er ihn anonym weitergeleitet. Aber vielleicht hatte sein Verschwinden auch gar nichts mit der Gefahr zu tun, vor der ich von zu Hause geflohen war, sondern es gab einen ganz anderen Grund dafür. Was, wenn er absichtlich untergetaucht war? Hatte er etwa mit Warrens Tod etwas zu tun? Was, wenn er mich ans Messer geliefert hatte?

So viele Fragen bedrängten meine Seele ohne jede Hoffnung auf Antworten.

Ein Seufzer entwich meinen Lippen. Ich wurde wegen Mordes gesucht. Das Märchen meines Lebens hatte erneut eine andere Richtung eingeschlagen – die Prinzessin war zum Bösewicht geworden.

Ich warf einen Blick auf mein Neues Testament, das neben meiner Tasche auf dem Bett lag. Gott hatte mir nie ein Leben in sagenhafter Glückseligkeit versprochen. Die Bibel warnte vor Prüfungen und Widrigkeiten, aber das hier? Das war mehr, als ich ertragen konnte.

Übelkeit überkam mich. Sollte ich mit meiner Jagd nach dem verschwundenen Privatdetektiv weitermachen, obwohl alle Welt mich jagte? Was blieb mir anderes übrig?

Ich ignorierte den pochenden Schmerz hinter meinen Schläfen und kramte Brisbanes Zigarettenetui aus meiner Tasche. Mit einem leisen Klicken öffnete ich das rechteckige Behältnis und holte einen kleinen Notizblock heraus. Mein Herz raste, als ich den aufgeschlagenen Block neben den wütenden Artikel legte.

Schon tausendmal hatte ich Brisbanes unordentliche Handschrift studiert, aber jetzt hoffte ich, etwas Neues würde sich in den unregelmäßigen Tintenstrichen zeigen. Ich wusste, dass es albern war, so als würde man tagelang Farbkleckse auf einer Leinwand anstarren und erwarten, dass das Durcheinander sich in ein klares Bild verwandelte. Ich hatte nur ungeordnete Hinweisfetzen, die scheinbar zu nichts führten.

Brisbane hatte zehn Ortschaften notiert – allesamt ländliche

Kleinstädte im Bundesstaat New York. Warum waren diese Orte so wichtig, dass sie in seinem sorgfältig gehüteten Notizblock standen? Warum hatte er eben diesen Notizblock zurückgelassen, wenn er doch nirgends ohne ihn hinging? Als ich zu seinem Einzimmerapartment gegangen war und Warrens Schlüssel benutzt hatte, war offensichtlich gewesen, dass der Mann in Eile aufgebrochen war. Sein Kleiderschrank hatte offen gestanden, Schubladen waren nicht ganz zugeschoben – aber auf seinem Nachttisch hatte das Zigarettenetui gelegen. Hatte er es absichtlich dort liegen gelassen? Oder war er so in Eile gewesen, dass er es vergessen hatte?

Diese Fragen stellte ich mir immer wieder. Vielleicht war es irrational gewesen, aber ich hatte die Informationen in dem Etui als eine Art Landkarte verstanden. Mit meiner Tarnung als Flugakrobatin hatte ich die ersten vier Städte auf der Liste besucht. Und mein Plan war, so weiterzumachen, bis ich an allen Orten gewesen war.

Noch etwas stand in Brisbanes Notizen, eine Bemerkung, die nicht zu den anderen Einträgen passte – ein Datum und eine Adresse. Ein Termin. Morgen. Durch Zufall eine Stadt weiter. Ich war wild entschlossen herauszufinden, was es damit auf sich hatte. Nur der Himmel wusste, ob es mich zu Brisbane führen würde oder zu etwas Bösem.

※

Darauf war ich nicht vorbereitet.

Als ich dem Taxifahrer die Adresse genannt hatte, hatte er gelächelt und geantwortet: »Klar doch, Puppe.« Aber ich hätte mir nicht träumen lassen, dass die Verabredung, die Brisbane vor Monaten getroffen hatte, in einem Ginlokal mitten im Nirgendwo stattfinden würde.

Noch nie zuvor hatte ich meinen Fuß in eine Flüsterkneipe gesetzt. Natürlich hatte ich Gerüchte über diese Etablissements gehört, in denen illegal Alkohol ausgeschenkt wurde und Männer im feinsten Zwirn mit einer jungen Dame im Arm Foxtrott tanzten.

Doch das hier war ein ganz anderer Ort.

Das Gebäude – falls es diese Bezeichnung überhaupt verdiente – schien aus nichts als verzogenen Brettern und verrotteten Balken zu bestehen, die von dem stinkenden, heißen Atem Betrunkener zusammengehalten wurden. Zigarettenqualm lag in der Luft und machte den ohnehin dunklen Raum noch dunkler.

Ausgehend von der Anzahl Filzhüte war offensichtlich, dass ich die einzige Frau im Raum war.

Na großartig.

Mein kluger Plan, unbemerkt zu bleiben, verpuffte wie nasses Feuerwerk. Vielleicht hätte ich meine Hose und meine Fliegerjacke tragen sollen. Aber dann wäre ich noch mehr aufgefallen – falls das überhaupt möglich war. Ich wischte meine feuchten Hände an meinem Rock ab. Beim Packen für diese Reise hatte ich gerade mal genügend Zeit gehabt, um ein paar Kleider in meine Tasche zu stopfen. Dieses war dunkelblau mit einem elfenbeinfarbenen Saum. Kaum bemerkenswert. Aber den Blicken nach zu urteilen, die ich auf mich zog, hätte man meinen können, ich wäre beim Wettbewerb für die schönste Badenymphe Amerikas gelandet. Dabei hatte ich gar nicht das Zeug für eine Miss-Wahl und diese Spelunke war auch nicht gerade der Laufsteg von Atlanta City.

»Hallo, Baby.« Die lallende Stimme gehörte nicht Kent Brisbane. Ebenso wie das wettergegerbte Gesicht, das sich zu einem breiten Lächeln verzog und einen ebenso breiten Knubbel auf der Nase hatte. Der Mann kam mit trübem Blick auf mich zugewankt.

Ich machte einen großen Bogen um ihn, stieß dabei aber gegen einen Billardtisch. Der Aufprall störte die Spieler, weil dadurch eine gestreifte Kugel in eine Seitentasche kullerte.

»Oh, danke schön.« Ein klein gewachsener Herr lupfte seinen Hut und verbeugte sich mit einer schwungvollen Bewegung. »Sie haben mir gerade einen Dollar beschert.«

Sein Gegner brüllte einen unappetitlichen Ausdruck und protestierte lautstark.

Die Sache lief nicht so, wie ich es mir vorgestellt hatte. Der einzige Grund, warum ich in diesen schäbigen vier Wänden blieb, war meine Hoffnung, Kent Brisbane zu treffen. Mein Blick suchte den Raum nach seiner groß gewachsenen, kräftigen Gestalt ab. Es war noch früh. Auf dem Blatt Papier hatte 12 Uhr mittags gestanden. Das war in zehn Minuten.

Bei den Billardtischen war er nicht. Und auch nicht an einem der Tische, die im Raum verteilt standen. Blieb noch die Bar. Mehrere Männer saßen mit dem Rücken zu mir, die Köpfe vornübergeneigt, zweifellos mit ihren Getränken beschäftigt. Meine Absätze klackerten laut und holprig – wie mein Herzschlag –, als ich auf die lange Theke zuging, die voller undefinierbarer Flecken war.

Die Männer am Billardtisch stritten lautstark weiter. Um noch mehr Chaos zu verursachen, ließ der Barkeeper ein Tablett mit benutzten Gläsern fallen. Bernsteinfarbene Flüssigkeit ergoss sich auf die Stiefel eines Mannes, der Arme wie Baumstämme hatte. Mit diesen kräftigen Gliedern stieß er den Barmann, sodass der in eine Gruppe betrunkener Gäste fiel.

Rufe und Flüche ertönten. Einige sprangen von ihren Stühlen, während andere mit fleischigen Händen auf die Tische schlugen. Du liebe Güte! Gleich würde es hier eine Schlägerei geben.

Männerhände berührten von hinten meine Taille. Besitzergreifend und viel zu vertraut.

Auf keinen Fall würde ich mich in einer solchen Kneipe belästigen lassen. Ich riss den Ellbogen nach hinten und traf den Mann im Bauch. Aber sein Griff lockerte sich nicht, sondern seine Finger hielten mich noch fester in einer fast … beschützenden Geste?

»Immer langsam, Geneva.«

Diese Stimme. Tief und gefühlvoll.

Auch sie gehörte nicht Brisbane.

Ich wagte einen Blick über die Schulter und sah in die Augen meines toten Mannes.
Nur dass er ausgesprochen lebendig war.

# KAPITEL 3

*Ungefähr fünf Monate früher – 7. April 1922*
*Geneva*

»Ihr opfert mich auf dem Altar der Ehe.« Alles für Politik und Macht. Mit einer versilberten Bürste kämmte ich mein langes blondes Haar und zuckte zusammen, als sie an einem Knoten hängen blieb.
»Was für ein Gedanke, Geneva.« Mutters Lachen klang gezwungen und ihr Mund wirkte spitz. »Du hattest schon immer einen Hang zum Drama, meine Liebe.«
*Liebe.*
Auch wenn dieses Thema mir eine Heidenangst machte, wäre es schön gewesen, eine Wahl zu haben. Aber eine solche Belanglosigkeit schien auf der Kriterienliste meiner Eltern ganz unten zu stehen, während sie ihr Kind versteigerten. Nur dass es nicht an den Meistbietenden ging. Nein, meine Eltern brauchten ihre bereits überfließenden Bankkonten nicht zu mästen. Was sie wollten, war Einfluss. Und offenbar hielt Warren Hayes mit seinem Zeitungsimperium den goldenen Schlüssel zu Vaters politischen Ambitionen in der Hand.
Mutters blasse Züge sahen im Spiegel beinahe gespenstisch aus. Wie ein Wächter aus Porzellan stand sie neben meinem Bücherregal aus Eichenholz. Ich wusste nie, welche Version meiner Mutter mich erwartete. Manchmal nahm sie die Rolle der pflichtbewussten Erziehungsberechtigten ein und belehrte mich in langatmigen Monologen über die unverrückbaren Regeln der gehobenen Gesellschaft. An anderen Tagen war sie wortkarg und widerwillig, als empfinde sie es als lästige Pflicht, mich aufzusuchen. Noch eine Aufgabe auf ihrer langen Liste. Ansonsten kam

meine Mutter nur, wenn mein Vater sie schickte, und diese Begegnungen mochte ich am allerwenigsten.

Heute, so vermutete ich, war es eine Mischung aus allen dreien. Sie berührte die Bibel, die meine Großmutter mir vor Jahren geschenkt hatte, und als sie mit ihrem knochigen Finger langsam über den Buchrücken fuhr, wirkte es beinahe spöttisch. Helena Ashcroft zitierte eher aus den Gesellschaftsseiten der Zeitung als aus der Heiligen Schrift, aber sie kannte genügend Verse auswendig, um sie zu ihrem Vorteil einzusetzen. Und um Vaters Einfluss zu vergrößern. Zum Beispiel die Stellen, die besagten, dass Kinder ihren Eltern gehorchen sollen. Nach Jahren solch gezielter Lenkung fragte ich mich, ob Mutter Freund oder Feind war. Das Gleiche galt für Gott.

Sie ging über den Teppich zu dem Plüschhocker, auf dem ich am Frisiertisch saß. »Er braucht dir ja nicht gleich heute einen Antrag zu machen. Ihr habt genügend Zeit, euch kennenzulernen.«

Vater sah das anders. Er hätte diese Verbindung zwischen Mr Hayes und mir schon letztes Jahr gebraucht. Ich hatte mich quergestellt und behauptet, ich müsse Lilith bei ihrer Saison als Debütantin zur Seite stehen. Meine Eltern hatten nachgegeben, aber nur, weil Lilith schüchtern war und vor den Wölfen der Gesellschaft beschützt werden musste. Aber jetzt sollte ich mich mit einem würdigen Gatten verbinden, denn das tat man, wenn man die oberste Sprosse der Gesellschaftsleiter erklommen hatte.

Am liebsten hätte ich diese vermaledeite Leiter umgetreten. »Wenn Vater nicht für den Senat kandidieren würde« – mit seinem gierigen Blick aufs Präsidentenamt – »müsste ich nicht der Köder sein, um einen Mann anzulocken, dem ich noch nie begegnet bin.« Und über den ich nichts wusste. Vielleicht führte der feine Herr ja ein geheimes Leben als Whiskeyschmuggler.

»Noch ein unzutreffender Vergleich.« Der trostlose Blick in Mutters braunen Augen war wenig beruhigend. »Du hilfst deiner Familie lediglich dabei voranzukommen.«

Ich vermutete, dass die *Hayes Publishing Company* finanzielle Unterstützung brauchte, um ihre Zeitungen weiterführen zu können, und die Ashcrofts erhofften sich eine wohlmeinende Berichterstattung über Vaters Wahlkampf um den Senatorenposten. So profitierten alle von meiner Hochzeit.

Nur ich nicht.

»Es dauert doch nicht lange.« Mutter legte mir eine Hand auf die Schulter und ich zuckte zusammen, als wären ihre schmalen Finger Schlangen. Nicht lange? Soweit ich wusste, dauerte die Ehe ewig.

Wie konnte Mutter sagen, dass die ganze Situation nur vorübergehend sein würde? Es sei denn … »Ist an den Gerüchten etwas dran?«

»Das musst du schon etwas eingrenzen, Liebes.« Mutters Stimme war um Leichtigkeit bemüht. »Es gibt schließlich mehrere Gerüchte.«

Ja, und deshalb brauchte Vater die Zeitungen, um seinen Ruf als Industriemagnat aufzupolieren. Um die Macht der Hayes-Familie zu nutzen, die ihm druckerschwarz auf weiß das Image eines Helden verleihen konnte. Mein zukünftiger Ehemann würde alle Hände voll zu tun haben. »Die Gerüchte über das Ableben von Howard Yater.« Der glücklose Bursche hatte Vater bei einigen Geschäften betrogen. Daraufhin hatte Vater ihn zum Abendessen eingeladen, um die Angelegenheit zu besprechen, und keine zwei Tage später war Mr Yater gestorben.

»Du glaubst, dein Vater hätte etwas mit dem grausamen Tod des Mannes zu tun?« Mutter schüttelte den Kopf, als wäre ich ein unwissendes Kind. »Mr Yater ist einer Mageninfektion erlegen. Dein Vater hatte damit nichts zu tun.« Ihre kalten Finger drückten meine Schulter, aber nicht aus Zuneigung, sondern um ihren Worten Nachdruck zu verleihen. »Ich meinte nur, dass du Mr Hayes nicht lange unterhalten musst. Er wird deinem Charme sicher erliegen. Und Vater wird zufrieden sein.«

*Und Lilith nicht bestrafen.* Ich konnte diese Worte förmlich

Mutters schmalen Lippen entnehmen. Nein, Vater würde das Leben meiner Schwester nicht ruinieren, wenn ich ihm erlaubte, meins zu verderben.

»Aber lassen wir das jetzt, Geneva.« Mutter schob eine Haarnadel, die sich gelöst hatte, wieder in meine Frisur. »Wir müssen uns für den Ball fertig machen. Cecily kommt gleich herauf, um mit deiner kosmetischen Behandlung zu beginnen.«

Mutter musterte mein Kleid, das über dem Paravent hing, und schwebte dann in ihrer ganz eigenen Art von Anmut hinaus, während ihr der Duft von Lavendel folgte.

Der Ball fing um 20 Uhr an. Also hatte ich noch sechs Stunden frei. Und die würde ich nicht vergeuden. Ich steckte mir eilig das Haar zu einem Dutt im Nacken hoch und stürmte aus dem Zimmer, nicht halb so elegant wie Mutter, aber dafür viel entschlossener.

Mit wenigen Blicken vergewisserte ich mich, dass die Luft auf dem Flur rein war. Dann lief ich die Dienstbotentreppe hinunter und zur Hintertür hinaus ins Freie.

Normalerweise war mir unser Landsitz lieber als das Stadthaus in Manhattan, aber heute nicht. Die Mauern schienen mich zu erdrücken. Ich musste hier raus. Meine Füße trugen mich schnell durch den Garten bis an das Ende unseres opulenten Anwesens. Bald war es nicht mehr zu sehen. Die vertraute staubige Straße erstreckte sich vor mir und ich blieb stehen, um Luft zu holen. In meiner Eile hatte ich ganz vergessen, andere Schuhe anzuziehen, und meine Hausschuhe aus Satin waren jetzt ruiniert. Aber es gelang mir einfach nicht, darüber betrübt zu sein. Ich lief weiter und entfernte mich immer mehr von dem Herrenhaus.

Meine Eltern hielten von mir genauso viel wie ich von meinen Hausschuhen: Sie waren mir nützlich, weil sie mich von einem Ort zum anderen trugen, aber ihr Wohlergehen war mir gleichgültig. So war meine Existenz als geborene Ashcroft – ich wurde benutzt und dann ging ich kaputt.

Ich würde einen Mann heiraten, den ich noch nie zu Gesicht

bekommen hatte, um eine Schwester zu retten, mit der ich täglich zu tun hatte. Und die ich mehr als alles liebte. Eine Tatsache, die Vater oft für seine unredlichen Zwecke ausnutzte.

Stare tanzten über mir und flatterten den gleichmäßigen Strahlen der Sonne entgegen. Was würde ich nicht dafür geben, mich ihnen anzuschließen! Ich beneidete sie um ihre Freiheit. Oh, könnte ich doch vor den Plänen meiner Eltern fliehen und der unvermeidlichen Hochzeit mit einem Fremden entkommen.

*Lilith.*

Ich straffte die Schultern. Für Lilith würde ich es tun. Ich kam an einer baufälligen Scheune vorbei, für gewöhnlich der Punkt, an dem ich umkehrte.

»So ist es besser, mein Schatz. Jetzt wirst du wieder schön für mich singen.« Eine Männerstimme wurde vom Wind zu mir herübergetragen und lenkte meine Aufmerksamkeit auf das nahe gelegene Feld auf der anderen Seite des verwitterten Gebäudes.

Ein Mann stand dort vor einer ... Maschine. Konnte man damit etwa fliegen?

Ich starrte ihn mit offenem Mund an. Fotos von Flugzeugen hatte ich schon gesehen und ich hatte auch gehört, wie wundervoll sie waren, aber gesehen hatte ich noch nie eines. Mutter bezeichnete sie als Todesmaschinen. Vater hielt sie für alberne Transportmittel. Ich fand sie faszinierend.

Unwillkürlich näherte ich mich dem niedrigen Zaun, der mich von dem Feld trennte. Dann kletterte ich über das hölzerne Hindernis – was meine Mutter mit einer Ohnmacht quittieren würde – und achtete darauf, nicht mit den Strümpfen hängen zu bleiben. Ich wich kleineren Pfützen und Kuhfladen aus. Meine armen Hausschuhe. Was tat ich hier eigentlich? Ich kannte diesen Fremden doch gar nicht, aber das Flugzeug zog mich unwiderstehlich an. Unfassbar. Mein Blick ruhte auf etwas, das den Himmel geschmeckt hatte.

»Hallo.« Meine zögerliche Stimme ließ den Mann zusammenzucken.

»Guten Tag, Miss.« Er hob die Hand und tippte sich an den Hut, merkte aber dann, dass er gar keinen Hut trug. Was er jedoch auf dem Kopf hatte, waren faszinierende, kunstvoll zerzauste braune Locken, in denen sich die Strahlen der Nachmittagssonne verfingen. Da ich es gewohnt war, dass Männer sich das Haar mit einer Unmenge von Pomade zurückkämmten, gefiel es mir, wie sich seine Locken im sanften Wind hoben und senkten. Wie ...

Ein Räuspern ertönte.

Ich fuhr zusammen. Was fiel mir ein, einen wildfremden Mann so anzustarren? Ich machte einen Schritt von ihm weg und zu dem Flugzeug hin. »Ist das Ihre Flugmaschine?«

Er nickte, ohne den Blick von mir abzuwenden.

»Sie ist herrlich.« Der Propeller war aus Holz, der Rumpf anscheinend eine ungewöhnliche Kombination aus bemaltem Stoff und dünnem Metall. »Ich war noch nie so nah an einem Flugzeug. Ehrlich gesagt, habe ich überhaupt noch nie eins gesehen.«

»Sie hat bei der Fassrolle einen kleinen Anfall bekommen. Aber es gab Fremdkörper im Rumpfwerk. Jetzt müsste der Motor wieder schnurren wie ein Kätzchen.« Er sagte all das, als hätte ich eine Ahnung, wovon in aller Welt er sprach. Er musterte mein Gesicht, dem meine Verwirrung wohl anzusehen war, denn sein Mundwinkel wanderte nach oben und er zuckte mit den Schultern. »Tut mir leid. Mechanikerjargon.«

»Oh.« Ich senkte den Blick. »Ich dachte, Sie wären der Pilot.«

»Das bin ich auch.« Jetzt grinste er breit. »Jenny ist manchmal etwas temperamentvoll. Man muss verstehen, wie sie sich bewegt, damit man sie lenken kann.«

Ich gestattete mir ein kleines Lächeln. »Sie haben Ihr Flugzeug Jenny genannt?«

Mit neugierigem Blick blinzelte er in die Sonne. »Die offizielle Bezeichnung des Modells ist Curtiss JN-4. Aber wir Flieger nennen sie einfach nur Jenny.«

Ich trat vor und fuhr mit der Hand über Jennys silbernen Rumpf. Er fühlte sich warm an und plötzlich fühlte ich ein Kribbeln in den Fingern. Fast war es so, als könnte ich mit meiner Hand die Abenteuer aufsagen, die dieses Flugzeug schon erlebt hatte, während ich dem Erdboden verhaftet gewesen war. »Was für Eskapaden du wohl schon mitgemacht hast.«

»Es klingt, als wären Sie neidisch auf Jenny.« Der Mann trat neben mich.

»Das bin ich auch.« Das Geständnis war eigentlich mehr für mich gedacht als für diesen Fremden. »Sie besteht nur aus Metall und Holz und Treibstoff. Sie hat kein Herz und keine Seele, aber sie war an Orten, wo ich noch nie war.« Diese Erfahrung ließ sich nicht kaufen. Mit keinem Geld der Welt. Oder vielleicht doch? Ich sah den Fremden an und reckte mit plötzlicher Entschlossenheit das Kinn vor. »Wie viel?«

Seine Augenbrauen schossen in die Höhe. »Für das Flugzeug? Tut mir leid. Es ist unverkäuflich.«

»Nein, ich sehe, dass es zwei Sitze gibt. Nehmen Sie mich mit auf Ihren nächsten Flug?« Es war meine letzte Gelegenheit, mich noch einmal frei zu fühlen, bevor ich mich in die trostlosen Pläne fügte, die man so mühelos für mich geschmiedet hatte. Ich brauchte diese Erfahrung mehr als alles auf der Welt. »Ich kann Ihnen jeden Preis bezahlen. Nennen Sie die Summe.« Ich riss meine Aufmerksamkeit von dem riesigen Gefährt los und wandte sie seinem Besitzer zu.

Ich hatte viel Übung darin, Herren zu beobachten, ohne Interesse zu zeigen. Ich hatte meine Saison als Debütantin überlebt und mehrere Heiratsanträge bekommen, von denen keiner meinen Eltern genehm gewesen war. Aber dabei hatte ich gelernt, Menschen schnell einzuschätzen und sie in wenigen Sekunden einzuordnen.

Bei einem kurzen Blick auf den Mann sah ich den selbstbewussten Ausdruck seiner dunklen Augenbrauen. Wahrscheinlich hatte er einen höheren Bildungsgrad – wenn ich raten müsste. In seinen dunkelbraunen Augen lag Intelligenz. Aber was mich am meisten beeindruckte, war sein kantiges Kinn. Sein Unterkiefer hatte eine gewisse Härte, eine natürliche Entschlossenheit. Er trug ein Hemd, am Hals offen, und staubige Hosen. Seine Kleidung verkörperte etwas Rustikales, das zwar nicht für den Ballsaal taugte, dafür aber viel faszinierender war.

Der geheimnisvolle Pilot schwieg einen Augenblick und erwiderte meinen prüfenden Blick. Er presste die Lippen zusammen, entspannte sich dann aber und lächelte. »Tut mir leid, Miss. Das kann ich nicht tun.«

Ich blinzelte, weil er mir so beiläufig einen Korb gab. Warum konnte er mir denn nicht einen einzigen lausigen Flug zum Himmel ermöglichen? Sah der Mann denn nicht, wie viel mir das bedeutete? Die Ablehnung tat weh. So viel wurde mir aus den Händen gerissen. Die Wahl meines Ehemannes. Mein Nachname. Meine Zukunft. Etwas in mir zerbrach und ich umklammerte seinen Arm. »Bitte! Es soll Ihr Schade nicht sein.«

Kaum waren die Worte heraus, wünschte ich, ich könnte sie zurücknehmen. Ich kannte diesen Mann ja gar nicht. Gut, seine Art und sein Betragen sprachen von Selbstbewusstsein und Klugheit, aber es konnte ja doch auch sein, dass er charakterlos war. Und ich stand hier, auf einem menschenleeren Feld, weitab von jeglicher Zivilisation, und sprach Worte aus, die man schrecklich missverstehen konnte. Ich richtete mich auf und sagte kühl: »Ich möchte mein Angebot wiederholen. Ich kann jeden Betrag zahlen.«

Der Mann verschränkte die Arme vor der Brust. Bis zu den Ellbogen hatte er die Hemdsärmel aufgekrempelt, wodurch seine Muskeln und seine Kraft zum Vorschein kamen. »Das klingt ja so, als könnte man einfach alles kaufen.«

»In meiner Welt ist das so.«

Er neigte den Kopf ein wenig zur Seite und etwas erschien in seinen Augen. Es sah verdächtig nach Mitleid aus. Er wagte einen Schritt auf mich zu, die Bewegung vorsichtig, so als würde er sich einer scheuen Kreatur nähern. »In *meiner* Welt braucht man nur zu fragen.«

»Aber gerade haben Sie noch gesagt, dass Sie mich nicht mitnehmen können.«

»Damit meinte ich, dass ich kein Geld dafür nehmen kann. Aber ich nehme Sie sehr gerne mit hinauf. Kostenlos.« Er deutete mit dem Kopf in Richtung Himmel. »Wenn Sie das wollen.«

Was für ein erfrischender – und seltener! – Gedanke. Es gab jemanden, der mir nichts nehmen, sondern mir etwas geben wollte. Die Güte des Fremden schnürte mir die Kehle zu. »Also dann.« Ich konnte nicht verhindern, dass mir ein Lächeln entwich. »Wären Sie so freundlich, mich in Ihrer Flugmaschine mitzunehmen?«

Er hob seine Lederjacke vom Boden auf und zog sie an. »Es wäre mir eine Ehre.« Er zögerte. »Miss …?«

Oh, oh! Ich hatte mich gar nicht vorgestellt. Was für abscheuliche Manieren, aber ich war froh darüber. Denn in diesem Augenblick wollte ich nicht Geneva Ashcroft sein, Erbin unzähliger Sägewerke und Papierfabriken. Ich sehnte mich danach, einer der Stare am Himmel zu sein.

»Entschuldigung?«

Ich blinzelte. Hatte ich das gerade laut ausgesprochen? Du liebe Güte, hatte ich denn ganz und gar den Verstand verloren? »Ich sagte St… Stella. Sie können mich Stella nennen.«

Wenn ich dachte, der Mann würde meine hemdsärmelige Vorstellung missbilligen, hatte ich mich geirrt.

Ein freches Grinsen breitete sich auf seinem gebräunten Gesicht aus. »Freut mich, Sie kennenzulernen, Stella.«

»Das Vergnügen ist ganz auf meiner Seite.« Ich neigte den Kopf ein wenig. »Und Sie sind?«

»Ihr Pilot für diesen Nachmittag.«

❦

Ich wäre beinahe gestorben. Jedenfalls fühlte es sich so an. Mehrmals. Aber es war anders als alles, was ich je erlebt hatte. Das

Schlagen des Propellers, das Dröhnen des Motors, dieses Gefühl im Bauch, als die Räder sich vom Boden lösten. Die Reise in die Lüfte hatte es meiner eingezwängten Lunge schwer gemacht, Luft zu holen. Meine Haut hatte vom Ansturm des Luftstroms gekribbelt. Gut, dass meine Zofe Cecily mir noch nicht die Haare für den feierlichen Anlass des heutigen Abends frisiert hatte, sonst hätte ich in großen Schwierigkeiten gesteckt. Denn ich hatte einen Helm über mein goldenes Haar gezogen, nur einige Strähnen hatten sich gelöst und schlugen mir wild ins Gesicht, während mein Herz sich über dem vergoldeten irdischen Käfig in die Lüfte schwang.

Die Schutzbrille, die ich trug, hatte meine Sicht auf die Herrlichkeit um mich herum nicht beeinträchtigt. Mein Pilot hatte sich im Umgang mit dem Flugzeug als sehr geschickt erwiesen und mir eine aufregende Spritztour beschert. Dabei waren wir dem Himmel so nah gekommen, wie es nur möglich war.

Alles ungeheuer faszinierend. Alles viel zu schnell vorbei.

Das Feld mit seinen Furchen und Gräben schien der denkbar ungünstigste Ort für eine weiche Landung zu sein, aber der erfahrene Flieger würde die Räder auf dem einzigen Stück ebenem Erdboden aufsetzen, da war ich mir sicher.

Weil ich wusste, dass Cecily inzwischen sicher einen Suchtrupp ausgesandt hatte, dankte ich dem gut aussehenden Piloten, tätschelte das Flugzeug ein letztes Mal und eilte nach Hause.

Wenige Stunden später betrat ich den langweiligen Ballsaal. Glänzende Kleider, getragen von Leuten mit einem strahlenden Lächeln, umgaben mich und bedrängten mich von allen Seiten. Aber alles war fade, verglichen mit meinem denkwürdigen Flug. Ich seufzte und trank einen Schluck Limonade. Doch sie schmeckte nach nichts.

Meine Eltern hatten dieses Fest hier auf dem Landsitz organisiert als Auftakt zu einem zwei Wochen andauernden Ereignis, um den Frühling zu feiern. Obwohl es mit Sicherheit nur dazu diente, den politisch Einflussreichen Honig ums Maul zu schmieren, damit sie Vater im Herbst ihre Unterstützung zusagten. Seit er bereits im vergangenen November seine Kandidatur für den Senat verkündet hatte, bestand das Leben aus einer Folge gesellschaftlicher Ereignisse, um das Ansehen meiner Eltern aufzubessern. Und dieses versprach das langweiligste von allen zu werden.

Ich wünschte mir nichts sehnlicher, als wieder bei meinem mysteriösen Piloten zu sein. Nach seinem Namen hatte ich ihn nicht gefragt, weil ich fürchtete, er würde mich der Lüge überführen. Aber so war es besser. Denn ich würde ihn immer in Erinnerung behalten, weil er nach Leder roch, so verführerisch lächelte und etwas Geheimnisvolles an sich hatte.

»Geneva«, hörte ich plötzlich Vaters Stimme hinter mir.

Vielleicht sollte ich einfach so tun, als hätte ich ihn nicht gehört, und mir eine dunkle Nische suchen, in der ich mich verstecken konnte. Ich wusste, warum Vater mich rief. Aus dem einzigen Grund, warum er mich jemals in einem Ballsaal sehen wollte – um mir jemanden vorzustellen. Und heute konnte die neue Bekanntschaft, die auf der Lauer lag, nur Mr Hayes sein. Mein zukünftiger Ehemann.

*Für Lilith.*

Ich presste die Lippen aufeinander. Meine Schwester war heute Abend in ihrem Zimmer und erholte sich von einer Erkältung. Im letzten Monat war die jüngste Ashcroft zwanzig geworden – drei Jahre jünger als ich und weitaus zerbrechlicher. Deshalb hatten meine Eltern ihre Einführung in die Gesellschaft verschoben, in der Hoffnung, dass einige zusätzliche Jahre ihr über die schüchterne Phase hinweghelfen würden. Obwohl es keine Phase gewesen war. Lilith fühlte sich fern von Menschenmengen und Fremden einfach wohler. Trotzdem hatte Vater für Lilith eine noch schlimmere Verbindung arrangiert als für mich, falls ich mich weigerte, Mr Hayes zu heiraten. Also holte ich tief Luft, senkte den Kopf ein wenig und drehte mich zu den Männern um, die vereinbart hatten, mir das Leben zur Hölle zu machen. »Ja, Vater?«

Beinahe hätte ich die Limonade fallen gelassen.

Denn neben meinem Vater stand mein mysteriöser Pilot. Der Mann, der mich in die Lüfte hinauf begleitet hatte. Der Mann, der jetzt ein wissendes Lächeln auf den attraktiven Lippen trug.

»Mr Hayes, darf ich Ihnen meine Tochter vorstellen?« Warren Hayes, Zeitungsmogul, Pilot der Spitzenklasse, trat vor. Sein Äußeres war ganz anders als noch vor ein paar Stunden. Seine Locken waren gebändigt und er trug keine lederne Fliegerjacke mehr, sondern einen maßgeschneiderten Smoking. Seine Augen musterten mich mit berauschender Intensität. »Miss Ashcroft.« Er beugte sich über meine Finger, die in Handschuhen steckten. »Ich bin entzückt.«

Er richtete sich wieder zu seiner vollen Größe auf, seine Bewegung anmutig, sodass ich an einen Panther denken musste. Kraftvoll und gefährlich. Aber ich war kein bisschen eingeschüchtert, sondern mit einem Mal von einer erregenden Energie erfüllt.

Seine Lippen verzogen sich zu einem belustigten Lächeln. »Sie erinnern mich an eine andere Lokalschönheit, die kennenzulernen ich das Vergnügen hatte. Vielleicht ist Ihnen eine Stella Fairytale bekannt?«

Ich hatte ihm gar keinen erfundenen Nachnamen genannt. Und wenn, dann wäre es gewiss nicht Fairytale gewesen. Nein, er bezog sich auf meine Täuschung von vorher – darauf, dass ich ihm ein Märchen erzählt hatte. Ein schwaches Lächeln wollte sich Bahn brechen, aber ich würde ihm nicht erliegen. Nicht, während Vater zusah. »Ich habe wundervolle Dinge über diese elegante junge Dame gehört.« Dadurch, dass ich jeden Anflug von Belustigung unterdrückte, klang meine Stimme ein wenig heiser. Nicht gerade der Eindruck, den ich beabsichtigt hatte. »Es ist mir eine Ehre, mit ihr verglichen zu werden.«

»Und für mich wäre es eine Ehre, wenn Sie mit mir tanzen würden.« Seine Bitte fügte sich so nahtlos an, dass ich eine Sekunde brauchte, um mich zu sammeln. Er streckte eine Hand aus, eine Einladung, meine Hand hineinzulegen. »Es sei denn, Sie sind schon anderweitig vergeben.«

Ich musste so heftig schlucken, dass ich beinahe einen Hustenanfall erlitten hätte. *Vergeben.* Ausgerechnet dieser Ausdruck. Aber das Funkeln in seinen Augen verriet mir, dass er das Wort ganz bewusst gewählt hatte. Als hätten wir beide ein amüsantes Geheimnis. Hatten wir ja auch. Aber jetzt würde sich zeigen, wem seine Loyalität galt. Würde er Vater von unserem nachmittäglichen Streich erzählen? Obwohl es schien, als hätte Mr Hayes das Familienoberhaupt der Ashcrofts völlig vergessen. Der Zeitungsmogul sah mich an, als wäre das, was als Nächstes über meine Lippen kam, von größter Wichtigkeit für ihn.

Zu dumm, dass mein Mund sich nicht bewegen konnte. Genau wie mein restlicher Körper. Wenn John Ashcroft irgendwo in der Nähe war, galt alle Aufmerksamkeit ihm. Aber in diesem Moment nicht. Ich warf Vater einen Blick zu. Nicht, dass ich eine Reaktion von ihm erwartete. Es gab Gründe, warum Menschen in seiner Gegenwart kleiner wurden. Und ganz sicher war nicht sein Temperament schuld daran.

Wenn er tatsächlich Feuer hatte, dann hatte er es jedenfalls nie gezeigt. Nie die Fäuste geballt, keine Adern auf der Stirn, die hervortraten, kein finsterer Blick. Nie ein scharfes Wort. In all meinen dreiundzwanzig Jahren hatte er nie eine verärgerte Miene aufgesetzt.

Oder irgendeine andere Miene. Seine Züge waren von beständiger Leere. Als hätte sein Gefühlstank ein Loch, durch das die Fähigkeit, irgendeine Emotion zu zeigen, aus seinem Körper sickerte.

Diese Kälte machte den Menschen um ihn herum schreckliche Angst, mich eingeschlossen. Vaters hellblondes Haar und die blauen Augen und dazu sein königliches Gebaren ließen ihn weniger wie einen Sägewerksbesitzer wirken denn vielmehr wie einen sagenhaften Eiskönig, der den Seiten eines Romans entsprungen war.

Aber jetzt zog sich Vaters linker Mundwinkel nach oben, während er mir das Limonadenglas abnahm. Wenn jetzt jemand die alberne Feder von Mutters aufwendigem Kopfschmuck genommen und damit auf mich eingeschlagen hätte, hätte es mich umgehauen. Oder hatte ich mir Vaters Lächeln doch nur eingebildet? Vielleicht hatte ihm aber auch ein gelangweilter Gast etwas in den Punsch getan.

In der Zwischenzeit wartete Mr Hayes auf eine Antwort von mir.

Mit einem kurzen Nicken legte ich meine Finger in Mr Hayes' Hand und er führte mich auf die Tanzfläche. Mein Magen hob sich, wie er es vor ein paar Stunden getan hatte, aber diesmal konnte ich nicht den Turbulenzen die Schuld geben, die das Flugzeug erschüttert hatten.

Seine Hand berührte meine Taille und ich sog scharf die Luft ein, so loderte das Feuer in mir.

»Wussten Sie die ganze Zeit, wer ich war?« Das gleißende Licht der Kronleuchter, das leise Plaudern der Paare und der Blumenduft im Saal verblassten, bis es nur noch ihn und mich gab.

Seine Lippen zuckten. »Sie kamen mir schon bekannt vor, aber ich konnte Sie zunächst nicht einordnen. Erst als Sie sich weigerten, mir Ihren vollständigen Namen zu sagen.« Er beugte sich vor und senkte die Stimme. »Wie ist es mit Ihnen? Haben Sie mich heute Nachmittag absichtlich aufgesucht?«

Ich schnaubte verächtlich. »Wohl kaum. Bis heute hatte ich ja keine Ahnung, wie Sie überhaupt aussehen. Aber jetzt wird mir klar, dass ich Sie falsch eingeschätzt habe.«

In seinen Augen tanzte der Schalk. »Auf gute oder schlechte Weise?«

»Ich sehe, dass Sie das hier viel zu sehr amüsiert. Vielleicht werde ich Ihnen die Antwort vorenthalten und Sie ein wenig auf die Folter spannen.«

Sein feuriger Blick durchbohrte mich und ließ die eisigen Stellen meiner Rüstung schmelzen. »Ich bin sehr gespannt. Aber eine Folter ist es keineswegs.«

Oh, ich hatte mich geirrt. Der Mann war ein attraktiver Gefährte auf einem Ball. Und wenn ich Warren Hayes falsch eingeschätzt hatte, irrte ich mich vielleicht auch, was unsere Zukunft betraf. Vielleicht konnte das mit uns ja … doch … funktionieren.

# KAPITEL 4

*2. September 1922*
*Stella*

Rufe hallten an den modrigen Wänden der Kneipe wider. Leiber stürzten sich aufeinander. Glas zerbarst. Meine Augen, getrübt von Schwindel und Tränen, mussten mich getäuscht haben. Der Mann, der da neben mir stand, konnte doch nicht mein Ehemann sein. Warren war für tot erklärt worden. Zwar hatte man seine Leiche nie gefunden, aber auf seiner Beerdigung hatte ich unzählige Tränen vergossen. Seit ich von seinem Absturz erfahren hatte, hatte ich den Verlust in jedem Augenblick gespürt.

Aber da stand er.

Mein Verstand begriff nicht, was meine Augen sahen. Ich blieb in einem sonderbaren Zustand zwischen Unglaube und etwas, das sich wie ... Beglückung anfühlte. Aber ich durfte mich dem Gefühl der Erleichterung nicht hingeben. Denn er konnte es ja gar nicht sein.

»Gehen wir.« Seine Worte klangen schroff.

Aber meine Füße gehorchten mir ebenso wenig wie der Rest meines benommenen Körpers. Wie konnte das sein? Bildete ich mir das alles etwa nur ein? Eine verrückte Folge von zu viel Trauer und zu wenig Schlaf? Ich streckte eine zitternde Hand aus und erwartete halb, dass Warren sich in Luft auflösen würde. Ich zögerte, weil ich der Wirklichkeit nicht traute. Wenn dies alles eine grausame Laune meines Gehirns war, wollte ich lieber in diesem Zustand verharren, in dem ich ihn wenigstens sehen konnte, auch wenn es nur für einen kurzen Augenblick war.

Meine Hand bewegte sich, als wäre sie mit meinem Herzen im Bunde, und berührte sein Gesicht. Mit dem Daumen fuhr ich über seine Unterlippe, meine Hand legte sich auf seine Wange, die jetzt ein Bart zierte. Er verschwand nicht. Er blieb. Aber ohne auf meine Berührung zu reagieren.

»Bist du es wirklich?« Die Worte waren nur ein Hauch, aber die Stimme gehörte mir. Sie zu hören, durchbrach meine Trance.

»Warren, du lebst.« Ein Schluchzer entstieg meiner Brust und ich beugte mich zu ihm und packte seine breiten Schultern.

Er war hier. Echt.

»Es ist hier nicht sicher, Geneva.«

Ich lehnte mich an ihn, entschlossen, ihn nie wieder loszulassen, aber er wich abrupt einen Schritt zurück und löste sich aus meinen Armen.

»Wir müssen hier weg.« Er legte seine schlanken Finger um mein Handgelenk, ein sanfter, aber entschlossener Griff. Sein Blick huschte hin und her und blieb überall hängen, nur nicht auf meinem Gesicht.

Die Schlägerei hatte sich ausgedehnt. Aber ich scherte mich nicht darum, denn ich konnte keinen klaren Gedanken fassen. Mein Mann war zu mir zurückgekommen. Obwohl ... eigentlich war er das nicht. Ich war diejenige, die hierhergekommen war. Nur, warum sah er mich denn nicht an?

Warren führte mich zwischen umgestoßenen Tischen, zerbrochenen Flaschen und zwei bewusstlosen Männern hindurch. Die Benommenheit, die vor wenigen Sekunden noch so überwältigend gewesen war, ließ mit jedem meiner Schritte nach. Aber je klarer mein Verstand war, desto verwirrter wurde ich.

Warren war die ganze Zeit am Leben gewesen. Aber wie hatte er den Absturz überlebt? Und warum hatte er keinen Kontakt zu mir aufgenommen? Mein Blick ruhte auf seinem Hinterkopf. Sein lockiges Haar war zu lang, aber das war es nicht, was meine Aufmerksamkeit erregte. Seine Nackenmuskeln waren angespannt. Sein sonst so geschmeidiger Körper bewegte sich mit der Starre von geschmiedetem Eisen. Allerdings bahnten wir uns auch gerade einen Weg durch eine wilde Schlägerei.

Warren trat einen umgefallenen Stuhl aus dem Weg, während ich beinahe über einen Hut gestolpert wäre. Wir machten einen Bogen um zwei Männer, die aufeinander eindroschen. Ein Ellbogen schoss heraus und Warren schirmte mich ab, sodass der Schlag ihn am Rücken traf.

Er ächzte, lief aber weiter. Wir erreichten die Tür und Warren ließ sich zurückfallen, damit ich zuerst hindurchgehen konnte. Die Nachmittagssonne blendete mich, ein so starker Kontrast zu den bedrohlichen Schatten, aus denen ich gerade getreten war.

Warren schloss die Tür und wandte sich einem Hain zu, der vor uns lag. Ich wusste nicht, wohin er mich führte, aber ich bemühte mich, mit seinen ausladenden Schritten mitzuhalten.

Die feuchte Luft ließ nur flache Atemzüge zu. Warren wurde langsamer und sah sich um, als suchte er jemanden. Ein Ford parkte im Schatten an einer schmalen Straße. Warren lief zur Beifahrertür und öffnete sie. War dies sein Wagen? Ich hatte so viele Fragen, aber als sein Blick meinem begegnete, blieb ich wie angewurzelt stehen.

Etwas blitzte in seinen Augen auf. Es war keine Liebe. Und auch keine Wärme. Die goldenen Flecken leuchteten in seinen braunen Augen wie Feuerpfeile.

»Was ist denn, Warren?« Ich trat zu ihm, voller Sehnsucht nach einer echten Wiedervereinigung nach anderthalb Monaten der Trennung. Ich hängte mich an seinen Hals, froh darüber, dass die Betrunkenen mit ihrer Schlägerei uns nicht mehr ablenken konnten.

Seine Hände schlossen sich um meinen Rücken und glitten dann über meine Taille. Aber es war keine zärtliche Berührung. Seine Finger tasteten mich ab, schnell und zielstrebig.

»Wenigstens keine Waffe«, murmelte er.

Ich wich zurück. »Waffe? Wovon redest du?« Ich sah ihm ins Gesicht. Warren hatte mich immer nur mit Bewunderung angesehen. Selbst als wir uns zum ersten Mal begegnet waren, hatte ich das erkannt. Aber jetzt sah er mich mit einem Anflug von

Verärgerung an. Die Wahrheit traf mich mit der Präzision einer rostigen Klinge, die mir schmerzhafte Schnitte zufügte und mir die Hoffnung raubte – er freute sich gar nicht darüber, dass ich bei ihm war.

»Ich dachte, du wärst gekommen, um die Sache endgültig zu erledigen.«

Erledigen …

Mein Blick ging an ihm vorbei und fiel auf die Zeitung auf dem Beifahrersitz. Genau die Ausgabe, die ich gestern Abend auch gesehen hatte. All die schrecklichen Worte, die mich verleumdeten. Anklagend und schmerzhaft. Das Entsetzen schlang seine mächtige Faust um meine Kehle, aber ich brachte eine heisere Entgegnung heraus. »Das ist alles nicht wahr.«

»Nein?« Ein ganzes Arsenal finsterer Blicke traf mich, aber es war das eine, einsame Wort, das mich erschütterte.

Er konnte doch nicht wirklich glauben, dass ich sein Flugzeug manipuliert hatte. Ich konnte ertragen, wenn die Welt diesen Unsinn glaubte, aber er? »Das sind alles Lügen. Ich war an dem Morgen nicht im Hangar. Ich würde doch nicht wollen, dass dir etwas passiert. Niemals.« Ich biss mir auf die Unterlippe, um das aufsteigende Geständnis zurückzuhalten. Nein, es musste verborgen bleiben. Wenigstens jetzt noch. Ich war innerlich angespannt, meine Gelenke waren blockiert, so als würde mein Körper die furchtbare Wahrheit in sich einschließen – für den Flugzeugabsturz war ich nicht verantwortlich, aber ich trug eine andere Schuld. Der anklagende Blick in Warrens Augen sagte mir, dass er es nicht verstehen würde.

Seine Finger krallten sich um die offene Wagentür, während sein Blick zu meinen Haaren wanderte. Wie fremd ich ihm doch vorkommen musste. Meine Haare, die früher so hell gewesen waren wie die Sonne über uns, waren jetzt so dunkel wie der Nachthimmel. Oder war mein Pagenkopf der Grund, weshalb er mich so anstarrte? Ich wartete darauf, dass er eine entsprechende Bemerkung machte, aber stattdessen blickte er mir suchend über die Schulter.

»Ist er auch hier?«
Ich blinzelte. »Wer denn?«
»Brisbane. Ich nehme an, dass er dich hierhergeschickt hat.«
Warren ließ die Tür los und bedeutete mir einzusteigen. »Sag ihm, dass er gefeuert ist.«
Wovon redete er? Ich sank auf die Sitzbank. Das von der Sonne erhitzte Polster brannte sich förmlich in meinen Körper. Warum glaubte er, dass Kent Brisbane mitgekommen war? Und warum verhielt er sich so? So schroff, so anders, als ich ihn je erlebt hatte? Aber aus all den verworrenen Fragen kam eine Antwort zum Vorschein. »Weiß Brisbane denn, dass du lebst?«
Warren schnaubte. »Natürlich. Ich habe ihn ja nach dem Absturz angeheuert, um dich zu beschatten.«
Was? Brisbane war bei Warrens Trauerfeier gewesen. Der Mann hatte mir mit großer Traurigkeit und Ernsthaftigkeit sein Beileid bekundet. Hatte er da schon gewusst, dass Warren den Absturz überlebt hatte? Oder erst danach? Aber Moment mal.
»Du hast einen Detektiv angeheuert, um … *mich* zu beschatten? Du glaubst also wirklich, ich hätte versucht, dich zu töten?«
»Ja.«

Wir fuhren in angespannter Stille. Ich hatte keine Ahnung, wohin Warren mich brachte. Und ich konnte mich auch nicht dazu durchringen, irgendetwas zu sagen. Nicht einmal, um seine schreckliche Behauptung abzustreiten. Warren hielt mich für eine Mörderin. Das erklärte zumindest sein distanziertes Verhalten und den eiskalten Blick in seinen Augen.
Dass Warrens Flugzeug abgestürzt war, hatte jedes Lebenslicht in mir ausgelöscht. Er war die Fackel gewesen, die meine gefrorene Welt aufgetaut hatte. Das Feuer, das mich beständig danach streben ließ, mich ihm und seiner Wärme zu nähern. Das war Warren. Hitze. Energie.

Aber jetzt ... war er kalt. Eiskalt.

»Hat Brisbane dir erzählt, dass ich hier bin?« Er erhob die Stimme über den klappernden Wagenboden.

»Nein.«

»Wie hast du mich dann gefunden?« Er warf mir einen flüchtigen Blick zu. »Bestimmt hast du jetzt nicht mehr so ein schlechtes Gewissen, nachdem du weißt, dass ich noch lebe. Aber denk nicht, ich würde dich davonkommen lassen.«

Meine Finger gruben sich in das Sitzpolster. Wie sollte ich reagieren? Ich konnte mich nicht verteidigen, denn alles, was ich über meine Rolle an jenem schrecklichen Tag sagen konnte, würde ihn nur bestätigen und noch mehr gegen mich aufbringen.

Er fuhr weiter, die Lippen zu einer dünnen Linie zusammengepresst. Nach einigen angespannten Sekunden warf er mir einen Blick zu. »Ich nehme an, du bist irgendwo abgestiegen.« Es war keine Frage, aber er wartete offenbar auf eine Antwort von mir.

Würde er mich hinbringen? Mich dort zurücklassen? »Ich habe ein Zimmer in Greenford gemietet. Mein Flugzeug ist auch dort.«

Er zuckte zusammen. »Du bist mit der Jenny hierhergeflogen?«

»Ja.«

»Mit *deinem* Flugzeug?«

Glaubte er denn gar nichts von dem, was ich sagte? Dieser verbale Schlagabtausch ließ das letzte bisschen Mut in mir aufflackern. Des Mordes beschuldigt zu werden, wie eine Verbrecherin behandelt zu werden und zu sehen, wie mein warmherziger und liebevoller Ehemann sich mir gegenüber so distanziert und schroff verhielt, erweckte etwas in mir zum Leben und entzündete eine Flamme in mir. »Natürlich bin ich mit meinem Flugzeug geflogen. Deins liegt schließlich auf dem Grund des Sees. Und nur damit du es weißt: Ich werde nicht zulassen, dass du mich am Stadtrand aussetzt und wegfährst. Ob es dir gefällt oder nicht, wir sind immer noch verheiratet.«

Warren runzelte die Stirn, sagte aber nichts. Es war offensichtlich, dass meine Worte ihm zu schaffen machten. Und ich konnte nicht leugnen, dass eine neue Welle des Kummers über mir zusammenschlug. Dies war Warren. Der Mann, dem ich die Treue versprochen hatte. In guten wie in schlechten Tagen. Bis dass der Tod uns scheidet. Ich hatte getrauert, weil ich dachte, der Tod hätte uns geschieden. Aber jetzt waren wir wieder zusammen, und doch ... irgendwie noch immer getrennt.

»Wir holen deine Sachen.«

Eine Stunde später hatte Warren uns in den Wald zu einer rustikalen Holzhütte gefahren. Ich folgte ihm eine Treppe mit abblätternder Farbe hinauf. In der einen Hand hatte er die Tasche, die wir in der Stadt geholt hatten, und mit der anderen schloss er die Tür auf.

»Hast du dich hier die ganze Zeit versteckt?«, fragte ich.

Er trat zur Seite und ließ mich zuerst hineingehen. Die fest zusammengepressten Lippen verrieten mir, dass ich ihm keine Informationen würde entlocken können.

Seufzend wollte ich mich an ihm vorbeischieben, aber auf der Schwelle blieb ich stehen. Seine Hand wölbte sich, als er mir die Tür aufhielt, aber es war sein linker Ringfinger, der meine Aufmerksamkeit erregte. »Du trägst immer noch deinen Ehering«, sagte ich leise. Wenn er sich so entschlossen von mir distanzierte, hätte er ihn dann nicht abgelegt?

»Du nicht, wie ich bemerkt habe.«

Als Antwort auf seine ernüchternde Äußerung zog ich meine Goldkette unter meinem Kleid hervor und zeigte ihm beide Ringe. »Es durfte nichts zu sehen sein, woran man mich hätte erkennen können. Mein Verlobungsring ist schließlich ein Unikat. Aber ich trage sie auf diese Weise. Nah an meinem Herzen.« Ich ließ die Kette wieder los, während Warrens Blick suchend auf meinem Hals liegen blieb. Erinnerte er sich daran, wie oft er meinen Hals geküsst hatte?

Sein Brustkorb hob und senkte sich, aber das war der einzige Hinweis darauf, dass meine Nähe irgendeine Wirkung auf ihn hatte. Ich legte eine Hand auf seine Brust und spürte den hämmernden Herzschlag, den Puls des Lebens. Eines Lebens, von dem ich geglaubt hatte, ich hätte es verloren. Überwältigt stellte ich mich auf Zehenspitzen und beugte mich vor, in dem Bestreben, ihm ganz nah zu sein.

»Nicht.«

Ich erstarrte und schloss die Augen. Es war für mich kaum zu ertragen, den Abscheu zu sehen, den ich in seiner Stimme hörte. Wie am Tag zuvor auf der Tragfläche der Jenny fühlte ich mich wie gelähmt und konnte mich nicht rühren. Ich zwang mich, einen Schritt zurück zu tun und dann noch einen, um mehr Raum zwischen seine Zurückweisung und mein Herz zu bringen.

Er schloss die Tür mit einem beunruhigenden Knall. Ich holte tief Luft und sah mich in der Hütte um, die nur aus diesem einen Raum bestand. Durch schmale Lücken in den Vorhängen drang das Licht des späten Nachmittags. An der hinteren Wand gab es einen gemauerten Kamin mit verkohlten Steinen um die schwarze Feuerstelle herum. Daneben stand ein kleiner Kanonenofen, ebenfalls schwarz vom Ruß. In der Ecke war ein Waschbecken mit einem Pumpwasserhahn. Ein flüchtiger Blick sagte mir, dass es hier keinen elektrischen Strom gab, da an strategischen Plätzen Öllampen verteilt waren.

Warren warf seinen Hut auf den kleinen Tisch und ging zur anderen Seite des Zimmers, wo er meine Tasche auf den Boden stellte, gleich neben das ... Feldbett. Außer zwei Holzstühlen, die unter einen winzigen Tisch geschoben waren, gab es keine weiteren Möbelstücke. Würden wir hier schlafen?

Ich ging weiter hinein in den Raum, blieb aber wieder stehen, als mein Blick auf ein Gewehr fiel, das in einer Nische hinter dem Bett stand. Ich hätte es übersehen, wenn ich nicht so verlegen auf die einzige Schlafgelegenheit im Zimmer gestarrt hätte.

Warren folgte meinem Blick und nahm die Waffe an sich. »Das Ding ist nicht geladen.« Er zog den Vorderschaft zurück und das Geräusch hallte an den dunklen Holzwänden wider. Dann betätigte er den Abzug, als wollte er mir beweisen, dass er die Wahrheit gesagt hatte. »Nur, falls du dich das gefragt hast.«

»Damit ich dich damit angreifen kann? Meinst du das?« Meine Stimme klang dünn und meine Finger zuckten.

Warren stellte das Gewehr zurück und ignorierte meine Verärgerung. »Warum bist du mit dem Flugzeug nach Greenford geflogen?« Er zog seine Tweedjacke aus, die ich vorher noch nie gesehen hatte. Sie hatte etwas gespannt über seinen breiten Schultern. Woher er sie wohl hatte? Und auch die restliche Kleidung. Der Anzug war nicht von so guter Qualität wie sonst seine Kleidung. Er hängte die Jacke an ein Holzgestell und sah mich mit hochgezogenen Augenbrauen an.

»Ich habe dort Fliegerkunststücke vorgeführt.«

Falls er überrascht war, weil seine Frau als Dame der gehobenen Gesellschaft einen solchen Flugzirkus veranstaltete, ließ er es sich jedenfalls nicht anmerken.

Er lockerte nur seine Krawatte. »Also bist du in den letzten Wochen auf Abenteuerjagd gegangen, anstatt die trauernde Witwe zu spielen. Ich bin gerührt von deiner treuen Ergebenheit.«

Wer brauchte eine geladene Flinte, wenn jedes seiner Worte die Durchschlagskraft einer Kugel hatte? Ich biss mir auf die Lippen und tat alles, damit mein Kinn nicht bebte, aber gegen die Tränen in meinen Augen, die sein stoisches Gesicht verschwimmen ließen, konnte ich nichts tun. »Ich habe in den vergangenen Wochen um dich getrauert.« Aber das Wort trauern schien mir nicht stark genug, um zu beschreiben, welche Qualen mich zerrissen hatten. »Albträume und Einsamkeit waren meine Gefährten und haben mich dazu gebracht wegzulaufen. Die Flugshow und das hier« – ich zeigte auf meine Haare – »sind meine Tarnung.«

»Weil du wegen Mordes gesucht wirst?«

»Nein, weil ich nach Informationen über deinen Tod gesucht habe.« Ich sah Warren in die Augen. »Und ich habe Brisbane gesucht, weil ich hoffte, er könnte mir sagen, was passiert ist.«

»Wie meinst du das?« Er sah mich prüfend an, so als könnte

er mich auseinandernehmen, mir ein Geheimnis nach dem anderen entlocken, aber dann wandte er sich doch von mir ab, als wäre ich die Mühe nicht wert.»Setz dich.« Er zeigte auf einen der Holzstühle am Tisch.

Ich sank auf den Stuhl, der ihm am nächsten war. Meine Finger zitterten und ich faltete die Hände auf dem Schoß. »Brisbane ist verschwunden.«

Warren zerrte eine Wolldecke vom Feldbett, trat zu mir und warf mir den schweren Stoff auf den Schoß.

Es war September, aber ich zitterte schrecklich, als wäre es Februar. Daran war der Schock schuld. Man rechnete schließlich nicht damit, dass man über den eigenen verstorbenen Ehemann stolperte, nur um gleich darauf zu erfahren, dass die glückliche Wiedervereinigung durch eine lästige Mordanschuldigung ruiniert wurde.

Er trat zurück und ich spürte den Abstand. Wir waren nur einen Meter voneinander entfernt, aber es war, als würde ein unüberwindbarer Abgrund uns voneinander trennen. Unsere Blicke begegneten sich, aber Warren sagte nichts.

»Es macht dir nichts aus?«, fragte ich. »Dass dein guter Freund verschwunden ist?«

Er drehte den zweiten Stuhl herum und setzte sich rücklings darauf. »Er taucht immer mal wieder unter. Das gehört zu seinem Job. Und es ist nicht ungewöhnlich, dass er die Stadt verlässt, ohne es jemandem zu sagen.«

Irgendwie hatte ich das Gefühl, etwas erreicht zu haben. Warren hatte mehr als drei Wörter gesagt, ohne dass in jeder Silbe Verachtung mitschwang.

»Ich kann es ihm nicht verdenken, dass er sich aus dem Staub gemacht hat, wenn du in der Nähe bist. Schließlich bezahle ich den Mann dafür, dass er herausfindet, was du machst.«

Meine Finger krallten sich um den Rand der Wolldecke. Die ganze Zeit über steigerte sich mein Mann in den Groll auf mich hinein. Wenn ich ihn dazu bringen konnte, sich zu öffnen und mir zu erklären, warum er mir so etwas Schlimmes zutraute, dann würden wir vielleicht zusammen herausfinden können, wie es zu dem Absturz gekommen war. Meine Ernsthaftigkeit zu beteuern, hatte nicht funktioniert. Also würde ich anders vorgehen müssen.

»Mir war nicht bewusst, dass Brisbane öfter verschwindet. Aber hätte er dann tatsächlich sein Zigarettenetui zurückgelassen?«

Warren erstarrte. Wir wussten beide, dass Kent Brisbane dieses Zigarettenetui hütete, als wäre es mit Diamanten gefüllt. Es war sein größter Schatz. Der alle seine Geheimnisse enthielt. Dabei waren es doch nur private Notizen.

Warren ging in dem kleinen Raum auf und ab und blieb dann stehen. »Er hat es dagelassen? Hast du es dabei?«

Ich nickte und machte Anstalten aufzustehen, aber meine Beine zitterten. Was in aller Welt war nur mit mir los? Zweifellos wirkte ich wie ein ungeschicktes Rehkitz, das laufen lernt.

»Bleib sitzen.« Warrens Anweisung klang schroff, aber ich konnte einen Anflug von Sorge in seinen Augen sehen. Ein Flackern nur, das viel zu schnell wieder verschwunden war. Aber es war eindeutig da gewesen. »Ist es in deiner Tasche? Ich hole sie.« Er griff danach, hielt dann aber inne. »Oder gibt es etwas darin, das ich besser nicht sehen sollte?«

Und schon lag die beißende Eiseskälte wieder in seiner Stimme.

»Nein.« Hitze stieg in meiner Brust auf. »Es sei denn, es macht dich verlegen, meine Unterwäsche zu durchsuchen.«

Er warf mir einen Blick zu. Aber darin lag etwas, das ich nicht verstand. Wenn da nicht diese unangenehme Feindseligkeit zwischen uns gewesen wäre, hätte ich es als Sehnsucht bezeichnet. Aber angesichts seiner Zurückweisung an der Tür wusste ich, dass ich mich irrte.

Warren brachte mir die Tasche, statt selbst darin zu wühlen. Ich fand das Zigarettenetui gleich und reichte es ihm.

Er öffnete es und zog den kleinen Block heraus. »Die meisten Einträge wurden rausgerissen.« Er runzelte die Stirn, während er die eingerissenen Blätter betrachtete.

»Das ist mir auch aufgefallen. Weiter hinten steht dein Name.« Ich sah zu, wie er durch die Seiten blätterte und dann bei dem entsprechenden Eintrag innehielt.

Seine kaffeebraunen Augen überflogen die Liste. »Was sind das für Namen? Newborn. Hartshire. Hanover.«

»Ortschaften im Bundesstaat New York. Allesamt Kleinstädte.« Er warf mir einen Blick zu. »Ja, aber Greenford steht hier auch. Das ist hier.«

»Deshalb bin ich ja auch hier.« Ich senkte den Kopf, um seinem durchdringenden Blick auszuweichen. »Ich war in Newborn, Hartshire und Dalton. Aber da habe ich nichts entdeckt. Dies ist der erste Ort, an dem ich etwas ... Bemerkenswertes gefunden habe.« Ich hatte *ihn* gefunden. »Angefangen habe ich damit, weil ich dachte, ich könnte vielleicht Brisbane finden oder etwas, das mir verrät, wer dir etwas antun wollte und warum.«

Warren lauschte und beobachtete mich mit wacher Nüchternheit, als würde er meine Worte abwägen, um herauszufinden, wie ehrlich sie waren.

»Als Nächstes wollte ich nach Hanover, um dort eine Flugshow zu veranstalten und nach Hinweisen zu suchen. Aber ...«

»Aber was?«

»Ich bin mir nicht sicher, ob das noch notwendig ist.« Ich zupfte an einem losen Faden in der Decke. »Der einzige Grund für diese Vorführungen war es ja, Informationen über meinen toten Ehemann zu sammeln.« Ich blickte auf und sah, dass Warren mich beobachtete. »Aber das ist jetzt ja nicht mehr nötig. Und da du das Verschwinden von Brisbane nicht für ungewöhnlich hältst, was bringt es dann weiterzumachen?«

»Ich finde, wir sollten morgen dort hinfahren.«

Ich blinzelte. »Warum? Es geht dir doch gut. Wir könnten auch einfach ...«

»Wohin gehen? Nach Hause?« Er stieß ein freudloses Lachen aus. »Jemand hat versucht, mich umzubringen, Geneva. Ich kann nicht einfach wieder in dieses Leben spazieren, wenn ich weiß, dass diese Person es noch einmal versuchen könnte.« Er gab mir Brisbanes Zigarettenetui zurück. »Es sei denn, es gibt etwas, das du mir beichten willst.«

Ich sprang auf und die Decke sank zu Boden. Eine Antwort lag mir schon auf der Zunge, bereit, über meine Lippen zu kommen, aber dann … verließ mich der Mut. Ich hatte tatsächlich etwas zu beichten, sogar mehrere Dinge. Und deshalb hatte ich ihn auch noch nicht gefragt, wie er den Absturz überlebt hatte. Denn meine Frage würde wiederum eine entscheidende Frage seinerseits auslösen. Über den Fallschirm. Mein Magen zog sich zusammen. Vielleicht wusste er es ja schon. Und es gab nur einen Weg, es in Erfahrung zu bringen.

»Warum glaubst du, dass ich dich töten wollte?«

»Das hat viele Gründe.« Er warf mir einen finsteren Blick zu, aber ich würde mich nicht einschüchtern lassen. »Unser Streit an dem Abend vor dem Absturz. Dein Verhalten in der ganzen Woche vorher.« Warren fuhr sich frustriert mit der Hand durchs Haar. »Was du gesagt hast und was du ganz bewusst *nicht* gesagt hast.«

Ich zuckte zusammen, aber er sprach weiter.

»Ganz zu schweigen von deinem reizenden Geständnis in der Zeitung. An wen hast du diesen Brief eigentlich geschickt? An deinen Vater?«

Mir fiel die Kinnlade herunter. »Nein. An Brisbane.« Ich schüttelte den Kopf. »Meine Worte wurden aus dem Zusammenhang gerissen. Ich habe mich geschämt, weil wir beide uns an dem Abend gestritten hatten. Es belastete mich, dass unsere letzten Worte im Zorn gesprochen worden waren. Und auch weil …« Ich presste die Lippen aufeinander. Ich konnte ihm nichts von dem Fallschirm sagen. Das würde mich sofort belasten. Aber Warrens Blick schien nur noch intensiver zu werden, sodass ich keinen klaren Gedanken fassen konnte. »Weil ich … an dem Morgen nicht beim Hangar war.«

»Genau«, sagte er abrupt und mir wurde mein Fehler bewusst.

Ich war in seine Falle getappt wie ein nervöses Nagetier. »Wir wollten uns treffen und du bist nicht gekommen. Und was ist dann passiert? Mein Flugzeug wird sabotiert. Wie konntest du nur, Geneva?«

»Dass ich nicht da war, bedeutet doch nicht ...«

»Aber wo warst du denn?« Sein Blick ließ mich nicht los. »Sag es mir.« Seine Miene wirkte jetzt ein wenig weicher und ließ etwas von dem Mann durchscheinen, den ich geheiratet hatte. »Bitte.«

Der Kummer war wie ein Stich. Er begriff nicht, was er da von mir verlangte. Ich zog mich in mich selbst zurück und suchte in den eisigen Tiefen meiner Seele. Wenn ich doch die Erinnerung nur betäuben könnte. Den Schmerz. Die Zerstörung, die ich verursacht hatte. Ich begegnete seinem Blick mit einem betrübten Kopfschütteln. »Das kann ich nicht.«

# KAPITEL 5

*Etwa fünf Monate vorher – 8. April 1922*
*Geneva*

»Sch.« Ich riss die Augen auf und deutete mit dem Kopf auf meine Anstandsdame einige Meter entfernt. Cecily saß an einen Baum gelehnt und las ein Buch, aber ich hatte den Verdacht, dass sie uns belauschte. Eine Aufpasserin zu haben, war ebenso altmodisch wie ein Reifrock und auch genauso lächerlich. Aber Vater hatte es befohlen und sein Wort war Gesetz. Und wenn Cecily die letzte Bemerkung von Mr Hayes gehört hatte und anschließend meinem Vater davon berichtete, konnte es gut sein, dass ich in Einzelhaft kam – in mein Zimmer gesperrt bis zu meinem Hochzeitstag. »So etwas dürfen Sie nicht sagen. Nicht, wenn sie in der Nähe ist.«

Seine Augen funkelten belustigt. »Ich garantiere Ihnen, dass Ihre Zofe uns nicht hören kann.«

»Cecily hat sehr gute Ohren«, sagte ich im aufgesetzten Flüsterton. »Wirklich.«

Er beugte sich näher. »Aber es ist doch nichts Skandalöses daran, wenn wir von meinem Flugzeug sprechen.«

»Wenn Sie davon sprechen, dass ich darin gesessen habe, schon.« Mein Tadel hatte nicht die erwünschte Wirkung, weil ich nicht ganz verhindern konnte, dass meine Mundwinkel sich zu einem Lächeln verzogen. »Vielleicht können wir dieses kleine Geheimnis ja für uns behalten.«

»Ich gehe davon aus, dass Ihre Eltern es nicht gutheißen würden?«

Ich schüttelte den Kopf. »Es gibt nicht viel, was mein Vater gutheißt. Aber er missbilligt insbesondere alles, was mit Höhe zu tun hat.« Mein Blick wanderte zu den Wolken hinauf. »Es würde ihm nicht gefallen zu hören, dass ich da oben war.« Nicht aus einem etwaigen Gefühl der Vaterliebe, sondern weil ich sein Druckmittel war. Ich war Vaters Schlüssel zur Macht. Wenn ich Warren Hayes heiratete, bedeutete es, dass Vater Einfluss darauf nehmen konnte, was die Zeitungen über ihn berichteten.

Mr Hayes bot mir seinen Arm dar. »Ich wette jede Zeitung, die ich jemals verkauft habe, dass Sie Ihren Ausflug in die Lüfte genossen haben.«

Ich legte einen Finger auf meine Lippen, bevor ich die Hand in seine Armbeuge legte. »Ich habe es nicht genossen, Sir.« Ein kurzer Blick zu Cecily ließ mich die Stimme senken. »Ich habe es geliebt.«

Sein Lachen entlockte mir ein breites Lächeln.

Wir entfernten uns unauffällig von meiner Anstandsdame, sodass ich freier reden konnte. »Es war eine der wundervollsten Erfahrungen in meinem Leben und die habe ich Ihnen zu verdanken.«

»Es war mir ein Vergnügen.« Er sah mich an, als hätte ich etwas in einer Fremdsprache gesagt. Vielleicht hatte er nicht erwartet, dass ich so dankbar war. Mutter hatte einmal gesagt, eine Frau sollte einem Mann gegenüber keine übermäßige Dankbarkeit zeigen, denn das würde von den Herren als forsch empfunden und könnte sie zu Annäherungsversuchen verleiten. Aber ich hatte bei Mr Hayes keine böse Absicht gespürt. Wenn jemand irgendwelche Hintergedanken hatte, dann mein Vater.

»Vielleicht mache ich noch eine Pilotin aus Ihnen.«

Mir stockte der Atem bei seinen Worten und er legte seine andere Hand auf meinen Arm, um mich zu stützen. Gewiss hatte ich mich verhört. »Sie wollen mir das Fliegen beibringen?«

»Wenn Sie wollen.«

Wollen. So ein seltsames Wort. Träume, Leidenschaften und Wünsche in sechs schlichte Buchstaben eingewickelt. Aber es konnte auch ein Geschenk sein. Bisher hatte man mich kaum jemals danach gefragt, was ich wollte. Obwohl ich oft genug darüber nachgedacht hatte. Und der Mann neben mir? Ich musterte ihn offen und ohne Zurückhaltung, genau wie ich es mit seinem Flugzeug gestern getan hatte. »*Wollen* Sie mich wirklich heiraten?«

Seine Augenbrauen wanderten in offensichtlicher Überraschung nach oben. Aber ich würde die Frage nicht zurücknehmen. Ich musste wissen, woran ich war. War er eine Spielfigur in Vaters Plan? Oder hatte er tatsächlich eine Wahl?

»Ihr Vater scheint sehr erpicht auf diese Verbindung.«

»Das ist eine Untertreibung.« Ich drehte mich um, als ich schlurfende Schritte hinter mir hörte. Cecily beschattete uns wieder. Aber sie tat ja auch nur, was man ihr aufgetragen hatte. Auch sie war meinem Vater auf Gedeih und Verderb ausgeliefert. Das war etwas, das wir gemeinsam hatten. Ich lächelte ihr zu, bevor ich meine Aufmerksamkeit wieder Mr Hayes widmete. »Aber es beantwortet nicht meine Frage. Natürlich will mein Vater, dass wir ein Paar werden.«

Aber was hatte Warren von dieser Verbindung? Die Hayes-Familie nagte nicht gerade am Hungertuch, aber die Zeitungswelt als Ganze hatte durch die Erfindung des Radios einen Schlag hinnehmen müssen. Durch die Radiosendungen mussten die Menschen nicht mehr darauf warten, bis die neuesten Nachrichten gedruckt vorlagen. Waren meine Annahmen korrekt? Hatte mein Vater ihn geködert? Ihm ein gutes Angebot für Papier aus unseren verschiedenen Fabriken gemacht? Vielleicht brauchte ich auch die Einzelheiten nicht zu kennen. Aber eins wollte ich unbedingt wissen. »Meine Frage ist, ob *Sie* es wollen.«

»Ja.«

»Warum?« Wir gingen den gepflasterten Weg entlang, der zu dem Rankengitter mit seinen Blumen führte. »Gestern sind wir uns das erste Mal begegnet. Ist Ihnen die Zeitungsbranche so wichtig, dass Sie eine lebenslange Verpflichtung gegenüber einer Fremden eingehen?« So. Ich hatte die geschäftliche Seite unserer

Verbindung angedeutet, anstatt geradeheraus zu fragen. Das sollte mir einige Bonuspunkte im Anstandsspiel einbringen.

»Das Geschäft meiner Familie ist mir wichtig, aber mein Vater hat mich so erzogen, dass ich verstehe, wie wichtig Prioritäten sind. Meine Karriere ist nur ein Teil meiner Person. Und sie ist nicht wichtiger als der Glaube und die Familie.«

Ich wusste nicht, was ich sagen sollte. Alle Männer, die ich kannte, stellten ihren Lebensunterhalt über alles andere.

»Und Sie sind mir nicht wirklich fremd.« Mr Hayes lächelte belustigt. »Ich habe schon viel über den Ashcroft-Engel gehört.«

Ich musste unwillkürlich lachen. »Oh, der Ashcroft-Engel.« Dieser unselige Spitzname. »Die schüchterne, wortkarge Erbin und so weiter und so fort.« Wenn Mr Hayes mich so sah, musste der arme Kerl sich auf eine kolossale Enttäuschung einstellen. Vielleicht war es besser, wenn ich ihm seine Illusionen sofort raubte. »Sie sollten nicht alles glauben, was in der Zeitung steht, Mr Hayes.« Ich senkte die Stimme zu einem verschwörerischen Flüstern. »Öffentliche Aufmerksamkeit kann man ebenso kaufen wie eine neue Garderobe.« Mit der freien Hand zupfte ich an meinem Chiffonkleid.

»In meinen Zeitungen wird nur die Wahrheit abgedruckt.«

»Ach ja?« Ich sollte ihn wahrscheinlich nicht provozieren, aber wenn er die Wahrheit wissen wollte, würde er alle erbärmlichen Fakten bekommen. Wie es schien, hatte Vater seine eigenen Verhaltensmaßstäbe nicht offengelegt. »Vater hat eine hübsche Summe dafür gezahlt, dass in der Öffentlichkeit ein bestimmtes Bild von mir gezeichnet wird. Das einer stillen und zurückhaltenden jungen Frau.« Allerdings war ich mir gar nicht sicher, ob er auch meinen Zukünftigen bestochen hatte oder nur andere Zeitungsverleger. »Er wollte lieber, dass die Welt an ein Fantasiegebilde glaubt, anstatt mit der Wirklichkeit konfrontiert zu werden.«

Mr Hayes' Mundwinkel zuckten. »Dann sind Sie also gar nicht so eine engelsgleiche Prinzessin?«

Ich blieb unter dem Rosenbogen stehen und sah mit gerunzelter Stirn zu den Blüten hinauf, die sich bogen, weil sie sich den von Menschen gemachten Grenzen fügten. Meine Blumen wuchsen wenigstens wild.»Mein Vater ist der Meinung, dass ich eine spitze Zunge habe.« Ich grinste spöttisch.»Und meine Mutter hält mich für noch starrsinniger als die Suffragetten. Übrigens ist das ein Schimpfwort für sie. Suffragette.«

»Und was denken Sie?«

»Ich würde mich ihnen anschließen, wenn ich könnte. Sie erheben ihre Stimme in der Welt. Das hat etwas Befreiendes.« Es klang ein wenig wehmütig.»Aber ich habe Vater versprochen, genau dem Bild zu entsprechen, für das er so viel bezahlt hat.« Ich rümpfte die Nase.»Die Konsequenzen gefallen mir allerdings so gar nicht.«

Mr Hayes schienen meine Bemerkungen zu amüsieren.»Und die wären?«

»Wenn ich nicht mitspiele, hat Vater gesagt, würde er mich als Köchin in ein Holzfällercamp in Minnesota schicken.« Ich warf meinem Gegenüber einen trockenen Blick zu.

»Das würde er nicht tun.« Seine schockierte Miene machte ihn mir noch sympathischer.

In einem Holzfällerlager lebten ausschließlich Männer. Kein liebevoller Papa würde freiwillig seine Tochter an einen solchen Ort verbannen. Aber Vater war nicht liebevoll.»Ich habe mich entschlossen, mich in mein Schicksal zu fügen, weil ich nicht des Mordes bezichtigt werden will.«

Mr Hayes spielte lächelnd mit.»An Ihrem Vater?«

»Nein, an den armen Holzfällern. Ich bin eine furchtbare Köchin.«

Sein warmes Lachen tat mir gut. Der tiefe Klang war echt und Echtheit war in unseren Kreisen etwas Seltenes.

»Jetzt wissen Sie also Bescheid, Mr Hayes. Ich werde für immer angepasst und langweilig sein und mich wie eine Heilige verhalten.« Feiner geschliffen als das Kristall unserer edelsten Kronleuchter. Während der Rest der Welt sich mit dem Jargon des Jazz auseinandersetzte und zu einer modernen Ausdrucksweise in der Sprache fand, war ich gezwungen, wie eine Frau aus der Zeit von Jane Austen zu reden. Nur ohne diesen charmanten britischen Akzent. Leider war die korrekte Sprache so tief in mir verwurzelt, dass ich mich gar nicht anders unterhalten konnte.

»Bitte sagen Sie Warren zu mir. Und ich habe schon einen Beweis für Ihre engelsgleiche Heiligkeit.« Er zwinkerte mir zu und hielt mir erneut den Arm hin, als hätte er nicht soeben die schwammigste Aussage getroffen, die ich je gehört hatte.

Er hatte einen Beweis? Wofür? Ich wollte ihn direkt fragen, aber er kam mir zuvor.

»Gestern Abend beim Tanzen haben Sie gesagt, Sie hätten mich falsch eingeschätzt. Mögen Sie mir erklären, inwiefern?«

»Setzen wir uns auf die Bank dort.« Ich deutete mit dem Kopf auf den Sitzplatz, der eindeutig als Zierde gedacht war und nicht als bequemes Möbel. »Um Ihre Frage zu beantworten – ich weiß wirklich nicht, was ich erwartet hatte, aber ganz sicher nicht Sie.« Wir kamen zu der Bank und ich sank darauf nieder. »Die meisten mächtigen Männer strahlen Überlegenheit aus. Sie erwarten, dass ich ganz verzückt bin, wenn sie mich eines Blickes würdigen. Es macht mich wahnsinnig. Aber als Sie mich gestern angesehen haben, war es …«

Mr Hayes nahm neben mir Platz. »Ja?«

»Es war, als wären Sie derjenige, der verzückt war.«

Er lachte. »Weil ich es auch war.« Er nahm meine Hand und in seinen Augen lag mit einem Mal ein tieferes Interesse. »Und immer noch bin.«

Ich starrte auf unsere Hände. »Wegen meines Vermögens? Meiner Familie? Meines gesellschaftlichen Standes? Sie können es sich aussuchen. Ich habe deswegen schon genügend Anträge bekommen.«

»Nein.«

»Wenn ich nichts besäße außer hundert Hektar Sumpfland, würden Sie mich dann trotzdem heiraten?«

»Das würde ich.«

Meine Lippen verzogen sich zu einem Lächeln. »Lügner.« Er stieß mich spielerisch mit der Schulter an. »Ich werde es Ihnen beweisen. Irgendwie. Aber die eigentliche Frage ist doch: Warum wollen *Sie* mich heiraten?«

Meine gute Laune sank wie ein Stein, den man in einen See wirft. Mr Hayes sah mich an und sein attraktives Gesicht war voller Fragen.

»Oh, da ist Lilith.« Ich erhob mich und ging mit raschen Schritten auf meine Schwester zu.

Ihr sittsames Lächeln strafte jedes aufgesetzte Lächeln meinerseits Lügen. »Hallo, meine Liebe.«

»Wie geht es dir? Ehrlich?« Ich musterte sie genau, um sicher zu sein, dass sie gesund genug war, um draußen zu sein. Ihr Teint war immer hell gewesen, aber ich entdeckte etwas Farbe in ihren Wangen. War sie echauffiert? War das Fieber zurückgekehrt? Die vertraute Angst griff nach meiner Kehle. Lilith war die Einzige in der Familie, die sich vor beinahe vier Jahren mit der Spanischen Grippe angesteckt hatte. Obwohl die Krankheit bei ihr im Vergleich zu anderen glimpflich verlaufen war, hatte ihre Gesundheit danach dauerhaft gelitten. Bevor ich weiterfragen konnte, gesellte Mr Hayes – oder vielmehr Warren – sich zu uns. »Mr Hayes, darf ich Ihnen meine Schwester vorstellen? Sie ist die wundervollste Menschenseele auf der Welt. Miss Lilith Ashcroft.«

Warren lupfte seinen Hut und lächelte freundlich. »Sehr erfreut, Ihre Bekanntschaft zu machen.«

»Ganz meinerseits.« Ihr Kopf neigte sich mit einer gewissen Eleganz, die ich niemals erreichen würde.

»Es tut mir leid, dass Sie den Ball gestern Abend verpasst haben. Ich hoffe, es geht Ihnen besser.«

Lilith lächelte angesichts seiner Aufmerksamkeit. »Es geht mir sehr gut, danke.«

Ich atmete erleichtert aus, während mir bewusst wurde, dass Warren mich ansah. Hatte er mein Unbehagen bemerkt? Oder verglich er uns miteinander? Lilith und ich unterschieden uns äußerlich fast um hundert Prozent. Während meine Locken golden wie der Sonnenschein waren, hatte Lilith feuerrotes Haar. Mein herzförmiges Gesicht wies schmale Wangen auf, während die von Lilith rundlich waren und in ein sanft geschwungenes Kinn und dünnere Lippen übergingen. Sie war zart und anmutig. Ich nicht. Das Einzige, was wir beide gemeinsam hatten, waren unsere blauen Augen.

»Geneva hat mir erzählt, dass Sie Pilot sind, Mr Hayes. Sind Sie im Krieg geflogen?«

»Nein. Ich war Fluglehrer.« Er kratzte sich im Nacken und ich fragte mich, ob ihm die Unterhaltung unangenehm war. Die meisten Männer sprachen nicht gerne über den Krieg, schon gar nicht mit Frauen. »Ich habe anderen das Fliegen beigebracht.« Sein Blick begegnete meinem und in seiner Miene lag etwas Neues. Etwas, das ich vorher noch nicht darin entdeckt hatte. Es erinnerte mich daran, wie man dreinblickte, wenn man etwas versprach. Ein Gelübde ablegte.

Ah, er hatte angeboten, eine Pilotin aus mir zu machen. Und seine Augen bestätigten jetzt, wie ernst es ihm gewesen war.

Ein raschelndes Geräusch erregte meine Aufmerksamkeit. Lilith hatte eine Hand in ihre Rocktasche geschoben, aus der ein Umschlag herausragte.

Das erklärte ihre rosigen Wangen. Meine liebe Schwester hatte einen Brief von ihrem Verehrer erhalten. Ich lächelte sie an. »Gute Nachrichten, hoffe ich.«

»Die besten.« Sie grinste. »Der Plan steht und nächsten Monat fangen wir an.« Aber dann verschwand das Strahlen aus ihrer Miene. »Das bedeutet, wir haben nicht viel Zeit, Boreas zu überzeugen.«

Der griechischen Mythologie nach war Boreas der Herrscher des Winters. Es schien mir ein perfekter Codename für Vater.

»Na, na.« Mein sanfter Tadel schien Lilith aus ihrer Trance zu reißen. »Überlass das ruhig mir.« Ich scheuchte sie fort. »Sei so lieb und sammele Cecily auf dem Weg zum Haus ein, damit Warren und ich einen Augenblick ungestört sind.« Meine Schwester und ich hatten uns nicht immer die Zofe geteilt. Bis vor einigen Jahren hatte jede von uns ihr eigenes Mädchen gehabt, bis Liliths Zofe Marta den ungeschickten Fehler begangen hatte, Lilith Bücher zu beschaffen, die nicht auf der von Mutter abgesegneten Leseliste standen. Marta hatte Mutter die Stirn geboten und gesagt, junge Frauen sollten das Recht haben, etwas anderes zu lesen als nur den Knigge. Daraufhin war die arme Frau entlassen worden und Cecily hatte ihre Aufgaben mit übernommen.

Jetzt lächelte Lilith hoffnungsvoll und ich schwor mir wieder einmal, sie nicht im Stich zu lassen. Ich würde mich an den Plan halten und meine Schwester vor dem Ruin bewahren. Als ich mich wieder Warren zuwandte, sah ich, dass er mich mit einem spitzbübischen Grinsen beobachtete.

»Was ist?«, wollte ich wissen.

»Sie haben mich gerade Warren genannt.« Er nahm meine Hand und führte sie an seine Lippen. »Das gefällt mir.« Er presste einen Kuss auf meine Finger und wieder strömte das erhebende Gefühl durch mich hindurch, das ich in dem Doppeldecker gehabt hatte. Warren Hayes' Berührung hatte eine faszinierende Macht über mich und ich wollte mehr davon. Aber das machte mir auch schreckliche Angst.

※

Der Vogelgesang in der Ferne klang müde, als wären die geflügelten Geschöpfe es leid, immer wieder dieselbe Melodie zu singen. Ich konnte es ihnen nachfühlen. Seit dem Ball hatte ich beinahe eine ganze Woche lang an irgendwelchen Gartenfesten teilnehmen müssen. Den ganzen Nachmittag über benahm ich mich wie die sittsame Dame der feinen Gesellschaft, bis mein Nacken ganz verspannt war. Ich lächelte, wenn es erforderlich war, lachte über schlechte Witze und täuschte großes Interesse an den immer gleichen Themen vor.

Es war an der Zeit für eine Flucht.

Mit schnellen Blicken nach rechts und links trat ich durch die Lücke zwischen den Ästen einer riesigen Laubenulme und schlüpfte unter ihren blühenden Baldachin. In zarte weiße Blüten gehüllt, reichten die gebogenen Äste bis auf den Erdboden und zierten den Rasenteppich wie die Spitzenschleppe eines Brautkleides. Abgesehen davon, dass er wunderschön war, bot dieser Baum das wirkungsvollste Versteck. Unbemerkt vom Rest der Welt konnte ich unter seinen schützenden Zweigen spazieren gehen.

»Bin ich zu spät?« Eine tiefe Stimme drang durch die grüne Wand. Sie war mir unbekannt und auch der Mann, dem sie gehörte, war mir fremd. »Oder hat das Fest noch nicht angefangen?«

»Brisbane.« Das war Warrens Stimme. »Ich war mir nicht sicher, ob du meine Einladung erhalten hast. Oder ob du den Nachmittag überhaupt mit uns großspurigen Snobs verbringen wolltest.«

Ich trat näher. Brisbane? Ich erinnerte mich nicht, den Namen auf der Gästeliste gesehen zu haben. Obwohl es sein konnte, dass Mutter ihrem zukünftigen Schwiegersohn gestattet hatte, Freunde oder Angehörige mitzubringen, wenn er es wünschte.

»Wieso glaubst du, ich wäre für den Heiratsmarkt nicht zu haben?« Der Mann hielt inne und ich wünschte, ich könnte sein Gesicht sehen. »Mhm, vielleicht kann ich mir ja den Ashcroft-Engel unter den Nagel reißen. Die Männer in meinem Klub haben von ihren vielversprechenden Brüsten erzählt.«

Ich unterdrückte einen Aufschrei. Brüsten? Darüber sprachen Männer also, wenn sie unter sich waren? Über die Brüste von Frauen? Ich beugte mich weiter vor, weil ich Warrens Antwort hören wollte. Würde er sich auch so vulgär äußern?

»Vorsicht, Brisbane.«

Ich atmete erleichtert auf, als ich den warnenden Unterton in Warrens Stimme hörte.

Der andere Mann reagierte auf Warrens Tadel mit einem gut-

mütigen Lachen. »Ich ziehe dich doch nur auf. Ich weiß, was du für das Mädchen empfindest. Obwohl ich sagen muss, dass es nicht sehr fair von dir ist. Schließlich bin ich ihr zuerst begegnet.«
Wer war dieser Mann? Ich kannte weder seinen Namen noch seine Stimme. Wenn ich doch nur zwischen den Ästen hindurchspähen und einen Blick auf den Kerl werfen könnte – aber ich durfte nicht riskieren, entdeckt zu werden.
»Hast du ihr schon einen Antrag gemacht?« Wieder Mr Brisbane.
Warren stöhnte. »Ich war noch nicht lange genug mit ihr allein, um überhaupt irgendwelche Fragen zu stellen, geschweige denn, diese.«
Ich lächelte über seine Mutlosigkeit. Es war tröstlich zu wissen, dass ich nicht die Einzige war, die unsere Gespräche vermisste. Seit dem Spaziergang im Garten vor einigen Tagen hatte ich kaum mit Warren gesprochen. Die Hausgäste hatten uns ganz mit Beschlag belegt.
»Schade.« Mr Brisbane schnalzte mit der Zunge. »Wissen die anderen hier von deiner Abmachung mit Miss Ashcroft?«
»Ich habe keine Ahnung. Warum?«
»Weil die hübsche Brünette beim Rosenbogen dich schon die ganze Zeit, die ich hier bin, interessiert anstarrt.«
Meine Finger zuckten. Ich wusste genau, auf welche Dame er sich bezog. Wenn man sie als solche bezeichnen konnte.
»Ach, das ist Miss Reinholt.« Warren bestätigte, was ich schon wusste. »Ich habe beim Eröffnungsball mit ihr getanzt.«
Das hatte er in der Tat. Und Beatrice Reinholt hatte sich bei besagtem Tanz mindestens zweimal ganz eng an ihn geschmiegt, während sie so tat, als wäre sie die Unschuld in Person. Ich hatte bemerkt, wie fasziniert sie von Warren war, mir war aber nicht klar, ob ihre übertriebene Aufmerksamkeit an Warrens Charme lag oder an der Tatsache, dass sie mich nicht leiden konnte. Ich vermutete, an beidem. Wir waren im selben Jahr in die Gesellschaft eingeführt worden und ich war dumm genug gewesen,

mich mit ihr anfreunden zu wollen. Wie sich herausstellte, hatte sie mich als Rivalin auserkoren und nicht als Freundin.

»Könnte ein Vorteil für dich sein, Hayes. Vor allem, wenn Miss Ashcroft es bemerkt. Frauen können ziemlich besitzergreifend sein, musst du wissen. Ein bisschen Eifersucht könnte deine Auserwählte motivieren, dir mehr Zuneigung zu zeigen. Und in dir den wertvollen Hauptgewinn fürs Leben zu sehen, der du bist.«

Und das war meine Strafe dafür, dass ich mich unter einem Baum versteckt hatte – eine unverfälschte Lektion über die Funktionsweise des männlichen Gehirns.

»Ich weiß, was du vorhast, Brisbane. Du stellst mich auf die Probe, aber es wird nicht funktionieren. Ich weigere mich, mit ihren Gefühlen zu spielen. Und ich werde dafür sorgen, dass sie sich über meine im Klaren ist.«

»Gut gemacht, mein Freund.« Es klang bewundernd und ich hatte den Eindruck, dass dies die erste ernsthafte Äußerung von Mr Brisbane war. »Ich wollte nur sicher sein, dass du ihrer auch würdig bist.«

Mir fiel die Kinnlade herunter. Wer war dieser Mann? Und wie kam er dazu, sich als mein Beschützer aufzuspielen?

Warren murmelte etwas, das ich nicht verstand.

»Was hältst du also davon, wenn du mich ihr vorstellst? Diesmal ganz offiziell?«

Ich geriet in Panik. Gleich würden die beiden Männer nach mir suchen. Und ich war hier und hielt mich wie ein Waldgeist unter einem Baum versteckt. Mit schnellen Schritten schlüpfte ich auf der anderen Seite unter den Ästen hervor, in der Hoffnung, dass die beiden in die andere Richtung gingen. Als ich mich umdrehte, war ich erleichtert, als ich sah, dass Lilith auf mich zukam.

Ich erreichte sie gerade noch rechtzeitig, um zu sehen, wie die beiden Männer um den riesigen Baum herumtraten.

»Tu so, als hätte ich gerade etwas Charmantes gesagt«, raunte ich Lilith zu.

Sie sah mir in die Augen und lachte. Offenbar fand sie mich eher lustig als charmant.

»Verzeihung, wenn wir Ihre Unterhaltung stören.« Warren trat näher, ein herzliches Lächeln auf den Lippen. »Aber ich möchte Ihnen gerne meinen alten Freund, Mr Kent Brisbane, vorstellen.« Ich wandte mich dem gut gekleideten Mann zu. Er war ungefähr genauso groß wie Warren, hatte aber schwarzes welliges Haar. Ich überlegte, wo ich ihm schon einmal begegnet sein könnte, aber ich konnte mich nicht erinnern. »Freut mich, Sie kennenzulernen, Sir.«

»Glauben Sie mir, das Vergnügen ist ganz auf meiner Seite. Ich wollte schon lange einen Blick auf den berühmten Ashcroft-Engel werfen.« Mr Brisbane lächelte ein wenig schelmisch und eine kleine Narbe wurde rechts von seinem Mund sichtbar.

Moment mal. Diese Narbe. Die Erinnerung war vage, aber ich hatte diese Narbe schon einmal gesehen. Hatte *ihn* schon einmal gesehen. Aber wo? »Dabei ist es gar nicht der erste Blick, den Sie auf mich werfen.« Ich erfreute mich an seiner verblüfften Miene.

»Ich glaube, unsere Wege haben sich schon einmal gekreuzt, auch wenn ich mich nicht daran erinnern kann, wo das war.«

Warren zog die Augenbrauen hoch und Lilith stieß mich sanft an. Ich wollte unseren Gast nicht in Verlegenheit bringen, aber irgendwie hatte ich den Eindruck, dass ich das auch gar nicht getan hatte.

Er lächelte nur. »Ich bezweifle, dass Sie sich an jemanden wie mich erinnern würden, Miss.«

Aber er hatte es auch nicht geleugnet. Interessant. Ich stellte Lilith und Mr Brisbane vor, der meine Schwester unbekümmert in eine Unterhaltung verwickelte, sodass Warren und ich einige Augenblicke für uns hatten.

Das kam uns beiden sehr gelegen. Seine Hand ergriff meine so geschickt, dass ich mich fragte, wie oft er diese Taktik bei anderen Damen schon angewendet hatte.

Ich lächelte. »Sie scheinen überrascht darüber, dass ich Ihrem Freund schon einmal begegnet bin.«

Er lachte. »Es hat mich mehr erstaunt, dass Sie es öffentlich zugegeben haben.«

»Aber es ist doch keine Schande zuzugeben, dass ich ihm schon einmal begegnet bin.« Nur. Wo war das gewesen?

»Natürlich kam er Ihnen bekannt vor.« Warren hielt inne und sah mich an. »Sie haben ihn ja erst vor wenigen Minuten reden gehört, als Sie sich unter dem Baum dort versteckt haben.«

Ich sog scharf die Luft ein und er grinste spitzbübisch.

Dann beugte er sich näher, sodass sein Gesicht nur wenige Zentimeter von meinem entfernt war. Er würde mich doch sicher nicht vor all unseren Gästen küssen! Stattdessen hob er die Hand und strich mir übers Haar. Aber nur, um etwas daraus zu entfernen – ein weißes Blütenblatt, das er jetzt in den Fingern hielt.

Oh. »Frauen tragen ständig Blumen in den Haaren, Mr Hayes.«

»Ich bin noch nicht fertig.« Seine Finger griffen wieder in mein Haar und zu meinem Entsetzen zog er diesmal einen kleinen Zweig heraus.

Meine Wangen wurden plötzlich ganz heiß. »Wussten Sie etwa die ganze Zeit, dass ich dort war?«

Er nahm wieder meine Hand. »Nein. Erst, als ich Sie gesehen habe.«

Ich konnte ihn genauso gut auf das ansprechen, was ich gehört hatte. »Sie haben zu Mr Brisbane gesagt, Sie würden dafür sorgen, dass ich mir Ihrer Gefühle bewusst bin. War das Ihr Ernst?«

Seine Miene wurde sanfter. »Ja.«

»Und wie wollen Sie das erreichen?«

»Das werden Sie schon sehen.« Er lächelte. »Jedenfalls freue ich mich schon sehr darauf.«

Ich warf ihm einen herausfordernden Blick zu. »Ich auch.«

# KAPITEL 6

3. September 1922
*Stella*

Der Schleier des Schlafs löste sich und die beißende Realität trat an seine Stelle. Warren war tot.
Die grausame Stimme der Trauer durchbohrte mich, wie sie es in den letzten Wochen jeden Morgen getan hatte.
Aber ...
Meine Finger umklammerten die kratzige Decke. Die Ereignisse des gestrigen Tages spulten sich in meinem Kopf ab wie ein Filmstreifen. Wie ich zu der Flüsterkneipe gefahren war und erfahren hatte, dass Warren lebte. Meine Augenlider zuckten. Ich hatte Angst, sie zu öffnen. Was, wenn alles nur ein Traum gewesen war?
Ich schlug die Augen auf. Das Morgenlicht fiel durch das Fenster und erleuchtete den Staub, der in der kleinen Hütte durch die Luft schwebte. Die Hütte, in die Warren mich gebracht hatte. Ich atmete tief aus und eine Welle süßer Freude durchströmte mich. Es stimmt! Gestern war wirklich passiert. Ich richtete mich auf und die Decke rutschte auf meinen Schoß.
Ich griff nach meiner Bürste und fuhr damit durch mein zerzaustes Haar, während ich mich im Raum nach meinem Mann umsah. Aber er war nicht da. Die Pritsche, auf der er letzte Nacht geschlafen hatte, hatte jemand verstaut. Das hätte mich nicht beunruhigt, wäre da nicht seine Tasche, die ich vermisste. Mein Blick flog zur Tür. Auch sein Mantel hing nicht mehr an der hölzernen Garderobe.
Mit meinem Verstand konnte ich keinen klaren Gedanken fassen. Außer dem einen: Er hatte mich verlassen.

Mit klopfendem Herzen kniete ich mich aufs Bett und spähte aus dem Fenster. Von Warren war nichts zu sehen. Aber er würde mich doch nicht im Stich lassen! Das entsprach einfach nicht seinem Wesen. Sein Beschützerinstinkt und seine Loyalität waren die Grundfesten seines Lebens.

Andererseits glaubte er tatsächlich das Unvorstellbare, was mich betraf. Wenn er *einen* irrationalen Gedanken akzeptierte, wer konnte dann sagen, dass er nicht auch einen weiteren in die Tat umsetzen würde, wie zum Beispiel, seine Frau mitten im Nirgendwo auszusetzen? Panik stieg in mir auf. Ich musste ihn einholen. Vielleicht war er ja noch nicht weit gekommen.

Mit nackten Füßen rannte ich über die Holzdielen zur Tür und riss sie ruckartig auf. »Warren!«, rief ich, so laut ich konnte. »Warren!«

Während ich in alle Richtungen sah, eilte ich zur Verandatreppe. Plötzlich stieß ich mit den Beinen gegen etwas, das da im Weg lag. Mein Oberkörper schnellte nach vorn. Ich kniff die Augen zusammen und streckte die Hände aus, um mich für den Aufprall zu wappnen.

»Ich hab dich«, drang Warrens Stimme an mein Ohr, während er mich mit den Armen auffing.

Ich stieß mir das Kinn an seiner breiten Brust, aber es war ein willkommener Schmerz. Er hielt mich fest an sich gedrückt und alles in mir genoss seine Umarmung. Nicht nur, weil er mich vor dem Sturz auf den gepflasterten Weg bewahrt hatte, sondern weil dieser Augenblick in seinen starken Armen endlich die Abwärtsspirale aufhielt. Seit der Nachricht von seinem Absturz hatte ich mich im freien Fall befunden.

Wie sehr ich das hier brauchte. Ihn brauchte.

Er löste sich von mir und musterte mich mit besorgter Miene von oben bis unten, als wollte er sich davon überzeugen, dass auch wirklich alles mit mir in Ordnung war. Aber dann erstarrte er, riss sich los und drehte sich zur Seite. »Dir ist nichts passiert.« Seine Stimme war tief und rau, als wäre *er* gerade aus einem tiefen

Schlaf erwacht. Aber ich kannte diese heiseren Töne. Sie kamen nur zum Vorschein, wenn er seine Leidenschaft, seine Gefühle unterdrückte; Wut, Neugier, Verlangen oder eine andere, namenlose Emotion. Er zügelte sie so sehr, dass seine braunen Augen förmlich glühten.

Mein eigener Blick senkte sich und mit einem Mal wurde mir der Grund für sein abruptes Verhalten bewusst. Mein Nachthemd war bei meinem Sturz etwas verrutscht und gab den Blick auf mein Dekolleté frei. Ich sah geradezu skandalös aus. Als ich Warren beobachtete, bemerkte ich, dass er sich plötzlich sehr für seine Stiefel interessierte, und presste die Lippen aufeinander, um ein Lächeln zu unterdrücken.

Vielleicht war er doch nicht so gleichgültig, wie er mich gestern hatte glauben lassen. Ich drehte mich zur Tür, um meine Kleidung zu richten – immerhin waren wir im Freien –, aber als ich Warrens Tasche auf der Veranda liegen sah, über die ich gestolpert war, wurde mir ganz anders.

Ich fuhr herum und zeigte mit einem anklagenden Finger auf ihn. »Du wolltest mich verlassen.«

Sein Blick wanderte über meine Schulter. »Das hast du gedacht? Deshalb bist du hier rausgerannt, als stünde die Hütte in Flammen?«

»Kannst du es mir verdenken?«

Sein Blick begegnete meinem für eine lange Sekunde, dann schob er sich an mir vorbei und ging die Treppe hoch. »Ich geh nicht weg von dir«, rief er mir über die Schulter zu. »Ich kann dich doch nicht aus den Augen lassen.«

Noch vor Kurzem hätte ich diese Worte als Liebeserklärung gewertet. Aber angesichts unserer aktuellen Situation wusste ich es besser. Vor allem, weil ihm die Worte wie ein giftiger Pfeil über die Lippen kamen.

»Ach ja, natürlich.« Ich folgte ihm die Treppe hinauf und in die Hütte. »Weil du mich für eine kaltblütige Mörderin hältst. Es wundert mich, dass du gestern Nacht überhaupt geschlafen hast.

Hattest du denn keine Angst, dass ich dich mit meinen Haarnadeln steche? Oder dir meine Strümpfe so tief in den Rachen stopfe, dass du daran erstickst?«

Er drehte sich um und bedachte mich mit einem nachsichtigen Blick. »Eher, dass du mich mit deinen Sticheleien wahnsinnig machst.« Sein Blick wanderte wieder über meine Gestalt und er stöhnte auf. »Hier.« Er schüttelte seine Jacke ab und hielt sie mir hin. »Zieh das an.«

Wie es schien, war meine einzige Waffe in diesem Augenblick ein dünnes, spitzenbesetztes Nachthemd. Da er mein Ehemann war, stand meine Unbescholtenheit ja nicht gerade auf dem Spiel. »Nein, danke. Es ist überaus warm hier drin. Aber warum steht deine Tasche draußen, wenn du nicht vorhast, mich hier allein zurückzulassen?«

Warren seufzte und warf seine Jacke auf das Feldbett. »Während du geschlafen hast, bin ich in die Stadt gefahren und habe ein Taxi für uns organisiert. Ich kann deine Sachen doch nicht rausbringen, wenn du noch nicht angezogen bist.« In seiner Stimme schwang ein Ausdruck der Ungeduld mit, als wäre ich diejenige, die Schwierigkeiten machte. »Ich schlage vor, dass du das bald machst – es sei denn, du willst im Nachthemd reisen.«

Ich ignorierte seine Beschwerde. »Warum kannst du uns nicht fahren und wir holen die Jenny?« Hoffentlich war mein Flugzeug immer noch an Farmer Ewings Zaun befestigt.

Warren nahm ein Glas und pumpte Wasser hinein. »Weil Brisbane nicht begeistert wäre, wenn ich seinen Wagen stehle.« Er hielt mir das Getränk hin und ich schüttelte den Kopf. Er zuckte mit den Schultern und leerte das Glas in drei Zügen.

»Das hier gehört also Brisbane.« Endlich erhielt ich Informationen von ihm. Ich betrachtete die Hütte noch einmal mit anderen Augen.

Warren nickte kurz. »Seine Jagdhütte. Sein Auto.« Er zog am Revers seiner Jacke. »Seine Kleidung.«

»Dann weiß er also, dass du hier bist?« Ich ging zu meiner Tasche und holte zwei Kleider heraus, weil ich mir nicht sicher war, welches ich tragen sollte. Ich breitete sie auf dem Feldbett aus und drehte mich zu Warren um. »Ich nehme an, du solltest dich gestern mit Brisbane treffen.«

»Das stimmt.«

Wenigstens war er so nett, mir nicht noch einmal zu erzählen, dass er Brisbane engagiert hatte, um Nachforschungen über mich anzustellen.

Warren trat näher und bückte sich. Eins meiner Kleider war vom Bett gerutscht, ohne dass ich es bemerkt hatte. Er hob es vom Boden auf und das unverkennbare Geräusch von zerreißendem Stoff ließ mich zusammenzucken. Er hatte wohl aus Versehen mit dem Stiefel darauf gestanden. »Tut mir leid.«

Jetzt war das Kleid ruiniert, das ich getragen hatte, als er mir seinen Antrag gemacht hatte. Aus diesem sentimentalen Grund hatte ich es mitgenommen. Er hielt es mir hin und ich fuhr mit den Fingern über die ausgerissene Kante. Warum bekümmerte es mich so, dass ein Kleid von mir zerrissen war? Nun, für mich steckte mehr dahinter – ich sah darin ein Zeichen für den Bruch zwischen uns. Dieses Gefühl musste ich unterdrücken und so verstaute ich das Kleid in meiner Tasche, während ich meine Gedanken wieder auf unsere Unterhaltung konzentrierte. »Du hast gesagt, dass Brisbane sich mit dir treffen wollte, aber er ist gestern doch gar nicht aufgetaucht.«

»Das habe ich auch gemerkt.«

Ich nahm das andere Kleid, dazu frische Unterwäsche, und stand auf. Als Warren bewusst wurde, was als Nächstes kommen würde, drehte er sich diskret um. Völlig unnötig.

»Du brauchst nicht wegzusehen, Warren. Wir sind schließlich verheiratet.«

»Das ist mir bewusst.«

Seufzend zog ich mein Nachthemd aus und meine Unterwäsche an. »Warum ist Brisbane denn nicht gekommen? Und warum habt ihr euch in der Flüsterkneipe verabredet, wenn er doch genauso gut hierher hätte kommen können? Das ergibt für mich keinen Sinn.« Ich zog die Nase kraus, während ich mir die Strümpfe anzog.

»Der ganze Mann ergibt keinen Sinn. Das ist schon so, seitdem ich ihn kenne.«

»Glaubst du nicht ...« Ich griff nach meinem Kleid. »Was, wenn Brisbane etwas mit deinem Unfall zu tun hatte?«

»Niemals.« Warren schüttelte den Kopf. »Zu so etwas würde er sich nie herablassen. Selbst wenn die Belohnung dann ihm gehören würde.«

Ich zog mir das Kleid über den Kopf und wand mich, bis es an mir herunterglitt, während ich tief Luft holte, um den Schmerz des Verrats zu mildern. Warren hatte jeden Verdacht gegen seinen besten Freund abgeschmettert, aber seine eigene Frau bezichtigte er der Sabotage an seinem Flugzeug.

»Die Belohnung?« Ich versuchte, mein Kleid am Rücken zuzuknöpfen. »Was soll das denn heißen?« Ich schnaubte frustriert. »Ich kriege das nicht zu. Kannst du mir bitte helfen?« Einerseits war es mir gar nicht recht, ihn um irgendetwas zu bitten, aber meine zittrigen Hände waren der Aufgabe einfach nicht gewachsen.

Er sah mich an und nickte.

Weil ich nicht wollte, dass er etwas von dem Kummer in meiner Miene sah, drehte ich mich schnell um. Ich hob meine Hände, um mein Haar im Nacken hochzuhalten, damit er an die Knöpfe kam, aber dann erinnerte ich mich.

»Du hast jetzt kurze Haare.« Er sprach aus, was ich dachte.

»Ja.«

»Und sehr dunkle.« Geschickt machte er die Knöpfe von unten nach oben zu. »Du siehst ganz anders aus, Geneva.« Seine Stimme war nur noch ein heiseres Flüstern und seine warmen Finger lagen auf meinem Nacken. Ich schloss die Augen bei der vertrauten Berührung. »So.« Warren trat einen Schritt zurück. »Jetzt ist es zu.«

Ich drehte mich um. »Danke.«

Sein Gesichtsausdruck war schon wieder eine gleichgültige Maske. »Nimm deine Sachen. Der Wagen müsste gleich hier sein.«

Ich antwortete, indem ich mein Nachthemd einpackte. Dann sah ich mich um, auf der Suche nach anderen Dingen, die mir gehörten. »Da wir in die Stadt fahren, solltest du wissen, dass ich unter anderem Namen aufgetreten bin.« Als ich mich davon überzeugt hatte, dass nichts liegen geblieben war, schloss ich meine Tasche und richtete mich auf.

»Und der wäre?« Warren hob meine Tasche vom Boden auf, etwas zu abrupt, und warf sie sich über die Schulter.

»Stella.«

Sein Unterkiefer zuckte. »Scheint dein Lieblingsname zu sein.« Er machte auf dem Absatz kehrt und stapfte aus dem Haus. In seiner Stimme hatte etwas mitgeschwungen ... Kränkung? Zweifellos erinnerte er sich daran, dass ich mich als Stella vorgestellt hatte, als wir uns das erste Mal begegnet waren. Der Name bedeutete uns etwas. Dachte er, dass ich diese Erinnerung in den Dreck zog, weil ich den Namen jetzt benutzte? Dabei hatte ich diese Tarnung doch nur gewählt, weil ich ihn so sehr vermisste!

Mit einem schweren Seufzer folgte ich ihm und griff auf dem Weg hinaus nach meinem Hut. »Als Geneva Hayes konnte ich nicht auftreten. Schließlich haben meine Eltern eine hübsche Summe auf meine Rückkehr geboten. Die Behörden haben ...«

Warren hielt inne, als er meine Tasche neben seine stellen wollte. »Deine Eltern.« Mit einem Blick zu mir richtete er sich auf. »Willst du damit sagen, dass sie gar nicht wissen, wo du bist?«

Wie es schien, war mein Mann doch nicht so vertraut mit dem, was über mich in der Zeitung stand, wie ich vermutet hatte. »Meine Eltern haben fünftausend Dollar Belohnung ausgesetzt für die Person, die mich heil wieder zu Hause abliefert.«

»Und du hattest die ganze Zeit über keinen Kontakt zu ihnen?«
»Nein.«

»Aber jetzt weißt du ja, dass ich noch lebe.«
»Und?«
»Was hält dich dann davon ab, es deinem Daddy zu erzählen?«
Ich trat einen Schritt auf ihn zu, um ihm näher zu sein, und nahm wahr, was mir an ihm vertraut war und was nicht. Seine Wimpern leuchteten rötlich im Sonnenlicht und er hatte immer noch die kleine Lücke am linken unteren Lid, wo einige Wimpern nicht wachsen wollten. Aber es waren nicht seine Wimpern, die ich so genau betrachten musste, sondern die Augen, die von den Wimpern umrahmt wurden. Lag darin irgendwo Zuneigung zu mir? Oder doch nur distanzierte Kälte? »Wer bist du?«
Warren wandte sich nicht ab, sondern nahm meine Herausforderung mit einer so konzentrierten Miene an, dass mir der Atem stockte. Sein Blick wanderte unerträglich langsam über mein Gesicht und die Spannung zwischen uns war förmlich zu greifen. Dann sah er meine Haare an und kniff die Augen ein wenig zusammen, während er mich musterte. Er trat näher, so als würde mein Körper eine Anziehungskraft auf ihn ausüben. Seine Hand hob sich und erstarrte dann nur wenige Zentimeter vor meinem Gesicht. Er blinzelte. Der Augenblick war vorbei. Mit einem Kopfschütteln ließ er den Arm sinken. »Dasselbe könnte ich dich auch fragen.«
Ich schluckte meine Enttäuschung hinunter. »Du bist eindeutig nicht der Mann, den ich geheiratet habe.« Obwohl er es äußerlich war, hatten sein raues Benehmen und seine gefühllosen Worte ihn doch völlig verändert. »Weil *der* Warren Hayes wüsste, dass ich John Ashcroft niemals *Daddy* genannt habe und ihm niemals freiwillig irgendetwas erzählen würde.«
Ein Motor erklang in der Ferne. Unser Wagen war gekommen, um uns zu meinem Flugzeug zu bringen.
Warren wandte zuerst den Blick ab und ging, um unsere Taschen zu nehmen.
Ich hatte kein Make-up aufgetragen, was ein entscheidender Teil meiner Tarnung war. Hatte ich meine Haare überhaupt fertig

gebürstet? Ich setzte meinen Hut auf. Unsere hitzige Unterhaltung hatte mich extrem abgelenkt. Ich musste so erschöpft und ungepflegt aussehen, wie ich mich fühlte, aber es war mir egal.

»Was hast du gemeint, als du sagtest, Brisbane würde dir nichts antun, selbst wenn ihm dann die Belohnung gehören würde? Was ist die Belohnung, Warren?«

Sein Blick huschte zu dem ankommenden Automobil und dann wieder zu mir. »Du.«

# KAPITEL 7

*Viereinhalb Monate vorher – 14. April 1922*
*Geneva*

Lilith strich sich Konfitüre auf ihren Toast, während sie mich mit einem scharfen Blick durchbohrte. »Du bist aufgebracht, Geneva. Das sehe ich. Was ist los?«

Ich deutete mit einem dezenten Nicken auf das Mädchen, das vorsichtig die Frühstücksecke betrat. Das Tablett, das die junge Frau fest umklammert hielt, klapperte gefährlich. »Danke, Iris.« Ich griff nach dem Silbertablett, bevor es auf meinem Schoß landete. »Den Rest machen wir selbst. Vielleicht kannst du etwas frühstücken, bevor die anderen Gäste aufwachen.«

Lilith und ich waren früh aufgestanden und nahmen unsere Morgenmahlzeit ungestört in diesem vergessenen Raum direkt neben der Küche ein. Als wir noch kleiner waren, war unser Kindermädchen immer mit uns hierhergekommen. Für uns Mädchen war dies der Ort gewesen, an dem wir laut kichern konnten, an dem wir kleckern und uns wie ganz normale Kinder benehmen konnten und nicht wie die Erbinnen eines riesigen Vermögens. Es war der einzige Luxus, den das Kindermädchen uns gegönnt hatte, und Lilith und ich waren für die Geste dankbar gewesen. Bei jedem Besuch auf diesem Landsitz nahmen wir die Tradition wieder auf, hier zu frühstücken. Keine Hausgäste, keine übermächtigen Eltern. Nur wir beide und die Wärme der Sonne, die durch die großen Fenster schien. Ein Raum zum Atmen.

Iris' Augenbrauen zuckten, als wären sie unsicher, ob sie angesichts meiner Worte überrascht in die Höhe wandern oder sich verwirrt zusammenziehen sollten. »Danke, Miss.« Sie vollführte einen winzigen Knicks, sodass ihre Haube etwas hin und her schwang, als wollte sie zum Abschied winken, und floh aus dem Zimmer.

»Mutter hat sie für diese Veranstaltung verpflichtet.« Ich stellte das Tablett zwischen uns auf den Tisch und mein hungriger Magen hielt ein flammendes Plädoyer für die Blaubeerscones. »Ich glaube, sie ist nervös.«

»Du solltest sie sehen, wenn Vater in der Nähe ist. Sie hat ihm beinahe mit der Teekanne den Schädel eingeschlagen, als sie im Arbeitszimmer über den Teppich gestolpert ist.«

Entschlossen griff ich zur Kanne und goss Lilith und mir Tee ein. »Vater hat die Gabe, jeden in seiner Umgebung nervös zu machen.«

»Wir wollten doch unsere Eltern in diesem Zimmer nicht erwähnen«, zitierte Lilith unsere Lieblingsregel.

»Du hast gefragt, warum ich aufgebracht bin.« Ich nahm mir einen Scone und biss gierig – so gar nicht wie eine Dame – in das süße Gebäck, bevor ich die Stirn runzelte. Wahrscheinlich sollte ich doch Manieren an den Tag legen, da ich mein Lieblingskleid in einem zarten Roséton mit elfenbeinfarbenen Spitzeneinsätzen trug. »Ich habe auf dem Weg hierher eine Vorladung erhalten.« Ich verdrehte die Augen. »Ich soll Vater in seinem Arbeitszimmer aufsuchen, bevor die Gäste frühstücken. Das hat mir den Tag verdorben, noch bevor er richtig begonnen hat.«

Lilith lächelte mitfühlend. »Vielleicht wird es ja nicht so schlimm, wie du denkst.«

»Sprechen wir nicht von ihm. Wie du gesagt hast: Die Eltern sind hier tabu.« Ich zwang mich zu einem fröhlichen Lächeln. »Erzähl mir von Lieutenant Cameron.«

»Ich will dir etwas zeigen.« Ihre Augen leuchteten, als sie in die Tasche griff und den Umschlag herauszog.

Mit wachsender Neugier goss ich Sahne in meinen Tee, bis ich sicher war, dass er nur noch lauwarm war und damit genau so, wie ich ihn mochte. Lilith hatte mir noch nie seine Briefe gezeigt. Warum also jetzt? Ihre zarten Finger holten jedoch kein beschriebenes Blatt Papier hervor, sondern eine Fotografie.

Klappernd ließ ich meinen Löffel auf die Untertasse fallen. »Er hat dir ein Bild geschickt?«

Meine Schwester biss sich auf die Unterlippe, aber vorher sah ich ihr Lächeln. »Er hat seinem Brief eines beigelegt.« Sie reichte es mir, als handelte es sich um ein kostbares Erbstück unserer Urgroßmutter und nicht um einen geknickten Schnappschuss.

Ich betrachtete das Foto. Lieutenant Cameron war schlaksiger, als ich ihn mir vorgestellt hatte. Er hatte ein sorgloses Lächeln, das von Grübchen eingerahmt wurde, und sein kesser Gesichtsausdruck bildete einen Kontrast zu der Starre seiner Soldatenuniform. Er hielt seine Mütze mit beiden Händen vor seinem Oberkörper, was darauf schließen ließ, dass das Foto vor der Maas-Argonnen-Offensive gemacht worden war. »Er sieht gut aus«, urteilte ich mit einem breiter werdenden Lächeln.

Lilith errötete.

Ich gab ihr das Bild zurück. »Hast du ihm schon zurückgeschrieben?«

Sie ließ sich Zeit dabei, das Foto wieder in den Umschlag zu schieben. Dann rührte sie ihren Tee um und senkte den Blick. »Noch nicht.«

»Wieso nicht?«

»Ich bin mir nicht sicher.« Nachdenklich fuhr sie mit dem Finger über den Stiel ihres Löffels. »Er ist anders als früher, vor dem Krieg.«

»Der Krieg verändert die Menschen. Und der Lieutenant hatte sicher eine Menge ...« *Pech? Probleme?* »Er hatte eine Menge, woran er sich gewöhnen musste.« Lieutenant Cameron hatte in der Schlacht seinen rechten Arm verloren. »Du weißt doch, was passiert ist. Liebst du ihn deshalb weniger?« Ich konnte nicht glauben, dass meine weichherzige Schwester ihre Zuneigung von so etwas abhängig machen würde. Aber andererseits ... »Inwiefern hat er sich denn verändert? Er war doch nicht gemein zu dir? Oder, schlimmer noch, wie Vater?«

Lilith riss die Augen auf. »Nein, nein. Ganz und gar nicht. Wenn überhaupt, ist er in seinen Briefen eher noch herzlicher. Aber er ist auch weniger selbstbewusst. Und ich gebe zu, dass es mich immer noch traurig macht, dass er drei Jahre gebraucht hat, um unsere Korrespondenz wieder aufzunehmen.« Sie presste die Lippen aufeinander. Lilith hatte gedacht, der Lieutenant wäre im Krieg gefallen. Dafür, dass sie diesem jungen Mann noch nie begegnet war, hatte sie eine sehr tiefe Beziehung zu ihm aufgebaut. Die Herzen der beiden hatten sich durch ihre geschriebenen Worte vereint. Als keine Briefe mehr gekommen waren, hatte Lilith furchtbar getrauert.

»Ich glaube nicht, dass er dir wehtun wollte. Immerhin warst du noch sehr jung, als du angefangen hast, ihm zu schreiben.« Unsere Eltern hatten keine Ahnung, dass ihre sechzehnjährige Lilith sich während des Krieges mit einem jungen Heeresoffizier geschrieben hatte.

Es hatte ganz unschuldig angefangen – eine ehemalige Zofe hatte erwähnt, dass ein junger Mann aus ihrer Gemeinde in Europa war, und gefragt, ob sie ihm einige von Liliths Zeichnungen aus dem Central Park schicken könne, weil er die Heimat so vermisste. Lilith hatte schnell einen Brief geschrieben, einige ihrer liebsten Werke beigefügt und alles unserem Dienstmädchen gegeben, damit sie es ihm schickte. Er hatte Lilith gedankt und sie hatten ihre Korrespondenz fortgesetzt. Mit der Zeit hatten sie Gefühle füreinander entwickelt. Liliths Herz war nach dem vermuteten Tod des Lieutenants so gebrochen gewesen, dass sie sich ganz zurückgezogen hatte, und ihre Einführung in die Gesellschaft war ein Trauerspiel gewesen. Für uns alle.

Meine Schwester war schon immer sehr schüchtern gewesen. Beim Schreiben hatte sie ihre Gedanken fließen lassen können und sie hatte sich freier ausgedrückt. Kein Wunder, dass sie sich über das Schreiben verliebt hatte. Sie hatte jeden anderen Verehrer abgewiesen. Ich hatte sie beschützt, so gut ich konnte, und meine Eltern überzeugt, dass sie ihre Hoffnungen für eine gute Partie auf mich setzen sollten.

Jetzt stellte ich meine Teetasse ab und ergriff Liliths blasse Hand. »Lieutenant Cameron dachte damals wahrscheinlich, er würde dir einen Gefallen tun. Männer sind da etwas seltsam. Sie haben diesen angeborenen Beschützerinstinkt und das Bedürfnis, für uns Frauen zu sorgen. Wahrscheinlich hatte er das Gefühl, dass er das nicht mehr kann, nachdem er seinen Arm verloren hat.«

»Aber das spielt für mich keine Rolle. Das habe ich Paul auch gesagt.«

»Wenn er herkommt, wirst du die Gelegenheit haben, es ihm zu zeigen.« Ich lächelte und drückte sanft ihre Finger. »Es war nicht richtig, dass er dich in dem Glauben gelassen hat, er wäre tot, nur um dir dann einen Schock zu versetzen, als er dir wieder geschrieben hat. Aber wenn wir leiden, treffen wir nicht immer die richtigen Entscheidungen.«

Doch insgeheim fragte ich mich, wie gut die zwei zusammenpassten, wenn man bedachte, dass beide mit Selbstzweifeln kämpften. Mit ihrer Schönheit und liebreizenden Art könnte Lilith jeden jungen Mann erobern. Und sie hatte sich für den Lieutenant entschieden. Daraufhin hatte ich meine freie Wahl geopfert, um ihr diese Freiheit zu schenken. Obwohl ich nichts bereute. Mit jedem seiner Briefe war Lilith mehr und mehr aufgeblüht. Dieses Glück wollte ich ihr niemals versagen.

»Paul hat angedeutet, dass er nächsten Monat in die Stadt zurückkommt, aber ich mache mir Sorgen, dass Vater es verbieten wird.«

Gegen die »Wir reden nicht von den Eltern«-Regel war an diesem Morgen häufiger verstoßen worden als gegen die Prohibition. Aber es gab keinen besseren Raum, um über uns zu sprechen, als unser privater Rückzugsort, wo niemand uns belauschen und anschließend unter den gelangweilten Mitgliedern der feinen Gesellschaft Gerüchte streuen konnte.

»Vater wird sich nicht einmischen. Nicht, wenn ich Warren heirate.«

Das konnte ich.

Das *würde* ich.

Vielleicht wollte ich es sogar.

Warren Hayes war ein faszinierend widersprüchlicher Mensch. In seinen Augen sah ich das Abenteuer. Er mochte die Gefahr. Man brauchte nur seinen Doppeldecker anzusehen, um das zu wissen. Aber auch wenn er Risiken einging, schien er nicht unachtsam zu sein. Dieselben Hände, die ein Flugzeug entschlossen in die Lüfte lenkten, streichelten meine eigenen Hände mit ungeheurer Sanftheit. Berührten meine Finger voller Ehrfurcht.

»Willst du es wirklich tun?« Lilith stellte ihre Teetasse ab und sah mir tief in die Augen. »Du musst das nicht tun. Wirklich.«

Oh doch, ich musste. Lilith hatte keine Ahnung von dem Ausmaß der Konsequenzen. Oder wie *sie* bestraft werden würde, wenn ich Warrens Antrag ausschlug. »Schreib an Lieutenant Cameron und lade ihn ein, nach New York zurückzukommen.« Nach allem, was Lilith mir erzählt hatte, war er in der Stadt geboren und aufgewachsen, wenn auch in anderen Verhältnissen als Lilith und ich. »Zwischen Warren und mir sollten die Dinge bald Gestalt annehmen. Da wir dann wieder im Stadthaus sein werden, kannst du deinen Offizier ja vielleicht zum ersten Mal im Central Park treffen, wo du damals die Zeichnungen angefertigt hast.«

Das schien ihre romantische Ader anzusprechen, denn sie lächelte wehmütig. Ich aß meinen Scone auf und erhob mich, um mich für die Begegnung mit Vater zu wappnen. Meine Gedanken überschlugen sich, aber meine Füße bewegten sich nur zögernd durch die vielen Flure zu seinem Arbeitszimmer. Ich wurde nicht oft in diesen Teil des Hauses zitiert. Was würde Vater wohl diesmal von mir verlangen? Was konnte er denn noch wollen? Vielleicht wollte er mir sagen, welches Geschlecht meine zukünftigen Kinder haben sollten, und mir auch gleich ihre Namen mitteilen.

Als ich den letzten Flur erreicht hatte, der zu der kunstvoll geschnitzten Holztür führte, war meine Laune ganz und gar im Keller. Ich blieb stehen, um mich zu sammeln, sah aus dem Fenster und atmete mehrmals tief ein und aus. Meine Finger fuhren über die Vorhänge, während ich den Blick über die Szenerie draußen wandern ließ. Die Sonne tauchte den gepflegten Garten in goldenes Licht. Der Frühling auf dem Land war immer meine Lieblingsjahreszeit gewesen. Neues wuchs, wo die Erde ihren langweiligen grauen Mantel ablegte und sich in leuchtendes Grün hüllte.

»Überlegen Sie, ob Sie sich hinter den Gardinen verstecken sollen?«

Ich erkannte Warrens Stimme, noch bevor ich mich umdrehte und ihn näher kommen sah. Seine funkelnden Augen sahen mich an und sein Mund verzog sich zu einem verschmitzten Lächeln. Er trug einen hellbraunen Anzug und eine dunkelbraune Weste – eine Farbe, die ich an den meisten Männern trist fand. Aber Warren Hayes war nicht wie die meisten Männer. Er hätte auch einen Anzug aus Sackleinen tragen können und ich hätte ihn noch immer attraktiv gefunden.

Mein Lächeln war echt, was in meinem verärgerten Zustand einem kleinen Wunder gleichkam. »Hinter dem Vorhang verstecke ich mich nur bei Bällen und Abendgesellschaften.«

Er zog die Augenbrauen hoch. »Zu einem Rendezvous mit einem Herrn?«

»Nein. Um ein Dessert zu genießen.«

Warren lachte leise und mir gefiel der Klang.

»Vater erlaubt mir nie, in der Öffentlichkeit Süßes zu essen. Gardinen und große Pflanzkübel sind perfekt geeignet, um heimlich den Nachtisch zu essen.«

»Ich fühle mich geehrt, dass Sie mir ein solches Geheimnis anvertrauen.« Er schob seine Hand in meine. Etwas, das er oft tat. »Darf ich annehmen, dass Sie aus demselben Grund hier sind wie ich?« Er deutete mit dem Kopf auf die Tür zum Arbeitszimmer.

»Eine Unterredung mit Ihrem Vater?«

»Ja.« Mein tiefer Seufzer ließ sich nicht aufhalten. »Obwohl ich nicht wusste, dass Sie auch eingeladen sind.«

»Sollen wir zusammen reingehen?«

*Zusammen.* Dieses eine Wort legte sich mit überraschender Kraft um mein Herz. Im vergangenen Jahr hatte ich diese Treffen immer allein überstehen müssen. Kein Verbündeter. Niemand, der meine Interessen vertrat. Mutter mischte sich nie in irgendwelche wichtigen Dinge ein. Lilith war unserem Vater auf mein eigenes Anraten hin aus dem Weg gegangen, sodass ich ihm allein gegenübergetreten war. Warren an meiner Seite zu haben, war ein unerwarteter Trost.

Mein Lächeln brach sich Bahn und er erwiderte es. Hand in Hand betraten wir das Arbeitszimmer mit seinen hohen, holzvertäfelten Wänden, einem imposanten Mahagonischreibtisch und einem gelangweilt dreinschauenden Multimillionär.

John Ashcroft registrierte uns mit einem langsamen Nicken. Nicht überraschend, aber trotzdem ärgerlich. Als wäre unsere Anwesenheit nicht einmal wenige Worte der Begrüßung wert.

Ich sank auf den Stuhl und Warren setzte sich auf den Platz neben mir.

Wie immer legte ich die Hände auf die Armlehne. Meine Finger berührten das Holz, das Kratzspuren von meinen Fingernägeln aufwies. Jede winzige Furche war die Folge davon, dass ich viele Jahre lang mit John Ashcroft Krieg geführt hatte. Angefangen hatte es damit, dass er mir erzählte, er habe mein Lieblingskindermädchen gefeuert. Dann hatte er mich im Internat angemeldet, weit weg von Lilith. Und vor Kurzem hatte er darüber bestimmt, dass ich Warren heiraten würde. Und das sei nicht verhandelbar. In unserem Haus in Manhattan gab es ein ähnliches Möbelstück mit ähnlichen Spuren. Es war ein Wunder, dass ich noch Fingernägel hatte.

Vater richtete seinen misstrauischen Blick auf Warren. »Haben Sie meiner Tochter schon einen Antrag gemacht?«

Mein Magen zog sich so schmerzhaft zusammen, dass ich fürchtete, mein Frühstück könnte wieder zum Vorschein kommen, begleitet von dem einen oder anderen Organ. Ich hatte gewusst, dass es so kommen würde. Hatte es erwartet. Vater hatte nicht die nötige Geduld. Aber dass er so schroff und nüchtern war, wenn es um etwas so Wichtiges wie einen Heiratsantrag ging?! Ich spürte, dass mein Gesicht heiß wurde.

Warren zuckte jedoch nicht einmal mit der Wimper. Stattdessen warf er mir einen Mut machenden Blick zu und erwiderte dann Vaters Blick. »Noch nicht, Sir.«

»Warum nicht?« Vater klang nie aufgebracht. Oder auch nur angespannt. Sein Tonfall war ruhig, was mich mehr alarmierte als alles andere. »Sie hat doch bereits zugestimmt.«

Nicht nur, dass es demütigend war, wie er über mich redete, als wäre ich gar nicht im Raum, sondern ich hatte mit einem Mal die schreckliche Vorstellung, dass Warren unter Vaters unausgesprochenen Forderungen einknicken und mir gleich hier im Arbeitszimmer einen Antrag machen würde. Ich hatte nichts Weltbewegendes oder auch nur Romantisches erwartet, aber ich hatte gehofft, diese entscheidende Unterredung nicht unter den prüfenden Blicken von John Ashcroft führen zu müssen.

Warren drehte sich auf seinem Stuhl, sah mich an und das Herz schlug mir bis zum Hals. »Ich hatte gehofft, mehr Zeit mit Ihnen verbringen zu können. Sie können sicher sein, dass ich Sie niemals drängen würde, mich zu heiraten.«

Er hatte unter Vaters Druck nicht nachgegeben. Mein Gesicht wurde erneut ganz warm, aber nicht vor Verlegenheit. Warren verhielt sich so, als hätte ich eine Wahl. Was für ein rücksichtsvoller, wunderbarer Mann. Ein törichter Mann, aber trotzdem rücksichtsvoll. Ich lächelte und nickte.

Vater hingegen saß schweigend auf seinem Stuhl und musterte uns über seine aneinander gelegten Fingerspitzen hinweg. »Ich gebe zu, dass ich gehofft hatte, ich könnte die Verlobung bekannt geben, damit in einem Monat die Trauung stattfindet.«

In einem Monat. Verheiratet. Ich fühlte mich mit einem Mal

ganz taub. Genau das, was ich fühlen musste – nichts. Ich konnte meine Mission weiterverfolgen, meiner Schwester zu helfen. Wenn ich direkt in mein eigenes mögliches Gefängnis spazierte, würde ich Lilith aus ihrem befreien.

Moment mal. In einem Monat? War das nicht der Zeitpunkt, zu dem Lieutenant Cameron nach New York kommen wollte? Das könnte funktionieren. Es gab keine bessere Gelegenheit, ihre Beziehung voranzubringen, als die, wenn Vater damit beschäftigt war, alles zu planen, was er durch meine Ehe mit Warren erreichen wollte.

»Sir.« Warren beugte sich vor, als wollte er Vater die Stirn bieten. »Ein Monat scheint mir …«

»Ich nehme an.« Meine Stimme klang sicher und ruhig und ich beglückwünschte mich zu dem Erfolg. Vor allem, weil ich innerlich so zitterte, dass ich mir nicht mehr sicher war, ob noch alle meine Organe am richtigen Platz waren. »Wir können in einem Monat heiraten.«

Warren erstarrte neben mir und seine Augenbrauen zogen sich zu einem tiefen V zusammen.

Vater nickte. »Kluge Entscheidung, Geneva. Wir werden es beim Mittagessen bekannt geben und heute Abend eine Verlobungsfeier geben. Ich wüsste nicht, warum wir damit warten sollten.«

Natürlich nicht. Obwohl Mutter nicht begeistert sein würde, dass sie nur wenige Stunden hatte, um eine Verlobungsfeier zu organisieren. Wenigstens waren die Gäste schon alle da. »Wenn ihr mich jetzt bitte entschuldigt.« Erstaunlicherweise gehorchten mir meine Beine, als ich aufstand. »Ich muss mich um unsere Gäste kümmern.« Mit raschen Schritten verließ ich das Zimmer. Aber dann wandte ich mich nach links anstatt nach rechts. Ja, ich hatte vor, mich zu unseren Gästen zu gesellen. Später. Jetzt musste ich erst einmal fort von hier.

Ich fuhr mit dem Daumen über das Blütenblatt einer Tulpe, so samtig und zugleich zart. Mein Blick wanderte über meinen geheimen Garten, langsam und aufmerksam, so als könnte die Farbe, die ich sah, die grauen und leblosen Flecken aus meinen Gedanken vertreiben. Ich hatte mich ins Gras gesetzt und sog die Frische des Morgens ein.

Die rosafarbenen, roten und gelben Blumen zitterten in der sanften Brise. Ich sah sie an, wohl wissend, dass ihre Blüten nie lange hielten. Es war eigentlich traurig. Wie sie wuchsen und sich der Sonne entgegenstreckten, um sich nach dem Leben zu recken, und dann nur wenige Atemzüge lang zu voller Schönheit gelangten.

Eine Erinnerung an mein eigenes Leben. Die Umstände, in die ich hineingeboren war. Die Frauen in meiner Gesellschaftsschicht waren bemüht, sie brüteten über der neuesten Mode und versuchten, in ihre bereits übervollen Taschen noch mehr hineinzustopfen. Aber es hatte alles keinen Sinn. Sie blitzten im grellen Licht der Bewunderung anderer auf und verblichen dann genauso schnell, wie sie aufgeblüht waren.

Als ich eine Bewegung neben mir bemerkte, fuhr ich herum. Warren.

Woher hatte er gewusst, wo ich war? Er konnte mir unmöglich hierher gefolgt sein. Ich hatte bereits eine Viertelstunde an diesem persönlichen Rückzugsort verbracht.

»Ich wäre eher hergekommen«, sagte er, als könnte er meine Gedanken lesen. »Aber Ihr Vater und ich mussten noch ein paar Dinge besprechen.« Auf den letzten beiden Wörtern verlor seine Stimme alle Wärme und sein Mund verzog sich. Er schob die Hände in die Hosentaschen und nahm eine lässige Haltung ein. »Ist es in Ordnung, wenn ich eintrete?«

Ich wandte mich wieder den Blumen zu. Hier würde ich sein, wenn ihr großer Tag der Blüte kam, und ihnen die Aufmerksamkeit schenken, die sie verdient hatten. »Es gibt keine Tür.«

»Das meinte ich nicht.«

Mein Raum. Meine Zeit für mich. Er fragte, ob er willkommen war. Seit ich diesen Ort gefunden hatte, war noch nie jemand hierhergekommen. Ich hob den Blick und sah, dass er mich beobachtete, als bedeutete ihm meine Antwort alles. Ich nickte und lud ihn so in mein heimliches Reich ein. Und es hatte etwas Befreiendes an sich.

»Vom Arbeitszimmer aus habe ich gesehen, in welche Richtung Sie gegangen sind. Und da dachte ich mir, dass Sie hierherkommen würden.«

»Eine erstaunliche Vermutung.« Ich gab mir keine Mühe, meine Skepsis zu verbergen. Diese Lichtung war vor der Welt verborgen, umgeben von einem Streifen hoher Bäume und großer Büsche. »Waren Sie schon einmal hier?«

Er legte den Kopf in den Nacken. »Ich habe den Flecken von ganz da oben aus gesehen.«

Natürlich. War es falsch, mir etwas Neid einzugestehen? Ich kam schon seit siebzehn Jahren hierher und Warren hatte den Ort aus einem Blickwinkel gesehen, der mir bislang versagt geblieben war. Wie sehr ich mir doch wünschte, ich könnte sehen, was er sah. »War es schön?« Meine Stimme war kaum mehr als ein Flüstern.

Warrens Blick wanderte zu den Blumen hinüber. Ich war mir nicht sicher, ob er mich gehört hatte. Doch dann begegneten sich unsere Blicke. »Atemberaubend.« Seine Stimme klang heiser. »Wenn Sie wollen, können Sie sich auch selbst davon überzeugen.«

Oh, diese Einladung zum Abenteuer. Keine einzige Zelle in meinem Körper war immun dagegen. Aber jetzt kam mir wieder die Unterhaltung von diesem Morgen in den Sinn. Ich sollte heiraten. Und zwar bald. Ich bezweifelte, dass ich von jetzt an bis zu dem Tag, an dem ich vor dem Traualtar stand, auch nur eine ungestörte Minute haben würde. »Es gibt viel zu tun.«

Seine Augen suchten meine, als wäre er sich unsicher, ob er das Thema, das so prominent zwischen uns stand, ansprechen sollte.

Ich war frech gewesen, als ich einen Antrag angenommen hatte, den er noch gar nicht gestellt hatte. Was, wenn meine vorlaute Art ihn beleidigt hatte? Was, wenn er beschlossen hatte, mich doch nicht zu heiraten? Er hatte erwähnt, dass er in Vaters Arbeitszimmer geblieben war, um einige Dinge zu besprechen. Aber andererseits vermutete ich, wenn er beschlossen hätte, der Sache ein Ende zu machen, hätte er mich nicht zu einem weiteren Flug hinauf in die Lüfte eingeladen. An diese vernünftige Logik klammerte ich mich, während ich mich zwang, seinem Blick nicht auszuweichen.

Er ging neben mir in die Hocke, eine Geste, die mir Sonnenschein, den Duft von Zedernholz und Trost näher brachte. »Erzählen Sie mir von diesem Ort.«

Er hatte ein Thema gewählt, das uns beiden ungefährlich erschien. »Dies war früher ein Garten, der dem Hausverwalter gehörte. Lange vor meiner Zeit.« Ich löste mich von seinem durchdringenden Blick und starrte eine Biene an, die sich in den Falten einer Blüte niedergelassen hatte. »Das da drüben ist alles, was noch davon übrig ist.« Ich zeigte auf einen Bereich jenseits einiger Rosenbüsche, wo das Gras die Reste eines Steinfundaments erobert hatte.

Er folgte meinem Blick. »Was ist mit dem Cottage passiert?«

»Es ist abgebrannt, als meine Großeltern noch hier lebten. Ich bin als Kind oft hierhergekommen, um die Überreste zu suchen. Mein Kindermädchen dachte damals, ich würde in der Bibliothek lesen. Ich musste es einfach wissen. Musste sehen, ob die Gerüchte wahr waren.« Ach, die Begeisterung der Jugend! Im Laufe der Jahre hatte diese Neugier nachgelassen. Erst dieser Mann neben mir hatte mit seinem Geheimnis und seinem Doppeldecker die Eigenschaften in mir neu erweckt, die ich für immer verloren geglaubt hatte. »Bestimmt sind solche jugendlichen Abenteuer bei einem erwachsenen Menschen nicht so unterhaltsam, aber die Vorstellungskraft eines Kindes ist etwas anderes.«

»Etwas sehr Kostbares.«

Die Wärme in seiner Stimme war tröstlich und so angenehm wie die Sonne, die mir ins Gesicht schien. »Der Garten wurde vernachlässigt, aber ich habe mich hier wohlgefühlt. Rosenbüsche und andere Blumen blühten hier. Und da habe ich beschlossen, ihn mir zu eigen zu machen. Ich habe mir vom Gärtner Saatgut geben lassen und mehrjährige Stauden gepflanzt.« Dabei hatte ich die Erde von meiner Haut und unter meinen Fingernägeln wegschrubben müssen, um meine Arbeit vor dem Kindermädchen und vor meinen Eltern zu verheimlichen. Aber es war ein gutes, befriedigendes Gefühl gewesen, mit den Händen zu arbeiten. »Ich hatte keine Ahnung, wie man einen Garten pflegt. Ich wusste nur, dass ich die Samen an einem sonnigen Ort aussäen und anschließend wässern musste.« Bei der Erinnerung zuckte ein Lächeln um meine Mundwinkel. »Ich kam jeden Tag her, während der Zeit, in der ich eigentlich lesen sollte.«

Diese Geschichte hatte ich noch nie jemandem erzählt. Nicht einmal Lilith. Warren hörte mir zu, ohne mich zu unterbrechen, und sein Blick war so eindringlich auf mich gerichtet, dass es mir schwerfiel, mich zu konzentrieren.

»Wie es aussieht, hat sich die Mühe gelohnt.«

»Und dann bin ich im Frühling darauf zurückgekommen und es gab Blumen, aber keine Ordnung. Sie sind wild gewachsen. Mit verschlungenen Stängeln. Alles ist zusammengewachsen.« Ich zeigte auf ein Büschel Pflanzen, um meine Worte zu unterstreichen. »Jeder wahre Gärtner wäre entsetzt. Aber ich konnte mir nichts Schöneres vorstellen.«

»Als dass die Blumen wild sind? Ungezähmt?«

Ich nickte und der sanfte Wind bewegte die Haare, die sich aus meiner Frisur gelöst hatten. »Niemand, der ihre hübschen Gesichter verfälscht. Sie können sich einfach nach dem Leben ausstrecken, so wie sie selbst es wollen.«

»Mir gefällt, was Sie getan haben.«

»Wirklich?« Ich suchte in seinem Blick nach Anzeichen für Täuschung. Nachdem ich mich früher damit gebrüstet hatte, das

Falsche vom Wahren unterscheiden zu können, konnte ich mich im Augenblick auf diese Fähigkeit nicht verlassen. Ich ertappte mich dabei, dass ich hoffte, dieser Mann wäre anders als alle anderen.

»Ich bin zwar kein Experte in diesen Dingen, aber ich finde Ihre Art des Gärtnerns besser.«

»Sie würden die Blumen und Pflanzen nicht dazu zwingen, nur an ihren sorgfältig eingegrenzten Stellen zu wachsen?« Mir brach die Stimme. »Sich Ihrem Willen unterzuordnen?«

»Sprechen wir immer noch von Blumen?« Warren strich mir das Haar aus dem Gesicht und sein Blick war das Zärtlichste, was ich jemals gesehen habe. »Oder von uns?«

Ich biss mir auf die Unterlippe. Ich hatte es getan. Mich ganz verletzlich gezeigt.

»Wovor hast du Angst, Geneva?«

»Vor vielen Dingen.« Vor meinem Vater. Davor, meine Schwester im Stich zu lassen. Niemals um meiner selbst willen geliebt zu werden. Und vor allem vor der Liebe. Die Liebe machte mir entsetzliche Angst. »Aber nicht vor dir. Ich habe keine Angst vor dir, Warren Hayes.«

Er legte die Hände um mein Gesicht und strich zärtlich über meine Wange. »Geneva, ich möchte vor allem, dass du *du* bist. Nicht die Version deiner Eltern. Nicht, was die Gesellschaft verlangt. Sondern du. Zeig mir die echte Geneva Ashcroft.«

»Aber sie ist nichts Besonderes.«

»Sie ist alles, was ich will.« Er zog einen Ring aus seiner Tasche und kniete vor mir nieder. »Willst du, Geneva Maude Ashcroft, mir die Ehre erweisen, meine Frau zu werden?«

Ich hatte zwar keine Wahl, aber sein Respekt mir gegenüber war so groß, dass er mich fragte. Und er tat es ausgerechnet hier! Mein Herz hämmerte in meiner Brust, als ich nickte. »Ja.«

# KAPITEL 8

*3. September 1922*
*Stella*

Mein Flugzeug war nicht mehr da.
Der Fahrer hatte uns auf der staubigen Straße abgesetzt, die zu Farmer Ewings Feld führte. Warren war die ganze Fahrt über wortkarg und mürrisch gewesen, sodass meine Nerven ganz angespannt waren.
Und jetzt das?
Mein panischer Blick huschte über die Zaunpfähle am Rand des zerfurchten Feldes. Kein Doppeldecker. Kein gar nichts.
»Ich fasse es nicht!« Ich zog meinen Hut tiefer in die Stirn, um meine Augen abzuschirmen. Als würde meine Jenny wie durch ein Wunder erscheinen, wenn ich nur die Strahlen der Morgensonne aussperrte. Ich spürte einen Stich im Herzen. Das durfte einfach nicht wahr sein.
»Es muss doch eine Erklärung dafür geben«, murmelte Warren neben mir. »Ich kann mir nicht vorstellen, dass es gestohlen wurde. Es gibt doch sicher niemanden in dieser Stadt, der einen Curtiss-Doppeldecker fliegen kann.«
Doch, den gab es.
Tex.
Mein Magen zog sich zusammen. Ich hatte einen Kriegspiloten zutiefst enttäuscht, weil ich nicht mit ihm zusammenarbeiten wollte, und in einem schrecklichen Racheakt hatte er mein Flugzeug geklaut. Warum hatte ich ihm nur vertraut? Ich war leichtsinnig gewesen. Dumm. So mit Brisbanes Verabredung beschäftigt, dass ich unachtsam gewesen war. Und dadurch hatte ich meine Jenny verloren. Was sollten wir jetzt tun? Dieses Flug-

zeug war mein Transportmittel gewesen, meine Tarnung, aber es war noch viel mehr als das. Warren hatte es mir ...

»Hallo!« Farmer Ewing stand neben seiner Scheune und winkte mit einer Hand, während er die andere um den Mund gelegt hatte. Hätte ich doch die Geistesgegenwart besessen, mich gestern um mein Flugzeug zu kümmern! Aber meine Welt war auf den Kopf gestellt worden. Schließlich erlebte man nicht jeden Tag, dass der eigene Ehemann von den Toten wiederauferstand und einen des Mordes bezichtigte. Aber dieser Verdacht schien inzwischen im Trend zu sein.

Ich rannte auf Mr Ewing zu. Vielleicht konnte er mir etwas über mein verschwundenes Flugzeug sagen. Wann Tex abgeflogen war. Oder ob er wusste, wohin der Dieb entschwunden war.

Warren folgte mir mit ausladenden Schritten über das Feld. Das hohe Gras bog sich unter dem Morgentau und durchnässte meine Strümpfe und den Saum meines Kleides.

»Wo ist mein Flugzeug?« Mein Ton war atemlos.

»Ihnen auch einen guten Morgen.« Garrison Ewing grinste und die feinen Fältchen um seine Augen verbanden sich mit den tiefen Furchen in seinem Gesicht. »Ich dachte, Sie wollten gestern wiederkommen, Miss Starling.«

Meine schnellen Schritte hatten nicht nur dafür gesorgt, dass ich jetzt keuchte, sondern ich hatte jetzt auch noch einen Krampf im linken Bein und ich hoffte, der üble Geruch, der mir in die Nase stieg, bedeutete nicht, dass ich in einen Kuhfladen getreten war. »Bitte, Mr Ewing.« Ich holte zitternd Luft. »Haben Sie mein Flugzeug gesehen?«

»Natürlich.« Er nickte Warren zu, der neben mich getreten war. »Es ist in meiner Scheune.« Er deutete mit seinem schwieligen Daumen auf das offene Tor.

Ich blickte an seiner rundlichen Gestalt vorbei und entdeckte das Heck der Jenny. Mein erleichterter Seufzer war laut und lang anhaltend. Wo waren nur meine Manieren geblieben, die man mir jahrelang eingetrichtert hatte?

»Ziemlich sicher, dass sogar die Bewohner, die drei Countys entfernt wohnen, diese Erleichterung gehört haben.« Mr Ewing zwinkerte mir gutmütig zu. »Ihr junger Mann war gestern hier. Wundert mich, dass er Ihnen das nicht gesagt hat.«

Ein tiefes Knurren erklang neben mir. Nirgendwo war ein tollwütiges Tier zu sehen. Was bedeutete, dass dieses Grunzen meinem mürrischen Ehemann entwichen war.

Ich hatte Warren noch nichts von Tex erzählt. Obwohl meine Beziehung zu dem Piloten ganz unschuldig war, konnte ich spüren, wie Warrens funkelnder Blick mich traf. Als bräuchte er noch einen weiteren Grund, mir zu misstrauen.

Mr Ewing plapperte weiter, ohne das Geringste von der Anspannung zwischen Warren und mir zu bemerken. »Der junge Mann hat gesagt, dass es draußen zu windig ist. Irgendwas davon, dass die Tragflächen sich verbiegen können. Also haben wir das Flugzeug in die Scheune geschoben.«

Ich spürte ein Ziehen in der Stirn. Dies war nicht der richtige Zeitpunkt für Kopfschmerzen. »Er ist nicht mein junger Mann, Mr Ewing. Aber ich bin froh, dass er die Jenny verstaut hat. Danke, dass ich Ihre Scheune benutzen durfte.«

Er wurde ganz rot ob meiner Dankbarkeit. »Gern geschehen, Miss Starling.« Sein Blick wanderte zu Warren. »Heute ein anderer Verehrer? Ist der auch Pilot?«

Noch ein Knurren.

»Ja. Ich meine, nein.« Ich stieß mit dem Fuß gegen Warrens Schuh, aber er warf mir nur einen düsteren Blick zu. Also gut. Wenn er sich so albern verhalten wollte, konnte ich das auch. »Dieser Mann ist ein Landstreicher. Der arme Kerl hat seine Stimme verloren. Die Folge eines Parasiten, den er sich eingefangen hat, glaube ich. Er kann nur grunzen und knurren.« Anstatt Warren einen Blick zuzuwerfen und die Fassung zu verlieren, ließ ich den älteren Mann nicht aus den Augen. »Ich bringe ihn mit der Jenny in die nächste Stadt.«

»Wie nett von Ihnen.« Der Farmer musterte Warren misstrauisch und lehnte sich dann zu mir vor. »Seien Sie vorsichtig, Miss. Ein hübsches Ding wie Sie ist eine große Versuchung für einen Mann, der gerade eine Pechsträhne hat.«

Warren erstarrte und ich unterdrückte ein Lächeln. »Danke für die Warnung. Aber vor diesem Burschen bin ich sicher. Wissen Sie, er liebt seine Frau über alle Maßen. Er hat sie nach einem albernen Missverständnis verlassen. Sehr dumm von ihm.« Ich warf meinem Mann einen Blick zu und er sah aus, als wollte er mich erwürgen. »Aber jetzt ist ihm bewusst geworden, wie sehr er sich getäuscht hat. Dass er seine Frau braucht wie die Luft zum Atmen.«

Mr Ewing lachte. »Klingt wie im Film.«

»Mehr als das.« Ich seufzte theatralisch. Nichts war so wirkungsvoll wie ein bisschen Melodrama, um meinen Seitenhieb zu unterstreichen. »Selbst ein Gedicht könnte die Liebe dieses Mannes nicht hinreichend ausdrücken. Und ich darf dabei helfen, die beiden wieder zusammenzubringen.« Ich sah Warren an. »Ich hoffe, er ist nicht zu stolz, die Gelegenheit beim Schopf zu packen, die sich ihm bietet.«

Der Farmer kratzte sich am Kinn. »Aber woher wissen Sie das alles eigentlich, wenn er doch gar nicht redet?«

»Er redet mit Händen und Füßen. Darin ist er sehr begabt.«

Ein ersticktes Geräusch drang aus Warrens Kehle. Es konnte ein Lachen sein oder ein verächtliches Schnauben, aber ich schlug ihm auf den Rücken, als wäre es ein Husten. Unsere Blicke begegneten sich. War das ein Funkeln in seinen Augen oder spielte die Sonne mir einen Streich? So oder so war der Ausdruck zu schnell wieder verschwunden.

»Danke, dass ich Ihr Feld für die Flugvorführungen benutzen durfte.« Obwohl ich immer noch einen dumpfen Kopfschmerz verspürte, schenkte ich dem Mann mein herzlichstes Lächeln. »Ich wünschte, Sie würden mir erlauben, Sie dafür zu entschädigen. Dann hätte ich nicht so ein schlechtes Gewissen wegen der ganzen Spuren auf Ihrem Feld.«

»Nein, Miss Starling. Ich könnte Ihr Geld nicht annehmen.«
»Das sagten Sie ja schon.« Deshalb hatte ich beim Händler seine offenen Rechnungen bezahlt und eine großzügige Summe auf seinen Namen hinterlassen.
»Unser kleiner Plausch war mir ein Vergnügen, aber ich muss noch ein paar Dinge erledigen. Freut mich, Sie kennengelernt zu haben, Miss Starling.« Er lupfte seinen Hut. »Passen Sie auf sich auf. Ich hoffe, Sie kommen irgendwann wieder.« Dann lächelte er zum Abschied und ging pfeifend davon.
    Ich zuckte zusammen, weil die Kopfschmerzen immer schlimmer wurden. Dann nahm ich meinen Hut vom Kopf und schloss die Augen, während ich mir die Stirn massierte, um das Engegefühl loszuwerden. Die emotionale Erschöpfung des vergangenen Tages – obwohl, eigentlich der vergangenen Wochen – forderte ihren Tribut. Während die kühle Brise mein Gesicht küsste, öffnete ich die Augen, gerade noch rechtzeitig, um zu sehen, wie Warren mir einen merkwürdigen Blick zuwarf und davonstürmte.
    War er wegen Tex aufgebracht? Was konnte unsere Beziehung denn noch belasten?
    Ich verabscheute diese Situation.
    Ich hasste den Anblick seiner Gestalt, die sich von mir entfernte. Mit jedem seiner Schritte zog sich das enge Band um mein Herz weiter zu. Ich wollte nicht, dass er ging, ebenso wenig wie ich wollte, dass uns der Himmel auf den Kopf fiel. Aber wie es schien, war der Himmel bereits zerrissen. Alles, was ich mir erträumt hatte, so hoch wie die Wolken, war zerbrochen und es blieben scharfkantige Scherben, die auf mich niederregneten.
    Mit einem schweren Seufzer wandte ich mich der Scheune zu.
    Das Sonnenlicht fiel in einem breiten Streifen durch die großen Tore. Der riesige Raum war gefüllt mit rostigen Gerätschaften, Heu und meinem Lieblingstor zum Himmel. Draußen in der Ferne quietschte eine Wasserpumpe, während ich die Jenny untersuchte. Tex hatte sie gut behandelt. Sogar den Tank gefüllt.

Irgendwann zwischen meiner Ankunft beim Feld und jetzt war ein Steinchen in meinen linken Schuh geraten und scheuerte an meinem Spann. Vermutlich war auch meine Strumpfhose zerrissen. Ich lehnte mich an die Scheunenwand und beugte mich ungelenk vor, um den lästigen Stein zu entfernen.

Warren betrat die Scheune, ein Taschentuch zwischen den Fingern. Wenigstens hatte er nicht die Flucht ergriffen. Musste ich in Zukunft damit leben, bei jeder Gelegenheit Angst haben zu müssen, dass mein Mann mich verließ?

Als er näher kam, richtete ich mich auf. Ich wollte ihn etwas fragen, doch dann erstarrte ich, weil er mit einer Hand mein Kinn umfasste. Er hob es sanft an, sodass mein Gesicht ihm zugewandt war. Mein Herz vollführte einen Purzelbaum in meiner Brust.

Warrens Lippen zuckten.

»Ist das Taschentuch meine Strafe? Willst du mich etwa knebeln, weil ich dich vor Mr Ewing geärgert habe?«

»Hiermit, Stella …« Er hob das Tuch, das feucht war, wie ich jetzt sah. Deshalb also die quietschende Pumpe. »… mache ich jetzt dein Gesicht sauber.«

Meine Lippen öffneten sich. »Was stimmt denn nicht damit?« Ich wusste, dass er jegliche Schminke hasste. Während der gesamten Fahrt hatte er mir finstere Blicke zugeworfen, während ich mein Make-up aufgetragen hatte. Meine blonden Augenbrauen mit Mascara dunkler zu machen, während ich auf der Rückbank eines fahrenden Wagens saß, war nicht leicht gewesen. Aber ich hatte keine Wahl gehabt. Dasselbe galt für meinen leuchtend roten Lippenstift und den dick aufgetragenen Lidschatten. Ich durfte nicht zulassen, dass er das alles abwischte. »Es gehört zu meiner Tarnung.«

»Aber deine Augenbrauen sind eine Katastrophe. Du hast sie verschmiert, als du dir die Stirn massiert hast.« Er hob mein Kinn noch etwas mehr an, um meinen Kopf in den Nacken zu legen. »Halte still.« Mit sanften Bewegungen rieb er die Wimperntusche aus meinem Gesicht und sein Blick war durchdringend, als wäre es eine Aufgabe von größter Wichtigkeit. Die Falten auf seiner Stirn blieben, aber seine Lippen waren vor lauter Konzentration zusammengepresst.

Was mich betraf, konnte ich an nichts anderes denken als daran, wie dicht Warrens Gesicht meinem war. An seinen warmen Atem auf meiner Haut. Dass ich mich nur auf Zehenspitzen stellen müsste, damit unsere Lippen sich berühren. Und dass es wahrscheinlich keine gute Idee wäre, wenn man den Berg an Problemen in Betracht zog, der uns voneinander trennte.

Warren ließ die Hand sinken und ich konnte förmlich sehen, wie die Maske der Gleichgültigkeit wieder erschien. Nein! Ich war nicht bereit dafür, dass er sich wieder so vor mir verschloss. Nicht, wenn ich so vieles erklären musste.

»Der Mann, den Mr Ewing erwähnt hat …«

»Nicht jetzt.« Er wollte zurückweichen, aber ich hielt ihn am Revers fest, sodass er nicht wegkonnte.

»Sein Name ist Tex und er ist Pilot. Er hat im Krieg gekämpft.«

Ein Muskel zuckte in seinem Unterkiefer.

»Er hat mich nach meiner ersten Flugshow hier angesprochen und gefragt, ob er eine Runde mit der Jenny fliegen darf. Ich habe ihn gelassen. Er hat mit den Leuten im Ort Rundflüge veranstaltet, während ich zu Brisbanes Verabredung gefahren bin.«

Warren senkte den Kopf. Vor drei Monaten hätte ich einen Kuss erwartet. Aber jetzt beugte er sich nur vor, um mir in die Augen zu sehen. »Das ist alles?« Seine Stimme war voller Skepsis.

»Ja.« Ich wich seinem Blick nicht aus, damit er meine Ernsthaftigkeit sehen konnte. Nicht, dass es viel nützen würde. Bis jetzt hatte es jedenfalls nicht funktioniert. Und an dem angespannten Ausdruck um seinen Mund und dem kalten Blick in seinen Augen erkannte ich, dass es auch jetzt nicht funktionierte.

Warum versuchte ich es überhaupt?

Ich schlüpfte unter seinem Arm hindurch und entfernte mich einen Schritt von ihm. »Ich weiß, dass du keine hohe Meinung von mir hast, aber tu das bitte nicht, Warren.«

»Was soll ich nicht tun?«

Ich fuhr herum und antwortete mit gepresster Stimme: »Setz nicht noch Ehebruch auf die immer länger werdende Liste meiner Fehler.«

»Habe ich denn Grund dazu?«

»Nein. Ich würde dir niemals absichtlich wehtun. Aber so weit sind wir jetzt schon gekommen.«

Er schwieg und trat dann zur rechten Tragfläche der Jenny, um ihre Streben zu untersuchen. Warum redete er nicht mit mir? Wut stieg in mir auf. »Brisbane könnte der Mörder sein, aber ihn lässt du ungeschoren davonkommen, ohne zu zögern. Es muss ja wirklich vernichtende Beweise gegen mich geben, wenn du tatsächlich glaubst, dass ich dir etwas antun würde.«

»Die gibt es auch.« Warren musterte mich zwischen den Flügeln des Propellers hindurch. »Die nächste Stadt, in die wir fahren, Hanover – weißt du etwas darüber?«

Ich hätte vor Enttäuschung beinahe mit dem Fuß aufgestampft. Offenbar war meine Unschuld nichts, worüber er sprechen wollte, wenn er so schnell das Thema wechselte. »Ich kenne den Ort erst, seitdem ich seinen Namen auf Brisbanes Liste gelesen habe.«

Meine Kopfschmerzen drohten zurückzukehren. »Aber immerhin hat die Liste mich zu dir geführt.« Was auch immer das bedeutete.

Warren ging um die Tragfläche herum und kam auf mich zu. »Warum glaubst du, dass Brisbane für das alles verantwortlich ist?«

»Weil es verdächtig danach aussieht. Er hat mich bei deiner Trauerfeier getäuscht, weil er ganz genau wusste, dass du am Leben bist. Dann verschwindet er und bricht den Kontakt mit dir ab.«

»Welchen Grund hätte er denn, mich zu töten? Abgesehen davon, dass er dich dann für sich hätte?« Warrens Blick glitt in einer Weise über meinen Körper, die man als ganz und gar unangemessen bezeichnet hätte, wenn er nicht mein Ehemann gewesen wäre. »Obwohl das ein starkes Motiv ist.«

Ich verdrehte die Augen. »Wenn er mich wollte, was völliger Unsinn ist, warum würde er dann versuchen, mir die Schuld an deinem Tod in die Schuhe zu schieben, indem er meinen Brief an die Polizei weiterleitet?«, entschärfte ich mein eigenes Argument. »Es ergibt einfach keinen Sinn.«

»Nichts von alledem ergibt einen Sinn.« Warren wandte sich ab und fuhr sich mit der Hand durchs Haar, während er nachdenklich die Stirn runzelte. Er hatte schon immer ein beeindruckendes Profil gehabt, aber die Bartstoppeln um seinen mürrischen Mund verliehen ihm einen schurkenhaften Reiz.

»Eigentlich glaube ich nicht, dass Brisbane schuldig ist. Selbst wenn er ein Motiv hätte, wie du sagst, hätte er mir nicht diese schrecklichen Nachrichten geschickt. Es sei denn, er ...«

»Nachrichten?« Warrens breite Gestalt war mit einem Mal ganz starr. »Was für Nachrichten?« Er richtete sich zu voller Größe auf und sah mich eindringlich an.

»Ich hätte dir davon erzählen sollen. Ich weiß das jetzt, aber man hat mich gewarnt, ich solle mit niemandem darüber sprechen ...«

»Wovon redest du?«

»Ich habe Drohbriefe erhalten.«

# KAPITEL 9

*Viereinhalb Monate vorher – 14. April 1922*
*Geneva*

Man konnte auch zu viel glitzern. Von den mit Edelsteinen besetzten Kämmen in meinem Haar über mein Paillettenkleid bis hin zu dem Diamantring an meinem Finger, den Warren mir geschenkt hatte, funkelte ich am ganzen Leib. Wäre ich in den Himmel geschossen worden, hätte ich dem Flugzeug meines Verlobten mühelos den Weg leuchten können. Obwohl ich lieber in seiner Jenny gesessen hätte, als wieder einmal eine Abendgesellschaft über mich ergehen zu lassen, bei der ich die Gäste begrüßte. Feiern. Feste. Bälle. Es war wieder wie bei meiner Einführung in die Gesellschaft. Aber dieser spezielle Zirkus wurde zu Ehren von Warren und mir veranstaltet. Unsere Verlobung.

Mein Zukünftiger stand neben mir und unterhielt sich mit Mr Delchester, einem von Vaters Geschäftspartnern. Es ging um unwichtige Papierfabrikangelegenheiten. In seiner eleganten Abendgarderobe sah Warren einfach umwerfend aus, aber im Geiste sah ich ihn immer noch in meinem geheimen Garten sitzen, die Hosenbeine voller Erde und einen Marienkäfer auf seiner Schulter.

Und was er gesagt hatte. Ich hatte seine Worte immer wieder in Gedanken wiederholt, wie eine Lieblingsschallplatte. Die Melodie seiner Stimme, die Poesie seiner Erklärungen.

Er sah zu mir herüber, als könnte er das Flüstern meines Herzens hören. Sein perfekter Mund verzog sich zu einem herzlichen Lächeln. Jetzt, wo Mr Delchester gegangen war und meine Eltern die Unterhaltung mit den Reinholts führten – der letzten Familie in der Gästereihe –, hatten wir einen seltenen ungestörten Augenblick. Jedenfalls so ungestört, wie er in einem gedrängt vollen Raum wie diesem sein konnte. Warren beugte sich zu mir herüber und der herrliche Duft von Zedernholz und irgendeinem angenehmen Gewürz umgab mich wie eine Frühlingsbrise. »Wie viele Komplimente kann ein Mann machen, bevor er sich ganz und gar lächerlich macht?«

»Das hängt von Geber und Empfänger ab.«

Meine Antwort schien ihn zu amüsieren. »Nicht von dem Kompliment selbst?«

»Nein.« Mit einem kleinen Lächeln zog ich meinen Handschuh zurecht. »Denn die gleichen Worte können von einer Handvoll Herren ausgesprochen werden und bei jedem eine ganz andere Wirkung haben.«

»Wenn ich also sage, dass du heute reizend aussiehst, würden meine Worte mit denen unzähliger Männer verglichen werden, die das Gleiche gesagt haben?«

»Nicht unbedingt.« Vor allem, wenn man bedachte, wie er mich in diesem Augenblick ansah. »Aber es wäre nicht sehr kreativ. Du bist ein Zeitungsmann. Solltest du nicht in der Lage sein, dir etwas Originelleres einfallen zu lassen?«

»Zum Beispiel: Dein Haar hat die Farbe getrockneten Maisstrohs? Und deine Zähne sind so gerade und weiß, dass sie mich an den Gartenzaun meiner Großmutter erinnern?«

Er hatte diese albernen Worte mit einer so neutralen Miene gesagt, dass ich ein Lachen nur mit Mühe unterdrücken konnte.

»Originell genug?« Er grinste spöttisch.

»Egal. Deine erste Bemerkung ist perfekt.«

»Bist du dir sicher? Denn ich wollte die Neigung deiner Nase gerade mit einem kleinen Hügel vergleichen, den ich als Kind mit dem Schlitten heruntergefahren bin. Dabei hätte ich mir fast das Bein gebrochen.«

Mir entfuhr ein herzliches lautes Lachen, ganz und gar nicht damenhaft.

»Meine liebe Geneva.« Beatrice Reinholt trat näher, dicht gefolgt von ihren Eltern. »Elegant wie immer, stelle ich fest.« Ihre Worte waren so klebrig süß, dass es mich nicht gewundert hätte, wenn sie sich hätte übergeben müssen.

»Beatrice, du hast es zu unserer Verlobungsfeier geschafft.« Ich ließ es so klingen, als hätte sie eine lange Reise zurückgelegt und nicht ein paar Flure in unserem Haus, in dem ihre Familie als unsere Gäste wohnten. Außerdem hatte ich nicht hinzugefügt, dass sie willkommen war oder dass ich froh war, sie zu sehen. Und an der Art, wie sie die Augen ein wenig zusammenkniff, erkannte ich, dass ihr das sehr wohl aufgefallen war.

Ich wechselte einige Höflichkeitsfloskeln mit ihren Eltern und sie gaben Warren die Hand, um ihm herzlich zu gratulieren, bevor sie sich weiter in den Raum wagten. Beatrice blieb leider noch stehen.

Natürlich war sie von Kopf bis Fuß in die neueste Mode gekleidet. Ihr Kopfschmuck, der genauso funkelte wie der Kronleuchter über uns, schmiegte sich perfekt in ihren kunstvoll gestylten Pagenschnitt. Die reiferen Damen in unserer Gesellschaftsschicht rümpften zwar die Nase über den aktuellen Frisurentrend, aber niemand würde Beatrice das ins Gesicht sagen. Denn das Geschäft ihres Vaters verwaltete den Großteil des Geldes, das diese Familien anlegten. Egal, wie kurz der Rock oder wie tief ausgeschnitten das Dekolleté, Beatrice kam ungestraft davon.

Im Gegensatz zu mir.

Meine langen Locken waren hochgesteckt. Mein Kleid war aus dem feinsten Stoff, perfekt genäht und mit glitzernden Verzierungen versehen, aber neben Beatrice musste ich wohl Jahrzehnte älter und furchtbar langweilig wirken.

Zu allem Überfluss war Beatrice auch noch hübsch. Aber sie bestach nicht mit ihren feinen Gesichtszügen, dem feinen Alabasterteint und ihren anmutigen Manieren. Nein, es waren ihre weit auseinanderliegenden Augen und die hohen Wangenknochen, die auf einen Schmollmund zuliefen, die ihr eine verführerische Ausstrahlung verliehen. Wenn ich der Engel in Weiß war, dann war sie der rot gekleidete Engel, der dem Mann ihrer Wahl die verbotenen Früchte präsentierte. Und in diesem Moment machte sie sich an Warren heran und blinzelte ihm mit ihren getuschten Wimpern zu.

»Ich gratuliere Ihnen von Herzen, Mr Hayes.« Ihre tiefe, sinnliche Stimme klang eher anzüglich als feierlich.

Warren quittierte ihre Worte mit einer kleinen Verbeugung. »Ich bin der glücklichste Mann der Welt.« Er legte einen Arm um meine Taille und zog mich an sich. Dann lehnte er sich zu mir und sein warmer Atem fuhr über meine Schläfe, gefolgt von einer leichten Berührung mit den Lippen.

Ich erstarrte.

Sein Kuss dauerte nur eine Sekunde, vielleicht sogar weniger. Aber mein Bewusstsein war erschüttert. Warrens starke Finger – die mit Feingefühl die Bedienelemente eines Flugzeugs betätigen und das geflügelte Tier in die Lüfte lenken konnten – legten sich jetzt mühelos um meine Taille. Manche hätten diese Geste als besitzergreifend betrachtet. Aber da war noch etwas. Etwas, das ich noch nie erlebt hatte. Eigentlich sogar mehrere Dinge. Ich konnte nicht alle Emotionen näher untersuchen, die mich erfassten. Nicht hier unter den prüfenden Blicken der Gesellschaft.

Obwohl ich den Anflug von Beschützerinstinkt nicht übersehen konnte. Und er traf mich mitten ins Herz. Ich war immer für mich selbst und für Lilith eingetreten, hatte uns immer gegen andere verteidigt. Ja, vor dem Namen Ashcroft hatten alle Angst, aber es war ein Unterschied, ob man wie ein Besitz bewacht oder als Mensch mit einem schlagenden Herzen verteidigt wurde. Warrens Berührung war Letzteres und am liebsten hätte ich mich an ihn geschmiegt und mich für den Rest des Abends in seinen Armen geborgen.

Jedenfalls, bis ich aus dem Augenwinkel Vater entdeckte. Es würde mit Sicherheit Konsequenzen geben. Der Ashcroft-Engel würde in Zukunft mit deutlich anderen Bezeichnungen versehen werden.

Beatrice stolzierte mit einem Rascheln ihres scharlachroten Satins davon und ich blickte zu meinem Verlobten auf.

Etwas in meiner Miene ließ sein Lächeln ersterben und das Herz wurde mir schwer. Ich wollte niemals der Grund dafür sein, dass seine Wärme erkaltete.

»War ich zu forsch?« Er nahm die Hand von meiner Taille und rückte auf eine schickliche Entfernung von mir ab.

Ich hatte schon immer die gesellschaftlichen Grenzen gehasst, die mir keinen Spielraum ließen. Aber noch nie so sehr wie in diesem Augenblick. Warren und ich waren verlobt. Er sollte das Recht haben, mich zu küssen, wann immer und vor wem er es wollte.

»Meine Meinung hat noch nie eine Rolle gespielt.« Mein Blick wanderte über die Gesellschaft. »Aber wenn die gebratene Gans vom Tisch watschelt, erschreckt das die Gäste.« Ich wiederholte, was Cecily mir immer eingetrichtert hatte.

Warrens Kopf neigte sich zur Seite und er zog die Augenbrauen ein wenig hoch. »Gans?«

Zu Demonstrationszwecken setzte ich mein geübtes, sittsames Lächeln auf. »Wir stehen hier vor allen Leuten. Ausgestellt wie eine Weihnachtsgans mit all ihren Beilagen. Es gibt Regeln, die wir befolgen müssen.« Zum selben Zeitpunkt war *The Silver Fountain* am anderen Ende der Stadt voller Leute in meinem Alter, die Foxtrott tanzten und Alkohol tranken, als wäre es nicht illegal, und Kleider trugen, die Mutter zum hektischen Wedeln mit ihrem Fächer bringen würden. Nur fünfzehn Kilometer trennten unser Anwesen von der städtischen Flüsterkneipe, aber die Bar hätte sich genauso gut in einem anderen Universum befinden können. »Wir müssen unsere Rolle spielen. Lächeln. Nicken. Und uns ganz sicher nicht küssen.«

»Das war kein Kuss.« Warrens Lippen verzogen sich zu einem Lächeln. »Das war ein Küsschen.«

»Ist das nicht dasselbe?« Ich war entsetzlich unerfahren in diesen Dingen.

Sein Blick war so leidenschaftlich, dass mir der Atem stockte.

»Wenn du mir die Erlaubnis gibst, werde ich dir den Unterschied zeigen.«

Ich spürte, wie mir die Hitze ins Gesicht stieg. Ich suchte krampfhaft nach einer Antwort. Gewiss würde dieser Mann mich irgendwann küssen. Mehr als das. Und natürlich wurde mir das ausgerechnet an einem Ort bewusst, an dem alle Blicke auf mich gerichtet waren. Eine Antwort wurde mir erspart, als ein Herr auf mich zutrat.

Warren bemerkte ihn ebenfalls und ein freundliches Lächeln erhellte seine Miene. »Ah, Terrence.« Seine Stimme klang fröhlich, als der junge Mann näher kam.

»Cousin.« Er streckte die Hand aus, aber Warren zog den Neuankömmling in eine Umarmung unter Männern und klopfte ihm kräftig auf die Schulter.

Ich versuchte, die beiden bei dieser Zurschaustellung brüderlicher Zuneigung nicht anzustarren. Einen anderen Mann so umarmen, als wäre es Weihnachten und man stände vor dem heimischen Kamin und nicht in einem Ballsaal? Mein Verlobter hielt so gar nichts von Etikette und Formalitäten. Es war einfach fantastisch.

»Tut mir leid, dass ich mich verspätet habe.« Terrence' Blick huschte hin und her, als fühlte er sich unwohl. Seine Stimme war so leise, dass ich mich vorbeugen musste, um ihn zu hören. »Mein letzter Termin hat schrecklich überzogen. Und dann musste ich natürlich noch aus der Stadt herfahren.«

»Kein Problem. Ich bin froh, dass du so kurzfristig überhaupt kommen konntest.« Warren lächelte immer noch, offenbar ermutigt von der Anwesenheit eines Blutsverwandten im Gegensatz zu einem Ballsaal voller Fremder. »Terr, darf ich dir Miss Ashcroft vorstellen?« Warren sah mich mit einem zärtlichen Blick an. »Geneva, das ist mein Cousin, Mr Terrence Hayes.«

Der Mann wandte mir seine Aufmerksamkeit zu. Sein Mund ging auf, so als wollte er mich begrüßen, doch dann schloss er sich wieder. Der arme Mann war nervös.

»Mr Hayes, wie schön, dass Sie uns heute Abend die Ehre erweisen.« Ich schenkte ihm ein freundliches Lächeln. »Es ist mir eine Freude, jemanden aus Warrens Familie kennenzulernen.« Die Anspannung um seine Augen legte sich. »Danke sehr für die Einladung.«

»Gern geschehen. Aber ich muss Sie warnen. Ich werde Sie den ganzen Abend über löchern, um Ihnen Geschichten über meinen Verlobten zu entlocken. Je peinlicher, desto besser.«

Warrens leises Lachen drang an mein Ohr, während er seine warme Hand auf meinen Rücken legte. »Davon gibt es bestimmt genug.«

Terrence betrachtete uns mit einem seltsamen Ausdruck. Er war ebenso groß gewachsen wie Warren und hatte die gleichen dunklen Haare. Aber da endeten die Gemeinsamkeiten auch schon. Das Gesicht des Mannes war viel runder als das von Warren. Warren hatte ein markantes Kinn, während die Gesichtszüge von Terrence eher weich und fleischig waren.

Warren winkte seinen Cousin näher. »Ich möchte, dass du etwas für mich prüfst. Ein neues Projekt, zu dem ich neige und für das ich die juristischen Hintergründe kennen muss.«

Terrence nickte, als hätten sie diese Unterhaltung schon tausendmal geführt.

Warren und er wechselten noch ein paar Worte, dann schlenderte Terrence davon. Er wirkte eher wie ein verlorener Welpe und nicht wie ein erwachsener Mann.

»Glaubst du, er kommt zurecht?« Schließlich hatte er es hier mit schwierigen Leuten zu tun.

Warren nickte. »Terrence kann für sich selbst sorgen. Er ist selbstbewusster, als es den Anschein hat. Das liegt am Krieg.« Sein Blick folgte seinem Cousin durch den Raum. »Die meisten Männer sind gebrochen, wenn sie zurückkommen, aber Terr hat der Krieg dabei geholfen, seine Selbstzweifel zu überwinden. Er war im Waffenkorps.«

Warren warf mir einen Blick zu. »Wir Hayes-Männer waren

nicht an den Schlachten beteiligt. Wir haben nur geholfen, andere dafür vorzubereiten.« Ein Schatten huschte über sein Gesicht und einen Moment lang wirkte seine Miene angespannt – so wie beim letzten Mal, als er vom Krieg gesprochen hatte. Hinter diesem Gebaren, dieser gespielten Gelassenheit verbarg sich eine Geschichte, aber ich hatte keine Zeit, mehr in Erfahrung zu bringen.

Meine Eltern gingen an uns vorbei, nachdem sie die letzten Gäste begrüßt hatten, offensichtlich bereit, den Startschuss für den Abend zu geben. Vater nickte mir kurz zu und bedeutete mir damit, dass wir ihnen folgen sollten. Auf keinen Fall durften wir bummeln, damit die Veranstaltung nicht ohne uns begann.

Ich legte meine Hand auf den Arm, den Warren mir hinhielt, und beugte mich zu ihm, während ich meine Stimme senkte. »Vielleicht sollten wir Miss Reinholt auf deinen Cousin hetzen. Sie scheint Hayes-Blut zu mögen.«

Warren verzog den Mund zu einem Lächeln, aber es wirkte eher nachdenklich als amüsiert. »Das wird nicht funktionieren. Terrence hat kein Vermögen. Aber eine gut gehende Anwaltskanzlei.«

Aus ihrer kurzen Unterhaltung vorhin schloss ich, dass Terrence die Geschäftsbücher für Warren führte.

»Aber er ist auf keinen Fall wohlhabend.«

Ich hatte gedacht, es läge an den flackernden Kerzen, aber mir war aufgefallen, dass der Smoking von Terrence an den Knien und Ellenbogen ein wenig ausgeblichen schien. »Oh.« Beatrice würde keinen zweiten Gedanken an den Mann verschwenden. Ich sah zu dem glockenhellen Lachen der jüngsten Reinholt hinüber. Sie flirtete mit Kent Brisbane.

»Obwohl ich mich auch irren könnte.« Warren war meinem Blick gefolgt. »Sie scheint ganz fasziniert von Brisbane und der ist noch mittelloser als Terrence.«

Wir schlenderten an anderen Pärchen vorbei, während wir uns einen Weg in die Mitte der Tanzfläche bahnten, um den Tanz zu eröffnen.»Leider nicht. Sie wird mit ihm flirten und sich in seiner Bewunderung sonnen, aber nie mehr in ihm sehen als ein Spielzeug. Das hat sie bei unserer Einführung in die Gesellschaft die ganze Zeit über getan. Es war widerlich.«

Zwar hatte Beatrice mit jedem gut aussehenden Mann das Tanzbein geschwungen, aber ihre Krallen hatte sie nur zu denjenigen ausgestreckt, die auf den Gesellschaftsseiten der Zeitung erschienen.

Das Orchester stimmte ein Stück an und ich seufzte, weil es schrecklich langweilig klang. So langsam, dass ich von dem einlullenden Rhythmus hätte einschlafen können. Nur ein einziges Mal wollte ich, dass sie etwas Jazziges spielten. Etwas, bei dem ich außer Atem kam und mich in schnellen Schritten verlieren konnte.

Warren ergriff meine Hand und ich legte die andere auf seine Schulter. Wie auch immer. Ich würde nicht einschlafen, solange ich seine Wärme durch den Stoff meiner Handschuhe fühlte und seine dunkelbraunen Augen sich in meine brannten.

Lilith stand am Rand der Tanzfläche und fingerte an ihren Handschuhen herum. Ich wusste, dass sie erscheinen würde, wenn wir mit der Begrüßung der Gäste fertig waren. Small Talk war so gar nicht ihr Ding. Sie fühlte sich dann wie bei einem Exekutionskommando, hatte sie mir einmal anvertraut.

»Sie wirkt verstört.« Warren hatte meine Schwester ebenfalls bemerkt.

»Ich glaube, sie ist nervös. Ihr Beau, Lieutenant Cameron, soll in den nächsten Wochen in der Stadt eintreffen. Sie hat Angst, dass Vater ...«

Warren erstarrte.»Doch nicht Lieutenant Paul Cameron?«

»Du kennst ihn?«

Wir wiegten uns weiter im Takt und Warren zog mich noch näher an sich.»Ich kenne ihn seit Jahren. Seit er in den Krieg gezogen ist, bin ich ihm nicht mehr begegnet. Aber ... er ist im Kampf gefallen.«

Hm. Wie es schien, hatte der Lieutenant also nicht nur Lilith im Glauben gelassen, er sei tot, sondern auch seine Freunde. Das versetzte meiner Wertschätzung für seinen Charakter einen deutlichen Dämpfer. War ein solcher Mann – einer, der andere glauben ließ, er sei tot, wenn er doch eindeutig am Leben war – überhaupt vertrauenswürdig? Vielleicht war ich ja zu zynisch. »Das dachten wir auch. Und er wäre auch beinahe umgekommen. Aber dann ist er in einem Lazarett in Frankreich aufgewacht, mit Fieber und ohne seinen rechten Arm. Es hat eine Zeit lang gedauert, bis es ihm wieder besser ging, und noch länger, bis er den Mut hatte, wieder an Lilith zu schreiben.«

»Wer hätte das gedacht?«, murmelte Warren. Dann sah er mir in die Augen. »Früher hat er für meine Familie gearbeitet. Ich wünschte, er hätte mir geschrieben. Ich hätte ihm eine gute Arbeit gegeben. Das könnte ich immer noch, wenn er Interesse hat.«

Eine Million Fragen schossen mir durch den Kopf, aber eine kam mir zuerst in den Sinn. »Wie ist er?«

»Du hast ihn nie kennengelernt?«

Ich schüttelte den Kopf. »Meine Schwester auch nicht. Sie haben sich Briefe geschrieben und sich dadurch ineinander verliebt.«

»Was möchtest du wissen? Unsere letzte Begegnung ist lange her, aber er ist groß …«

»Nein.« Als würde ich mir auch nur das Geringste aus seinem Äußeren machen. »Ist er gütig?« Ich wusste aus Erfahrung, dass Männer sich untereinander anders verhielten als in Gegenwart einer Dame. Lieutenant Cameron konnte meiner Schwester gegenüber jede Menge blumige Worte machen, aber Warren kannte sicher seinen Charakter.

Meine Frage schien ihn etwas vor den Kopf zu stoßen und das ließ mich aufhorchen. Glaubte er wirklich, ich wäre nur an Äußerlichkeiten interessiert? »Er kann aussehen wie ein Adonis, aber wenn er das Herz eines Schurken hat, will ich nicht, dass er in die Nähe meiner Schwester kommt.«

Warren lächelte über meine Erregung. »Du bist anders als sie alle.« Er deutete mit dem Kinn auf die Leute um uns herum. Auf die Crème de la Crème. Auf die Reichsten der Reichen. Menschen, die man um ihr gesellschaftliches Ansehen beneidete.

Für mich war dies ein wunderbares Kompliment, aber aus einer anderen Perspektive hätte man es auch als Beleidigung auffassen können. Bevor ich nachhaken konnte, beugte er sich ein wenig vor.

»Lieutenant Cameron ist ein fleißiger Arbeiter und treuer Mensch. Deine Schwester könnte sich keinen Besseren aussuchen.«

Meine Schultern entspannten sich vor Erleichterung und ich drückte dankbar Warrens Hand.

Die nächsten Stunden vergingen wie im Flug und dann war ich wieder in meinem eigenen Zimmer.

»Jetzt halt doch still.« Lilith lachte, während sie an meinem Korsett zog. Nachdem Iris durch die Tür gekommen war, hatte ich einen Blick auf ihren nervösen Zustand geworfen und ihr den restlichen Abend freigegeben. Mutter hatte das Personal zu sehr strapaziert und das Fest an diesem Abend war besonders anstrengend gewesen.

Außerdem musste ich mit Lilith allein sein, um ihr zu erzählen, was Warren mir über Lieutenant Cameron berichtet hatte. Wodurch sie ganz aufgeregt wurde. Auch, wenn ich immer noch gewisse Bedenken hatte, was den Offizier betraf, war es wundervoll, Lilith so zu sehen. Sie kam nur selten aus ihrem Schneckenhaus und für diese besonderen Moment war ich dankbar.

»Wusstest du, dass Tanzlokale ein Korsettzimmer haben? Wo die Damen sie ablegen, um freier tanzen zu können?« Lilith sah mich an, als würde sie mich in ein großes Geheimnis einweihen. »Kannst du dir das vorstellen? Wie skandalös!«

»Dagegen hätte ich überhaupt nichts einzuwenden. Ich wäre froh, das Ding los zu sein«, sagte ich, während ich aus meinem Korsett stieg. Das Teil aus hellem, spitzenbesetztem Rosa wirkte harmlos, aber es war wie eine Boa constrictor. In den letzten

Wochen hatte ich mein Korsett nicht getragen, aber an diesem Abend war Mutter beim Ankleiden dabei gewesen. Da hatte ich keine Wahl gehabt.«All dieses Getue wegen unserer Verlobung. Warren besitzt Millionen von Zeitungen. Wir hätten einfach eine Anzeige hineinsetzen und uns den ganzen Aufwand sparen können.« Meine Wangen fühlten sich regelrecht bleiern an, weil ich den ganzen Abend lang gelächelt hatte.

»Aber überleg doch mal, was du verpasst hättest. Du hast mehrmals mit Warren getanzt.« Diese letzte Bemerkung kam ihr fast wie ein Singsang über die Lippen. Sie begann, durch mein Schlafzimmer zu tanzen.»Wie reizend du aussiehst, Liebling.« Sie imitierte eine schreckliche Männerstimme.»Was für umwerfende Lippen du hast. Was für schöne Kinder du mir schenken wirst.«

Ich lachte und bewarf sie mit einem zusammengeknüllten Strumpf.»So etwas Albernes würde Warren niemals sagen.«

»Dich reizend zu nennen, ist albern?« Lilith zog eine Augenbraue hoch.

»Du weißt, was ich meine. Und wie du ihn nachmachst, ist einfach furchtbar.« Meine Kritik hatte keine Chance gegen mein breiter werdendes Lächeln.

Lilith strahlte ebenfalls, doch gleich darauf wurde sie wieder ernst.»Beatrice Reinholt ist so grün vor Neid, dass sie auch als Pflanze durchgehen würde. Du darfst dieser eifersüchtigen Frau keine Gelegenheit geben zu glauben, dass ihr beiden nicht bis über beide Ohren verliebt seid. Ich könnte es nicht ertragen, wenn sie versuchen würde, dir Warren auszuspannen. Er ist eine zu gute Partie.«

Ich biss mir auf die Unterlippe.»Sie ist sehr hübsch.«

»Das bist du auch.« Ihre schwesterliche Fürsorge war rührend.»Merkwürdig war nur, dass sie durch unsere Flure gewandert ist, als Mutter mich losgeschickt hat, um ihr einen Schal zu holen.«

»Wirklich? Ich frage mich, was sie im Schilde geführt hat.« Ich zog die Haarnadeln aus meiner Frisur und meine Kopfhaut kribbelte vor Erleichterung.

Mein Blick fiel auf einen Zettel neben meiner Puderdose. Der war vorhin noch nicht da gewesen.

Auch Lilith bemerkte ihn. »Noch eine Nachricht von Warren?«

»Das glaube ich nicht.« Ich hatte Warren erzählt, dass ich Lyrik liebte, und er hatte sich die Mühe gemacht, seine Lieblingsgedichte für mich aufzuschreiben. Dieses Blatt Papier sah anders aus und es war auch nicht so gefaltet, wie seine Briefe es gewesen waren.

Ich entfaltete den Zettel und las die wenigen getippten Worte. Meine Finger zerknitterten das Papier, während mein Herz hämmerte.

»Was ist?« Lilith trat neben mich.

»Hier steht: *Du hast nichts von alldem verdient. Mach dich darauf gefasst, alles zu verlieren.*«

# KAPITEL 10

3. September 1922
*Stella*

Bei all den offenen Mündern und staunenden Blicken, die mir folgten, hätte man meinen können, dass Charlie Chaplin den Bürgersteig dieser Kleinstadt entlangschlenderte und nicht eine Pilotin. Während der Stummfilmstar einen schwarzen Hut trug, zierte meinen Kopf ein Lederhelm. Statt der weiten Hosen trug ich einen eng sitzenden Overall. Ja, für die meisten Leute war es ein ungewohnter Anblick, aber wie der gute alte Charlie musste auch ich meine Rolle spielen.

Obwohl es mehr als ein Kostüm war, denn mein Outfit war zum Fliegen praktischer als das Kleid, das ich vorher getragen hatte. Als Warren darauf bestanden hatte, uns nach Hanover zu fliegen, hatte ich die Karte studiert und mich dann hinter dem riesigen Scheunentor umgezogen.

Der Himmel war zum Fliegen perfekt gewesen und die Jenny hatte ein freies Feld verlassen, nur um eine Stunde später auf einem ähnlichen Feld wieder zu landen. Obwohl Mr Glasgow, der Farmer, mit dem wir gerade gesprochen hatten, deutlich mürrischer gewesen war als Mr Ewing.

Puh, schlecht gelaunte Männer. Apropos: Ich warf einen Blick zu Warren hinüber.

Während unseres kurzen Weges von Mr Glasgows Farm hatte mein Gatte jedes männliche Wesen finster angesehen, dessen Blick länger als zwei Sekunden auf mir geruht hatte. Er hatte seine einschüchternde Miene so perfektioniert, dass ich mich fragte, ob er überhaupt einmal geblinzelt hatte.

Wenn er alle im Ort vergraulte, würde niemand unsere Flugvorführung buchen. Und dann hatten wir keinen Vorwand, um Nachforschungen anzustellen. Nicht, dass ich erwartete, hier irgendetwas zu erfahren. Aber wir mussten es wenigstens versuchen. Und den Kühen und Hähnen konnten wir schließlich keine Informationen entlocken. Nein, wir brauchten Menschen, doch Warren schlug sie alle in die Flucht.

Mit einer Hand drückte ich seinen Ellbogen, um ihn in Schach zu halten. Er drehte sich ein wenig zu mir und das Sonnenlicht berührte sein Gesicht und betonte die Kupfertöne in seinem Dreitagebart und die Flecken aus flüssigem Gold in seinen Augen. Warren verlieh dem Wort *atemberaubend* eine ganz buchstäbliche Bedeutung. Denn ich war ziemlich sicher, dass schon der Blick auf ihn mir allen Sauerstoff aus dem Körper saugte.

Seine Stirn, die jetzt auch ein wenig gebräunt war, schlug Falten und mir wurde bewusst, dass er eine Antwort von mir erwartete.

Ich räusperte mich. »Ich hätte dir früher von den Drohbriefen erzählen sollen.« Warren hatte die Sache mit den erpresserischen Nachrichten nicht gut aufgenommen. Er hatte nur ein paar wenige grundsätzliche Fragen gestellt und war dann verstummt. Ich dachte, sein Schweigen wäre seine Art zu verdauen, was ich gesagt hatte, aber seine Laune war nur noch schlechter geworden.

»Schon vor unserer Hochzeit.« Sein beständiges Stirnrunzeln spiegelte seine Gefühle wider. »Du hast die ganze Zeit über solche Nachrichten bekommen und sie nie erwähnt. Nicht ein einziges Mal, Geneva.«

»Stella«, korrigierte ich ihn und nahm meine Hand von seinem Ärmel. »Es war falsch, dass ich das vor dir verheimlicht habe. Aber ich war mir nicht sicher, wer dahintersteckte, und mehrere der Briefe haben mich vor schlimmen Folgen gewarnt, sollte ich etwas sagen. Wenn ich die Uhr zurückdrehen und den Lauf der Dinge ändern könnte, würde ich es tun.« Ich würde eine Menge Dinge ändern. »Ich hatte Angst.«

Sein Blick wurde sanfter. »Wie hätte ich dich denn beschützen sollen, wenn ich gar nicht wusste, dass du in Gefahr warst?«

Ich war nicht diejenige, die am Ende in Todesgefahr geraten war, aber es schien mir nicht klug, das zu sagen. Meine Finger schlossen sich fester um den Stapel handgedruckter Zettel, die ich festhielt, seit wir die Jenny verstaut hatten. »Wir sollten nach Hinweisen suchen, anstatt in der Vergangenheit zu wühlen.« Es war ein schwaches Argument und Warren wusste das.

»Diese Nachrichten scheinen mir ein ziemlich klarer Hinweis zu sein.« Er deutete mit dem Kopf auf den Laden. »Steht in allen Briefen das Gleiche?«

»Mit unterschiedlichen Worten.« Wir gingen weiter. »Aber die Aussage war, dass ich nichts verdiene und dass mir alles, was mir lieb und teuer ist, genommen werden würde. Und rückblickend ist es ...«

»Was?«

»... genau so gekommen.« Ich senkte den Blick und beobachtete die Schritte meiner Stiefel, bis sie immer langsamer wurden. Meine Augen wanderten zu ihm hinauf. »Du bist mir genommen worden.« Und wirklich zurückgekehrt war er immer noch nicht. Körperlich war er da. Ja. Ich konnte die Hand ausstrecken und ihn mit den Fingern berühren, aber sein Herz war weit von mir entfernt. Warren war zwar von den Toten auferstanden, aber was wurde aus unserer Ehe?

Sein Blick brannte sich in meinen und in Warrens Augen blitzte irgendeine nicht zu deutende Emotion auf. Wir verharrten mehrere Sekunden in diesem angespannten Schweigen, bis er frustriert die Luft ausstieß. »Alles, was dir lieb und teuer ist?« Seine Stimme klang tief und rau. »Ich kann mich nicht daran erinnern, dass du mich je so betrachtet hast.«

Und da war sie. Die Verletzung. Er konnte sie als Verärgerung oder sogar Wut tarnen. Aber die Qual in seinem attraktiven Gesicht war offensichtlich. Der Schmerz, den ich durch meine eigene Dummheit verursacht hatte. Aber über jenen Abend vor dem Absturz zu sprechen, bedeutete auch, dass ich eine eigene klaffende Wunde offenlegen musste. Und das konnte ich nicht. Nicht jetzt, mitten auf dem Gehweg, umgeben von Fremden, die uns anstarrten. »Ich wollte nicht ...«

»Bist du dir sicher, dass diese Stadt dir nichts bedeutet?«

Ich holte tief Luft. »Bevor ich den Namen auf Brisbanes Liste gesehen habe, hatte ich noch nie was von Hanover gehört.« Ich senkte die Stimme, als eine Frau mit einem Kinderwagen an uns vorbeiging. »Das habe ich doch schon gesagt.« Warren war nicht vergesslich. Ganz im Gegenteil. Als Mechaniker hatte er einen Intellekt, der immer arbeitete und die Dinge sortierte. Zweifellos hatte er jedes meiner Worte abgewogen und sie dann zu seinen eigenen unbekannten Zwecken zusammengesetzt. »Warum fragst du mich das immer wieder?«

»Das wirst du schon noch sehen«, murmelte er und steuerte direkt auf den Laden zu.

Was sollte *das* jetzt wieder heißen? Ich war mir nicht sicher, ob mein Herz noch mehr Überraschungen verkraften konnte. Hollywood und der Broadway brachten zusammen nicht so viel Drama zustande wie mein jetziges Leben. Seufzend folgte ich Warren in das Geschäft.

»Sieh mal einer an. Was haben wir denn da?« Ein älterer Mann im weißen Jackett stand hinter einer vollgestellten Theke und musterte uns, als wären wir Banditen.

»Wir sind Flieger.« Ich setzte ein strahlendes Lächeln auf, obwohl es sich nicht sehr strahlend anfühlte. »Und wir wollen für die Bewohner von Hanover eine fantastische Flugshow veranstalten.« Ich hielt ihm das Werbeblatt hin.

Er betrachtete den Zettel, den ich eigenhändig gemalt hatte. Er kniff die alten blauen Augen misstrauisch zusammen und riss sie dann auf. »Ein Flugzirkus? Hier?«

»Natürlich.« Wenn ich vor den reichsten und einflussreichsten Würdenträgern des Landes stehen konnte, dann würde ich doch wohl vor dem Inhaber von *Frank's Drug & Emporium* nicht einknicken. »Fassrollen, Loopings und, wenn die Zeit es zulässt, Rundflüge für diejenigen, die mutig genug sind, es zu versuchen.«

Ein paar Leute kamen näher und ich machte einen Schritt zurück, um mich an alle zu wenden, während ich nach dem vertrauten Gesicht von Kent Brisbane Ausschau hielt. Nicht, dass ich wirklich erwartete, ihn hier zu sehen, aber es war ziemlich enttäuschend, gar keine Spur zu haben. »Die Veranstaltung ist für jedes Alter geeignet. Bringen Sie also Ihre ganze Familie mit. Wir fliegen auf dem Feld von Farmer Glasgow.«

Die silbernen Augenbrauen des Ladeninhabers schossen in die Höhe. »Wie haben Sie denn den schlauen Kerl dazu überredet, Sie Ihre Flugakrobatik auf seinem Grund und Boden vorführen zu lassen?«

Es war nicht einfach gewesen. Wir waren auf einem guten flachen Stück Land gelandet – eine sanfte Landung nach einem noch sanfteren Flug –, aber dort hatten uns Mr Glasgows unsanfte Rufe erwartet. Er war nicht gerade erbaut gewesen, ein Flugzeug auf seinem Hof zu sehen. Die Adern an seiner Stirn waren hervorgetreten, als hätte die Jenny auf einer seiner besten Kühe aufgesetzt.

Ich riskierte einen Blick zu Warren hinüber, der aussah, als müsste er sich ein Lächeln verkneifen. Okay, vielleicht kein Lächeln, aber eindeutig kein Stirnrunzeln. Erleichterung stieg in mir auf. Die angespannten Emotionen von vorhin hatten sich gelegt. Jedenfalls vorübergehend.

Nach Warrens leichter Belustigung zu urteilen, erinnerte er sich an meine Auseinandersetzung mit dem mürrischen Landwirt. Obwohl Mr Glasgow von dem wilden Fauchen eines Katers zum Schnurren eines Kätzchens übergegangen war, als ich ihm erklärt hatte, dass er die Hälfte aller Einnahmen behalten durfte. Warren hatte meine Großzügigkeit mit einer hochgezogenen Augenbraue quittiert. Aber hier ging es nicht um Geld. Das war noch nie wichtig gewesen.

»Er hat begeistert eingewilligt.« Ich warf Warren ein Lächeln zu. Ich konnte einfach nicht anders. Es hatte einer Menge Charme bedurft, um die rauen Kanten des Mannes abzuschleifen, und auf diesen Erfolg war ich ebenso stolz wie auf meinen ersten Flug am Steuer der Jenny.

»Nicht zu fassen«, murmelte der Mann hinterm Tresen erstaunt.

»Sie haben wirklich ein Flugzeug, Lady?«, ertönte eine piepsige Stimme bei den Bonbongläsern ganz in der Nähe.

Ich lächelte das schmuddelige Gesicht eines kleinen Jungen an, der kaum älter als acht Jahre war. »Das haben wir. Und heute Nachmittag kannst du es mit eigenen Augen sehen.« Ich gab ihm einen Handzettel.

Sein Gesicht strahlte vor Begeisterung. Er studierte das Blatt Papier mit leuchtenden Augen, aber gleich darauf erlosch das Licht in seinem Blick. Vermutlich hatte er den Preis unten auf dem Zettel entdeckt.

Ein Dollar pro Familie war im Vergleich zu anderen Flugzirkus-Vorführungen kein übertriebener Betrag. Die meisten verlangten zwei Dollar pro Person. Wir wollten fünfzig Cent von Einzelpersonen und einen Dollar für eine ganze Familie. Jeder, der eine Runde in der Jenny drehen wollte, würde eine zusätzliche Gebühr bezahlen, um die Treibstoffkosten zu decken. Aber die hängenden Schultern des Jungen verrieten mir, dass für ihn der Eintrittspreis eine Riesensumme war.

Ich trat etwas näher. »Aber in jeder Stadt wählen wir eine Familie aus, die freien Eintritt bekommt. Das ist so Tradition.« *Seit heute.* »Na, wie wär's?«

Anstatt begeistert zu reagieren, runzelte der Junge die gebräunte Stirn und seine Sommersprossen sahen aus wie kleine Feuerpunkte in seiner mürrischen Miene. »Ma sagt, wir nehmen keine Almosen an.« Er verschränkte die dünnen Arme vor sich und setzte einen gekränkten Blick auf.

»Also ... wie wäre es ...«, stammelte ich auf der Suche nach einer Lösung.

Warrens stattliche Gestalt erschien neben mir. »Wie heißt du denn, junger Mann?«

Die braunen Augen blickten auf zu Warren. »Neil Klavons, Sir.«

Er nickte. »Das hat mit Almosen nichts zu tun, Neil. Wir wissen nur fleißige Arbeit zu schätzen.« Warrens Blick huschte kurz zu meinem herüber, bevor er sich wieder dem Kind zuwandte. »Bei der Tradition, von der meine Frau gesprochen hat, geht es darum, einen Einwohner der Stadt anzustellen, damit er unsere Handzettel verteilt. Wir brauchen jemanden, der Werbung für unsere Vorführung macht.« Er sprach so, als würde er mit dem einflussreichen Besitzer eines Stahlwerks reden und nicht mit einem kleinen Jungen, der Löcher in den Hosen hatte. »Der Lohn besteht darin, dass diese Person mit der ganzen Familie freien Eintritt erhält.« Er kniff die Augen auf diese geübte Art zusammen, die ich schon so oft bei ihm gesehen hatte. »Kennst du vielleicht jemanden, der dieser Aufgabe gewachsen wäre?«

Neil richtete sich auf und streckte die schmale Brust raus.

Ich unterdrückte ein Lächeln.

»Ja, Sir.« Er sah aus, als wollte er salutieren. »Ich arbeite so fleißig wie jeder andere.« Er streckte die Hand aus und Warren ergriff die dünnen Finger mit einem entschlossenen Nicken.

»Abgemacht«, sagte er.

Ich hätte schwören können, dass eine Frauenstimme hinter uns seufzte.

Warren sah mich an. Vor Rührung wäre ich beinahe zerflossen. Der Mann, dem ich mein Leben anvertraut hatte, war gerade aus seiner harten Schale gekrochen und ich war sprachlos. Würde ich vor Verzückung gleich in Ohnmacht fallen?

Warren warf mir einen fragenden Blick zu und nahm mir dann die Handzettel weg. Ach ja. Die Werbeblätter. Er gab sie Neil und der riss die Augen auf, als wären es Hundertdollarscheine.

Seine dürren Beine rannten aus dem Laden. »Flugzirkus heute Abend! Kommt alle zur Vorführung!« Neils Stimme war reizend, wenn auch ein bisschen laut.

Warren grinste und um seine Augen bildeten sich Fältchen. Ein gutes Zeichen, was Warren betraf. Und zugleich musste ich an mich halten, um vor Rührung nicht über diese verführerischen Fältchen zu fahren. Wie sehr ich dieses Lächeln liebte.

»Ein Mann hat seinen Stolz, Stella. Egal, wie alt er ist.« Er beugte sich vor. »Außerdem haben wir jetzt mehr Zeit, um Nachforschungen anzustellen, wenn wir nicht selber Werbung machen müssen.«

Der Mann war einfach brillant.

»Das war aber sehr nett, was Sie da getan haben.« Eine Frau schob sich zwischen uns, während sie mit einem Taschentuch ihre Augen betupfte. »Der kleine Neil hat vor zwei Monaten seinen Vater verloren und das war einfach ...« Sie schnäuzte sich in das Spitzentüchlein, was in etwa so klang wie das Tröten einer sterbenden Gans.

»Was sie sagen will, ist: Herzlich willkommen in unserer kleinen Stadt.« Der Inhaber des Gemischtwarenladens nickte wohlwollend. »Jetzt gehören Sie zu uns.« Zustimmendes Gemurmel umgab uns.

Verschwunden waren das misstrauische Anstarren und die verstohlenen Blicke. Wenn wir doch nur jede Stadt so auf unsere Seite bringen könnten, wäre es viel weniger Mühe.

Ich zog Warren am Handgelenk und führte ihn zu einer Ecke zwischen den Rechen und den Gartenhandschuhen. »Dir ist schon klar, dass du mich vor all diesen Leuten als deine Frau bezeichnet hast, oder?«

Er neigte den Kopf zur Seite. »Das ist mir bewusst.«

»Was meinen Plan, dich vorzustellen, zunichtegemacht hat.«

Er stöhnte. »Nicht wieder als Landstreicher.«

»Nein, als Handlungsreisenden.«

»Wenigstens ist das was Respektables.«

»Der Trillerpfeifen für Kaninchen verkauft.«

Seine Lippen zuckten.

»Du musst zugeben, dass ich kreativ sein kann, wenn ich will.«

»Du kannst eine Menge sein.«

Ich war mir nicht sicher, ob diese Bemerkung gut oder schlecht war, aber bevor ich ihn fragen konnte, machte er schon einen Schritt auf mich zu und mein Verstand war mit einem Mal wieder ganz vernebelt.

»Ich weiß, dass das hier deine Show ist, aber darf ich dir einen Vorschlag machen?«

Zuerst die Lachfältchen um die Augen und jetzt sprach Warren ohne jegliches Knurren in der Stimme. In den letzten fünfzehn Minuten hatten wir eindeutig riesige Fortschritte in unserer Beziehung gemacht. Jetzt musste ich nur noch das kleine Hindernis aus dem Weg räumen, dass er mich für eine Mörderin hielt. »Natürlich.«

»Lass uns Ruth Fields besuchen.«

Ich runzelte die Stirn. »Wen?«

Er sah mich prüfend an, so als würde er jede meiner Antworten abwägen. Oder nein, eher beurteilen. Noch ein Test? Und gerade hatte ich gedacht, es ginge bergauf mit uns.

»Wer ist Ruth Fields?«, wollte ich wissen.

»Sie ist der Grund dafür, warum du mich töten wolltest.«

# KAPITEL 11

*Vier Monate vorher – 21. April 1922*
*Geneva*

»Das ist das letzte Versteck.« Meine Schuhe sanken in die weiche Erde am Ufer, aber mein Herz schwang sich in die Höhe, als ich den heiteren Anblick des Sees am Rande des Ashcroft-Anwesens betrachtete. Ich wagte nicht, näher heranzutreten. Zwar mochte ich das Gewässer sehr, aber immer aus sicherer Entfernung. »Jetzt kennst du alle meine geheimen Orte.«

Warren verschränkte seine Finger mit meinen und ich genoss die warme Berührung seiner Hand. »Dann musst du eben neue erfinden, in die ich in unserem Zuhause eindringen kann.«

Seine Worte umfingen mich. Unser Zuhause. Keine zwei Wochen mehr, dann würden wir unser gemeinsames Leben beginnen. Verheiratet. Und alles würde anders sein. Aber würde es auch gut sein? Eine sanfte Brise ließ die Äste der umstehenden Ahornbäume rascheln, während sich ein Gedanke in mir regte, der an mir nagte. Wie würde meine Zeit im Stadthaus der Hayes wohl aussehen? War es dort so wie bei meinen Eltern? Das Anwesen der Ashcrofts bestand aus erhabenen Gebäuden, aber in allen herrschte der kalte Luftzug der Gleichgültigkeit.

»Wenn ich wieder zu Hause bin, werde ich viel erklären müssen«, sagte ich und riss meine Gedanken von den Fragen los, von denen ich nicht sicher war, ob ich wirklich Antworten darauf haben wollte. »Zweifellos hat Cecily sich bei Mutter darüber beschwert, dass ich mich unter ihrem wachsamen Blick weggeschlichen habe.« Nicht, dass es schwierig gewesen war zu fliehen.

»Du bist eher unter ihren geschlossenen Lidern weggehuscht.

Ich habe noch nie jemanden gesehen, der so schnell eingeschlafen ist.«

»Sie ist völlig erschöpft.« Ich seufzte. »Genau wie alle anderen Bediensteten.« Ausflüge und Feste jeden Tag und jede Nacht. Uns versorgen und dazu noch die Gäste. Diese armen Menschen hatten Urlaub verdient und einen großzügigen Bonus. Aber beides gab Vater ihnen nie. Das Hauspersonal stand auf seiner Prioritätenliste ganz weit unten. Weshalb wir immer Mühe hatten, die Angestellten zu halten. Cecily war die Einzige, die all die Jahre geblieben war, und ich vermutete, dass sie es mehr aus Liebe zu Lilith getan hatte als aus irgendeinem anderen Grund. Sie war für meine Schwester mehr Mutter gewesen als unsere eigene. Und obwohl ich nicht die gleiche innige Beziehung zu Cecily hatte, tat sie mir ebenso leid wie jedes andere bedauernswerte Wesen, das für John Ashcroft arbeitete.

Ich sah Warren an. Was für ein Arbeitgeber war er wohl? Ich konnte mir nicht vorstellen, dass er so gefühllos war wie Vater, aber andererseits kannte ich ihn ja eigentlich kaum. »Ich frage mich ...«

Sein Blick begegnete meinem. »Ja?«

»Wenn wir verheiratet sind, wäre es dann vielleicht möglich, Iris zu deinem Personal dazuzunehmen?« Ich wusste, dass Cecily niemals gehen würde, solange Lilith unter dem Dach meiner Eltern war; aber Iris? Sie musste am meisten gerettet werden. »Das arme Mädchen fühlt sich in der Gegenwart meines Vaters schrecklich unwohl und ich glaube, sie würde aufblühen, wenn sie nicht mehr hier wäre.« Ich war zu nervös, um seine Reaktion einzuschätzen. Dieses Thema hatte mit Geld zu tun. Mit seinem Geld. Warren würde ihr einen Lohn zahlen und ihr in seinem Haus Kost und Logis geben müssen. Es war ein kühner Vorstoß. Aber jetzt war es zu spät, meine Worte noch zurückzunehmen.

Er zog seine Hand aus meiner und ich versuchte, nicht die Schultern hängen zu lassen. Während ich den Blick auf das Ufer zu meinen Füßen richtete, wurde meine Aufmerksamkeit auf etwas gezogen, woran ich seit mehr als zehn Jahren nicht mehr gedacht hatte. Ich bückte mich so tief, wie die Schicklichkeit es erlaubte, und berührte mit den Fingern einen Kindheitsschatz. »Ein weißer Kiesel.« Ich grub den winzigen Stein aus seiner erdigen Umgebung.

Warren ging neben mir in die Hocke, seine Miene angespannt.

»Als ich jünger war, glaubte ich, alle weißen Kiesel wären ein Tropfen vom Himmel.« Ich verfolgte den Themenwechsel, der sich mir bot, damit Warren so viel Zeit wie nötig hatte, über meine Bitte nachzudenken. »Bei einem Ostergottesdienst hat der Pfarrer einmal über den Himmel gepredigt, über die Nähe Gottes, und er hat etwas über einen weißen Stein gesagt, was ich aber irgendwie falsch verstanden habe, wie sich später herausstellte. Aber jedes Mal, wenn ich als Kind einen solchen weißen Kiesel gesehen habe, habe ich ihn ausgegraben und in einen Satinbeutel getan.« Das hatte ich ganz vergessen. Merkwürdig, wie die Erinnerungen plötzlich zurückkamen. »Immer, wenn ich traurig oder einsam war, habe ich nach so einem Himmelsstein gesucht.«

Warren runzelte die Stirn. »Warst du oft traurig?«

»Sagen wir mal, ich habe eine ansehnliche Sammlung von Steinen angehäuft.« Eine Sammlung, die ich immer noch besaß, sicher verstaut in einem Beutel in meiner Kommodenschublade. Meine Kindheit war nicht eine einzige Enttäuschung. Ich hatte immer viel Schönes und hübsche Kleider. Aber meine Eltern waren oft fort oder zu sehr mit gesellschaftlichen Verpflichtungen beschäftigt gewesen. Sie hatten uns Kindern wenig Aufmerksamkeit geschenkt. Meine Kindermädchen hatten mich auch nicht gerade geliebt. Für sie war ich nur jemand, der ihnen Arbeit machte. Lilith hatte wenigstens Cecily. »Als ich älter wurde, war mir klar, dass es in dem Bibeltext gar nicht um weiße Kieselsteine ging. Aber zu diesem Zeitpunkt bedeutete mir meine Steinsammlung schon etwas.« Ich streckte die Hand aus, sodass er den weißen Kiesel betrachten konnte.

Warren fuhr mit den Fingern über meine Handfläche und seine

Berührung erweckte meine Haut zum Leben. »Ein himmlischer Stein.« Sein Blick hielt meinen gefangen und seine Fingerspitzen strichen zärtlich über die empfindlichen Stellen in meiner Hand. Was wir taten, war in keiner Weise skandalös, aber es fühlte sich ganz vertraulich an. Er nahm den Kiesel von meiner Handfläche und betrachtete ihn, als hätte ich ihm eine Perle von unschätzbarem Wert gezeigt und keinen mit Erde beschmutzten Stein. Ich erwartete, dass er ihn wieder auf den Boden fallen ließ, aber er lächelte und steckte sich den Kiesel in die Hosentasche.

Dann streckte er den Arm aus und half mir aufzustehen. Anstatt zurückzutreten, zog er mich an sich und seine Hand legte sich um meine Wange und hob dann ganz sacht mein Kinn an. Noch nie hatte ich einen so zärtlichen Blick bei ihm gesehen – oder bei einem anderen Menschen. Und genau wie die weißen Steine verstaute ich auch diesen Augenblick in dem Erinnerungsbeutel in meiner Seele.

»Du hast gefragt, ob ich Iris eine Stelle geben würde.« Warrens Tonfall war herzlich, aber fest. »Wenn wir erst einmal verheiratet sind, gehört alles, was ich habe, dir. Es ist nicht mein Haus, sondern unseres. Es ist nicht mein Personal, sondern unseres. Und als meine Frau kannst du darüber bestimmen. Alles so, wie es dir gefällt.«

Meine Kinnlade fiel herunter, so schockiert war ich.

»Überrascht dich das etwa?«

Der Mann hatte ja keine Ahnung. Er sprach so, als wäre unsere Ehe eine Partnerschaft. Etwas ganz anderes als das, was mir eingetrichtert und vorgelebt worden war. Und da war es wieder. Dieses merkwürdige Erwachen, das ich nur zu erleben schien, wenn ich in Warrens Nähe war. Es war so, als hätte ich jahrelang in einem dämmrigen Raum gesessen und seine Gegenwart würde die Dinge um mich herum erleuchten. Sie waren schon immer da gewesen, aber ich hatte sie nicht deutlich sehen können. Zum Beispiel sein Kuss bei dem Verlobungsempfang. Dieser Augenblick erhellte tausend andere, die es nicht gegeben hatte.

Ich sah seinen neugierigen Blick. »Tut mir leid. Ich … meine Gedanken sind abgeschweift.«

»Wohin?« Warren nahm noch einen Stein und spielte damit.

Ich verlagerte mein Gewicht von einem Fuß auf den anderen. Mut war, wenn man kühn handelte, obwohl die innere Stimme schrie, man solle es nicht tun. Obwohl für Dummheit das Gleiche galt. Aber dieser Mann würde bald mein Ehemann sein, also sollte ich ihn wahrscheinlich warnen, dass mir gerade ein langjähriger Mangel bewusst geworden war. »Ich musste an neulich denken, als wir bei der Feier die Gäste empfangen haben …«

»Ah, das Küsschen.« Er senkte den Kopf, so als wäre er ganz schuldbewusst. »Es tut mir leid …«

»Nein.« Ich hob eine Hand. »Bitte entschuldige dich nicht. Es hat mich nur nachdenklich gemacht.« Ich holte tief Luft und hoffte, dass ich nicht rot wurde. »Ich musste über das Küssen nachdenken.«

Warrens Mundwinkel wanderten ein wenig nach oben. »Ich verstehe.«

Ich ließ die Hände sinken. Irgendwie drückte ich mich nicht richtig aus. »Ich weiß nicht, wie ich es sonst sagen soll, aber was meine Erfahrung mit Küssen betrifft – ich habe keine.«

Er warf den Stein in den See und das Lächeln, das er zurückgehalten hatte, brach sich Bahn. »Ich könnte es dir beibringen.«

Ich bekam eine Gänsehaut, was ich der frischen Frühlingsluft zuschrieb und nicht Warrens Angebot. »Na ja. Ich bin mir sicher, du hast viele gute Ratschläge, aber ich glaube, du verstehst nicht, was ich meine. Abgesehen von dir hat mich noch nie jemand geküsst. Nicht ein einziges Mal. Nicht einmal meine Mutter.«

Warren wirkte erschüttert. »Noch nie? Wirklich?«

Ich schüttelte den Kopf. Meine Eltern zeigten keine Gefühle. Einander nicht und schon gar nicht mir gegenüber. Selbst bei Lilith nicht. Ich liebte sie von Herzen, aber ich hatte ihr noch nie einen Kuss gegeben, nicht einmal auf die Stirn. Auf diese Idee wäre ich gar nicht gekommen. Deshalb hatten Warrens warme Lippen auf meiner Haut mir meine eigene Kälte so drastisch vor Augen geführt. »Das ist merkwürdig, nicht wahr? Wenn man bedenkt, dass ich mehr als zwei Jahrzehnte lang gar nichts vermisst habe. Vielleicht habe ich ja gar keine Gefühle.«

»Du hast Gefühle, Geneva.«

»Und was ist, wenn nicht? Was ist, wenn ich gar keine Zuneigung empfinden kann? Deshalb wollte ich dich warnen. Es kann sein, dass du eine kalte Seele heiratest.«

Warren schüttelte den Kopf. »Ich widerlege ja nur ungern deine Theorie, aber so etwas wie Kälte gibt es nicht.«

»Was?« Natürlich gab es Kälte.

»Schlag es nach, Geneva. Kälte ist nur die Abwesenheit von Wärme.« Seine Lippen verzogen sich zu einem schelmischen Lächeln. »Ich habe deine Funken gesehen. Wir müssen also nur das Feuer in dir entzünden. Ich habe das Gefühl, dass sich das lohnen wird.«

Ich blinzelte, unsicher, wie ich darauf reagieren sollte. *Er* war doch das Feuer. Wegen seiner Wärme, seiner Energie konnte ich überhaupt erst erkennen, wie leblos meine Familie war.

Er trat zu mir und sein Blick verschmolz mit meinem. »Was möchtest du?«

Ich sah mich um. Auf dem See funkelten Tausende Sonnenperlen. Die Ahornbäume ragten über uns auf und ihr dichtes Laub bot uns Schatten. Vor drei Monaten war das Wasser noch gefroren gewesen, die Bäume trostlos grau und alles tot und kalt. Gott belebte die winterliche Erde, sein Atem entzündete den Frühling. Konnte er dasselbe mit meinem vereisten Herzen tun? Ebenso wenig wie über diese weißen Kieselsteine hatte ich in letzter Zeit über meinen Glauben nachgedacht. Vielleicht war es an der Zeit, das zu ändern.

»Ich kann dir sagen, was ich nicht möchte.« Ich hob das Kinn ein wenig, sodass die Sonne mein ganzes Gesicht erfasste. »Ich will niemals so sein wie meine Eltern.«

Warrens Blick wurde weich. »Hast du davor Angst?«

Ich nickte. »Und davor, dass du in einer Ehe mit mir unglücklich sein wirst. Vor allem, wenn ich so werde wie sie.«

Seine Miene war nachdenklich. »Ich möchte dich etwas fragen: Bist du denn jetzt wie sie?«

War ich das? Ich wusste es nicht.

Warren spürte mein Zögern und nahm meine Hände in seine. »Du machst dir Gedanken um das Wohl deines Dienstmädchens. Du sorgst dich so sehr um deine Schwester, dass du dir förmlich die Hände ringst, wenn du das Gefühl hast, sie ist überfordert.«

War das so? Ich blickte auf meine Finger, die jetzt ganz entspannt in seinen lagen. Ich kannte Warren noch nicht lange, aber seine Berührung war tröstlich, vertrauensvoll und irgendwie genau das, was ich brauchte.

»Wer sonst hat sich Gedanken darüber gemacht, ein Zimmer zu finden, damit mein Cousin nach unserer Verlobungsfeier nicht in die Stadt fahren musste?«

Mutter hatte das Personal nicht dafür abstellen wollen, Terrence unterzubringen, deshalb hatte sie sich davongeschlichen, als das Dessert gereicht wurde, und hatte selbst die nötigen Vorkehrungen getroffen. Aber mir war nicht klar gewesen, dass Warren davon wusste.

»Das, was ich neulich gesagt habe, war mein Ernst.« Er senkte den Kopf, sodass sein Gesicht näher an meinem war und ich die Ernsthaftigkeit in seinem Blick sehen konnte. »Ich will dich.« Er ließ die Hände sinken, damit ich ihn nicht falsch verstand. »Und damit meine ich, so, wie du bist.«

Er trat nicht zurück, also trat ich näher. Wenn er mein wahres Ich sehen wollte, sollte ich mir Mühe geben, meine eigenen Bedürfnisse zu verstehen. Und in diesem Augenblick musste ich es üben, andere zu berühren – vor allem, *ihn* zu berühren. Bei all unseren Gesprächen war es Warren gewesen, von dem die Initiative ausgegangen war. Es wurde Zeit, dass ich es auch einmal versuchte. Vorsichtig streckte ich die Hand zu ihm aus. Er stand ganz still, aber sein begehrlicher Blick forderte mich auf weiterzumachen und jagte mir einen feurigen Blitz über den Rücken. Ich legte Warren die Hände auf die Brust, was mir nicht so schwerfiel, weil meine Handflächen ja nur seine Jacke berührten. Er hatte recht. Ich war nicht wie meine Eltern. Und würde es auch nie sein. Aber ich musste lernen, anderen meine Zuneigung zu zeigen, und von wem konnte ich es lernen, wenn nicht von meinem Verlobten? »Ich bin bereit.«

Er schluckte. »Zum Anwesen zurückzugehen?«

»Nein.« Ich fuhr mit den Fingern über sein Revers und dann zu seinen starken Schultern. »Ich bin bereit für meine erste Lektion.« Das Herz hämmerte mir in der Brust und mir stockte der Atem. »Du hast versprochen, mir den Unterschied zu zeigen.«

In seinen Augen funkelte es, aber ich wusste, dass er sich zurückhielt, weil er ganz der respektvolle Gentleman war, sodass ich jede Menge Zeit hatte, es mir anders zu überlegen. Seine Rücksichtnahme machte mich nur noch entschlossener. Ich hob die Hand, holte zitternd Luft und berührte zaghaft Warrens Mund. Wir sahen einander an. Zögernd strich ich ihm mit der Hand über die Wange und streifte schließlich auch sein markantes Kinn. Es ließ ihn immer so entschlossen wirken, was Warrens Selbstbewusstsein unterstrich.

Er legte mir einen Arm um die Taille, umarmte mich aber nicht. Wenn ich wollte, konnte ich mich jederzeit befreien. Aber ich hatte nur einen Wunsch, nämlich ihn endlich zu küssen. Also stützte ich mich mit einer Hand an seiner Brust ab, stellte mich auf Zehenspitzen und … hatte keine Ahnung, was ich als Nächstes tun sollte. Ich fröstelte. Was jetzt? Ich hatte erst dreimal in meinem Leben eine solche Situation gesehen. Das erste Mal, als ich mich in einen Stummfilm geschlichen hatte, aber auf der Leinwand war das etwas ganz anderes. Die zweite Gelegenheit war auf der Fifth Avenue gewesen, als ich an einem Liebespaar vorbeigegangen war. Und den letzten Kuss hatte ich beobachtet, als ich in einer dämmrigen Nische über Beatrice Reinholt gestolpert war, die sich darangemacht hatte, einen Millionär aus der Gegend zu bezirzen. Keiner dieser Fälle half mir jetzt weiter.

Ich riskierte einen Blick zu Warren. »Ich … ich weiß nicht … wie …«

»Mach einfach nach, was ich tue.« Die offensichtliche Zärtlichkeit in seinem Blick besiegte meine Ängste und meine Verlegenheit.

Warrens Kopf senkte sich, ganz langsam, und ich stellte mich wieder auf Zehenspitzen. Meine Wimpern flatterten und dann schlossen sich meine Lider. Warrens Lippen berührten meine federleicht, nur ein Vorgeschmack. Dann küsste er mich noch einmal, diesmal mit sachtem Druck, bevor er sich wieder von mir löste.

Meine Finger gruben sich in sein Revers und ich zog ihn erneut zu mir. Ich fühlte sein überraschtes Lächeln, dann erwiderte er meinen Kuss.

Es war wie ein inniger Tanz. Seine Hände gruben sich in mein Haar, ich legte eine Hand in seinen Nacken. Ich hielt ihn fest und wünschte, das hier würde niemals aufhören. Aber dann, als hätte das Tempo sich geändert, löste Warren sich von mir und ließ seine Stirn an meiner ruhen. »Du, Geneva Ashcroft, lernst schnell.«

Ich lächelte. »Nur, wenn mich das Thema interessiert.« Ich konnte nicht anders. Ich küsste ihn erneut.

Er seufzte tief. »Ich bringe dich jetzt besser nach Hause.«

※

»Sie werden am Telefon verlangt, Sir.« Unser Butler Kendrick trat unauffällig zu Warren, der mir bei Tisch gegenübersaß. Warren entschuldigte sich und verließ den Raum, jeder Schritt zielstrebig. Wie alles, was er tat.

Während er hinausging, starrte Miss Reinholt ihm neugierig hinterher. Sie schien ihr Interesse an ihm vor anderen nicht wirklich verbergen zu wollen. Was allerdings auch nicht erklärte, warum sie diese Drohbotschaft in meinem Zimmer hinterlassen hatte. Lilith war davon überzeugt, dass sie es gewesen war, aber ich war mir da nicht so sicher. Obwohl ich wusste, wie eifersüchtig Beatrice auf mich war, tat sie mir doch auch leid. Na gut, nur ein ganz kleines bisschen. Ihre Eltern waren ebenso dominant wie meine. Die Reinholts ließen ihre Tochter vielleicht an der langen Leine laufen, was die Wahl ihrer Kleidung und ihrer Frisur betraf, aber die Eheanbahnung hatten sie gnadenlos im Griff. Auch Beatrice hatte da keinerlei Freiheiten.

Warren kam nach wenigen Minuten zurück, die Lippen fest aufeinandergepresst, als er sich Vater näherte. »Ich bitte um Verzeihung, aber ich muss in die Stadt zurück. Unverzüglich.«

Meine Gabel fiel scheppernd auf meinen Teller und alle Blicke richteten sich auf mich. »Pardon.« Ich war seit unserer gemeinsamen Zeit am See in einem nahezu euphorischen Zustand gewesen und jetzt diese Ankündigung? Ich hatte Mühe, meine Stimmung nicht in den Keller rauschen zu lassen.

Warren trat neben mich und ergriff meine Hand. »Ich weiß, dass es nicht mehr lange ist bis zu unserer Hochzeit. Und ich gehe nur sehr ungern. Aber die Sache duldet keinen ...« Er seufzte und fuhr sich mit der Hand durch die Haare. »Es gibt etwas, worum ich mich auf der Stelle kümmern muss. Es kann leider nicht warten.« Er drückte meine Hand, als wollte er mich anflehen, Verständnis zu haben.

»Natürlich.« Ich reagierte mit aufgesetzter Gleichgültigkeit, aber das Herz wurde mir schwer.

Warren legte seine Hände um mein Gesicht und sah mich mit ernster Miene an. »Ich verspreche dir, dass nichts mich davon abhalten wird, in zwei Wochen vor dem Pfarrer zu stehen.«

»Komm nicht zu spät.« Ich lehnte mich in seine Berührung. Schade, dass alle uns beobachteten, sonst hätte ich den Abschied denkwürdiger gestaltet und Warren an unsere Zeit am See erinnert. Doch ihm war vornehme Zurückhaltung fremd und so beugte er sich vor und gab mir einen schnellen Abschiedskuss auf den Mund.

Man hörte, wie einige die Luft scharf einsogen, aber Warren warf mir ein spitzbübisches Grinsen zu. »Damit du daran denkst, mich zu vermissen.«

Ich schlug nach seinem Arm und er lachte leise, als er ging.

Das Abendessen ging weiter, als hätte es keinerlei Störung gegeben, und ich bemühte mich, gegen meine schlechte Laune anzukämpfen. Mein Blick wanderte über dieses vertraute Szenario – eines, das ich schon tausendmal beobachtet hatte, aber in diesem Augenblick kam es mir so vor, als würde ich es zum ersten Mal sehen. All die Leute, vergoldet mit echten Juwelen, während sie sich ihren Nachbarn mit einem falschen Lächeln zuwandten. Das Essen war erlesen, das zarte Porzellan hochwertig. Die Unterhaltung war der Gipfel der Kultiviertheit. Alles war perfekt, aber leer. Völlig ausgehöhlt. Mein Leben wirkte wie ein Schloss aus Glas, voller großartiger Symbole, obwohl es in Wirklichkeit ein Gefängnis aus zerbrochenen Dingen war. Eine vergoldete Fassade.

Und in zwei Wochen würde ich von alldem befreit sein.

Mutter musterte mich mit ihrem kritischen Blick. Ihrem bleichen Teint nach zu urteilen, der ebenso wächsern aussah wie die Kerzen auf dem Tisch, hatte mein Abschied von Warren sie peinlich berührt. Der Ashcroft-Engel war aus seiner streng geregelten Rolle gefallen. Hatte vor allen Gästen einen Mann geküsst. Zweifellos würde ich später einen Vortrag über Anstand und Benehmen über mich ergehen lassen müssen. Aber andererseits ... Ich beugte mich ein wenig vor, um sie besser sehen zu können. Was, wenn ihre geisterhafte Blässe gar nichts mit meinem Betragen zu tun hatte?

Nach dem Abendessen begab ich mich in Mutters Schlafgemächer. Sie würde mir meine Neugier nicht danken, aber es war ja nur zu ihrem Besten. Ich überquerte den weichen Teppich in ihrer Suite, in der ein schwacher Rosenduft in der Luft hing. Ich öffnete ihren Frisierschrank und musterte die Flaschen, Dosen und Gläser, die sich darin drängten. Mutter war wild entschlossen, nicht zu altern, und probierte jedes neue Produkt aus, das auf den Markt kam. Aber ich suchte nur nach ...

»Was machst du da?«

Ich fuhr herum, als ich Mutters Stimme hörte, und presste eine Hand auf mein Herz. »Schleich dich doch nicht so an.« Ein finsterer Blick lag in ihren missbilligenden Augen. »Du bist diejenige, die hier heimlich herumschleicht.«

»Es ist nichts Heimliches daran.« Ich wandte mich wieder dem offenen Schrank zu und überflog die Etiketten. »Ich habe bemerkt, wie blass du in letzter Zeit bist, und wollte mich nur vergewissern, dass du nicht diese schrecklichen Hauttabletten nimmst.«

Mutter stemmte eine Hand in die Hüfte und sah mich vorwurfsvoll an. »Wie könnte ich denn, wo du sie in den Müll geworfen hast?«

Das hatte ich tatsächlich. »Aber das war im Stadthaus. Ich habe ganz vergessen nachzusehen, ob du hier auch welche versteckt hast.« Ich zeigte auf den Schrank und erntete erneut einen finsteren Blick.

»Du bist albern. Es ist lediglich ein Kosmetikprodukt.«

»Es ist schädlich, Mutter.« Ich hatte Artikel über die verdächtigen Zutaten gelesen, aber wer dachte schon an solche Risiken, wenn ein schöner Teint auf dem Spiel stand?

»Willst du wissen, was wirklich schadet?« Sie durchbohrte mich mit ihrem Blick, während sie den Kopf zur Seite neigte, wie sie es immer tat, wenn sie zu einem Vortrag ausholte. »Komm mit.« Sie griff an mir vorbei, schloss die Schranktür mit einem hochmütigen Klicken und rauschte dann grazil in ihr Schlafzimmer. Denn selbst wenn meine Mutter aufgebracht war, gab es an ihrer Haltung nichts auszusetzen.

Noch bevor ich den Raum ganz betreten hatte, breitete sie in einer melodramatischen Geste die Arme aus. »Du verliebst dich in ihn, Geneva.«

Ich blinzelte. »In Warren?«

Mutter nickte. »Ich konnte die Bewunderung in deinen Augen

sehen. Und dann dieses Turteln beim Abendessen.« Sie fuhr sich mit der Hand an die Stirn. Während Vater keinerlei Gefühle besaß, waren die von Mutter immer übertrieben.

»Ich habe nicht geturtelt.«

Jetzt presste sie die Finger auf ihre Brust. »Mach diesen Fehler nicht. Du bist mir zu ähnlich.«

Ich zwang mich, innerlich dagegenzuhalten, dass ich ihr ganz und gar nicht ähnlich war. Sie blühte auf, wenn die Welt sie beachtete, und plusterte sich auf, wann immer sie und ihre berühmten Feste in den Gesellschaftsseiten erwähnt wurden. Außerdem drückte sie bei allem, was Vater tat, ein Auge zu. Und obwohl sie dagegen war, eine Zweckehe zu erzwingen, hatte sie kein Wort zu meiner Verteidigung vorgebracht. Ich schwor mir, meinen Kindern niemals so etwas anzutun. Obwohl ich bezweifelte, dass Warren auch nur ansatzweise wie mein Vater sein würde. Warren schien ein guter Mensch zu sein. Loyal. Die Art von Gentleman, der sich lieber das eigene Herz mit einem stumpfen Servierlöffel herausreißen würde, als mir wehzutun.

»Er ist charmant, das steht fest.« Mutter sank auf die Bank am Fußende ihres Bettes wie eine Königin auf ihren Thron. »Aber sie sind alle gleich.«

»Nein. Ich werde nicht zulassen, dass du meinen Verlobten mit dem widerwärtigen Sumpf anderer Verehrer in einen Topf wirfst.« Sie waren alle hinter meinem Geld her gewesen, nach dem Ansehen meiner Familie. Warren nicht.

»Hör auf mich und halte ihn dir auf Abstand. Entwickle keine Gefühle für ihn.« Mutters Augen waren warnend aufgerissen. »Dann überlebst du die Ehe viel besser.«

Was Beziehungsfragen betraf, war dies mit Abstand der abschreckendste Rat, den ich je gehört hatte. »Warren ist anders.«

»Hat er dir gesagt, warum er so dringend abgerufen wurde?«

Ihr kalter Tonfall ließ mich zusammenzucken. »Nein.«

»Kendrick hat gesagt, am anderen Ende der Leitung sei eine Frau gewesen.«

»Das kann doch jeder gewesen sein. Vielleicht eine Verwandte.« Das Gesicht von Terrence erschien vor meinem geistigen Auge. War Warrens Cousin verheiratet?

Mutter musterte mich eindringlich, so als wäre ich diejenige, die schwer von Begriff war. »Die Frau hat sich vehement geweigert, ihren Namen zu nennen, als Kendrick sie danach gefragt hat.«

Ich biss mir auf die Lippe. Das war merkwürdig. Aber trotzdem nichts, worüber ich mir Gedanken …

»Lass es dir gesagt sein.« Mutter schniefte. »Dein Verlobter hat eine Geliebte.«

# KAPITEL 12

*3. September 1922*
*Stella*

Ich erinnerte mich kaum noch daran, wie ich den Krämerladen verlassen hatte. Warren folgte mir, aber ich konnte ihn nicht ansehen. Durch seine schweren Anschuldigungen hatte er mir schon ordentlich zugesetzt und jetzt fügte mir sein Verrat einen weiteren schweren Schlag zu. Ich hatte noch nie von Ruth Fields gehört, aber Warren hatte rundheraus gesagt, sie sei zwischen uns getreten. Was sollte ich denn sonst denken? »Reden wir von … einer Geliebten?«

»Ja.« Warrens frostiger Tonfall griff nach mir wie mit eisigen Klauen. »Aber du wusstest doch schon von ihr, oder etwa nicht?«

Anstatt wie betäubt zu sein, verspürte ich tausend feurige Stiche am ganzen Körper. Wie konnte er nur! Mir fielen Mutters Warnungen wieder ein. Ich hatte sie alle abgetan, aber sie hatten sich als wahr erwiesen. »Ich wollte es nicht wahrhaben.«

Er schnaubte verächtlich. »Ich hätte nicht hoffen sollen, dass du nichts davon wusstest. Du bist vieles, *Stella*, aber naiv bist du nicht.«

Ich fuhr herum und bohrte ihm meinen ausgestreckten Finger in die Brust. »Du machst dich also noch über mich lustig?«

Sein kaltherziges Gebaren war mehr, als ich ertragen konnte. Er beugte sich vor. »Was soll ich denn machen? Dich beglückwünschen zu deiner Entdeckung? Tut mir leid, wenn ich dich enttäusche, aber ich werde es doch nicht feiern, dass nun das Geheimnis gelüftet ist. Schließlich hast du daraufhin ja versucht, mich umzubringen.«

Er beschuldigte mich eines furchtbaren Vergehens, verhöhnte

mich wegen anderer Dinge, die ich gar nicht getan hatte, und war die ganze Zeit des Ehebruchs schuldig? Sollte *er* nicht derjenige sein, der um Verzeihung bat? Aber in seinen Augen konnte ich nicht den leisesten Anflug von Schuldgefühlen sehen. »Du glaubst ...« Das war doch verrückt. »Dass ich wegen einer Geliebten einen Mord begehen würde?«

Warren beobachtete mich genauer und suchte den Blickkontakt zu mir. Aber er sagte kein Wort. Was auch eine Antwort war. Meine Sicht trübte sich und eine heiße Träne lief mir über die Wange. Ich wischte sie schnell fort. »Wenn du das glaubst« – ich verschränkte die Arme, um meine zitternden Hände zu verstecken – »dann kannst du mich verlassen.« Ich hatte gedacht, ich könnte unsere Ehe vor dem Schiffbruch retten. Die Brocken aufsammeln. Aber die Zerstörung war schon zu groß. »Du kannst die Jenny nehmen und in die Arme deiner Geliebten fliegen.«

»Meiner ...« Er zuckte zusammen und in seinen Augen lag etwas, das ich nicht genauer zu deuten wagte. »Warte mal. Hast du ...«

»Ich habe dich Mutter gegenüber immer wieder in Schutz genommen. Sie hat steif und fest behauptet, du seist mir untreu.« Noch eine Träne, aber diesmal ließ ich sie kullern. Sollte er ruhig sehen, wie sehr er mich verletzt hatte. Obwohl er nur wie angewurzelt dastand und immer wieder blinzelte, als wäre *er* derjenige, der versuchte, diesen Wahnsinn zu begreifen. »Vielleicht bin ich ja doch naiv. Denn ich habe jedes Wort geglaubt, das du bei unserem Eheversprechen gesagt hast.«

Mein letzter Satz schien ihn aus dem Wahn zu reißen, dem er ganz offensichtlich erlegen war. Ich wappnete mich für das, was er mir als Nächstes vorwerfen würde.

Er hob eine Hand, beinahe so, als ... würde er sich geschlagen geben. »Nein. Das meinte ich nicht.« Er trat näher. Sein Gesicht, das gerade noch hart wie Granit gewesen war, verzog sich jetzt qualvoll.

Meine Finger ballten sich zu Fäusten. Warren war niemals gemein gewesen. Aber jetzt war es so, als würde er irgendein grausames Spiel mit mir spielen. Aber ich hatte nicht vor, mich darauf einzulassen. »Du hast mir etwas Unvorstellbares vorgeworfen, mir dann deine Untreue unter die Nase gerieben und jetzt erwartest du von mir, dass ich mich für was auch immer entschuldige?! Es war ja so dumm von mir, dir jemals zu vertrauen.« Zu glauben, dass er anders sein könnte als alle anderen. »Geh zu deiner Ruth Fields und lass mich in Ruhe.« Ich eilte den staubigen Gehweg entlang und verfluchte meine Tränen, während ich die neugierigen Blicke der Stadtbewohner ignorierte und verzweifelt hoffte, dass die Schritte hinter mir nicht von einem Mann kamen, der gerade mein Herz gebrochen hatte.

»Warte.« Seine tiefe Stimme klang merkwürdig eindringlich. »Du hast mich falsch verstanden.«

Ach, jetzt war es also wieder meine Schuld? Ich blieb abrupt stehen. Dann holte ich tief Luft und sah Warren an, um zum verbalen Schlag auszuholen, aber der Blick in seinen Augen ließ die Worte auf meinen Lippen ersterben.

»Es gab immer nur dich.« Ihm brach die Stimme und seine Hände streckten sich aus nach … nach mir? Dann, als würde ihm die ganze Gebrochenheit zwischen uns bewusst, ließ er die Arme sinken. Warren nickte einem Mann zu, der uns einen besorgten Blick zugeworfen hatte, beugte sich vor und senkte die Stimme. »Ich hatte doch nie eine Affäre. Habe nie die Ehe gebrochen.«

Ich blinzelte. Seine Worte umfingen mein Herz mit einer zerbrechlichen Hoffnung. »Was hat das alles denn dann zu bedeuten? Du hast von einer Geliebten gesprochen und mir sogar ihren Namen genannt: Ruth Fields.« Ich folgte seinem Beispiel und sprach ebenfalls leise. Diese Art von Unterhaltung führte man nicht auf einem öffentlichen Gehweg.

»Ja. Aber nicht meine.« Sein Blick wurde weicher. »Die deines Vaters.«

Ich erstarrte und sah ihn verständnislos an. Warren legte mir einen Arm auf den Rücken und führte mich an den Rand des Weges, damit ein älteres Ehepaar an uns vorbeigehen konnte.

Erleichterung machte sich in mir breit. Warren war mir treu geblieben. Er sprach von Vater. Vater hatte eine Geliebte. Das überraschte mich nicht. Aber wie hatte Warren davon erfahren und was hatte das mit dem Flugzeugunglück zu tun? Er wich nicht von meiner Seite und ich sah den Mann, den ich geheiratet hatte, wieder aufblitzen. Obwohl mich das nur noch mehr verwirrte. Ich löste mich aus seinem Arm und nahm eine gewisse Distanz zu ihm ein, die ich dringend brauchte. »Was hat das alles zu bedeuten?«

»Gehst du ein kurzes Stück mit mir?«

Ich riss die Augen auf. »Du bringst mich doch nicht etwa zu ihr, oder? Ich kann der Geliebten meines Vaters nicht gegenübertreten. Nicht so.«

»Ich bringe dich zu ihr, aber nicht so, wie du denkst.« Er legte mir beide Hände auf die Schultern, es war beinahe eine feierliche Geste, mit der ich nicht gerechnet hatte. »Ich bringe dich zu ihrem Grab. Ruth Fields ist tot.«

※

Warren führte mich eine schmale Gasse entlang zu einem Dorffriedhof. Er blieb an meiner Seite und ließ mir Zeit, meine Gefühle zu sortieren. Doch ich konnte nur einen Fuß vor den anderen setzen, ohne dabei irgendetwas zu fühlen.

Als ich in seine Augen sah, überwältigte mich die Fürsorge, die ich darin sah. Er war jetzt anders. So viel war klar. Sein Gang war entspannter, während meine Gelenke schwer wie Blei waren. War er endlich zu dem Schluss gekommen, dass ich doch keine kaltblütige Mörderin war? Aber warum hatte er angenommen, ich würde ihn wegen der Geliebten meines Vaters töten?

Mein Blick wanderte über die Grabsteine. Wollte ich wirklich den Beweis für die Lieblosigkeit meines Vaters sehen, damit auch das letzte bisschen Respekt für ihn erstarb? Immerhin verstand ich jetzt, warum Warren mich mit Fragen über diese Stadt gelöchert hatte. Er hatte mich auf die Probe gestellt, um herauszufinden, was ich über die Geliebte meines Vaters wusste. »Eigentlich sollte ich gar nichts mehr für meinen Vater empfinden.«

»Aber es schmerzt trotzdem.«

»Alles schmerzt.« Mein Blick begegnete seinem und er verstand, was ich meinte, denn er nickte ernst.

»Sie wurde hier beerdigt, sagst du?«

Sein Blick wanderte über die grob behauenen Grabsteine. »Ich glaube, ja.«

Wir schritten die unebenen Reihen der Gräber ab. Das Sonnenlicht tanzte über uns, ein auffälliger Kontrast zu der bedrückenden Atmosphäre dieses Ortes. Das Gras war hochgewachsen, einige der Grabsteine standen schief. Einer war sogar in mehrere Teile zerfallen, als wären diese armen Seelen dort hingeworfen und vergessen worden. Ein Teil meines Herzens wollte diese Grabstellen wieder herrichten. Um zu beweisen, dass es jemanden gab, dem diese Verstorbenen nicht gleichgültig waren, und auch wenn ich sie nicht kannte, wusste ich doch, wie es war, vernachlässigt und unbeachtet durchs Leben zu gehen.

Meine Augen suchten nach dem Namen *Ruth Fields*.

Meine Fragen häuften sich zu einem kleinen Hügel, wie die Erde auf einem frischen Grab, und begruben jede Hoffnung, die ich einmal gehabt hatte, dass die Ehe meiner Eltern mehr sein könnte als eine Fassade. Was konnte ich aus meinem Besuch hier lernen? Würde es mir helfen, innerlich zu gesunden, wenn ich dieses Grab sah? Oder entstand dadurch nur noch mehr Verbitterung?

»Da.« Ich zeigte auf ein Grab ein Stück weiter. »Ruth Fields. 7. September 1872 bis 22. Juli 1921.« Ihre letzte Ruhestätte war durch ein schmales Kreuz gekennzeichnet, der Name grob ins Holz geschnitzt. Die Ränder hatten durch die Witterung gelitten und waren dadurch dunkler geworden. Sie war erst letztes … Moment mal. Mein Blick blieb an dem Datum hängen. »Sieh mal, Warren. Sie ist am 22. Juli gestorben. Das ist der Tag, an dem du mit dem Flugzeug abgestürzt bist, nur ein Jahr vorher.«

Er rieb sich mit der Hand das Kinn. »Ja, das ist mir auch aufgefallen.«

Was für ein merkwürdiger Zufall. »Wie ist sie denn gestorben?« Wollte ich das überhaupt wissen? Ich müsste diese Frau doch hassen. Über die Dreistigkeit spotten, dass ein Kreuz auf ihrem Grab stand. Aber das konnte ich nicht. Als ich auf ihre bescheidene Ruhestätte hinuntersah, wusste ich irgendwie, dass sie auch nur ein Opfer meines Vaters gewesen war. Für seine eigenen Zwecke gebraucht und dann weggeworfen. Ich kniete in dem hohen, taunassen Gras und zupfte an dem Unkraut, das sich um das Holzkreuz rankte.

Eine warme Hand legte sich auf meine Schulter.

»Wie ist sie gestorben?«, wiederholte ich.

Warren ging neben mir in die Hocke und betrachtete das Grab.

»Brisbane sagt, an einer Magenkrankheit.«

»Also eine natürliche Todesursache?«

»Scheinbar.«

Aber das eine Wort verriet mir, dass er denselben bestürzenden Verdacht hegte. Der Zwischenfall mit Mr Yater fiel mir wieder ein. Vaters Geschäftspartner hatte behauptet, er sei übers Ohr gehauen worden, und war wenig später tot aufgefunden worden, nachdem er mit Vater zu Abend gegessen hatte. Auch er hatte etwas am Magen gehabt.

Ich holte zitternd Luft. »Wie hast du von ihr erfahren? Und wie bist du überhaupt darauf gekommen, Brisbane auf sie anzusetzen?«

Warren richtete sich auf und hielt mir die Hand hin. »Ein anonymer Brief, der an mein Büro geschickt wurde.«

Ich wischte die Erde von meinen Fingern und nahm seine Hilfe an. Der Brief konnte nicht von Ms Fields gekommen sein. Als ich Warren kennengelernt hatte, war sie schon fast ein Jahr tot gewesen. »Vielleicht von einem eifersüchtigen Ehemann? War sie verheiratet?«

»Nein.«

Noch ein niederschmetternder Gedanke kam mir. »Hatte sie Kinder?« Könnte John Ashcroft der Vater sein? Gab es irgendwo auf dieser Erde einen Bruder oder eine Schwester, von denen ich nichts wusste? In meinem Kopf drehte sich alles und ich presste einen Finger an meine Schläfe.

»Keine Kinder.« Warren pickte einen Grashalm von meinem Ärmel. »Brisbane hat gründlich nachgeforscht und es gibt keine eingetragenen Geburten oder eine Heiratsurkunde.«

Ich atmete aus und warf einen letzten Blick auf das Grab, bevor ich mich abwandte. »Jemand muss doch von alldem gewusst haben, wenn du einen Brief erhalten hast.« Und was war mit meiner Mutter? Ich konnte den Verdacht nicht abschütteln, dass sie Bescheid gewusst hatte. Warum sonst hätte sie mich vor meiner Hochzeit warnen sollen, mich nicht an Warren zu hängen, mich nicht in ihn zu verlieben? Kein Wunder, dass sie so abgebrüht war. Das zu wissen und nichts dagegen tun zu können. Mit einem Mal fühlte ich mich müde.

»Das ist alles sehr rätselhaft.« Warren ging neben mir. »Obwohl ich es nicht für einen Zufall halte, dass Brisbane diesen Ort auf die Liste geschrieben hat, die du gefunden hast.«

Ich strich mir die Haare aus dem Gesicht. Warum hatte Brisbane den Namen dieser Stadt notiert? Hatte es etwas mit Ms Fields zu tun oder gab es einen anderen Grund dafür? »Auf der Liste stehen neun Ortschaften. Glaubst du, da besteht eine Verbindung?« Und dann kam mir noch ein Gedanke. »Was ist, wenn Brisbanes Verschwinden damit zu tun hat, dass er Informationen über Ruth Fields hat?«

Warren blinzelte in die Sonne und seine Miene wurde ausdruckslos, wie immer, wenn er angestrengt nachdachte. »Das könnte sein.«

Schweigend stiegen wir den Hügel hinauf, der zur Hauptstraße führte. Warren bewegte sich anders, als er es seit unserem Wiedersehen getan hatte. Die angespannten Muskeln seines Körpers, die gerunzelte Stirn und sein steifer Gang schienen jetzt lockerer.

Wie es aussah, hielt er mich nicht länger für eine Mörderin. Aber während *sein* Misstrauen nachgelassen hatte, nahm *meines* zu. Er räusperte sich. »Mir tut das alles sehr leid.« Seine umfassende, etwas allgemein gehaltene Entschuldigung ließ meine Schritte stocken. Als könnte er ein kleines Pflaster über hundert Wunden kleben. »Du weißt, dass dieses Wort – *alles* – auf unterschiedliche Weise gedeutet werden kann, und ich könnte es wieder missverstehen. Was genau tut dir denn leid? Dass du heute Morgen auf mein Kleid getreten bist, als ich meine Sachen gepackt habe?« Ich warf ihm einen Blick zu. Sein staubiger Fußabdruck auf meinem Kleid interessierte mich nicht die Bohne, aber mich interessierte sehr wohl, was er jetzt tatsächlich bereute. »Oder dass du hierhergekommen bist? Dass du mit dieser Suche weitermachen wolltest?« Mühsam hatte ich all meine Gefühle der Verletzung und Verwirrung unterdrückt und mich in Selbstbeherrschung geübt, aber jetzt hatte ich keine Gewalt mehr über sie und sie standen plötzlich wie ein tiefer Graben zwischen uns. »Tut es dir leid, dass ich herausgefunden habe, dass du noch lebst? Dass du mich geheiratet hast? Dass du mir jemals begegnet bist? Dass ich überhaupt geboren bin?«

»Nein«, sagte Warren, aber es war eine viel zu zahme Reaktion auf meine wilde Tirade. »Für nichts davon entschuldige ich mich. Außer vielleicht für dein Kleid. Mein Verhalten und meine Worte haben Schaden angerichtet.« Sein Blick suchte meinen. »Ich werde versuchen, das Verlorene wiedergutzumachen.«

»Und was ist, wenn es nicht wieder zu flicken ist? Für immer beschädigt?« Es war das Kleid, das ich getragen hatte, als er mir in meinem geheimen Garten einen Heiratsantrag gemacht hatte, aber wir wussten beide, dass es hier um mehr ging als um Stoff und Faden. Er sprach von dem Gewebe zwischen uns, von den gespannten Nähten unserer Beziehung. Von dem Vertrauen. Der Bindung. Von allem, was die Grundlage einer Ehe bildete. Jetzt gab es nur noch Fetzen dessen, was vorher ein herrliches Gewand gewesen war.

»Ich bete, dass es nicht so ist.« Sein Handrücken fuhr über meinen Arm und ich versuchte, nicht auf seine Berührung zu reagieren. »Es tut mir leid, dass ich geglaubt habe, du wolltest mich töten.«

»Wie konntest du nur?« Mir versagte die Stimme und ich hasste mich für diese Schwäche. Ich sollte doch kalt und hartherzig sein. Schließlich hatte ich mein Leben lang gelernt, mir nichts anmerken zu lassen. Aber in Warrens Gegenwart hatte ich keinen Zugang zu all den Masken, hinter denen mich zu verstecken ich gelernt hatte.

Er schüttelte den Kopf. »Ein Grund war, dass ich dachte, du wüsstest von Ruth Fields. Bevor sie starb, hat sie sich an deinen Vater gewandt.«

Ich runzelte die Stirn. Nach unserer jüngsten Unterhaltung hatte ich mir schon gedacht, dass Vaters Affäre eine Bedeutung hatte, aber ich war davon ausgegangen, dass der entscheidende Grund für Warrens Beschuldigungen der Fallschirm sein würde. Oder, genauer gesagt, das Fehlen des Fallschirms. Und das war ja meine Schuld gewesen. Obwohl er meinen schrecklichen Fehler mit keinem Wort erwähnt hatte.

Ich blickte zu ihm hinüber und sah, dass er mich beobachtete und auf eine Reaktion von mir wartete. »Hat Ms Fields gedroht, ihn bloßzustellen?«

»Höchstwahrscheinlich. Den Inhalt des Briefes kenne ich nicht. Ich weiß nur, dass sie ihm etwas geschickt hat. Die Einzelheiten waren in der Nachricht, die ich erhalten habe, nur angedeutet.«

»Und wenn sie ihn bloßgestellt hätte, wäre das Image unserer Familie, an dem er so sorgfältig gebastelt hat, zerstört worden. Das hätte seine Chancen in der Politik ruiniert. Glaubst du, sie hat ihn erpresst?«

»Das war meine Theorie.«

Ich setzte mich wieder in Bewegung. Wenn ich stehen blieb, wog die Last der Ereignisse so schwer auf meinen Schultern, dass ich das Gefühl hatte, selbst in ein Grab zu sinken. »Aber Vater hat seine Kandidatur doch erst im November bekannt gegeben, da war sie schon mehrere Monate tot.«

»In den Zeitungen, auch in meinen, gab es schon vorher Hinweise, die darauf schließen ließen, dass er sich um den Posten des Senators bewerben wollte. Sicher hat er diese Kandidatur schon länger geplant.«

Stimmt. Er war ein Stratege und ich erfuhr von seinen Plänen immer erst, wenn er mich dabei brauchte. Die Eheschließung mit Warren war das beste Beispiel dafür. »Ich verstehe aber immer noch nicht, was das mit dir und mir zu tun hat.«

»Dein Vater wusste, dass ich es wusste.«

Oh. Warren, der geliebte Schwiegersohn, der gefeierte Goldjunge der Zeitungswelt und das Tor meines Vaters zu großartiger Publicity, war zu einer Bedrohung geworden. Eine Gefahr für Vaters Ruf und mehr noch als das. »Du hast Brisbane beauftragt, der Sache mit Ms Fields auf den Grund zu gehen.«

Warren nickte. »Und wenn er irgendetwas Verdächtiges über ihren Tod in Erfahrung bringen würde ...«

Er beendete den Satz nicht, aber das war auch nicht nötig. Am Schluss würde mein Vater stehen. Sein Ruf, seine Karriere und vielleicht sogar sein Leben, wenn er Ms Fields tatsächlich hatte umbringen lassen. Wie schrecklich war es für eine Tochter, ihren Vater des Mordes für fähig zu halten? Ungefähr ebenso furchtbar, wie wenn ein Mann dasselbe von seiner Frau dachte. Aber Vater und ich waren Welten voneinander entfernt. Ich hatte gedacht, Warren könnte den Unterschied sehen. Dass er es nicht getan hatte, brach mir das Herz.

»Eins hat mich gewundert: Als ich mit meinem Verdacht zu deinem Vater ging, hat er nur dagesessen«, fuhr Warren fort. »Er hat es weder gestanden noch geleugnet. Er hat nur angedeutet, du wüsstest davon und würdest nicht wollen, dass ich etwas drucke, was ihm schadet.«

Natürlich hatte Vater mich zu seinem Vorteil benutzt. Warren hatte Vater wegen der Affäre zur Rede gestellt und im Gegenzug hatte Vater Warrens Respekt vor mir als Waffe gegen ihn verwendet.»Und du hast ihm geglaubt, ohne mir die Chance zu geben, mich zu verteidigen?«

»Wir hatten uns an dem Abend doch gestritten, weißt du noch? Gleich nachdem ich mit ihm gesprochen hatte, bin ich zu dir gegangen, um dich um deine Unterstützung zu bitten. Aber als ich dir sagte, ich würde vielleicht etwas Negatives über ihn drucken, hast du mich angefleht, es nicht zu tun. Und dann hast du dich ganz verschlossen.« Warren fuhr sich mit einer Hand durchs Haar. »Aber auch schon vorher hattest du dich zurückgezogen und ich hatte keine Ahnung, warum. Es war, als wärest du auf einmal ganz distanziert, genau wie ...«

Mein Vater. Warren hatte recht, aber zugleich irrte er sich. Ich hatte mich von ihm zurückgezogen, aber nicht aus dem Grund, den er annahm.

»Ich dachte, du hättest dich doch noch von ihm beeinflussen lassen. Wärest auf seine Seite gewechselt. Du hattest immer einen starken Beschützerinstinkt, was deine Familie betraf.«

Sicher dachte er an Lilith. Oder daran, dass ich mich meist widerspruchslos an Vaters Regeln hielt. Für einen Außenstehenden musste es wohl so aussehen, als wäre ich meinen Eltern völlig ergeben. Warren hatte gedacht, ich wäre an der Vertuschung beteiligt, um meine Familie vor einem Skandal zu bewahren. »Du hast also geglaubt, ich hätte versucht, dich umzubringen – nur weil wir uns gestritten haben und ich in mich gekehrt war?«

Sein Blick begegnete meinem. »Ich habe gehört, was du gesagt hast.«

Ich neigte fragend den Kopf zur Seite.

»Als du nach unserem Streit mit deinen Eltern telefoniert hast.« Warren senkte die Stimme. »Du hast gesagt, du würdest alles tun, was nötig sei, um dich zu fügen. Dass du dich an ihren Plan halten würdest. Und am nächsten Tag bist du nicht gekommen, aber mein Flugzeug war manipuliert worden.«

Oh.

Ich schloss die Augen. Wie die Dinge doch außer Kontrolle geraten waren! Ich konnte mir vorstellen, wie ich an dem Abend geklungen hatte. »Ich war aufgebracht. Verstört. Denn niemand legt sich ungestraft mit Vater an. Ich habe versucht, dich zu beschützen, und deshalb habe ich Mutter erzählt, ich würde dich überreden, nichts Negatives zu drucken. Ich wusste doch nicht, dass es um eine Affäre ging. Von Ruth Fields hatte ich noch nie etwas gehört. Ich wollte doch nur, dass du vor Vaters Rache sicher bist.« Ich sah Warren in die Augen. »Der Plan, von dem am Telefon die Rede war, hatte nichts mit der Jenny zu tun, sondern sollte verhindern, dass du seinen Namen in den Schmutz ziehst. Ja, das war falsch. Und es tut mir auch leid. Ich hätte dir nicht in den Rücken fallen sollen, aber ich hatte Angst.«

Warren schwieg einen Augenblick. »Angst vor deinem Vater?«

Ich nickte, aber mehr wollte ich nicht sagen. Wenn ich meinen Vater ohne jeden Beweis beschuldigte, Mr Yater getötet zu haben, tat ich ja genau das, was ich meinem Mann vorgeworfen hatte.

Warren trat einen Schritt näher. »Ich hätte dich gleich auf das Telefonat ansprechen sollen, aber ich war immer noch wütend. Ich dachte, am nächsten Morgen würde ich einen kühleren Kopf haben. Aber ich hatte keine zweite Chance, mit dir zu sprechen, weil du nicht auf dem Flugplatz warst.«

Der Morgen des Flugzeugabsturzes. Ich war nicht hingegangen, weil ich unter der Situation gelitten hatte. Es war eine Reihe unglücklicher Umstände, die zu einer zerbrochenen Ehe geführt hatten. »Und was machen wir jetzt?«

Er sah auf seine Taschenuhr und seufzte. »Wir müssen weiterreden, aber uns bleiben keine zwei Stunden, um in dieser Stadt nach Hinweisen auf Brisbane oder irgendetwas anderem zu suchen, bevor unsere Vorführung beginnt.«

Mein Lächeln war zögerlich und so zerbrechlich wie das Band zwischen uns. »Unsere Vorführung?«

»Ja, Stella Starling.« Er nahm eine meiner Locken und liebkoste die dunklen Strähnen, die früher so golden wie der Sonnenschein gewesen waren. »Lass uns gemeinsam zum Himmel hinauffliegen.«

# KAPITEL 13

In der Kleinstadt Hanover gab es nur zehn Ladengeschäfte und in allen hatte unser sommersprossiger Werbehelfer unsere Handzettel ausgelegt. Wenn der Junge in der Großstadt gelebt hätte, hätte mein Mann ihm einen Nachmittagsjob bei einer seiner Zeitungen gegeben, aber wir waren hier weit von New York entfernt. Ich legte die Stirn in Falten. »Ich sehe gar keine Übernachtungsmöglichkeit.« Während ich mich langsam im Kreis drehte, musterte ich die Gebäude, als würde wie durch Wunderhand auf einmal ein Hotel erscheinen.

Warren nickte. »Vielleicht hat einer der Ladenbesitzer ja ein Zimmer, das er vermietet.«

»Wir könnten uns im Lebensmittelmarkt umhören.« Und bei der Gelegenheit vielleicht etwas essen. Ich stapfte in das malerische Gebäude, das sich zwischen einem Barbier und einer Anwaltskanzlei befand. Warren folgte mir auf dem Fuß, aber mir wurde erst bewusst, wie dicht er hinter mir war, als ich mich umdrehte und beinahe gegen ihn geprallt wäre.

Seine Hände griffen nach mir, damit ich nicht das Gleichgewicht verlor. Schon diese einfache Berührung entzündete ein Feuer in mir.

»Ach, wie soll ich dich eigentlich nennen?« Mein Tonfall war verschwörerisch. »Du kannst schließlich nicht deinen richtigen Namen verwenden.« Ich betrachtete den Stapel Zeitungen am Eingang. Wie üblich war ich auf der Titelseite abgebildet. Wenigstens war es diesmal ein kleinerer Artikel.

Warren musste sich nur bei der Polizei melden und sagen, dass er am Leben war, dann wäre ich mit einem Schlag nicht mehr verdächtig. Aber das würde uns beide in große Gefahr bringen. Wir durften nichts verraten, bis wir herausgefunden hatten, was geschehen war. Wer der wahre Schuldige war. Ich drehte die Zeitung um, sodass mein Gesicht nicht auf den ersten Blick zu sehen war. »Soll ich dir einen neuen Namen geben? Ich bin sehr kreativ, was solche Dinge betrifft.«

Warrens Lippen verzogen sich auf diese charmante Weise, die mir immer den Atem raubte. »Das ist mir sehr wohl bewusst...«

»Da sind die Helden des Tages!« Eine Stimme dröhnte so laut wie ein Achtzylindermotor, der ansprang. Ein groß gewachsener Mann, eingezwängt in straff gespannte Hosenträger, kam auf uns zugestapft. »Ich habe gehört, Sie haben eine Flugmaschine in unsere bescheidene Stadt gebracht.«

»Das stimmt.« Warren verbannte jeden Anflug von Kultiviertheit aus seinem Tonfall. »Kommen Sie auch zu der Vorführung heute? Findet auf dem Feld von Farmer Glasgow statt.«

»Sie beide müssen Wunder vollbringen können, wenn Sie den komischen alten Kauz dazu gebracht haben, dass er Ihnen sein Land zur Verfügung stellt.« Er streckte seine fleischige Hand aus. »Ich heiße übrigens James Tutler.«

Ich erstarrte an Warrens Seite, weil ich Sorge hatte, was nun über seine Lippen kommen würde. Wir hatten seine Rolle bei unserer Tarnung noch nicht zu Ende besprochen.

Warren ergriff die Hand des älteren Mannes. »Stan Starling.« Er deutete mit dem Kinn auf mich. »Und das ist meine Frau Stella.«

Ich musste lächeln. *Stan und Stella Starling?* Ich würde nie verstehen, wie Warren das herausgebracht hatte, ohne eine Miene zu verziehen. Denn das waren die absurdesten Künstlernamen, die ich jemals gehört hatte.

»Freut mich, dass Sie hier sind.« Mr Tutler lehnte sich an die Wand, als hätte er den ganzen Tag Zeit, am Eingang seines Ladens zu stehen. Obwohl die Kunden ihm im Moment nicht gerade die Bude einrannten. »Wir haben hier nicht besonders viel Unterhaltung. Abgesehen von dem Vorfall, als die alte Mrs Hadley den Gin ihres Mannes mit ihrem Medikament gegen Gicht verwechselt hat.« Er lachte und sein Bauch bewegte sich im Takt zu jedem Gluckser.

»Wir haben von unserem guten Freund Kent Brisbane von dieser Stadt gehört.« Ich ergriff zum ersten Mal das Wort. »Er hat gesagt, die Leute hier würden uns herzlich aufnehmen.«

»Brisbane. Brisbane.« Mr Tutler schob die Daumen unter seine Hosenträger und ich fürchtete, die zusätzliche Belastung könnte die verschlissenen Dinger reißen lassen. »An diesen Namen erinnere ich mich gar nicht.«

Ich ließ die Schultern hängen. Aber eigentlich hätte es mich auch sehr überrascht, wenn der Privatdetektiv während seiner Ermittlungen seinen richtigen Namen benutzt hätte. »Wir sind außerdem hier, um einer alten Freundin der Familie unsere Ehre zu erweisen. Ruth Fields. Wir waren gerade auf dem Friedhof.« Ich hatte noch immer Dreck unter den Fingernägeln, weil ich – leider ohne Erfolg – versucht hatte, ihr Grab vom Unkraut zu befreien.

»Ruth Fields?« Eine neue Stimme schaltete sich in die Unterhaltung ein.

Eine Frau, die halb so groß war wie ich und drei Mal so alt, kam näher. »Es heißt, sie sei eine gefallene Frau. Ist hergekommen, um ihren Lebensabend zu fristen.«

Ich presste die Lippen aufeinander. Würde nun der Name meines Vaters fallen? Ich hatte nie in einer Kleinstadt gelebt, aber ich hatte gehört, dass Gerüchte sich wie der Wind verbreiteten. »Komische Sache mit Gerüchten – manchmal stimmen sie, aber manchmal verhindern sie auch, dass wir die ganze Geschichte sehen.«

»Da haben Sie recht, Schätzchen.« Tutler wiegte sich vor und zurück und nickte zustimmend. »Mrs Gibbons ist unsere städtische Klatschtante. Und sie trägt den Titel vor sich her wie einen Siegespokal beim Jahrmarkt. Erst letzten Monat hat sie die ganze Gemeinde davon überzeugt, dass die neue Fabrik, die angeblich gebaut werden soll, unsere Stadt in eine Metropole verwandelt.«

»Ach was, Jimmy.« Mrs Gibbons sah aus, als würde sie gleich eine Zeitung nehmen und ihm damit eine überbraten. »Und das mit Ruth weiß jeder. Sie hätte es selbst zugegeben – wenn sie jemals Besuch empfangen hätte.« Die alte Frau sah mich mit einem herablassenden Lächeln an. »Die Frau hat in ihrem Haus gelebt wie eine Einsiedlerin. Als wäre sie eine gebrechliche alte Dame, aber das war sie nicht. Sie sah umwerfend aus.« In der scharfen Stimme schwang so etwas wie Eifersucht mit. »Aber Ruth ließ niemanden in ihr Haus. Nur diese junge Krankenschwester.«

»Krankenschwester? Wir haben gehört, dass die Gesundheit von Ms Fields sehr angeschlagen war«, entgegnete ich. Mir gefiel das selbstgerechte Urteil der Frau nicht und ich wollte etwas Mitgefühl für Ruth Fields wecken. Aber es war eher so, als hätte ich Öl in eine Flamme gegossen.

Mrs Gibbons schnaubte verächtlich. »Krank?«

»Ivy«, warnte Mr Tutler sie.

Wenn die Frau noch einmal die Nase hochzog, würde ich ihr ein Taschentuch in die zittrigen Finger stecken.

»Ruth Fields war genauso wenig krank, wie ich es bin.«

»Aber warum dann eine Krankenschwester?«, warf Warren ein.

»Ich sage nur: gleiche Haarfarbe und Statur wie Ms Fields.« Mrs Gibbons spielte nervös an ihrem mit Spitze besetzten Ärmel herum. »Aber andererseits würde ich auch nicht wollen, dass meine Kinder die Schande tragen müssen, wenn ich so ein sündhafter Mensch wäre.«

Für einen Moment stockte mir das Herz, aber dann schlug es wieder; mit der Wut von tausend Motoren. Ich zwang meine Gedanken, auf den Pfaden der Vernunft zu bleiben. Das hatte gar nichts zu bedeuten. Und wenn Ruth Fields wirklich eine Tochter hatte, bedeutete es noch lange nicht, dass sie Vaters Kind war.

»Alles Gerüchte.« Mr Tutler schob sich an uns vorbei und legte seinen kräftigen Arm um die gar nicht so gebrechliche Ivy Gibbons.

Sie straffte die Schultern. »Warum ist die junge Frau dann vor ein paar Wochen wiedergekommen und an Ruths Todestag zu ihrem Grab gegangen? Eine normale Krankenschwester würde sich diese Mühe doch nicht machen.« Sie reckte das Kinn vor, als hätte sie diese Unterhaltung gewonnen.

»Beeindruckend, dass Sie sich an den Tag erinnern«, sagte Warren geistesgegenwärtig.

In der Zwischenzeit hatte ich krampfhaft versucht, einen klaren Gedanken zu fassen.

»Den kann ich mir leicht merken. Die junge Frau war in der Apotheke und ich habe sie sofort erkannt, als ich ihr linkes Ohr gesehen habe. Das obere Ohrläppchen ist umgeklappt.« Mrs Gibbons tippte sich an den Hut, wo ihr eigenes Ohr sich befand. »Normalerweise hat sie es versteckt, aber an dem Tag habe ich es gesehen.«

Das waren viele Informationen. Die Krankenschwester hatte Ruths Grab ein Jahr nach ihrem Tod besucht und das war zufällig derselbe Tag, an dem Warrens Flugzeug abgestürzt war. Das schien mir immer noch merkwürdig. Hingen die beiden Vorfälle irgendwie zusammen? Wie konnte das sein? New York war drei Stunden von hier entfernt.

»Kommen Sie, Ma'am.« Der stämmige Ladenbesitzer sprach mit Mrs Gibbons, als wäre sie seine Großmutter. »Ich bringe Sie jetzt nach Hause, damit Sie sich vor der großen Show heute Abend ausruhen können.«

Mr Tutler zwinkerte mir zu und bedachte Warren mit einem freundschaftlichen Nicken. Dann schob er die alte Frau aus dem Laden. Ich starrte den leeren Türrahmen an, bis Warren mich mit der Schulter anstieß. Er zeigte auf einen leeren Gang.

Nachdem er sich vergewissert hatte, dass wir allein waren, beugte er sich vor. »Das bedeutet nicht, was du denkst.«

»Was? Dass ich vielleicht noch eine Schwester habe?« Schon als ich die Worte nur aussprach, zog sich mein Magen krampfhaft zusammen.

»Viele Frauen sind sich in Statur und Haarfarbe ähnlich. Das beweist noch lange nicht, dass die Krankenschwester auch Ms

Fields Tochter ist. Dafür braucht es mehr Beweise als das Wort einer stadtbekannten Tratschtante.«

Er hatte natürlich recht. Ich wusste ja schließlich, dass man Gerüchte nicht für bare Münze nehmen durfte. »Na gut.« Uns blieb nichts anderes übrig, als uns dieser neuen Herausforderung zu stellen. »Jetzt suchen wir nicht nur Kent Brisbane, sondern auch noch diese Krankenschwester.«

Ich zog meine Schutzbrille ab und hob eine Hand, um der Menge zuzuwinken. Es war eine meiner sanftesten Landungen bisher gewesen.

Warren wandte sich mir zu. »Gut gemacht, Stella.« Bewunderung lag in den goldenen Flecken seiner Augen. Er selbst hatte mir diese Tricks beigebracht und sein Lob ließ mein Herz höherschlagen. »Obwohl du mir bei dem letzten Looping echt Angst gemacht hast.«

Er stieg aus dem Cockpit und half mir herunter. Dabei legte er seine Hand mit sanftem Druck um meine Taille. Eine Berührung, die ein Feuer in mir entfachte.

»Ich war mir sicher, der Motor würde aussetzen«, sagte Warren. Seine Hände blieben um meine Taille liegen und ich kämpfte gegen die aufsteigenden Gefühle an. Die Geste war unscheinbar, wie beiläufig, aber dies war seit unserer Trennung das erste Zeichen von Zuneigung seinerseits. Ich nahm alles in mich auf: das zärtliche Streicheln seiner Daumen, den leichten Druck seiner Handflächen, die Art, wie sein Blick über mein Gesicht glitt. Ich sehnte mich nach mehr, aber mein Herz gebot mir Einhalt. Die Wunde seiner Anschuldigungen war noch zu frisch.

»Ich ... ich hatte den Motor unter Kontrolle und wusste genau, wie viel ich der Jenny zumuten konnte.« Ich löste mich aus seinem Griff und rückte meine Lederkappe zurecht. Dann trat ich vor das jubelnde Publikum.

Mein Blick wanderte über die Menschen, die sich versammelt hatten. Ich erwartete nicht, Kent Brisbanes Gesicht unter ihnen zu sehen. Was genau ich erwartete, war mir gar nicht so klar, aber ich wusste, dass ich nicht aufgeben durfte. Und jetzt war noch eine potenzielle vermisste Schwester hinzugekommen. Was, wenn diese Krankenschwester die Tochter meines Vaters war? Würde ich eine Verbindung zu ihr spüren, wie es bei Lilith der Fall war? Sah diese Person mir vielleicht ähnlich? So viele Fragen.

»Danke! Wir werden jetzt noch einen Flug vorführen und dann bieten wir den Mutigen die Gelegenheit, eine Runde mitzufliegen – für nur zwei Dollar pro Passagier.«

Neben mir hustete Warren. Ja, das war billig. Wenn man bedachte, was der Treibstoff uns kostete, würden wir gerade so plus/minus null herauskommen. Aber an den begeisterten Mienen unserer Zuschauer sah ich, dass viele von ihnen noch nie ein Flugzeug gesehen hatten, geschweige denn selbst darin mitgeflogen waren. Wenn ich ihnen zu einem einmaligen Erlebnis verhelfen konnte, würde ich es tun.

»Okay, Stan.« Warren brauchte eine Sekunde, bis ihm bewusst wurde, dass er gemeint war. »Du übernimmst bei diesem Flug das Steuer. Und halte die Maschine ruhig. Für mich. In Ordnung?«

Er runzelte die Stirn, aber dann nickte er kurz und kletterte auf den hinteren Sitz. Mit einem letzten Grinsen in Richtung Zuschauer ging ich vorne zum Propeller und setzte ihn in Bewegung. Der Motor reagierte mit einem lauten Knurren. Ich sprang auf den Sitz vor Warren und schickte ein schnelles Gebet gen Himmel, als er beschleunigte und den Start einleitete. Bei etwa eintausend Fuß erreichten wir den höchsten Punkt des Fluges.

Ich drehte mich nach hinten und formte mit den Lippen noch einmal die Anweisung: Halte sie ruhig. Dann stieg ich aus der Luke, eine Hand an einer hölzernen Strebe, und trat hinaus auf die untere Tragfläche. Anschließend kletterte ich durch das Labyrinth aus Streben und Drähten zwischen den beiden Flügeln.

Die Jenny und mich verband etwas. Sie war treu. Zuverlässig.

Aber sie wurde auch unterschätzt. Wenn sie die Gelegenheit erhielt, konnte sie die Grenzen, die alle ihr zuschrieben, auch überwinden.

Es war ein relativ windstiller Tag, aber mit dieser Geschwindigkeit durch die Lüfte zu fliegen, gab mir nicht unbedingt die wenigen Sekunden, die ich für mein Kunststück brauchte. Aber ich vertraute Warren. Entschlossen schlug ich mir mit den Händen auf die Hosenbeine, um mich zu spüren und mir Mut zu machen. Der Wind drückte mit voller Kraft gegen mich. Entweder es gelang mir, meine Muskeln zu lockern, oder ich würde wie ein steifer, toter Ast weggefegt werden.

Nachdem ich tief Luft geholt hatte, war es an der Zeit, den widrigen Elementen die Stirn zu bieten. Ich griff mit den Händen nach der oberen Tragfläche und kletterte hinauf, indem ich die Drahtseile als Steighilfen benutzte. Ich umklammerte eine Strebe und richtete mich auf.

Breitbeinig, um das Gleichgewicht besser halten zu können, zog ich mir den Schal vom Hals und hielt ihn hoch in die Luft. Ich musste unwillkürlich lächeln, als mein Blick über die Zuschauer unter mir schweifte und das Blut laut in meinen Ohren rauschte.

Es war so, als würde ich über der ganzen Welt schweben.

Als wäre ich hier oben, bei dieser Flughöhe, näher bei Gott und weiter weg von meinen Problemen. Ich wusste, dass dieser Gedanke unlogisch war. Gott war mir immer nah, aber wenn ich dem Himmel entgegenflog, fühlte ich mich irgendwie lebendig und wie neugeboren.

Ich wagte einen Blick zu Warren hinunter. Mit weit aufgerissenen Augen sah er mich durch die Schutzbrille an. Ich hatte ihm einen furchtbaren Schreck eingejagt. Da ich ihn nicht weiter alarmieren wollte, setzte ich auf der Tragfläche ganz vorsichtig einen Fuß vor den anderen und kehrte zum Cockpit zurück. Aber die Erregung, die durch mich strömte, gab mir das Gefühl, als wäre ich wieder einmal dem Tod von der Schippe gesprungen.

Warren setzte das Flugzeug noch geschmeidiger auf, als ich es vor einer Viertelstunde getan hatte. Die Räder kamen zum Stehen und kräftige Finger tippten mir auf die Schulter. Ich drehte mich auf meinem Sitz um und sah, wie Warren mich anfunkelte.

»Was ist denn?« Ich hob eine Hand, um auf den donnernden Applaus zu reagieren, und wandte mich dann wieder Warren zu.

»War das nötig?«

»Beim nächsten Mal lasse ich mich an einer Hand von der Flügelspitze hängen.«

Sein Seufzer war teils Verärgerung und teils ... Zuneigung.

»Was soll ich nur mit dir machen, Eva?«

Ich sollte ihn eigentlich korrigieren, weil er nicht meinen Künstlernamen gebrauchte, aber ich war zu überwältigt. Er war der einzige Mensch, der mich jemals Eva genannt hatte. Und seit unserer Wiedervereinigung hatte er das nicht ein einziges Mal getan. Bis jetzt. In meinem Herzen rührte sich das vertraute Verlangen, das am Morgen unseres Hochzeitstages begonnen hatte.

# KAPITEL 14

*Vier Monate vorher – 3. Mai 1922*
*Geneva*

Heute war mein Hochzeitstag

Ich drückte das seidene Laken an meine Brust, während das Morgenlicht durch die Damastvorhänge meines Zimmers fiel. Dies würde das letzte Mal sein, dass ich in diesem Bett aufwachte. Ich war so nervös, dass meine Haut kribbelte, doch zugleich war mein Herz ganz leicht. Ich griff nach meinem Morgenmantel und sah auf die Uhr. 6 Uhr. Heute Mittag um zwölf würde ich keine Ashcroft mehr sein.

Seit unserer Ankunft in New York hatte Warren jeden Abend mit uns zusammen gegessen und alle Zweifel ausgeräumt, die ich hätte haben können, nachdem er unser Landhaus so plötzlich verlassen hatte.

Er hatte erklärt, dass einer seiner Vorarbeiter einen schrecklichen Unfall gehabt hatte und das Krankenhaus sich weigerte, ihn zu behandeln. Die Frau des Vorarbeiters hatte per R-Gespräch bei uns angerufen und Warren um Hilfe angefleht. Mein Verlobter hatte schließlich dafür gesorgt, dass der Mann wieder gesund würde, obwohl er sich die Verletzung nicht bei der Arbeit zugezogen hatte, und außerdem hatte er Vater die Kosten für den Anruf erstattet. Ich glaubte ihm. Mutters impulsive Behauptung, Warren hätte eine Geliebte, brannte noch immer in meinen Gedanken, aber ich weigerte mich, die Glut anzufachen. Warum sollte Warren eine solche Geschichte erfinden, wenn sie nicht der Wahrheit entsprach?

Die ganze Woche war bei all den Vorbereitungen für die Trauung wie im Flug vergangen. Mutter war in ihrem Element gewesen, hatte die Entscheidungen getroffen, alle herumkommandiert und offenbar beschlossen, dass meine Hochzeit das größte gesellschaftliche Ereignis des Jahrzehnts werden sollte.

Zum hundertsten Mal wünschte ich, Lilith wäre hier. Ich hatte sie nur sehr ungern mit Cecily im Landhaus zurückgelassen, aber sie hatte darauf bestanden, weil sie meinte, sie müsse erst wieder zu Kräften kommen, bevor sie die Reise antrat. Insgeheim fragte ich mich, ob ihre späte Anreise damit zu tun haben könnte, dass sie demnächst Lieutenant Cameron treffen wollte. Er würde nächste Woche in der Stadt ankommen und Lilith, deren Nerven nicht die besten waren, brauchte die zusätzlichen ruhigen Tage vielleicht, um all ihren Mut zusammenzunehmen. Sie hatte versprochen, rechtzeitig zur Hochzeit da zu sein. Auch wenn mein Herz wusste, dass sie ihr Versprechen halten würde, waren meine angespannten Nerven nicht recht überzeugt davon. Ich eilte in die Bibliothek, weil ich wusste, dass sich zu dieser frühen Stunde in diesem Teil des Hauses niemand aufhalten würde. Vater war zweifellos wach, aber er würde bis zum Frühstück in seinem Arbeitszimmer bleiben. Also konnte ich den Anruf tätigen, ohne belauscht zu werden.

Mehrere lange Augenblicke verstrichen, während ich darauf wartete, dass die Verbindung zum Landsitz der Ashcrofts hergestellt wurde. Dann drang die raue Stimme des Butlers durch den Hörer und meine Finger krallten sich um das Telefon.

»Guten Morgen, Kendrick.« Meine Stimme klang hoch. »Bitte sagen Sie mir, dass Lilith und Cecily auf dem Weg hierher sind.«

Meine Worte trafen auf eisernes Schweigen.

»Kendrick?« War die Verbindung unterbrochen worden? »Hallo?« Ein raschelndes Geräusch folgte, so als hätte jemand die Hand vor die Sprechmuschel gehalten. Was war da los? Ich presste den Hörer fester an mein Ohr, als könnte ich die gedämpften Stimmen dann besser hören.

»Miss Geneva?«

Ich kannte diese schrille Stimme. Fast mein ganzes Leben lang hatte ich sie gehört, wenn sie mich aus dem Garten zum Unterricht gerufen oder mich dafür getadelt hatte, dass ich in meinem Essen herumstocherte. »Cecily, warum seid ihr noch nicht unterwegs hierher?« Würde Lilith es überhaupt schaffen, wenn sie jetzt erst aufbrachen? Ich warf einen Blick auf die Standuhr am Fenster. Es war knapp, aber nicht unmöglich. »Kendrick soll den Sportwagen nehmen. Der fährt schneller und …«

»Lilith kann nicht zu Ihrer Hochzeit kommen.«

Mein Magen zog sich so heftig zusammen, dass ich glaubte, mich übergeben zu müssen. Die schreckliche Erkenntnis traf mich wie ein Schlag. Ich hatte gedacht, Lilith sei vor allem auf dem Land geblieben, um dem Hochzeitschaos aus dem Weg zu gehen und sich emotional auf die Begegnung mit ihrem Verehrer einzustellen, sodass sie ihre schwache Gesundheit nur als Ausrede benutzt hatte. »Sie hat gesagt, es sei nur ein kleiner Schnupfen.« Aber andererseits … vor ein paar Wochen an dem Tag des Balls war sie schon erkältet gewesen. War Lilith etwa kränker, als sie zugab? Der Gedanke, dass sie litt, ließ mich in den Ohrensessel sinken. »Ich muss es wissen. Wie krank ist sie?« Die Hochzeit würde ich noch absagen können. Warren würde es verstehen, wenn Lilith mich brauchte. Vater? Er sollte seinen Willen bekommen. Ich würde immer noch heiraten, aber erst, wenn meine Schwester wieder ganz gesund war.

Cecilys jämmerliches Weinen drang an mein Ohr. »Sie ist nicht krank.«

Erleichterung machte sich in mir breit, wich dann aber sofort wieder der Sorge. Wenn es Lilith besser ging, warum war ihre Zofe dann so aufgelöst? Cecily klang beinahe so, als wünschte sie sich, meine Schwester wäre krank. Denn wenn Lilith sich guter Gesundheit erfreute, warum war sie dann nicht auf dem Weg hierher?«

»Erzähl mir alles, Cecily.«

Noch ein Schluchzen, gefolgt von einem Schnäuzen. »Es tut mir schrecklich leid, Miss Geneva.« Ihre Stimme klang so verheult, dass ich zunächst Mühe hatte, sie zu verstehen, aber ihre nächsten Worte drangen mit quälender Klarheit durch den Hörer.

Ich ließ den Telefonhörer fallen.

Lilith hatte mich angelogen.

❧

Ich hatte mir immer gewünscht, erst dann mein neues Zuhause zum ersten Mal zu sehen, wenn Warren mich als mein Ehemann über die Schwelle trug. Mein Gesicht sollte vor Vorfreude leuchten und nicht aufgequollen sein von Tränen. Alles war unscharf, auch wenn ich nicht wusste, ob nur mein Blick trüb war oder auch mein Verstand, aber ich erinnerte mich kaum daran, dass Warrens Butler mich durchs Foyer zum Arbeitszimmer geführt hatte.

Nach dem Telefonat mit Cecily brauchte ich Warren, also hatte ich unseren Butler Gregory heimlich gebeten, mich hierherzufahren. Ich zog ihn nur ungern von seinen Verpflichtungen ab, aber den Chauffeur der Familie konnte ich nicht bitten. Solche Anfragen mussten vorher mit Vater geklärt werden.

Jetzt stand ich vor dem Terrassenfenster, die Arme verschränkt, um mich gegen die innere Kälte zu schützen. Aber das Morgenlicht, das durch die bodentiefen Fenster fiel, konnte meinen Körper nicht wärmen.

Mein Blick wanderte durch den Raum. An der Wand mir gegenüber war ein Schreibtisch, vermutlich der von Warren. Ein Sofa und zwei Sessel standen um einen Couchtisch herum. Alles wirkte wie die typische Einrichtung eines Büros, abgesehen von dem messingbeschichteten Vogelkäfig, der an einem Ständer hing.

»Geneva?«

Als ich Warrens Stimme hörte, drehte ich mich um. Er blieb stehen und sah mich an. Ich fuhr mir unwillkürlich mit einer Hand durchs Haar. Ich hatte sie nicht gebürstet und Warren hatte mich noch nie mit offenem Haar gesehen. Jetzt fiel es mir in wilden Wellen über die Schultern. Und was für Kleidung trug ich überhaupt? Fast traute ich mich nicht, an mir herunterzuschauen. Ich konnte mich nämlich nicht daran erinnern, den Morgenmantel abgelegt und mich angezogen zu haben. Aber zum Glück hatte ich das. Ich trug ein einfaches Kleid, schlicht und unauffällig im Vergleich zu dem, was ich in wenigen Stunden tragen sollte.

Warren kam schnell auf mich zu. »Du hast geweint.« Er hielt mir einladend seine Arme hin und ich blinzelte, weil ich nicht wusste, was ich tun sollte. Wie der Kuss damals war auch das hier neu für mich. Niemand hatte mir jemals Trost angeboten, um meine schwere Last tragen zu helfen. Und Warren? Nun breitete er die Arme sogar noch weiter aus, als wäre er entschlossen, alles für mich zu schultern.

Ich sank in seine willkommene Umarmung und vergrub mein Gesicht an seiner Schulter, während ich die Wärme seines Körpers genoss. Es sah so aus, als hätte er sich eilig angezogen. Seine Krawatte saß schief und einige Knöpfe an seiner Weste waren nicht ganz geschlossen.

»Es tut mir leid, wenn ich dich geweckt habe.« Allerdings war ich nicht sehr reumütig, denn sein gleichmäßiger Herzschlag an meinem Ohr war so beruhigend. »Ich musste einfach kommen. Ich hatte keinen Garten.«

»Keinen Garten?« Er strich über mein Haar und fuhr mir dann mit der Hand über den Rücken.

»Einen Ort zum Nachdenken, an dem ich mich sicher fühle.« Nach dem, was Cecily mir erzählt hatte, schien mir gar nichts mehr sicher.

»Sicher?« Warren drückte mich fester an sich, aber er lehnte sich zugleich ein wenig zurück, um mir ins Gesicht sehen zu können. »Warum musst du dich sicher fühlen? Hat dich jemand bedroht?«

Die schrecklichen Drohbotschaften kamen mir in den Sinn. Ich hatte vor zwei Tagen wieder eine erhalten. Sie war auf der

Türschwelle abgelegt worden, an mich adressiert. Der Absender konnte nicht Beatrice Reinholt gewesen sein. Sie und ihre Familie waren gerade an Bord der SS *Leviathan* auf dem Weg nach England. Ich hatte also keine Ahnung, wer mir solche einschüchternden Botschaften schickte und warum.

»Woher weißt du das?«

Er nahm die Hände von meinem Gesicht und seine entschlossene Miene war tröstlich. »Wer ist es? Ich kümmere mich darum.«

»Das weiß ich nicht.« Ich blinzelte und schüttelte den Kopf. »Aber das ist nicht der Grund, warum ich hier bin. Es geht um Lilith.«

Warren runzelte die Stirn. »Jemand bedroht Lilith?«

Es fiel mir schwer, ruhig ein- und auszuatmen, so bedrückend war die Angst jetzt wieder. Ich schloss die Augen und zwang meinen Mund, die Worte auszusprechen, die mein Herz nicht glauben wollte. »Ich habe es gerade erfahren.« Meine Finger krallten sich in sein Hemd, weil ich mich an irgendetwas festhalten musste, nachdem alles außer Kontrolle geraten war. »Meine Schwester ist mit Lieutenant Cameron durchgebrannt.«

Warren ließ die Hände sinken. »Nein. Nicht Paul. So etwas Unüberlegtes würde er nicht tun.« Seine Miene wirkte grimmig. »Bist du dir sicher?«

Ich nickte und die Haare fielen mir ins Gesicht und klebten an meinen tränennassen Wangen. Als Warren sie zurückstrich, stockte mir der Atem. »Ich habe sie heute Morgen angerufen. Cecily hat mir erzählt, dass sie eine Nachricht im Foyer hinterlassen hat. Lilith ist vor mehreren Stunden mit dem Lieutenant abgereist. Die beiden wollen heiraten.« Mein tränengetrübter Blick wanderte zu Warrens besorgten Augen. »Du kennst den Mann besser als ich. Ist er … ein Ehrenmann? Er … Er würde doch nicht behaupten, dass er meine Schwester heiratet, und sie dann nur benutzen, oder?« Ich hatte nicht einmal gewusst, dass Lieutenant Cameron in New York angekommen war, geschweige denn, dass er Lilith begegnet war. Ich dachte die ganze Zeit über, der Offizier wollte sich mit Lilith in unserem Stadthaus in Manhattan treffen. Wie es schien, hatte er andere Pläne gehabt.

Allmählich wurde mir alles klar. Lilith musste es gewusst haben. Sie war nicht zurückgeblieben, weil sie krank gewesen war, sondern um Lieutenant Cameron zu treffen, ohne dass wir anderen dabei waren. Ich hatte gewusst, dass sie sich vor Vaters Reaktion fürchtete, aber ich hätte mir nie träumen lassen, dass sie so übereilt heiraten würde. Wenn die beiden überhaupt verheiratet waren.

Warren sah mich an. »Als ich ihn kennengelernt habe, hat er jeden mit Anstand und Respekt behandelt.«

Das half ein bisschen. Obwohl Warren dem Lieutenant nicht mehr begegnet war, seitdem er ins Ausland gegangen war, um zu kämpfen. Der Krieg veränderte einen Menschen.

»Du glaubst also, dass sie verheiratet sind?« Ich versuchte, Warrens Knöpfe zu schließen, aber meine Hände zitterten zu sehr. »Oder, wenn nicht, dass wir sie zurückholen können, bevor sie etwas tut, was sie bereuen würde? Aber das würde bedeuten …«

»Unsere Hochzeit zu verschieben.« Er legte seine Hand auf meine, um meine hektischen Finger festzuhalten, während er sanft weitersprach. »Wir werden tun, was nötig ist. Die Sicherheit deiner Schwester ist im Moment das Wichtigste.«

Ich war überrascht. Er war bereit, seine Pläne, seine Zukunft Lilith zuliebe auf Eis zu legen? Mein Herz wurde ganz weit vor Liebe. Selbst meine eigenen Eltern würden sich nicht so leicht überreden lassen, die Hochzeit zu verschieben. Ich sah im Geiste schon vor mir, wie Mutter angesichts ihrer ruinierten Vorbereitungen in Ohnmacht fiel. Und Vaters ungehaltene Reaktion brauchte ich mir gar nicht erst auszumalen. Aber selbst wenn wir die Trauung verschoben, wie sollten wir das Paar finden? Die beiden konnten irgendwohin geflohen sein, vielleicht sogar bis nach Kanada, wenn man bedachte, wie nah die Grenze war.

»Wir müssen überlegen, was wir als Nächstes tun.« Warren

klang abwägend, so als versuchte er, Schritt für Schritt vorzugehen. »Vielleicht solltest du Cecily noch einmal anrufen und dir alle Informationen geben lassen.«

Das war vermutlich ein guter Anfang. »Es kann sein, dass ich in meiner Panik zu schnell aufgelegt habe.« Nachdem unser Dienstmädchen gesagt hatte: »Lilith ist weggelaufen, um Lieutenant Cameron zu heiraten.« Es war nur ein Satz, der in mir eine ganze Lawine an Emotionen ausgelöst hatte. Eine ganz besonders: Ich fühlte mich verraten. Lilith hatte mich angelogen.

»Sir?« Warrens Butler stand in der offenen Tür.

»Kommen Sie rein, Jenkins.« Er winkte den Mann ins Zimmer.

»Für Miss Ashcroft ist ein Telegramm eingetroffen.«

Ich runzelte die Stirn. »Wer weiß denn, dass ich hier bin?«

Jenkins reichte mir das Telegramm. »Soweit ich weiß, wurde es an das Haus der Ashcrofts geschickt und Mr Gregory hat es hierher weitergeleitet.«

Oh. Unser Butler im Stadthaus steckte dahinter. Ich nickte und sah Warren an, um ihm die Sache zu erklären. »Gregory hat mich hergefahren.«

Jenkins entschuldigte sich, noch während ich das Telegramm aufriss und hastig zu lesen begann.

»Es ist von Lilith.« Meine Augen verschlangen die getippten Buchstaben gierig, aber mein Hirn konnte nur die ersten beiden Zeilen erfassen. »Sie ist verheiratet. Sie sind gestern Abend durchgebrannt.« Das Papier entglitt meinen Fingern und segelte auf den Teppich. Meine feuchten Augen suchten Warrens Blick.

»Gestern Nachmittag habe ich noch mit ihr gesprochen. Da hat sie kein Wort davon gesagt. Ich wusste nicht einmal, dass Lieutenant Cameron schon angekommen war.«

»Mehr hat sie nicht geschrieben? Vielleicht gibt es noch eine Erklärung.« Warren hob das Telegramm auf, während ich aufs Sofa sank.

»Geneva«, las er laut vor. »*Habe Paul Dienstagabend geheiratet. Ich bin überglücklich. Habe es für mich und für dich getan.*«

Ich fuhr zusammen.

»*Jetzt sind wir beide frei*«, fuhr Warren fort. »*Du musst es nicht tun.*« Warren erstarrte und sah mich mit großen Augen an. »Was nicht tun? Meint sie, du musst mich nicht heiraten?«

Warrens gequälter Gesichtsausdruck ließ mich aufspringen. Ich hätte das Telegramm zu Ende lesen sollen. Aber ich hatte regelrecht unter Schock gestanden. Wie konnte Lilith so etwas nur tun? Ich hatte gedacht, sie würde sich mir anvertrauen. Jetzt würde sie meine Hochzeit verpassen. Wenn es überhaupt eine Hochzeit gab. Ich wagte einen Blick zu Warren hinüber. Seine Lippen waren aufeinandergepresst und sein Blick misstrauisch.

Ich schuldete ihm eine Erklärung. »Es gibt etwas, das du wissen solltest.« Ich machte einen vorsichtigen Schritt auf ihn zu. »Mein Vater will die Verbindung zwischen uns.«

»Mir ist egal, was er will.« Warren warf das Telegramm auf einen Beistelltisch. »Mir ist nur wichtig, was *du* willst. Was verschweigst du mir?«

Ich schluckte. »Vater spielt bei alldem eine Rolle. Weißt du …« Ich sank wieder aufs Sofa und diesmal setzte Warren sich neben mich und seine Nähe tröstete mich. Ich strich eine Locke zurück. »Als er beschlossen hat, in die Politik zu gehen, hat er verschiedene Möglichkeiten in Erwägung gezogen, wie er sich einen Vorteil verschaffen kann. Und zu einem Teil seiner Strategie gehörte ich. Er wollte, dass ich dich heirate, damit …«

Warrens spürbarer Schock ließ mich verstummen. »Moment mal. Willst du damit sagen, dass *du* diese Verbindung gar nicht wolltest?«

Natürlich hatte Vater es so aussehen lassen, um der älteren Ashcroft-Tochter die ganze Schuld in die Schuhe zu schieben. »Hat man dir das gesagt? Dass ich die Hoffnung hatte, du würdest mich heiraten?«

Er nickte feierlich. »In einem Brief deines Vaters.«

Es brach mir das Herz, Warrens ernste Miene zu sehen. Er hatte mich nur heiraten wollen, weil er dachte, dass ich es war, die ihn wollte. Jetzt verstand ich auch, warum Warren damals in Vaters Arbeitszimmer so getan hatte, als hätte ich eine Wahl, denn das hatte er tatsächlich auch geglaubt.

»Also war nichts von alldem deine Idee und du wurdest nur benutzt.« Warren atmete langsam aus. »Ich wusste doch, dass es zu schön war, um wahr zu sein. Du könntest jeden Mann auf der Welt haben.«

So wie Warren das sagte, meinte er es ernst. Er sah mich an, als wäre ich ein seltener Schatz und keine Spielfigur, die auf Vaters Geheiß von hier nach dort verschoben wurde.

»Ich hatte nie eine Wahl. Meine Eltern haben entschieden, was für Kleider ich trage, wie die Öffentlichkeit mich sieht, einfach alles. Ich habe nicht einmal mein eigenes Hochzeitskleid aussuchen dürfen. Vater wollte, dass ich jemanden heirate, der Einfluss hat. Jemanden aus der Welt der Zeitung oder des Radios.«

»Zeitung, hm?« Warren strich sich übers Kinn, ohne mich dabei anzusehen. »Es war also nicht die Tochter, die eine Verbindung mit mir wollte. Es war der Vater. Wegen seiner politischen Ambitionen.«

»Er glaubt, wenn du sein Schwiegersohn bist, wird ihm das eine gute Presse bescheren.«

Warren schnaubte verächtlich. »Ich verstehe.«

»Nein, tust du nicht. Denn er hat auch gesagt, wenn ich dich nicht heirate, hätte er keine Wahl, was seine Heiratspläne für Lilith betrifft.« Wie ruhig Vater gewesen war, als er über unser beider Zukunft gesprochen hatte wie über eine Geschäftsvereinbarung. Distanziert. Gefühllos.

»Wen hatte er denn für Lilith vorgesehen?«

Ich schloss die Augen. »Ralph Bumont.«

Warren sprang auf. »Du machst Witze.« Er lief auf und ab, als könnte er nicht still sitzen. »Der Mann ist drei Mal so alt wie sie. Und ...« Er fuhr sich mit der Hand durchs Haar und zerzauste dabei seine dunklen Locken noch mehr. »Er sammelt Mätressen wie andere Leute Manschettenknöpfe. Der Mann hat inzwischen bestimmt verschiedene Krankheiten.« Warren hielt inne und murmelte etwas. »Tut mir leid. Ich sollte nicht so vulgär sein.«

Es machte mir nichts aus, denn das alles hatte ich mir auch schon gedacht. Obwohl ich zugeben musste, dass mich Warrens Meinung über die Affären erleichterte. Ralph Bumont war ein widerlicher alter Mann. Während Warren Einfluss in der Zeitungsbranche hatte, war Mr Bumont ein ehemaliger Gouverneur. Der Mann hatte politische Macht. Ich sah, dass Warren die Zusammenhänge begriff, und es zog mein Herz zu ihm hin.

Sein Blick begegnete meinem. »Entweder du heiratest mich oder er würde Lilith zwingen, Bumont zu heiraten? Deshalb hat sie in ihrem Telegramm gesagt, du seist frei, weil sie Paul geheiratet hat.«

»Lilith kannte nicht alle Konsequenzen.« Das Schlimmste hatte ich ihr gar nicht erzählt. »Aber sie wusste, dass ich es ihretwegen tun wollte.«

Warren starrte einen Moment lang vor sich hin, als hätte er Mühe, das alles zu verarbeiten. Dann sah er mich mit einer Maske aus Höflichkeit an. »Jetzt gibt es nichts mehr, was dich dazu zwingt, mich zu heiraten. Du musst es nicht tun.«

Ich hasste den Schmerz in seiner Stimme. Ich wusste nicht, was Vater zu Warren gesagt hatte, um ihn dazu zu bringen, mich zu heiraten. Aber ich wusste, dass Warren und ich uns ähnlich waren. Er musste sich jetzt benutzt, manipuliert fühlen, genau wie ich. Und zutiefst verletzt, weil ihm bewusst wurde, dass ich zu alldem gezwungen worden war.

Ich stand auf und ging auf ihn zu. »Lilith hat recht. Ihre überstürzte Heirat hat mir Freiheit geschenkt.«

Warren nickte langsam.

»Aber sie irrt sich auch.«

Sein trauriger Blick suchte meinen.

»Weil sie mir dadurch die Freiheit gegeben hat zu wählen. Jetzt kann ich selbst entscheiden. Es ist ganz und gar meine Entscheidung.« Nicht die meiner berechnenden Eltern. Oder der Gesellschaft.

Mein Blick wanderte zu dem Vogelkäfig, der mir vorhin aufgefallen war. Aber es war kein gefiedertes Geschöpf darin. »Die Käfigtür ist offen.« Ich sagte es mehr zu mir selbst.

Warren folgte meinem Blick. »Der steht da jetzt nur noch zur Zierde. Er hat einmal meinem Großvater gehört.«

Ich fuhr mit dem Finger über einen der dünnen Gitterstäbe. »Geneva.« Warrens Stimme klang belegt. »Ich werde nicht darauf bestehen.« Er streckte die Hand aus und ließ sie dann wieder sinken. »Ich werde nicht derjenige sein, der dich wieder in den Käfig steckt, nachdem du nun frei bist. Ich könnte es mir nie verzeihen, wenn du eine Zukunft an meiner Seite als so einengend betrachten würdest wie das Leben mit deinen Eltern.«

Mir wurde ganz warm ums Herz. Warren kannte mich noch nicht sehr lange, aber er verstand mich besser als jeder andere, sogar besser als Lilith. »Du bist anders, Warren.« Ich ergriff die Hand, die er mir gerade noch entgegengestreckt hatte. »Du würdest mich niemals einsperren. Du lässt mich in den Himmel aufsteigen.« Ich drückte seine Finger und zog ihn zu mir. Er gehorchte bereitwillig und kam mir so nahe, dass ich den Kopf in den Nacken legen musste, um ihm in die Augen zu sehen. »Ich glaube, dass ich mit dir fliegen lernen könnte.«

Sein durchdringender Blick ließ mir den Atem in der Kehle stocken. »Ich werde dich nie von etwas abhalten, was du willst, Eva. Wenn du den Himmel willst, werde ich dir beibringen, wie man ihn bezwingt.«

Ich blinzelte. War ihm bewusst, was er da gerade gesagt hatte? Seit Mutters Schimpftirade, als das Kindermädchen mich Genny genannt hatte, wagte niemand mehr, mich anders anzusprechen als mit meinem vollen Geburtsnamen. Aber ich wollte Warren nicht darauf hinweisen, damit er nicht aufhörte, mich so zu nennen.

»Würdest du mir das Fliegen beibringen?« Ja, er hatte das schon einmal gesagt, aber ich war mir nicht sicher gewesen, ob er es ernst gemeint hatte.

»Meine Aufgabe beim Militär war es, Rekruten zu Piloten auszubilden. Aber« – er lehnte sich zurück und hielt mich so auf Abstand – »um das zu lernen, brauchst du mich nicht zu heiraten. Ich bringe es dir gerne bei.«

»Sie haben etwas vergessen, Mr Hayes. Das entscheide jetzt ich.« Ich hob die andere Hand und legte sie auf seine Wange, so wie er es vorhin bei mir gemacht hatte – diese kostbare Geste, als er mir gesagt hatte, er würde mir zuliebe Lilith an die erste Stelle setzen. Und dann, so wie man »Liebling« oder »Schatz« murmeln würde, hatte er mich »Eva« genannt. Als wäre mein Name ein Kosewort. Ich näherte mich ihm und er tat es mir gleich.

»Und wofür entscheidest du dich?«

»Für dich.« Jetzt waren wir uns so nah, dass sich unsere Lippen berührten. Dieser Kuss war anders als der am See. Er war mehr eine Verbindung unserer Herzen, unserer Träume und bald auch unserer Leben.

»Ich entscheide mich auch für dich«, murmelte er mit dieser tiefen Stimme, die meinen Körper mit Wärme erfüllte. »Heute und immer.«

Ich legte die Hände um seinen Nacken und stellte mich auf Zehenspitzen, um ihm näher zu sein. »Warren Hayes, willst du mich immer noch heiraten?«

# KAPITEL 15

5. September 1922
*Stella*

Während ich in der nächsten Kleinstadt auf Brisbanes Liste vor der Menschenmenge stand, war ich froh darüber, dass wir in Hanover eine ordentliche Unterkunft gefunden hatten. *Ordentlich* war zwar eine sehr wohlwollende Beschreibung des Schuppens neben der Scheune von Farmer Glasgow, aber wenigstens war es sauber gewesen. Zum Großteil. Warren hatte mir natürlich das rostige Feldbett überlassen und mit einer Matratze auf dem Boden vorliebgenommen. Vor zwei Monaten hätte er sich noch an mich geschmiegt, den Arm um mich geschlungen und mich an seine breite Brust gezogen.

Ich sehnte mich nach seiner Berührung, aber ich war mir nicht sicher, wie ich die Kluft des Misstrauens überbrücken sollte, die sich zwischen uns aufgetan hatte. Es war, als wären wir Tanzpartner, die beide die Schritte nicht beherrschten, sodass unsere Bewegungen zu der vertrauten Musik nicht im Takt waren.

Das mussten wir irgendwie überwinden, aber jetzt war nicht der richtige Zeitpunkt dafür. Wir waren noch einen Tag länger in Hanover geblieben, um weitere Informationen über Ruth Fields und ihre Krankenschwester zu sammeln, aber leider hatten wir nichts Neues herausgefunden. Was, wenn diese Liste von Ortschaften gar nichts mit Brisbanes Verschwinden oder Warrens Flugzeugabsturz zu tun hatte? Es konnte ja auch sein, dass alles umsonst war und wir nur kostbare Zeit verschwendeten.

Na gut, vielleicht nicht ganz umsonst, da Warren und ich unsere Flugvorführungen genossen. Es hatte einen besonderen Reiz, unser glanzvolles Leben hinter uns zu lassen und die Liebe zum Himmel, die wir beide empfanden, auszuleben.

Nach einer erfolgreichen ersten Hälfte unseres Programms trat Warren vor, um sich an die Zuschauer zu wenden. Er erklärte den letzten Teil der Show, in dem wir Flüge mit der Jenny anboten. Während er über die Kosten und Regeln sprach, konnte ich mich ungestört in der Menge umsehen. Wonach ich suchte, wusste ich allerdings nicht. Bis jetzt hatten wir noch nichts Nützliches in Erfahrung gebracht und ich versuchte, meine Enttäuschung darüber in Schach zu halten.

Ich mischte mich unter die Leute aus Deepcreek, musterte die verschiedenen Gesichter, lächelte die Kleinen an, die mich anstarrten, als wäre ich ein Stummfilmstar und keine Frau mit einer Flugmaschine. Vielleicht konnte ich die Person ausmachen, die hier die Gerüchteküche am Laufen hielt, und ein Gespräch mit ihr beginnen. Zielstrebig beschleunigte ich meine Schritte, aber eine große Hand packte mich an der Schulter.

Ich stockte und der feindselige Griff wurde fester. Mit einer Grimasse blickte ich zu der Person auf, der die Hand gehörte.

Die Miene des Mannes verdunkelte sich, als er mein Gesicht sah, und mein Mund wurde ganz trocken.

Er kniff die wilden Augen ein wenig zusammen. »Ich weiß, wer du bist, Missy.«

Angst durchströmte meinen Körper. Es war passiert. Jemand hatte mich erkannt. Die Menschenmenge war so dicht, dass mir der Fluchtweg versperrt war, und auch Warren konnte mich aufgrund der vielen Leute nicht sehen. Aber ich wagte nicht, mich von dem hasserfüllten Blick dieses Mannes abzuwenden.

Wie dumm von mir zu glauben, dass die Leute mich nur wegen meiner albernen Verkleidung nicht erkannten. Würde der Mann jetzt die Polizei rufen? Mich ans Messer liefern? Ich versuchte, mich aus seinem Griff zu lösen, aber seine Finger gruben sich nur noch tiefer in meine Schulter. Ich unterdrückte einen Schmerzensschrei. Oder Angstschrei. Ich wusste es nicht.

»Sie ... Sie müssen sich irren, Sir.«

»Tu ich nicht. Das weißt du genau. Hast du gedacht, du könntest dich für immer verstecken?« Sein zynisches Lachen klang verächtlich. »Aber andererseits habe ich auch nichts anderes von dir erwartet.« Der Mann stand mit seinen langen, ungepflegten Haaren unmittelbar vor mir und er hatte etwas Wildes an sich, das mich nervös machte.

Er bedachte mich mit einem Schimpfwort und riss mich aus meiner Schockstarre. Mein Knie zuckte, bereit zum Einsatz. Ich sah nach unten, um die Entfernung einzuschätzen, und dann sah ich es und erstarrte. Dem Mann fehlte das linke Bein. Jetzt, wo ich wieder klar denken konnte, bemerkte ich die Krücke, auf die er sich stützte.

Etwas von meiner Heftigkeit verflog. »Bitte nehmen Sie Ihre Hand weg.«

»Leroy.« Eine behutsame Stimme erklang hinter mir, aber ich war zu misstrauisch, um den Blick von dem Mann abzuwenden. Ein älterer Herr trat neben mich, seine Bewegungen langsam und vorsichtig, so als würde er sich einem wilden Tier nähern. »Lass sie in Ruhe.«

Die Lippen des Mannes verzogen sich spöttisch. »Warum sollte ich?«

»Weil sie meine Frau ist.« Eine weitere Stimme mischte sich ein. Warren war gekommen. »Lassen Sie sie los. Sofort.« Sein Kinn war hart wie Granit und in seinen funkelnden Augen lag Wut.

Vor Erleichterung wurde ich ganz schwach. So grimmig hatte ich Warren noch nie erlebt.

Aber Leroy zog seine Hand nicht weg, sondern warf Warren einen finsteren Blick zu. Dann wandte er sich wieder mir zu. »Sie war zuerst meine Frau, Mister.«

»Was?« Ich konnte einen schrillen Schrei nicht unterdrücken.

»Na, na.« Der ältere Herr trat zu Leroy. »Diese Frau ist nicht Missy.«

»Doch, sie ist es.« Leroys Kinn bebte. »Sie muss es sein. Es ist

vier Jahre her.« Seine Worte verwandelten sich in ein Schluchzen.
»Sie muss es sein.« Sein Blick war vage, beinahe vernebelt. Er war ganz offensichtlich verwirrt und ich empfand sofort Mitgefühl für ihn.

Auch Warren schien zu merken, dass etwas nicht stimmte. »Sir?« Seine Hand legte sich auf Leroys Finger, die sich immer noch in meine Schulter krallten, und der Mann zuckte zusammen, rührte sich aber ansonsten nicht. »Ich weiß, dass der Verstand einem manchmal einen Streich spielen kann, aber diese Frau ist meine Ehefrau.«

»Nein!« Sein Brüllen verschreckte einen Säugling, der daraufhin zu weinen anfing. »Sie versteckt sich nur unter der ganzen Schminke. Sie ist mein Mädchen.«

»Leroy«, sagte ich. »Es gibt ein paar Dinge, die man nicht verdecken kann. Hören Sie doch meine Stimme an. Ich bin sicher, dass Sie die Stimme Ihrer eigenen Frau erkennen würden. Klingt sie so wie meine?«

Er zog die Augenbrauen zusammen.

Ich sah ihn direkt an. »Und sehen Sie in mein Gesicht. Welche Augenfarbe hat Missy?«

Er starrte mich eine ganze Weile an. »Braun«, sagte er schließlich. »Sie hat braune Augen.«

Ich trat näher, damit er in meine blauen Augen sehen konnte. »Meine sind anders.«

»Sie ist auch kleiner als Missy«, schloss der ältere Herr sich meiner Argumentation an.

Der Mann unterdrückte einen Aufschrei, riss seine Hand fort und drückte sie auf sein ungewaschenes Haar. Seine Augen waren jetzt klarer. »Es tut mir leid. Es tut mir schrecklich leid.«

Ich trat einen Schritt zurück und nickte langsam. »Ist schon gut.« Jetzt musste sich nur noch mein Puls wieder beruhigen.

Warren legte den Arm um mich und ich schmiegte mich an ihn. Leroys Schultern senkten sich, während er seufzend ausatmete und sich mit hängendem Kopf davonschlich.

Warren sah mich an. »Alles in Ordnung?«

Ich ließ meinen Kopf an seiner Brust liegen. Die Wärme seines Körpers tat mir gut. »Ja, mir ist nichts passiert. Ich habe nur einen Schreck bekommen.« Die Menschenmenge um uns herum löste sich auf und ich war froh, dass nicht Hunderte von Augenpaaren auf mich gerichtet waren, sodass ich mich sammeln konnte. Es war schon merkwürdig: Ich konnte auf der schmalen Tragfläche eines Flugzeugs stehen, hatte aber Mühe, die Fassung wiederzugewinnen, wenn ich glaubte, jemand hätte meine wahre Identität aufgedeckt.

Der ältere Herr sah uns an. »Entschuldigen Sie bitte. Leroy hat im Krieg gekämpft und war anschließend ziemlich durcheinander. Er hat in Europa sein Bein verloren und seine Frau ist mit einem anderen durchgebrannt, während er weg war.«

Ich runzelte die Stirn. Der arme Mann. »Wie schrecklich!«

Der Mann zog eine Grimasse. »Das hat Leroy völlig aus der Bahn geworfen. Er hat es nie verwunden. Manche von uns glauben, dass er wahrscheinlich eine Gasvergiftung erlitten hat. Er hat das nie zugegeben, aber er ist sehr launisch und aufbrausend. Es ist nur ...«

»Wir verstehen«, unterbrach Warren ihn. »Der Krieg hat vielen unserer Männer zugesetzt.«

Ich dachte an Liliths Mann, Lieutenant Cameron, und daran, dass auch er im Kampf verstümmelt worden war und einen Arm verloren hatte. Litt er emotional auch so wie Leroy? Ich hatte nur einmal von meiner Schwester gehört, seit die beiden heimlich geheiratet hatten, aber was, wenn sie unglücklich war?

Warren beobachtete mich und es gelang mir, ihm zuliebe zu lächeln. Er kannte meine nervöse Angewohnheit, mit dem Zeigefinger über meinen Daumennagel zu reiben, deshalb steckte ich die Hände in die Hosentaschen.

Er strich mir die Haare aus der Stirn und fuhr mit den Fingern über meine Wange. »Willst du immer noch den Leuten Rundflüge anbieten oder sollen wir Feierabend machen?«

Wir hatten vor, bei Tagesanbruch zur nächsten Stadt aufzubrechen, also war dies für die Einwohner von Deepcreek vielleicht die letzte Chance zu fliegen. Wie konnte ich ihnen das nehmen?

»Du weißt doch, dass mich nichts so beruhigt, wie da oben zu sein.«

»Ich weiß.« Ich war gar nicht bereit für die Zuneigung, die so klar in seinen Augen zu sehen war, und seine Berührung bildete einen so zärtlichen Kontrast zu dem Mann, der mich gerade eben noch so rau angefasst hatte. »Wenn ich könnte, würde ich dir ein Schloss im Himmel bauen.«

Daraufhin schmiegte ich mich noch fester an ihn. Natürlich mussten wir an unserer Ehe noch arbeiten, aber das war ein ermutigender Anfang. Vorsichtig ließ ich die Schulter kreisen, um das schmerzhafte Kribbeln loszuwerden.

Warren sah die Bewegung. »Er hat dir wehgetan, oder?« Gleich darauf massierten seine Finger sanft die schmerzende Stelle.

»Das ist nicht so schlimm. Leroy ist derjenige, dem wirklich wehgetan wurde.« Mein Blick wanderte in die Richtung, in die der Veteran verschwunden war. »Ich wünschte, wir könnten irgendetwas für ihn tun.«

Als Warren nicht antwortete, blickte ich zu ihm auf. Er musterte mich mit unverhohlener Bewunderung. Ganz anders als der eisige Blick, mit dem er mich noch vor drei Tagen gemustert hatte. »Warum siehst du mich so an?«

»Weil sich manche Dinge nie ändern.« Seine Hand fuhr langsam über meinen Arm. »Du hast dich kein bisschen verändert.«

Ich hatte mich sehr verändert. Von der selbstsicheren und kultivierten Dame der feinen Gesellschaft war überhaupt nichts mehr zu sehen, aber ich wusste, was er meinte. Er dachte an einen bestimmten Augenblick, nämlich den, als er zum ersten Mal von mir gehört hatte. Er hatte mir die Geschichte in unserer Hochzeitsnacht erzählt. »Ich bin ganz anders als das junge Mädchen, das damals den Brief geschrieben hat.« Ich lächelte, um die Stimmung etwas aufzulockern. »Außerdem hätte die alte Geneva niemals Hosen getragen.« Ich rieb mir die Hände an der Hose ab, Warrens Ersatzhose, die ich mir an diesem Morgen von ihm geliehen hatte, weil meine mit Öl verschmiert gewesen war. Ich hatte einfach den Bund enger gesteckt und die Beine umgekrempelt, damit sie besser passte.

»Es ist kein Geheimnis, dass mir Hosen gefallen.« Sein Mund zuckte wie eine Flamme – ein faszinierender Anblick, aber gleichzeitig auch gefährlich.

Ich presste die Lippen aufeinander, um ein Lächeln zu unterdrücken. Denn wir hatten diese Unterhaltung schon einmal geführt und Warren war ausgesprochen angetan gewesen, als er mich in Hosen gesehen hatte. »Ich weiß noch ziemlich *genau*, was dir gefällt.«

»Schuldig im Sinne der Anklage.« Sein Lachen klang tief und heiser. »Diese Hose steht dir einfach viel besser als mir.«

Allmählich kehrten wir zu unserem gewohnten Umgangston zurück und ein Teil von mir klammerte sich an die Hoffnung, die das mit sich brachte. Nach der unvermittelten Begegnung mit Leroy war das so, als würde ich die Jenny in einen ruhigen Flug lenken. Dieses vertraute Scherzen gab mir die Balance und meine innere Ruhe zurück. »Nachdem du in den letzten Minuten ausschließlich auf den Rücken von Kühen und Rindern geschaut hast, ist meiner vermutlich ein bisschen hübscher anzusehen.«

Ein überraschtes Lachen kam Warren über die Lippen. Bei seinem letzten Flug hatte er sich bei der Einschätzung des Windes zweifellos daran orientiert, in welche Richtung sich die Kuhschwänze bewegten. Und bei der unberechenbaren Brise hatte er diese natürlichen Wetterfahnen nutzen müssen, um sanft zu landen. »Das ist eine Berufskrankheit, meine liebe Stella.« Er beugte sich so dicht über mich, dass mir ein Schauer über den Rücken lief. »Und du solltest dein Licht nicht unter den Scheffel stellen. Du hast einen umwerfend schönen Rücken und auch alles andere an dir ist …

»Stan!« Ich spürte, wie ich rot wurde, und Warren schien es zu gefallen, dass seine Worte immer noch eine Wirkung auf mich hatten. »Benimm dich.« Mein Tadel war halbherzig, was ihm durchaus bewusst war, denn er grinste schelmisch.

In den nächsten Stunden ließen wir die Bewohner der Stadt mit uns fliegen und sie waren begeistert. Diese kostbaren Momente in der Luft hatten mein Herz gestärkt und mein Gemüt erfreut. Wir beendeten die Vorführung und die Zuschauer gingen nach Hause. Auch wenn ich die Show als Erfolg verbuchte, war es uns nicht gelungen, eine Bleibe für die Nacht zu finden. Warren hatte sich umgehört und zuletzt mit dem Arzt der Stadt gesprochen.

»Ich wette, wenn Sie nächstes Jahr mit ihrer Flugshow wiederkommen«, sagte der ältere Mann, »wird es jede Menge Zimmer zur Übernachtung hier geben.«

Diese Bemerkung erweckte unsere Neugier. »Wieso das?«, fragte ich.

»Es gibt Gerüchte, dass eine große Firma am Stadtrand eine Fabrik bauen will. Die Einwohner stellen sich schon darauf ein, die vielen Bauarbeiter willkommen zu heißen, die für den Bau gebraucht werden. Die Stadtverwaltung kalkuliert gerade die Kosten für ein kleines Hotel. Bestimmt bringt die Fabrik viele Arbeitsplätze in unsere kleine Gemeinde. Und die brauchen wir.«

Warren und ich wechselten einen Blick, bevor mein Mann nickte. »Klingt vielversprechend.«

Der Arzt zog die Krempe seines Strohhuts zurecht. »Natürlich ist noch nichts in trockenen Tüchern. Aber die meisten Leute hier hoffen, dass es so kommt. Bis dahin haben wir allerdings keine Gaststätte mit Fremdenzimmern.«

»Wir kommen schon zurecht.« Warren legte den Arm um meine Taille, wie er es in den ersten Monaten unserer Ehe hundertmal gemacht hatte.

Wir verabschiedeten uns von dem Arzt und machten uns daran, die Jenny zu sichern.

»Eine Fabrik, hm?«, sagte Warren, als wir ungestört waren.

»Genau wie in den anderen Städten.« »Glaubst du, das ist ein Zufall?«

Warren band einen Knoten um den Zaunpfahl und warf mir einen kurzen Blick zu. »Könnte sein. Du weißt ja, wie schwierig es heutzutage in Großstädten ist, Grundstücke zu bekommen. Es ist ein schlauer Schachzug, sich ins ländliche Amerika zu verlagern. Da gibt es jede Menge Land und genügend willige Arbeiter.«

Ich warf ihm das andere Seil zu, während ich meine eigenen Gedanken zu ordnen versuchte. Es freute mich, dass diese Kleinstädte zu gedeihen schienen, aber unsere Suche schien gerade ins Leere zu laufen. Heute hatten wir nichts erfahren und jetzt erwartete uns eine Nacht ohne ein Dach über dem Kopf, wenn man die Tragflächen der Jenny nicht zählte, unter die wir uns legen mussten. Seufzend ging ich um das Flugzeug herum, um Warren beim Festmachen des Hecks zu helfen. Dabei blieb mein Fuß an einer Grasnarbe hängen. Ich streckte die Hände aus, aber nichts konnte meinen Sturz aufhalten.

Etwas Weiches fing meinen Aufprall ab und ich rollte mich auf die Seite und hoffte, dass es nur ein böser Traum war.

Warren rief meinen Namen. Meinen echten Namen. Ich hörte, wie er mit langen Schritten auf mich zugerannt kam, und wusste, dass ich ihn warnen sollte.

»Komm nicht näher«, schrie ich und rümpfte die Nase über den üblen Gestank. Ich rollte mich auf den Rücken, weg von dem frischen Kuhfladen, der mich zwar weich hatte fallen lassen, aber mir jetzt an Haut und Haaren klebte.

Warren sah mich an und sein Blick war besorgt. »Bist du verletzt?«

»Ich glaube nicht.« Ich hob einen Arm an meine Stirn, aber dabei schleuderte ich versehentlich Kot in Warrens Richtung. Entsetzt betrachtete ich den dunklen Klecks auf seinem weißen Hemd. »Tut mir leid«, sagte ich, aber meine Schultern zitterten, dann bebten meine Lippen, bis ich in schallendes Gelächter ausbrach. Ich legte den Kopf in den Nacken, während ich herzlich lachen musste, bis ich Seitenstiche hatte. Aber es war mir trotz dieses Missgeschicks leicht ums Herz.

Schließlich sah ich Warren an, der regungslos dagestanden hatte, ganz fasziniert, wie es schien. »Ich kann nicht fassen, dass ich das so lange nicht gehört habe.« Er ging in die Hocke und sein Blick war für einen so absurden Anblick ungewohnt weich. »Mir war nicht klar, wie sehr ich dein Lachen vermisst habe.«

Ich könnte jetzt zickig sein und ihn daran erinnern, dass sein schreckliches Verhalten der Grund dafür war, dass mir das Lachen vergangen war. Dass die Trauer mir mein Lachen gestohlen hatte. Aber wie konnte ich diesen Augenblick dadurch verderben? In Warrens Miene sah ich Faszination, in seinem Lächeln eine merkwürdige Zufriedenheit, als hätte er etwas von großem Wert verloren und jetzt wiedergefunden.

Nach mehreren bedeutungsschwangeren Sekunden schien ihm wieder einzufallen, dass seine Frau rücklings in Kuhmist lag, und hielt mir seine Hand hin. »Komm, ich helfe dir auf.«

»Oh nein«, protestierte ich. »Ich bin voller Kuhfladen.«

»Das macht mir nichts.« Er stellte sich breitbeinig hin und streckte mir wieder die Hand entgegen.

Ich ließ mich von ihm auf die Füße ziehen. Du liebe Güte, ich stank zum Himmel.

Warren musterte mich von Kopf bis Fuß und seine Augen funkelten belustigt. »Dann sehen wir mal zu, dass wir dich sauber kriegen.« Er holte unsere kleine Reisetasche aus dem hinteren Cockpit. Wegen des Platzmangels hatten wir unsere Habseligkeiten auf ein Minimum reduziert.

»Als ich das letzte Mal nachgesehen habe, hatten wir kein Zimmer. Kein Zimmer, kein Bad.«

Warrens Lächeln ließ mein Inneres schmelzen. »Ich hatte mehr an den Teich da drüben gedacht. Du hast ihn doch bestimmt gesehen, als wir vorhin darübergeflogen sind.«

»Nein.« Ich erstarrte. »Das geht nicht.«

Warren runzelte die Stirn. »Warum denn nicht?«

Ich warf einen zögernden Blick in Richtung Teich. »Ich ... ich kann nicht schwimmen.« Ich hatte nie die Gelegenheit gehabt, es zu lernen. Als Kind hatte ich nicht in unserem See schwimmen dürfen und ich hatte zu viel Angst, es auf eigene Faust zu versuchen.

»Dann wird das heute Abend deine erste Unterrichtsstunde.« Er nickte entschlossen, während sich um seine Augen Fältchen bildeten ... was ihn irgendwie spitzbübisch aussehen ließ. »Und ich werde dafür sorgen, dass sie dir Spaß macht.«

# KAPITEL 16

*Vier Monate zuvor – 3. Mai 1922*
*Geneva*

Am Mittwoch, den 3. Mai, um 12 Uhr, legte ich mein Herz, meine Zukunft, mein ganzes Leben in Warrens Hände. Er hatte sein Trauversprechen mit Ehrfurcht in der Stimme abgelegt, was mir ohne jeden Zweifel bewies, dass er unsere eheliche Verbindung ernst nahm.

In seinem Anzug sah er umwerfend aus. Natürlich hielten die meisten Bräute ihren Bräutigam für attraktiv, aber ich konnte mich kaum von seinem Anblick losreißen. Wie es gerade modern war, bestand meine Kopfbedeckung aus einem riesigen Spitzenschleier, den ich mir beinahe vom Kopf gerissen hätte – einmal aus Versehen und zweimal absichtlich. Leider war mein Kleid nicht viel besser. Wenn ich die Wahl gehabt hätte, wäre ich in einem schlichten weißen Kleid getraut worden, elegant und zeitlos. Aber Mutter hatte darauf bestanden, dass ich ein Gewand aus mehreren Lagen kunstvollster Spitze trug, in dem ich mir vorkam wie eine wandelnde Tischdecke.

Aber es war mir gleichgültig. Ich hätte auch ein Kleid aus Kartoffelsäcken angezogen, denn am Ende des Tages würde ich Mrs Hayes sein.

Die Gäste gehörten zur Crème de la Crème der Gesellschaft, aber trotz all der illustren Namen im Gästebuch fehlte doch einer, der mir am liebsten war – Lilith. Nachdem Mutter ihren anfänglichen Schock über die überstürzte Hochzeit meiner Schwester überwunden hatte, trat an seine Stelle die Sorge. Allerdings hatte ich den Verdacht, dass sie sich mehr Sorgen über die unschönen Gerüchte machte, die zweifellos umgehen würden, als um

Liliths Wohlergehen. Vater reagierte überhaupt nicht. Aber das überraschte mich nicht. Wahrscheinlich hatte er bereits Pläne, die Presse zu bestechen, damit sie – sollte auch nur der Hauch eines Skandals aufkommen – diesen im Keim erstickten. Trotz der gegensätzlichen Reaktionen meiner Eltern auf Liliths Flucht machten sie beide einfach weiter, als gäbe es meine Schwester gar nicht. Das konnte ich nicht. Während der Feierlichkeiten war das Gefühl des Verrats wie eine Wunde, die nur wehtat, wenn man darauf drückte. Und Warren war sehr einfühlsam. Er hatte mich nicht gefragt, warum ich beim Mittagessen plötzlich so still geworden war. Er nahm einfach meine Hand, als mein Lächeln erstarb, weil ich den leeren Platz neben Mutter sah. Es war, als würde er alle meine Gedanken und Gefühle nachempfinden.

Nachdem alles Tamtam vorbei war, kehrten Warren und ich zu seinem Stadthaus zurück.

Seinem ... leeren Stadthaus.

Ich sah Warren fragend an. »Wo ist das Personal?« Kein Butler öffnete die Tür. Keine Haushälterin, kein Dienstmädchen oder irgendein anderer Bediensteter wartete im Foyer, um das jüngste Mitglied der Hayes-Familie zu begrüßen.

»Was das betrifft«, er schloss die Tür hinter uns, »habe ich allen den heutigen Tag freigegeben und dafür bezahlt, dass sie woanders übernachten.«

Bestimmt genoss das hayes'sche Personal jetzt die Zimmer im Ritz-Carlton. Denn so war Warren. Sein großzügiges Herz und sein umsichtiger Verstand ergaben zusammen einen wunderbaren Mann. Meinen Mann.

Er nahm meine Hand. »Ich hoffe, das war in Ordnung? Ich weiß, dass es ungewöhnlich ist. Aber ich wollte, dass unsere ersten Augenblicke als Mann und Frau ganz ungestört sind – nur wir beide.«

Ich lächelte breit, was ihn sofort beruhigte. »Ich finde, es ist eine ganz reizende Idee. Hast du genügend Energie, mir mein neues Zuhause zu zeigen?«

Er reichte mir seinen Arm und gemeinsam gingen wir die große Treppe hinauf.

Meine freie Hand glitt über das gewachste Geländer. Das Haus war ähnlich aufgebaut wie das Anwesen der Ashcrofts, die Einrichtung war zwar hübsch, aber auch etwas altmodisch. Ich wettete, dass Warren nicht das Geringste daran geändert hatte, nachdem seine Eltern gestorben waren.

Er führte mich durch die Flure, zeigte mir verschiedene Räume und verband jedes Zimmer mit einer Geschichte aus seiner Kindheit. Zum Beispiel zeigte er mir die Fensternische, in der er als Kind mit seiner Mutter gesessen hatte, wenn sie ihm vorgelesen hatte. Die Sammlung alter Zeitungen, die sein Vater und er im Laufe der Jahre angelegt hatten. Auf dem Gang gab es eine Stelle, an der Warren einmal ein Loch in die Wand gehauen hatte, als er versucht hatte, beim Möbelschleppen zu helfen. Es war schön, seinen Erinnerungen zuzuhören, denn seine Worte erweckten das Haus zum Leben. Ich hatte gewusst, dass er keine Geschwister hatte, aber mir war nicht klar gewesen, wie eng seine Beziehung zu seinen Eltern gewesen war. Wie es schien, hatten sie ihn vergöttert und all ihr Wissen in ihn hineingegossen und ihn ihre Werte gelehrt. Der Glaube war in seiner Familie die treibende Kraft gewesen.

Dann führte Warren mich zu einer kunstvoll geschnitzten Holztür. »Darf ich?« Sein Arm berührte flüchtig meinen, als er sich vorbeugte, um den Messingknauf zu drehen. »Dies gehört Ihnen, Mrs Hayes.« Stolz lag in seiner Stimme, als er mich mit meinem neuen Nachnamen ansprach. Selbst sein Lächeln war anders. Nicht förmlich, steif. Auch nicht das selbstgefällige Grinsen, das man von einem Mann in seiner Hochzeitsnacht erwarten würde. Sondern ein sanftes zurückhaltendes Lächeln, nur für mich.

Wir standen nebeneinander auf dem Flur, während ich den Raum betrachtete, der jetzt mir gehörte. Wie der Rest des Hauses war die Einrichtung in die Jahre gekommen.

Warren kratzte sich am Hinterkopf. »Ich weiß, dass es nicht das ist, was du gewohnt bist. Aber wie ich am See gesagt habe: Du kannst ändern, was du willst.«

»Es ist sehr einladend.« Und das stimmte. Ich hätte keine besseren Farben auswählen können. Ein Buttergelb, kombiniert mit cremefarbenen Holzelementen, verlieh dem Raum eine ruhige Wärme. Mutters Schlafzimmer war in einem kühnen Scharlachrot und Gold gestaltet und mit vornehmen Möbeln eingerichtet, die einem nicht das Gefühl gaben, dass man sich darin wohlfühlte. Ich trat ein, angezogen vom Schein des frühen Abendlichtes, das durch das Panoramafenster fiel. Meine Koffer, die vorausgeschickt worden waren, standen neben einem großen Kleiderschrank. Mein Blick wanderte zu dem Himmelbett, über dem ein Baldachin aus cremefarbener Seide mit zarten gestickten Blüten schwebte.

»Das Bett ist neu.« Warrens Stimme war voller Unsicherheit, so als würde er jedes Wort prüfen, bevor er es aussprach. »Es hat schon eine Ewigkeit keins mehr hier gestanden.«

Ich zog die Augenbrauen hoch. »Deine Mutter hat nicht hier …« Ich verstummte, als es mir dämmerte. »Sie hat sich das Zimmer mit deinem Vater geteilt, nehme ich an.« Warrens Mutter war vor mehr als acht Jahren gestorben. Ich vermutete, dass seitdem niemand mehr in diesem Zimmer gewohnt hatte. Mein Blick wanderte zu einer Tür auf der gegenüberliegenden Seite, von der ich annahm, dass sie ins Nebenzimmer führte. Das musste das Zimmer von Warrens Vater gewesen sein. Nachdem die Eheleute Hayes kurz nach dem Ende des Großen Krieges gestorben waren, war dies jetzt das Zimmer ihres Sohnes. Meines Mannes.

Warrens Eltern gehörten der gehobenen Gesellschaft an und in unseren Kreisen war es nicht die Regel, dass Paare ein gemeinsames Schlafzimmer hatten. Die High Society war in ihren Traditionen gefangen, so wie ich in diesem Augenblick in mein Korsett eingeschnürt war. Mutter bestand darauf, dass sie ihre eigenen Räumlichkeiten hatte, und Vater auch.

Warren nickte und ein Anflug von Traurigkeit huschte über seine Züge. Sicher vermisste er seine Eltern. »Die beiden waren unzertrennlich.«

Ich lächelte. »Klingt so, als hätten sie ein wundervolles Leben gehabt.« Ein erfülltes Leben. Wozu war Reichtum gut, wenn man dafür sein Glück opferte? Warrens Eltern hatten erfolgreich beides gehabt und einen wunderbaren Sohn großgezogen.

Warren legte mir die Hand auf den Rücken und lenkte damit meine Aufmerksamkeit auf ihn. »Wir haben keine Eile, Eva.« Sein Blick huschte zum Bett hinüber und dann wieder zu mir. »Heute Morgen haben wir noch überlegt, ob wir unsere Hochzeit verschieben sollen. Wir können unsere Beziehung also erst einmal ... förmlicher gestalten, wenn du willst.« Sein Hals rötete sich über dem Kragen, aber sein Blick bohrte sich in meinen, so ernst waren ihm seine Worte.

Ich wollte ihm schon antworten, aber etwas auf dem Frisiertisch hinter ihm fiel mir ins Auge.

Ich erstarrte.

Eine Nachricht lehnte am Spiegel. Genau wie der erste Drohbrief, den ich am Abend meiner Verlobung in meinem Zimmer gefunden hatte. Mein Herz zog sich zusammen. »Wie kommt das hierher?« Meine Stimme zitterte, als ich auf den Zettel zeigte.

Warren folgte meinem Blick, ahnungslos, warum ich so reagierte. »Ich habe den Brief da hingestellt. Ich dachte, er sollte seiner rechtmäßigen Besitzerin zurückgegeben werden.«

*Seiner Besitzerin?* Meine anfängliche Panik war durch den Platz auf dem Frisiertisch ausgelöst worden. Aber jetzt, wo ich den Brief näher betrachtete, bemerkte ich, dass das Papier anders aussah als sonst. Es wirkte älter und war offensichtlich mehrfach gefaltet worden. Ich atmete ein und beruhigte mich. Hier war ich sicher.

»Weißt du noch, wie ich dir bei einem unserer ersten Gespräche erzählt habe, dass ich dich schon eine ganze Weile kenne?«

Ich nickte, weil ich mich daran noch ganz genau erinnerte. Er hatte mich wegen meines Spitznamens aufgezogen – der Ashcroft-Engel – und gesagt, er hätte einen Beweis dafür, dass ich eine *Heilige* sei.

Er zeigte auf den Brief. »Dadurch.«

Ich warf ihm einen skeptischen Blick zu, während mein Verstand versuchte, die Hinweise, die er mir zuwarf, zu entziffern. »Du hast einen Brief geschrieben?«

»Nein.« Er nahm den Zettel vom Frisiertisch. »*Du* hast einen Brief geschrieben.«

»Wie bitte?«

Sein Lächeln wurde breiter und Stolz leuchtete aus seinen Augen. »Deine Handschrift hat sich zweifellos verbessert, aber das hier hast du mit eigener Hand verfasst.« Er hielt mir den Brief hin. »Vor dreizehn Jahren geschrieben.«

Ich entfaltete das Papier und riss staunend die Augen auf. Ich wusste genau, was ich da in der Hand hielt, aber ich verstand nicht, wie es in Warrens Besitz gelangt war. »*Sehr geehrter Herr Verleger*«, las ich laut. »*Mein Name ist Geneva Maude Ashcroft, und ich schreibe Ihnen, weil ich sehr besorgt bin.*« Ich hob den Blick und sah Warren über das Blatt Papier hinweg in die Augen. »Das habe ich geschrieben, als ich zehn war.«

»Genau.«

»Es ging darum, wie Kinder auf den Straßen der Stadt behandelt werden.« Was Warren natürlich wusste, da er ja derjenige war, der mir den Brief zurückgab.

In den vergangenen Jahren hatte ich den Brief zwar nicht in meinem Besitz gehabt, aber seinen Inhalt hatte ich nie vergessen. Und auch nicht die Umstände, die mich dazu bewogen hatten, ihn überhaupt zu schreiben. Es war Winter gewesen und ein Junge, etwa elf oder zwölf Jahre alt, hatte vor einem Barbier Schuhe geputzt. Er hatte die teuren Lederschuhe eines feinen Herrn poliert, während er selbst barfuß war. Seine Füße waren mit Packpapier umwickelt gewesen, aber seine Zehen waren ganz blau gefroren. Ich erinnerte mich daran, wie er auf einer vereisten Stelle ausgerutscht war und der Mantel des Mannes dabei etwas Schuhcreme abbekommen hatte. Daraufhin hatte der Mann den Jungen am Kopf geschlagen, sodass sein Ohr blutete.

»Ein Kind wurde misshandelt und ich weiß noch, dass die Leute einfach vorbeigingen, als wäre dieser Junge nichts wert. Ich wollte mich für ihn einsetzen.« Warren trat näher, seine ganze Aufmerksamkeit auf mich gerichtet.

»Mutter hat immer damit angegeben, dass die Leute zuhören, wenn ein Ashcroft spricht. Also bin ich nach Hause zurückgekehrt und habe der Zeitung davon berichtet.« In dem Brief hatte ich die Gesellschaft angefleht, benachteiligten und armen Menschen, vor allem den Kindern, aufzuhelfen, anstatt sie niederzudrücken. Am Ende meines Schreibens entschuldigte ich mich im Namen meiner Standesgenossen.«

Ich schüttelte den Kopf. »Ich dachte, der Brief wäre in der Post verloren gegangen. Oder der Empfänger hätte ihn in den Mülleimer geworfen, weil ich nur ein Kind war.«

»Dein Brief landete auf dem Schreibtisch meines Vaters.« Warren stand jetzt so dicht neben mir, dass ich die Wärme seines Körpers förmlich spüren konnte. »Er wollte ihn abdrucken, beging aber den Fehler, zuerst mit deinem Vater zu sprechen.«

Ich stöhnte. »Du brauchst nichts weiter zu sagen. Vater wollte nichts davon hören.«

Er nickte.

»Ich weiß noch, wie entschlossen ich war, als ich das hier geschrieben habe.« Ich hob das Blatt Papier hoch. »Ich dachte, ich könnte die Welt verändern. Das zeigt, wie unreif meine Vorstellung war. Ich konnte ja nicht einmal meinen Vater für mein Anliegen gewinnen.«

»Doch, du hast die Welt für jemanden verändert. Für mich.« Warren sah mich an und in seinen Augen lag eine Bewunderung, die mein Herz anrührte. »Ich war damals zwölf Jahre alt. Ich habe deinen Brief gelesen und fühlte mich ertappt. Du hattest so konkrete Angaben über den Jungen und seinen Schuhputzkasten gemacht, dass ich ihn ausfindig machen konnte.«

Ich blinzelte. »Wirklich?«

»Ich habe dafür gesorgt, dass Vater ihm eine Arbeit in der Poststelle gab, damit er nicht frieren musste. Dad hat dem Jungen sogar einen Vorschuss gegeben, damit er sich ein Paar Schuhe kaufen konnte.« Warrens Daumen fuhr sanft über meine Wange. »Du hast mit deinen Worten etwas bewirkt, Geneva.« Er beugte sich vor und der Duft seines Eau de Cologne umfing mich. »Davon bin ich überzeugt. Und Brisbane auch.«

»Brisbane?« Ich runzelte die Stirn, während ich versuchte, den Zusammenhang zu verstehen. »Dein Freund vom Gartenfest? Du hast ihm den Brief gezeigt?«

»Er war der junge Schuhputzer.«

Ich sog scharf die Luft ein. Brisbane? Warrens Freund war dieser Junge von der Straße gewesen? »Seine Narbe«, flüsterte ich mir selbst zu und blickte dann zu Warren auf. »Er kam mir bekannt vor. Jetzt habe ich ein schlechtes Gewissen, weil ich so frech zu ihm war.«

Warren lachte. »In Brisbanes Augen bist du ein wahrer Engel.« Er drückte mir einen Kuss auf die Stirn. »Und in meinen Augen auch. Mein Engel.« Noch ein Kuss. Diesmal auf die Schläfe. »Meine Eva.«

Ich lehnte mich zurück und sah ihn an. Es juckte mich in den Fingern, ihn zu berühren, also legte ich sanft die Hände um sein Gesicht. »Du hast meinen Brief die ganze Zeit über aufbewahrt.«

»Ja.« Er drehte den Kopf ein wenig und küsste meine Hand. »Er hat mir die Augen geöffnet. Er hat mir geholfen, die Menschen so zu sehen, wie sie wirklich sind. Dass jeder einen Wert hat. Deine vier Absätze haben bei mir mehr bewirkt als Hunderte Bücher über den Humanismus, die meine Mutter mir in die Hand gedrückt hat.«

Ich legte den Brief auf den Frisiertisch und legte die Hände auf seine Brust.

»Deshalb habe ich auch nicht gezögert, als ich von deinem Vater die Nachricht erhielt, dass du dich für mich interessierst.« Er gab mir einen Kuss auf den Kopf und ich schmiegte mich an ihn.
»Das hättest du mir doch schon früher sagen können.«
»Ich habe auf den richtigen Zeitpunkt gewartet.« Er drückte noch einen sanften Kuss auf meine Stirn. »Und wo wir gerade vom richtigen Zeitpunkt sprechen … Ich habe dir versprochen, dass ich dich nicht bedrängen werde.« Er trat pflichtschuldigst einen Schritt zurück, aber sein Blick bohrte sich weiterhin in meinen.
»Warren.« Ich machte einen Schritt auf ihn zu. »Ich weiß deine noblen Absichten zu schätzen, aber ich will dieses Kleid nicht so lange tragen, bis meine Zofe wieder da ist. Das Ding hat mindestens zwanzig Knöpfe am Rücken, die ich nicht allein aufmachen kann.« Die Spitze um meinen Hals juckte und das Korsett bohrte sich in mein Zwerchfell. »Kannst du mir bitte helfen? Jetzt gleich, wenn du nichts dagegen hast?«

Er schluckte und nickte abrupt.

Ich drehte mich um und hätte beinahe geseufzt, als seine warmen Finger meinen Nacken berührten und mehrere Haken und Ösen an meinem Kragen öffneten. Während er mein Kleid aufknöpfte, zog ich die Nadeln aus meinen Haaren und meine Kopfhaut kribbelte vor Erleichterung, als mir die Locken über die Schultern fielen.

Warrens Hände stockten.

»Gibt es ein Problem?« Ich wusste, dass es noch einige Knöpfe bis zu meiner Taille waren, aber ich wusste auch, wie leicht die Spitze an etwas hängen blieb. »Es ist mir egal, wenn es reißt. Schließlich werde ich es nicht noch einmal tragen.«

»Es gibt kein Problem. Ich habe nur … dein Haar bewundert.« Seine Stimme klang tiefer als sonst. Er zögerte noch einen Augenblick, bevor ich seine Hände wieder an meinem Rücken spürte, als er die letzten Knöpfe öffnete und mich ganz befreite.

Ich drehte mich um, um ihm zu danken, aber das Kleid glitt zu Boden, bevor ich es festhalten konnte. Ich trug immer noch

Unterkleid, Korsett und lange Unterhosen, aber Warrens Unterkiefer zuckte nervös.

»Brauchst du sonst noch etwas?« Sein Blick war unverändert auf meine Augen gerichtet.

Ich schüttelte den Kopf, aber dann kam mir ein Gedanke. »Warte. Brauchst du Hilfe beim Auskleiden?« Kaum war mir die Frage über die Lippen gekommen, bereute ich sie auch schon. Ich war mir nicht sicher, ob Männer beim Ausziehen Hilfe brauchten, so wie wir Frauen. »Ich meine, ich weiß gar nichts über Herrenunterwäsche. Oder ob sie überhaupt Unterwäsche tragen.« Typisch, dass ich einen peinlichen Moment durch mein wirres Reden noch unangenehmer machte. Ich spürte, wie ich im Gesicht rot wurde, aber Warren schien es nicht zu bemerken, denn er starrte gebannt einen Flecken auf dem Teppich an.

»Ich kann dir garantieren, dass meine nicht halb so verführerisch ist wie deine.« Er trat noch einen Schritt zurück. »Und deshalb sollte ich dich jetzt in Ruhe lassen, damit du … was auch immer tun kannst.«

»Nein, warte.« Ich eilte zu Warren, mein Kleid an die Brust gedrückt. »Kannst du noch meine Halskette aufmachen? Das ist dann wirklich alles, versprochen.« Mir war nicht bewusst gewesen, wie hilfsbedürftig ich war. Vielleicht war es gut für mich, dass ich im Moment keine Zofe hatte, damit ich besser verstand und schätzen lernte, was sie alles für mich tat. Vielleicht konnte ich ja unabhängiger werden und in Zukunft Kleider kaufen, die ich leicht selbst an- und ausziehen konnte.

Ich drehte mich um und hielt meine Haare hoch, damit sie nicht im Weg waren. Dann spürte ich die Berührung seiner Finger an meinem Hals. Aber diesmal zitterten seine Hände ein wenig. Er öffnete meine Kette und drückte sie mir in die Hand.

»Danke.« Ich legte den Schmuck auf meinen Frisiertisch und kehrte zu ihm zurück. Spontan gab ich ihm einen sanften Kuss.

Seine große Gestalt war wie erstarrt, die Arme hingen ihm reglos herunter. Ich runzelte die Stirn. Ich verstand ja, dass er mich nicht drängen wollte, aber er konnte doch wenigstens meinen Kuss erwidern. Hatten wir diesen Teil unserer Beziehung nicht schon geklärt? Als er sich nicht rührte, küsste ich ihn noch einmal. Sein Kopf neigte sich, damit ich mich nicht so sehr strecken musste, aber das war auch die einzige Bewegung, die er sich gestattete.

Ich legte den Kopf in den Nacken, um ihn anzusehen. Seine Augen funkelten wie geschmolzenes Gold. Das Glühen darin verriet mir, dass ihn nach mir verlangte. Aber er kämpfte dagegen an und zwang seine mühsam beherrschte Leidenschaft in die Schranken ritterlicher Zurückhaltung.

Ich staunte über den Mann, den ich geheiratet hatte. Warren Hayes war ein mächtiger Zeitungsmagnat, aber er bewahrte einen mehr als zehn Jahre alten Brief auf, als wäre er von unschätzbarem Wert. Er konnte ein Flugzeug in den Himmel steuern und mit Hebeln und Pedalen dem geflügelten Wesen seinen Willen aufzwingen. Und doch weigerte er sich, irgendwelche Forderungen an mich zu stellen.

Jetzt verstand ich.

An diesem Morgen hatte ich ihm erzählt, dass ich nie eine Wahl gehabt hatte. Dass immer andere die Grenzen meines Lebens festgelegt hatten. Seitdem hatte Warren mir die Entscheidung überlassen. In seinem Arbeitszimmer hatte er mir die Freiheit geschenkt, ihn aus freien Stücken zu heiraten. Und jetzt überließ er mir die völlige Kontrolle über den Anfang unseres ehelichen Lebens. Mein Herz floss über vor Dankbarkeit und mein Körper sehnte sich nach seiner Liebe.

Ich gab ihm einen sanften Kuss auf die Lippen, aber er öffnete sie nicht. Der Mann war unbezwingbar. »Warren.«

Er schloss die Augen. »Ich habe es dir versprochen.«

Ich küsste zärtlich seine Wange. »Ja, aber eins hast du vergessen.« Ich krallte die Finger in sein Hemd und zog ihn zu mir. »Ich habe das Versprechen nicht angenommen.«

Einen schrecklichen Moment lang erstarrte er, aber dann löste sich das angespannte Band seiner Gefühle. Er schlang die Arme

fest um mich und küsste mich so, als wäre dies seine wichtigste Aufgabe als Ehemann. Schließlich rangen wir beide nach Luft. Atemlos flüsterte ich ihm ins Ohr. »Ich muss noch eine Beschwerde vorbringen.«
»Und die wäre?«
»Du hast mich nicht über die Schwelle getragen.«
Er richtete sich auf und unsere Blicke verschmolzen.
»Meinst du, die da drüben wäre gut geeignet?« Ich deutete mit dem Kinn auf die Tür zu seinem Schlafzimmer.
Sein schelmisches Grinsen ließ mein Herz schneller schlagen.
»Es ist mir ein Vergnügen.« Dann hob er mich hoch, drückte mich an seine Brust und trug mich über die Schwelle.

# KAPITEL 17

5. September 1922
Stella

Als ich am Rand des Teichs stand, verließ mich der Mut. Das ganze Ding war nicht gerade groß. Ich hätte problemlos einen Stein über die Wasseroberfläche bis ans andere Ufer springen lassen können. Aber es war nicht die Länge des Gewässers, die mich frösteln ließ, sondern die Tiefe. Außerdem stellte ich mir angesichts des trüben Wassers die Frage, ob ich wirklich sauberer herauskommen würde, als ich hineinging. Was etwas heißen wollte, wenn man bedachte, dass ich so roch wie das Hinterteil eines Rindviechs.

Warren stellte unsere Tasche unter einen großen Ahornbaum und zog sein Hemd aus. Dann sein Unterhemd. Ein Anblick, den ich schon oft gesehen hatte, der aber immer noch meinen Puls beschleunigte. Wie oft war ich an seiner Brust aufgewacht und hatte seinen ruhigen Herzschlag unter meinen Fingern gespürt.

Er musterte mich mit einem skeptischen Blick. »Brauchst du Hilfe beim Entkleiden?«

Mir wurde es ganz warm und ich wurde unwillkürlich an unsere Hochzeitsnacht erinnert. »Nein, danke. Ich werde am Ufer bleiben, das scheint mir sicherer. Aber wenn es dir nichts ausmacht, könntest du dann unseren Waschlappen nass machen?« Links von mir stand ein dichter Busch, hinter den ich mich ducken konnte, um mich zu waschen, ohne dass die ganze Welt mich sah. Hier konnte schließlich jederzeit jemand vorbeikommen.

»Was ist mit deinen Haaren?«, wollte Warren wissen. »Die sind ganz verdreckt.«

Ich rümpfte die Nase.

»Schwimmen ist nicht schwer.« Er verschränkte die Arme vor der Brust. »Ich habe noch nie erlebt, dass du etwas nicht kannst, wenn du es dir vornimmst. Das wird diesmal auch so sein.«

Bei unserer ersten Begegnung hatte ich mir in weniger als zwei Minuten ein Herz gefasst und Warren gefragt, ob er mit mir in den Himmel fliegen würde, was die meisten Menschen sicherlich gefährlicher fanden als ein Bad im Teich. »Ich habe Angst vor Wasser«, platzte ich mit der Wahrheit heraus.

Warren schwieg einen Moment, während er den steinigen Boden betrachtete. »Das hast du bisher gar nicht erwähnt.«

»Ich habe es noch nie jemandem erzählt.« Und unter weniger unangenehmen Umständen hätte ich es ihm auch nicht gesagt.

Er hob den Blick und sah mich mit einer merkwürdigen Mischung aus Hoffnung und Zärtlichkeit an. »Ich bete, dass du mir irgendwann wieder vertrauen und alle deine Geheimnisse verraten kannst.« Die leichte Betonung des Wortes *alle* verriet mir, dass er weit mehr meinte als meine Angst vor dem Schwimmen. »Ich gehe rein und sehe nach, wie tief es ist.«

Bevor ich antworten konnte, war er schon ins Wasser gesprungen. Wenige Sekunden später tauchte er wieder auf, seine Haare in dunklen Strähnen über den Augen. Er warf grinsend den Kopf zurück und die bedrückende Stimmung, die gerade noch in seiner Miene gelegen hatte, sank auf den Grund des Gewässers. »Fühlt sich herrlich an. Nimm die Seifenflocken aus unserer Tasche und komm rein.«

»Zu tief«, mutmaßte ich. Das Wasser reichte ihm bis zu den Schultern. Wenn ich hineinsprang, würde es mir bis über den Kopf gehen.

Sein Blick fing meinen auf. »Ich halte dich fest. Und ich verspreche dir auch, dass ich dich nicht loslassen werde.«

Aber in gewisser Weise hatte er schon losgelassen. Er hatte unsere ersten Begegnungen und jede folgende Geste der Zuneigung missachtet und geglaubt, dass ich dem Menschen, den ich liebte, etwas antun könnte. Ich hatte vielleicht nicht »Ich liebe dich«

gesagt, aber diese Worte hatte ich noch nie laut ausgesprochen. Und das aus gutem Grund. Abgesehen davon hatte ich ihm meine Hingabe bewiesen. Gezeigt. Ich hatte in den ersten Monaten unserer Ehe nichts von mir zurückgehalten. Ich hatte mein Herz in unsere Verbindung gegeben. Diese stillen Orte meiner Seele, die niemand außer dem Allmächtigen bis dahin gesehen hatte, hatte ich Warren offenbart, nur nicht in der letzten Woche vor dem Absturz. Und er hatte all das mit Füßen getreten und einer furchtbaren Lüge Glauben geschenkt.

Aber was konnte ich sagen? Er hatte sich entschuldigt und schien auch reumütig. Mit einem resignierten Seufzer betrachtete ich das Wasser. »Also gut, ich komme rein. Aber meine Unterwäsche lasse ich an.«

Schnell schlüpfte ich aus meinen Kleidern. Ich stank nach Kuhmist und Schweiß, aber ich spürte, dass mein Mann mich nicht aus den Augen ließ, vermutlich, damit ich nicht die Flucht ergriff. Obwohl ich es gerne getan hätte.

Als ich nur noch meine rosa Unterhose und das Spitzenunterhemd trug, rollte ich meine Strümpfe hinunter und knüllte sie zusammen. Die Abendbrise strich über meine Beine, aber eigentlich war die Septemberluft warm. Ich holte meinen Kulturbeutel aus der Tasche und nahm ein paar frische Seifenflocken heraus.

Das Ufer war von Geröll übersät, deshalb tastete ich mich behutsam vor, um mir nicht die Fußsohle an einem scharfkantigen Stein aufzuschlitzen. Warren kam an den Rand des Teichs, streckte den Arm aus und winkte mich zu sich.

Meine Zehen gruben sich in den schlammigen Boden. »Ist es kalt?«

Warrens schelmisches Grinsen würde immer mein Verderben sein. »Hängt davon ab, wie du *kalt* definierst.«

Ich rümpfte die Nase. »Das klingt nicht gerade beruhigend.«

Seine Arme streckten sich mir entgegen und mein Blick fiel auf seine schwieligen Hände. Hände, die mich vor ein paar Tagen noch nach Waffen abgetastet hatten. Ich verdrängte diesen verstörenden Gedanken, gab aber damit anderen Gedanken Raum, die auf mich einstürzten.

Ich musste diesen Zustand überwinden. »Einen Moment noch.« Ich wandte den Blick von meinem Mann ab und sah zum Himmel hinauf, während ich mich auf die Schönheit konzentrierte, die mich umgab.

Wir hatten das Tageslicht für unseren Flugzirkus ausgenutzt und jetzt war die Dämmerung hereingebrochen. Ich bemerkte die beruhigenden Blau- und Lilatöne, die den Horizont wie mit lebhaften Pinselstrichen färbten. Unsere Vorführung in der Luft mochte zu Ende sein, aber der Schöpfer schien ein größeres Spektakel an den Himmel zu malen. Wenn Gottes Fingerabdruck die Dämmerung veränderte, die nur wenige Minuten dauerte, wie viel mehr konnte seine Berührung das menschliche Herz verändern? Ich betete, dass er mein Herz bewahren möge, denn es fühlte sich gebrochen und verwundet an. So sehr, dass ich Mühe hatte, meinem Mann zu vertrauen und sogar mir selbst.

Ich sah wieder auf den Teich. Vielleicht konnte dies ein guter Anfang sein, auf dem wir aufbauen konnten. Ich wollte mich darauf verlassen, dass Warren mich hielt, während ich vor dem Wasser Angst hatte, und mich daran klammern, dass Gott mir durch alles andere hindurchhelfen würde.

Ich atmete tief ein und ging in die Hocke, sodass Warren mich erreichen konnte. Unsere Blicke trafen sich und ich nickte. Seine Hände glitten unter meine Arme und zogen mich zu ihm, ins Wasser.

Mein Aufschrei ließ die Grillen verstummen. Ich rang um Atem, als ich spürte, wie kalt das Wasser war. Hilflos legte ich den Arm um Warrens Hals und schlang meine Beine um seine Taille. Beinahe hätte ich die Seifenflocken fallen lassen.

»Ich halte dich.« Seine Stimme an meinem Ohr klang fest, aber dann lachte er leise. »Obwohl ich eher den Eindruck habe, dass du mich hältst.«

Ich umklammerte ihn noch fester.

»Ich weiß, dass es ein bisschen kalt ist …«

»Ein bisschen?«, quiekte ich. Die eisigen Fänge des Wassers hatten sich durch meine Unterwäsche gefressen und ließen die Luft in meiner Lunge brennen. Warrens Arme bewegten sich und ich krallte mich panisch an ihn. Nicht nur, dass der Teich eiskalt war, sondern ich hatte auch schreckliche Angst, er könnte mich fallen lassen.

»Keine Sorge, Liebling. Ich wollte nur umgreifen.« Und in dem Augenblick sah ich, was auch Warren gerade bewusst wurde: So nah waren wir uns seit unserer Trennung nicht mehr gewesen. Unsere Gesichter nur wenige Zentimeter voneinander entfernt, sein Körper an meinen gepresst. Wir mochten in eisigem Wasser sein, aber sein Blick wanderte über mein Gesicht und in seinem Blick sah ich plötzlich Verlangen. Dann, so schnell, wie das Feuer zwischen uns aufgeflackert war, verlosch es auch wieder.

»Du hast überall Mist, sogar in den Haaren.« Sein Blick war über meine Schulter gerichtet, so als wollte er mich bewusst nicht ansehen. »Seif dich ein, dann können wir wieder hier raus.«

Ich öffnete meine Faust und starrte auf die Seifenflocken, als wären sie mir völlig fremd. Mein vernebeltes Hirn setzte sich wieder in Bewegung und ich versuchte, mich mit einem Arm zu waschen, während ich mich mit dem anderen an meinen Mann klammerte.

»Du hältst dich doch mit den Beinen fest«, sagte er und es klang ein wenig erstickt. »Dann kannst du doch deine Arme benutzen, um dich zu waschen.«

Ich stellte seine Theorie auf die Probe, indem ich die Arme nur ganz leicht von seinem Hals nahm. Als ich nicht davontrieb, lehnte ich mich ein wenig zurück. Warren lächelte mich aufmunternd an. Schnell fuhr ich mit der Seife über meine Haut und wusch mich.

Weil ich nicht wollte, dass Warren mich losließ, wusch ich ihm den Nacken und die Schultern. Er hob nacheinander die Arme, damit ich auch sie waschen konnte, während er meine Taille fest umschlungen hielt.

»Sehr gut.« Warren nickte zufrieden. »Und jetzt musst du die Luft anhalten.«

Mein Herz zog sich zusammen. »Warum?«

»Weil ich uns untertauche, damit du deine Haare waschen kannst.« Ich wusste, dass es sein musste, aber jede Faser in meinem Körper sträubte sich dagegen, unter die Wasseroberfläche zu tauchen. »Ich lasse dich nicht los«, flüsterte Warren mir ins Ohr. »Vertrau mir.«

Meine Stimme war nur ein dünnes Hauchen. »Ich weiß nicht, ob ich das kann.« Und das war die eigentliche Krux. Es ging nicht um das Wasser oder um seine Kraft. Hier ging es um uns. »Ich habe Angst davor, wieder zu vertrauen.« Und ich wusste, dass er dasselbe von mir sagen konnte. Ich hatte ihm immer noch nicht erzählt, wo ich an dem Morgen seines Unfalls gewesen war, und war mir auch nicht sicher, ob ich es jemals über mich bringen würde. »Ich dachte, du wärest tot. Du hast mich sechs Wochen lang trauern lassen.« Ich hatte schreckliche Albträume gehabt. »Du hättest doch zu mir zurückkommen können. Meinen Schmerz beenden können. Denn ich war nicht nur …« Ich presste die Lippen aufeinander. Das konnte ich nicht sagen, aber ich konnte ihm etwas anderes verraten. »Zusätzlich zu allem hatte ich auch noch Schuldgefühle.«

Seine Haare lockten sich um die Ohren und hingen ihm in die Stirn. Sein Blick war unverwandt auf mein Gesicht gerichtet und seine Stimme war voller Emotion. »Schuldgefühle?«

»Der Brief, den die Polizei hat. Ich habe dir gesagt, dass ich ihn an Brisbane geschrieben habe und dass mir die Worte im Mund herumgedreht wurden.« Meine Unterlippe zitterte und es hatte nichts mit dem kalten Wasser zu tun. »Dass unser Streit mir zu schaffen gemacht hat, aber da war noch etwas.«

Seine Miene wurde weicher. »Du kannst es mir sagen.«

»Die Fallschirme.« Ich kniff die Augen zu, aber eine Träne entwischte trotzdem. »Als wir das letzte Mal zusammen geflogen waren, hatte ich sie aus dem Cockpit genommen, um die Fangleinen anzusehen. In einem deiner Bücher habe ich gelesen, dass man sie oft überprüfen soll, und ich konnte mich nicht erinnern, es überhaupt jemals gemacht zu haben.« Wie ich über diesen Handbüchern gebrütet hatte, weil ich alles über das Fliegen wissen und alle wertvollen Ratschläge darin umsetzen wollte, nur um dann einen Riesenfehler zu begehen. »Ich habe es vergessen, Warren. Ich habe vergessen, die Fallschirme wieder zurückzutun.«

Er zog mich näher. »Das macht nichts, Liebes. Ich habe doch gemerkt, dass sie nicht da waren, bevor ich losgeflogen bin.«

»Wirklich?« Ich blinzelte. »Warum hast du deinen dann nicht wieder reingetan? Ich habe die Fallschirme gesehen, als ich zum Hangar ging, nach … dem Absturz.«

»Weil ich einen neuen hatte. Ich hatte endlich das Modell gefunden, das ich die ganze Zeit schon haben wollte. Obwohl mir nicht klar war, dass ich es so bald ausprobieren würde.«

So hatte er also den Absturz überlebt. Ich schlang die Arme fester um ihn und vergrub das Gesicht an seiner Schulter. »Ich dachte, es wäre meine Schuld gewesen. Den Gedanken konnte ich nicht ertragen. Das habe ich Brisbane in diesem Brief geschrieben. Es ging nicht um den Fallschirm, sondern um die Schande, dass dein Blut an meinen Händen klebte. Ich war am Boden zerstört und konnte keinen klaren Gedanken fassen.«

Warren gab beruhigende Laute von sich und hauchte mir einen Kuss auf die Stirn.

Ich schluckte den Kloß in meiner Kehle hinunter. »Ich bin nur froh, dass du den anderen Fallschirm hattest. Dass du immer noch hier bei mir bist.«

»Es tut mir leid, dass ich dir wehgetan habe. Dass ich dich habe trauern lassen, als ich zu dir hätte kommen sollen.« Ein Schatten huschte über sein Gesicht. »Ich war auch in keinem guten Zustand. Meine Gedanken waren vergiftet, was dich betraf.«

Ich erinnerte mich an die barschen Worte, die wir uns am Abend vor dem Unglück an den Kopf geworfen hatten. Und ich dachte an den anderen Schmerz, den ich erlebt hatte, von dem Warren gar nichts wusste.

»Wenn ich die Uhr zurückdrehen könnte, würde ich es tun, aber wir können jetzt nur nach vorne blicken.« Seine Stirn berührte meine. »Ich verspreche dir, dass ich mir dein Vertrauen verdienen werde. Ich will, dass ich dich wieder verdiene.«

Ich fröstelte. Aber ich war mir nicht sicher, ob es an dem kalten Wasser lag oder an dem durchdringenden Blick in den Augen meines Mannes.

»Aber jetzt ...« Seine Lippen berührten ganz zart meine Wange. Dabei jagten mir seine Bartstoppeln einen Schauer über den Rücken. »Lass uns untertauchen und dann diesen Eisblock verlassen. Schling die Beine ganz fest um mich und halte die Luft an, okay?«

Ich nickte.

Warren zählte bis drei. Sein fester Griff hielt mich, während er mit mir unter die Wasseroberfläche tauchte. Durch den Schock der Kälte, die sich wie Nadeln auf meiner Haut anfühlte, kniff ich die Augen zusammen. Dann rieb ich energisch über meine Kopfhaut, um die Haare von dem Unrat zu befreien.

Als Warren wieder auftauchte, holte ich zitternd Luft. Klatschnass ging er zum Ufer zurück und hob mich an Land.

Dann stieg er neben mir aus dem Wasser und sein Blick blieb an meiner nassen Gestalt hängen. Mein Unterkleid war nahezu durchsichtig und klebte wie eine zweite Haut an mir.

»Eva, ich will ...«

»Hallo!« Eine laute Stimme ließ mich zusammenfahren. »Starlings, seid ihr hier? Farmer Jay hat gesagt, dass ihr hierhergegangen seid.«

Warren murmelte etwas Unverständliches und sprang auf. Mir half er ebenfalls beim Aufstehen.

»Niemand darf mich so sehen.« Ich blickte an meinem durchnässten Körper hinunter.

»Ich sehe nach, wer das ist und was er will.« Warren schnappte sich sein Hemd, das über einem Ast hing, und zog es in einer fließenden Bewegung an. Seine nassen Hosen waren sicherlich unbequem, aber er nahm sich nicht die Zeit, sie zu wechseln.

Ich holte frische Kleidung aus der Tasche und eilte hinter den großen Busch. Zuversichtlich, dass Warren alle Fremden daran hindern würde, in meine Nähe zu kommen, zog ich mich eilig an. Ich zitterte am ganzen Leib. War es noch immer der Schock des eisigen Wassers oder eher der Gedanke an den Blick meines Mannes, in dem so viel Sehnsucht gelegen hatte? Wie seine dunklen Augen vor Verlangen gefunkelt hatten!

Als ich schließlich die Lichtung betrat, sah ich Warren bei dem älteren Herrn stehen, der mir während meiner Auseinandersetzung mit dem Soldaten zu Hilfe gekommen war.

»Mr Harrison hat ein Zimmer für uns«, erklärte Warren, als ich näher kam.

»Hat sogar eine eigene Dusche und alles.« Die Mundwinkel des Mannes zuckten. »Obwohl es so aussieht, als hätten Sie beide eine andere Lösung gefunden.«

Warren warf mir einen schnellen Blick zu und wandte sich dann an Mr Harrison. »Wir würden Sie für Ihre Gastfreundschaft gerne entschädigen.«

»Nicht nötig.« Er machte eine wegwerfende Handbewegung. »Nachdem Sie so viel Verständnis für Leroy hatten, werden meine Frau und ich auf keinen Fall etwas annehmen.«

»Das ist sehr freundlich von Ihnen.« Ich lächelte. Allmählich gewöhnte ich mich an die Landbevölkerung. »Ist Leroy ein Verwandter von Ihnen?«

»Nein, Ma'am.« Harrison nahm seinen Strohhut ab und drehte ihn in seinen knotigen Händen. »Leroys Eltern waren früher unsere Nachbarn. Wir kannten ihn schon, als er noch ein Junge war. In unserem Ort halten wir zusammen. Wir passen aufeinander auf.«

»Das ist ein schöner Gedanke.« Ganz anders als die Kreise, in denen ich verkehrt hatte.

Wir folgten Mr Harrison zu einer Behausung hinter seiner Ranch. Unser Gastgeber erklärte, sie hätten das Blockhaus für seine Eltern gebaut, aber sein Vater hatte seinen Bauernhof in Wyoming nicht verlassen wollen. Das Haus war eine reizende Hütte, die aus zwei Zimmern und Küche bestand, einfach möbliert, aber mit allen Annehmlichkeiten. Außer Elektrizität. Der ältere Mann ging und Warren kürzte den Docht der Lampe, bevor er ihn anzündete und den Raum in ein gemütliches Licht tauchte. In der Sitzecke gab es ein Sofa und zwei Sessel und hinter einem Durchgang neben der Küche stand ein schmiedeeisernes Bett.

Mit einem sanften Lächeln gab Warren mir einen Kuss auf die Stirn. »Träum was Schönes, meine liebe Stella.«

»Eigentlich, Stan« – ich biss mir auf die Unterlippe –»dachte ich gerade, dass das Bett doch für uns beide groß genug ist.«

Warren erstarrte.

»Ich meine ...« Seine Reaktion verwirrte mich. »Also, du musst natürlich nicht. Das Bett sieht nur bequemer aus.«

Warren trat näher und mein Herzschlag wurde mit jedem Schritt, den er auf mich zumachte, ein wenig schneller.

Ich hatte ihn nicht nur eingeladen, das Bett mit mir zu teilen. Das wussten wir beide. Aber vielleicht würde sich dadurch zwischen uns alles nur verkomplizieren. Bei meiner jahrelangen Lektüre von Benimmbüchern hatte ich gelernt, wie man einen Löffel richtig hielt, wie man Tee einschenkte und Gastgeberin bei einem gesellschaftlichen Anlass war. Aber nirgends auf all den Seiten hatte etwas davon gestanden, wie man Beziehungen reparierte.

Warren nahm meine Hand und drückte mir einen sanften Kuss darauf. »Ich kann nicht.«

Mein Herz krümmte sich. Diese Zurückweisung kam nach der Szene am Teich für mich überraschend. Aber auch wenn seine Weigerung mir einen Stich versetzte, verspürte ich zugleich Erleichterung. Meine Gefühle waren in den vergangenen Stunden ziemlich durcheinandergeraten und ich war mir nicht sicher, ob ich wirklich schon bereit war, mich ihm ganz hinzugeben. Aber ich war bereit gewesen, es wenigstens zu versuchen.

Ohne den Blick von mir abzuwenden, drückte Warren sanft meinen Arm, bevor er sich abwandte, um nach der Tür zu sehen. Ich beobachtete ihn dabei, wie er die Fenster schloss und verriegelte.

Über die Schulter warf er mir einen Blick zu. »Tut mir leid, wenn es dadurch etwas stickig im Zimmer wird. Aber ich fühle mich besser, wenn alles verschlossen ist.« Er zog eine Grimasse und seine Augen verdunkelten sich. »Nur für den Fall, dass unser Freund Leroy noch einmal auf die Idee kommt, dass du seine weggelaufene Frau bist.«

Plötzlich spürte ich ein Kribbeln in meiner Schulter, als wollte sie mich an den Zwischenfall erinnern. »Ich habe Mitleid mit ihm. Er hat so viel verloren. Sogar seinen Geist.«

Warren nickte. »Der Krieg hat unseren Männern viel genommen.«

»Ich musste unwillkürlich an Lieutenant Cameron denken.« So wie Leroy im Kampf ein Bein verloren hatte, hatte der Mann meiner Schwester einen Arm geopfert. Aber so viel mehr war ihm genommen worden. »Was er alles hat mit ansehen müssen ...«

»Paul hatte es als Kind nicht leicht. Aber er hat immer gelächelt.«

Ich stellte den Docht einer Öllampe ein, um sie ins Schlafzimmer mitzunehmen. »Ich glaube, in dieses Lächeln hat Lilith sich verliebt. Sie hatte schon immer ein Faible für Grübchen.«

Warren erstarrte.

Ich zündete den Docht an und machte das Streichholz aus, während ich mich mühsam beherrschte, nicht die Augen zu verdrehen. »Ich habe nicht gesagt, dass *ich* Männer mit Grübchen mag, sondern dass Lilith –«

»Aber Paul hat gar keine Grübchen.«

Ich runzelte die Stirn. »Natürlich hat er die. Zwei Stück, und zwar ziemlich ausgeprägte.« Etwas, das mir von dem Foto noch gut in Erinnerung war.

Warren schüttelte den Kopf. »Man bekommt doch nicht einfach über Nacht Grübchen.«

Ich sank auf das Sofa. »Was willst du damit sagen?«

»Beschreib ihn mir.« Warren setzte sich neben mich und legte eine Hand auf mein Knie, das auf und ab wippte.

Ich schloss die Augen und dachte an das sepiafarbene Foto. »Also, er hat helle Haare und dunkelbraune Augen.«

Warren nickte. »Noch irgendetwas, das dir aufgefallen ist?«

»Nein. Warum?«

»Du hast seine Sommersprossen nicht erwähnt.«

»Weil er keine hat.« Ich sah meinen Mann an. »Was geht hier vor sich?«

Warren erwiderte meinen Blick und dabei war seine Miene ernst. »Deine Schwester hat nicht Lieutenant Paul Cameron geheiratet.«

# KAPITEL 18

Ich erwachte mit einem erstickten Schrei und mein Herz schlug wie wild, während jemand mich auf die Matratze drückte. Ich riss die Augen auf und mein schnelles Keuchen ließ etwas nach, als ich das winzige Schlafzimmer sah.

»Du bist in Sicherheit, Liebling.« Warrens tiefe, klangvolle Stimme drang beruhigend an mein Ohr. Er hatte seinen Arm um mich geschlungen und im Rücken spürte ich seine gleichmäßige Atmung, während mein Puls raste.

Ich schloss die Augen wieder.

Mein Mann war nicht vom Tod verschlungen worden. Er war hier bei mir. Ich hatte keine Ahnung, warum er hier neben mir im Bett lag, aber ich war dankbar dafür. Es war dumm gewesen zu glauben, nur weil Warren am Leben war, würden die Albträume aufhören. Die Schatten waren in der vergangenen Nacht zurückgekehrt und hatten mir meinen Frieden geraubt.

»Du bist hier.« Ich drehte mich zu ihm um.

Er zog seinen Arm fort und sein schläfriger Blick musterte mich. »Das bin ich.«

»Aber … ich dachte, du wolltest nicht zu mir kommen.«

»Du dachtest, ich *wollte* nicht?« Er stöhnte auf, drehte sich anschließend auf den Rücken und blinzelte zur Decke hinauf. »Es hat nichts damit zu tun, dass ich kein Verlangen nach dir habe, Eva. Glaub mir, ich will mehr als alles auf der Welt mit dir zusammen sein.« Sein Kopf drehte sich in meine Richtung und er sah mich mit seinen funkelnden Augen an. »Aber ich habe dein Vertrauen missbraucht. Gestern Abend am Teich habe ich den Schmerz in deinen Augen gesehen.«

Ich biss mir auf die bebende Unterlippe. Sein Blick wanderte zu meinem Mund.

»Menschenskind! Das ist wirklich nicht leicht.« Er faltete die Hände unter seinem Kopf, als würde er so daran gehindert, mich zu berühren. »Aber es ist richtig. Wir haben eine zweite Chance bekommen, unsere Ehe neu aufzubauen, und ich will die Sache nicht vermasseln. Ich will, dass du mir wieder vertrauen kannst.« Sein Blick blieb auf die Decke gerichtet. »Darauf vertrauen, dass ich der Ehemann bin, den du brauchst. Der es wert ist, dass du ihm deine Geheimnisse anvertraust.«

Oh.

»Aber ich werde dich nicht drängen.« Er schluckte. »Ich werde hier sein, wenn du reden willst.«

»Und was ist, wenn ich das nicht kann. Vielleicht nie?« Die Scham übermannte mich. Ich konnte es ja nicht einmal mir selbst eingestehen.

»Die Geneva Hayes, die ich liebe, hat sich nie vor jemandem versteckt, auch nicht vor sich selbst.«

Mein Atem ging flacher. Er hatte gesagt, dass er mich liebt. Ich wusste nicht einmal, ob es ihm selbst bewusst war. Mein Herz flehte mich an, alles zu erzählen, aber mein Verstand wusste es besser. »Wie kommt es, dass du jetzt hier liegst?« Ich klopfte auf den Spalt zwischen uns.

»Du hast meinen Namen geschrien. Ich dachte, du wärest in Gefahr.« Seine Stimme wurde sanfter. »Zum Glück hattest du die Tür nicht abgeschlossen. Aber ich hätte sie auch aus den Angeln gehoben, um zu dir zu gelangen. Du hattest –«

»Einen Albtraum.«

»Ja.«

»Ich habe wieder geträumt, dass du stirbst«, sagte ich leise. Warrens Miene war besorgt. »Hast du diese Träume oft?«

»Zuerst jede Nacht. Aber jetzt nur noch ab und zu.«

»Vielleicht hat deine Sorge um Lilith ja den Albtraum ausgelöst.«

Das konnte sein. Warren hatte vorgeschlagen, über die Situation mit Lieutenant Cameron zu sprechen, wenn wir ausgeschlafen hatten, aber ich hatte eine Weile gebraucht, um in den Schlaf zu finden. Wenn Warren der Überzeugung war, dass Liliths Ehemann ein Hochstapler war, wie konnte ich dann sanft schlummern?

»Was sollen wir tun?«

Warren drehte sich auf die Seite und stützte den Kopf auf eine Hand. »Ihn so bald wie möglich zur Rede stellen.«

Aber was war, wenn Warren sich irrte? Als Zeitungsverleger war er im Laufe der Jahre unzähligen Menschen begegnet. Da konnte man ein Gesicht auch mal verwechseln. »Bist du dir sicher, dass es nicht derselbe Mann ist?« Mein Fuß kam mit seinem in Berührung und ich zog ihn nicht weg, weil ich den Trost dieser einfachen Berührung brauchte.

Warren warf einen Blick auf unsere verschränkten Füße und sah dann wieder mich an. »Das werde ich wissen, sobald ich ihn sehe.«

Aber wenn wir uns mit dieser Sache auseinandersetzten, führte das zu einem anderen Problem. »Wenn wir zu Lilith gehen, fliegt unsere Tarnung auf. Meine Eltern werden dann von uns erfahren. Ich meine, von dir, dass du lebst. Und wir haben noch nichts über den Flugzeugabsturz herausgefunden.« Ich war auch gar nicht sicher, ob wir den Fall jemals aufklären würden. Wir hatten in Erfahrung gebracht, dass Ruth Fields möglicherweise eine Tochter hatte. Aber nichts über Brisbanes Verschwinden oder irgendeinen Hinweis darauf, warum Warrens Flugzeug abgestürzt war. Oder wer dafür verantwortlich war.

»Vielleicht ist das ja die Spur, nach der wir gesucht haben.«

Ich runzelte die Stirn.

»Als du gehört hast, dass ich Lieutenant Cameron kenne, hast du es Lilith erzählt, oder?«

»Natürlich.«

»Hat sie es diesem Mann auch geschrieben?«

Ich schloss die Augen und versuchte, mich zu erinnern. Ich konnte mir vorstellen, dass sie es in ihren Briefen erwähnt hatte, wenn man bedachte, wie erfreut sie darüber gewesen war, dass Warren Lieutenant Cameron kannte. »Ich bin mir nicht sicher.«

Warren kratzte sich am Kinn. Ich hatte noch nie gesehen, dass er sich so lange nicht rasiert hatte, aber ich würde mich nicht beschweren. Die dunklen Schatten um sein Kinn waren ein wichtiger Teil seiner Tarnung. Und auch wenn Bärte als unmodern galten, fand ich sie ausgesprochen attraktiv.

Er sah, dass ich ihn beobachtete, und ließ die Hand sinken. »Angenommen, Lilith hat dem Mann erzählt, dass ich Lieutenant Cameron kannte. Dann blieb ihm nichts anderes übrig, als sie dazu zu bringen, dass sie mit ihm durchbrennt.«

»Denn wenn Lilith ihn uns vorgestellt hätte, wäre ja herausgekommen, dass er nicht der echte Lieutenant ist.«

Warren setzte sich auf. »Dieser Kerl weiß aber auch, dass er seine Frau nicht für immer von ihrer Familie fernhalten kann. Was macht er also?«

Ich sah, worauf er hinauswollte. »Er versucht, die einzige Person loszuwerden, die ihn entlarven kann.« Jetzt ergab alles einen Sinn. »Aber wenn dieser Mann nicht zögert, jemanden umzubringen ...« Mein Herz zog sich zusammen. »Dann könnte auch Lilith in Gefahr sein.«

Warren nickte ernst. »Deshalb schlage ich vor, dass wir so schnell wie möglich zu ihr fahren. Weißt du, wo sie wohnt?«

»Ich habe ihren Brief in meine Bibel gelegt.« Ich ging zu unserer Tasche, die dringend sortiert werden musste. Wenn zwei Personen aus einem Leinensack lebten, war das nicht so einfach. Ich kramte am Boden der Tasche, auf der Suche nach meiner Reisebibel, einem Neuen Testament. Dabei fiel Warrens Weste zu Boden.

Ich wollte mich gerade dafür entschuldigen, als ich wie zufällig etwas entdeckte.

Das Bettgestell quietschte, gefolgt von Warrens Schritten. Aber ich konnte den Blick nicht abwenden, denn gleich neben der zerknitterten Weste lag ein weißer Kiesel.

Ich hob ihn auf. »Ist das ...« Ich drehte mich zu Warren um, der jetzt direkt hinter mir stand.

»Dein Himmelsstein.« Seine Miene wurde weicher. »Ich habe ihn damals am See bei deinen Eltern eingesteckt, als wir uns ...«

»Zum ersten Mal geküsst haben.« Ich schloss die Finger um den Kiesel und wünschte, ich könnte zu dem Tag zurückkehren. »Du hast ihn die ganze Zeit über aufgehoben?«

Warren nickte.

»Du hast gedacht, ich hätte versucht, dir etwas anzutun. Und trotzdem hast du den Stein behalten?« Mein Mann war ein wandelnder Widerspruch. Er hatte mir etwas Furchtbares unterstellt, aber zugleich hatte er die Erinnerung an mich bei sich getragen.

Seine Hände legten sich auf meine Schultern. »Ich war wütend. Verletzt. Eine Zeit lang konnte ich keinen vernünftigen Gedanken mehr fassen.« Seine Stimme war ganz heiser vor Emotionen. »Aber die Liebe ist nicht wie ein Wasserhahn, den man nach Belieben abstellen kann.«

Mein Herz schwang sich in die Luft und löste ein Glücksgefühl aus, mit dem nicht einmal ein Flug in der Jenny mithalten konnte.

»Ich habe nie aufgehört, dich zu lieben. Und könnte es, glaube ich, auch gar nicht.«

Ich schloss die Augen, um die Flut der Tränen zurückzuhalten. Ich legte den Kopf an Warrens Brust und lauschte seinem Herzen, das nur für mich ein Liebeslied hämmerte.

Er löste sich von mir und legte seine Hände um mein Gesicht. »Ich wollte dich doch damit, dass ich dir gestehe, welche Gefühle ich für dich habe, nicht unter Druck setzen.« Seine wundervollen Augen glänzten. »Mir ist jetzt bewusst, was ich damals nicht verstehen konnte. Es fällt dir nicht leicht auszudrücken, was da drinnen vor sich geht.« Er tippte auf mein Herz. »Aber bis du diese Worte sagen kannst, bin ich fest entschlossen, unsere Vereinbarung fortzuführen.« Er neigte seinen Kopf zu mir, bis wir uns ganz nah waren. »Ein Mann, ein Wort, Mrs Hayes.«

Mir wurde es ganz warm ums Herz, als ich daran dachte, wie

Warren mir zum ersten Mal seine Liebe erklärt hatte. Damals hatte es mich aus der Fassung gebracht, weil ich nicht damit gerechnet hatte, aber er hatte den Augenblick noch damit versüßt, dass er eine inoffizielle Vereinbarung aufgesetzt hatte. Warren hatte geschworen, dass er in dem Moment, in dem ich »Ich liebe dich« laut ausspreche, meine Erklärung mit einem leidenschaftlichen Kuss besiegeln würde.

Jetzt drückte Warren mir einen Kuss auf die Stirn und richtete sich dann auf. »Aber jetzt zurück zu Liliths Brief.«

Ach ja. Wir durften keine Zeit verlieren, wenn meine Schwester möglicherweise in ernsthaften Schwierigkeiten steckte. Ich nahm das Neue Testament und zog den gefalteten Umschlag zwischen den Seiten hervor. »Das ist der einzige Brief, den ich habe.«

Seit dem Telegramm an meinem Hochzeitstag hatte Lilith sich nicht mehr bei mir gemeldet, bis sie in der Zeitung von Warrens Unfall gelesen hatte. Ich holte den Brief aus dem Umschlag und überflog die adrette Handschrift. »Es steht nicht viel darin.« Fast nichts über sie und ihren potenziellen Hochstapler-Ehemann. Vor allem enthielt der Brief Beileidsbekundungen und den von Herzen kommenden Wunsch meiner Schwester, in meiner Nähe zu sein. War das ein Appell, den ich übersehen hatte? Ich war so in meiner Trauer gefangen gewesen, dass ich Liliths Brief nicht so gründlich gelesen hatte, wie ich es hätte tun sollen.

»Was, wenn das ein Hilferuf war?« Ich reichte Warren den Brief samt Umschlag.

Er las die Worte meiner Schwester. »Schwer zu sagen bei den wenigen Sätzen.«

Das war meine Schuld. Ich hatte Lilith nicht einmal geantwortet. Nun, damals hatte ich ja auch kaum atmen können.

»Der Absender.« Der Umschlag knisterte in seiner Hand. »Ich kenne die Stadt.« Warren bückte sich, um unsere Landkarte aus der Tasche zu holen und dazu Brisbanes Liste.

Er deutete auf das Bett und breitete alles auf der Matratze aus. »Sieh mal.« Sein Zeigefinger tippte auf eine Stelle in der nördlichen Hälfte des Bundesstaates New York. »Glenfield. Und es ist nicht weit von diesem Ort.« Er zeigte auf einen Namen, den ich kannte – Turnberry. Es war die letzte Stadt auf Brisbanes Liste.

»Wir könnten unsere Route ändern. Als Nächstes nach Turnberry fliegen und auf dem Weg dorthin in Glenfield haltmachen.« Zweifel machten sich breit. »Aber vielleicht ist Lilith auch gar nicht mehr dort.«

»Einen Versuch ist es trotzdem wert, meinst du nicht?« Warren studierte die Karte erneut. »Vor allem, wenn man bedenkt, dass deine Schwester ganz in der Nähe von einer der Städte wohnt, die auch auf Brisbanes Liste standen.«

»Glaubst du wirklich, dass dieser Mann hinter deinem Flugzeugabsturz steckt?« Ich versuchte, eine Verbindung zwischen Brisbanes Liste und Lieutenant Cameron herzustellen, aber meine Gedanken waren von Angst gelähmt. Meine Schwester war einem Mann ausgeliefert, der sie möglicherweise belogen hatte – und wer weiß was sonst noch.

»Wir werden es bald wissen.« Warren drückte mir zuversichtlich die Schultern.

Zwei Dinge machten mir über die Maßen zu schaffen – erstens die Tatsache, dass meine liebe Schwester in Gefahr sein könnte. Und zweitens, wenn dieser Mann ein Hochstapler war, was war dann mit dem echten Lieutenant Cameron geschehen?

# KAPITEL 19

*Drei Monate zuvor – 24. Mai 1922*
*Geneva*

Warren überraschte mich mit einem Kuss auf die Wange, als ich am Frühstückstisch saß. Ich dachte, er wäre noch in seinem Büro. Da war er nämlich gewesen, als ich aufgewacht war. Ich hatte schnell gelernt, dass Verleger zu allen möglichen Zeiten arbeiteten und dieser Beruf sehr anstrengend war. Eine Hochzeitsreise hatten wir nicht gemacht, weil Warren wegen der Hausgesellschaft meiner Eltern so viel Zeit auf dem Land verbracht hatte.

»Frisch aus der Druckerpresse.« Er legte die Morgenausgabe der heutigen Zeitung vor mir auf den Tisch.

Ein riesiges Bild meines Vaters, der ungewohnt freundlich dreinblickte, reichte, um mir den Appetit zu verderben.

»Er hat darauf bestanden, dass ich heute einen Artikel über ihn bringe. Und als pflichtbewusster Schwiegersohn habe ich das natürlich auch gemacht.«

Lag da ein Hauch von Verachtung in seiner Stimme? Oder waren es meine eigenen Gedanken, weil ich meinem Vater gegenüber voreingenommen war? Im vergangenen Jahr hatte ich von Vaters Plan gehört, für ein Amt zu kandidieren. Aber es schwarz auf weiß zu sehen, verursachte ein unangenehmes Gefühl in meiner Brust.

»Wie immer hat er bekommen, was er wollte.« Dafür hatte er seine Tochter ins Rennen geschickt. Aber ich hasste den Gedanken, dass er meinen Ehemann für seine politischen Ambitionen missbrauchte. Mir war klar, dass der Name eines Kandidaten im Wahlkampf einen großen Bekanntheitsgrad erreichen musste. Daher war auch Vaters Name in dicken Lettern abgedruckt.

# Ashcroft hofft auf Nominierung der Partei

Mein Blick huschte zu Warren hinüber. Er beobachtete mich genau. Wir waren jetzt seit drei Wochen verheiratet und ich fragte mich, was dieser Blick bedeutete. Es schien, als hätte mein Mann das Gehirn eines Mechanikers, das Dinge aus jedem Blickwinkel betrachtete, um herauszufinden, wie der jeweilige Gegenstand funktionierte. Wenn er mich so ansah, kam es mir so vor, als würde er tief in meine Seele blicken und versuchen, mich zu verstehen.

»Bist du bereit für die nächste Flugstunde?« Er setzte sich auf den Stuhl neben mir und griff nach einer Scheibe Toast.

Meine Laune besserte sich schlagartig. Warren hatte sein Versprechen gehalten und mir beigebracht, wie man die Jenny flog. Er hatte mir Start und Landung und alles dazwischen erklärt. Er hatte mir sogar beigebracht, wie man im Notfall mit einem Fallschirm hantierte. »Du weißt, dass ich dazu immer Lust habe, aber musst du nicht zur Arbeit zurück?«

»Meine Besprechung wurde abgesagt. Und da habe ich früher Schluss gemacht.« Er strich sich Butter auf den Toast und lächelte mir zu. »Ich genieße unseren Unterricht. Da oben sind wir beide ganz ungestört.«

Ich strahlte ihn an. »Mir geht es ganz genauso.« Außerdem hatte ich eine Menge gelernt. Warren glaubte, dass ich bald auch allein die Kontrolle im Cockpit übernehmen konnte.

Jenkins erschien im Türrahmen. »Mr Ashcroft ist hier, Sir.«

Meine Kinnlade fiel herunter. Vater? Hier? »Warum?«, platzte es aus mir heraus, als wüsste unser Butler, was der Grund für diesen Besuch war.

»Eine Audienz bei Mr Hayes, Madam«, erwiderte er.

Ich wandte mich an Warren. »War das geplant?«

Er schüttelte den Kopf und trank einen großen Schluck Kaffee. »Ich bin ebenso überrascht wie du.«

Aber meine Überraschung war noch größer. Mein Magen zog

sich zusammen. In diesen ersten Wochen unserer Ehe hatte ich mir vorgenommen, dieses neue Haus zu meinem Zuhause zu machen. Warren hatte alles mitgemacht, von neuen Speisen bis dazu, dass er mir erlaubt hatte, Zimmer neu einzurichten. Aber vor allem hatte ich mich hier sicher gefühlt. Wir waren uns nähergekommen und ich hatte mein Bestes gegeben, um die Frau zu sein, die Warren brauchte. Nicht eine Dame der feinen Gesellschaft mit festgefahrenen Gewohnheiten. Ich wollte ihm keinen Grund liefern, mich meinen Eltern zurückzugeben.

»Er ist im Salon, Sir.«

»Danke, Jenkins.« Warren stellte seine Tasse ab und schob den Stuhl zurück. »Du musst nicht dabei sein.« Er hatte die Sorge in meinem Gesicht offenbar richtig gedeutet.

Seit der Hochzeit hatte ich Vater nicht mehr gesehen. Und auch niemand anderen aus der Ashcroft-Familie. Nicht einmal von Lilith hatte ich seit dem Telegramm an meinem Hochzeitstag etwas gehört. Und Mutter schien damit beschäftigt zu sein, die ganze Aufmerksamkeit zu genießen, die meine Vermählung ihr eingebracht hatte, während sie gleichzeitig versuchte, alle Gerüchte von der überstürzten Eheschließung meiner Schwester im Keim zu ersticken.

Warren wartete geduldig auf meine Antwort.

»Ich komme mit. Vater macht normalerweise keine Besuche, sondern lässt die Leute zu sich kommen. Er muss von dir beeindruckt sein.« Ich lächelte Warren an, obwohl ich nicht so recht dahinterstehen konnte. Vaters Anerkennung zu bekommen, hatte immer einen Preis. Aber Warren war auch Geschäftsmann. Vielleicht wusste er, wie er mit Vater umgehen musste, ohne zu viel von sich selbst aufzugeben.

Er streckte die Hand aus und half mir hoch. »Du bist der einzige Mensch, den ich beeindrucken möchte.«

»Ich bin nicht halb so schwer zufriedenzustellen wie mein Vater.«

»Aber du bist diejenige, die ich liebe.«

Ich erstarrte. Angesichts seiner beiläufigen Erklärung war ich wie versteinert. Er hatte tatsächlich gesagt, dass er mich liebte. Eine warme Hand legte sich auf meinen Rücken und ich richtete mich auf. Warren zog mich an sich. »Ich wollte dich nicht erschrecken.« Seine Worte waren sanft, leise und einhüllend, wie ein Sommerwind. Warum fuhr dann plötzlich solch ein eisiger Luftzug durch meine Seele? Hatte die Kälte meines Elternhauses mich für immer verdorben?

Unsere Blicke trafen sich und in dem tiefen Braun seiner Augen lag kein Tadel, sondern nur Zuneigung.

»I… ich brauche einfach noch Zeit.«

»Verständlich.« Er nickte. »Aber jetzt, wo ich es gesagt habe, werde ich es nicht mehr zurücknehmen. Ich liebe dich, Eva.«

Warum tat das so weh? Warum war mein Herz voller Angst, nur weil mein Mann diese wundervollen Worte zu mir sagte. Aber es war nicht seine Schuld. *Ich* war schuld daran. Ich hatte mein ganzes Leben lang schreckliche Angst vor der Liebe gehabt, weil ich fürchtete, gar nicht lieben zu können.

»Jeder Augenblick mit dir ist ein Geschenk.« Warren strich mir mit seiner Hand sanft über den Rücken.

Ich nickte nur stumm.

»Das Staunen darüber, dich zu berühren, dich jede Nacht im Arm zu halten, werde ich nie verlieren. Aber es ist mehr als das. Ich möchte, dass unsere Herzen ebenso ineinander verschlungen sind wie unsere Körper. Dass sie eins sind, wie es in der Bibel heißt.«

Ich hatte einmal im Scherz gesagt, er könnte ein Dichter sein, weil er seine Gedanken so geschickt in Worte kleiden konnte. Aber diese Angst war schon länger mein Begleiter als er. Und es würde mehr als ein Entschluss nötig sein, um sie loszuwerden.

Seine Hände vergruben sich in meinen Haaren, was mir ein Lächeln entlockte. Meine Eltern hatten mir nie erlaubt, die Haare offen zu tragen, wie ich es mir immer gewünscht hatte, aber Warren hatte mich dazu ermutigt.

Jetzt küsste er meine Wange. »Ich werde so lange warten, wie du brauchst. Ich werde dich nicht bedrängen, *Ich liebe dich* zu sagen. Aber eins sollst du wissen, Eva Hayes.« Seine Lippen waren wie Feuer auf meiner weichen Haut. »Wenn du diese Worte sagst, werde ich dir zeigen, wie sehr ich mich darüber freue.«

»Mit einem Kuss?«

Sein Grinsen wurde langsam breiter. »Ja, und mit noch viel mehr. Einverstanden?«, flüsterte er mir zärtlich ins Ohr.

»Ja.« Meine Stimme klang so hauchig, dass ich sie kaum wiedererkannte.

»Gut.« Er nahm meine Hand und schüttelte sie, als wäre es ein echter Geschäftsabschluss. »Ich glaube, das ist der beste Vertrag, den ich jemals ausgehandelt habe.«

Ich gab ihm einen halbherzigen Klaps auf den Arm, aber insgeheim stimmte ich ihm zu. Er hatte mir versichert, dass er geduldig sein würde, und ich glaubte, dass Gott mir mit der Zeit helfen würde zu lieben. Die Worte auszusprechen, die mir noch nie über die Lippen gekommen waren.

»Dann wollen wir mal hören, was Mr Ashcroft zu sagen hat, und anschließend gehen wir fliegen.«

Vater. Richtig. Ich würde die Kälte, die er ausstrahlte, ein paar Minuten lang ertragen können, wenn es bedeutete, dass ich danach ins Cockpit klettern konnte.

Wir betraten den Salon, den ich als Erstes neu gestaltet hatte. Da wir dort die meisten Gäste empfingen, hatte ich mich diesem Raum vor allen anderen gewidmet. Die Sonne fiel durch ein großes Fenster und betonte die elegante Webstruktur des cremefarbenen, mit Knöpfen besetzten Sofas. Die neu tapezierten Wände waren ebenfalls in Creme gehalten, ergänzt durch ein salbeigrünes Paisleymuster, sodass der Raum freundlich und einladend wirkte.

»Mr Ashcroft«, sagte Warren, als wir das Zimmer betraten. »Was verschafft uns das Vergnügen?«

»Hallo Vater«, sagte ich und meine Stimme nahm sofort wieder den distanzierten Tonfall an, den ich so hasste.

»Warren. Geneva.« Vater verließ seinen Standort am Fenster. »Es ist ein schöner Tag«, sagte er ohne jede Emotion.

»In der Tat.« Warren nickte, die Hände auf dem Rücken.

Vater ging zum Sofa und setzte sich genau in die Mitte, sodass Warren und ich gezwungen waren, getrennt auf den Ohrensesseln Platz zu nehmen. Ich nahm mir vor, einen Zweisitzer zu kaufen, zumal ausreichend Platz dafür war.

»Wie geht es Lilith?«, fragte ich. »Hast du von ihr gehört?«

»Warum sollte ich?«, antwortete Vater nur. »Sie hat ihre Wahl getroffen.« Er sprach jedes Wort ruhig und mit neutralem Gesichtsausdruck aus, aber seine Stimme hatte einen eisigen Unterton. Lilith hatte Vater in Verlegenheit gebracht. Die Klatschblätter hatten Lügen verbreitet, Lilith erwarte ein Kind von dem Offizier und sei deshalb mit ihm durchgebrannt. Solche Verleumdungen machten mich wütend, aber sie waren nicht zu ändern. Selbst Warren konnte mit all seinem Einfluss in der Zeitungsbranche nicht kontrollieren, was andere Blätter über meine Schwester schrieben. Vielleicht war das ja der Grund für Vaters Besuch.

»Ich habe den Artikel heute Morgen gesehen.« Vater beachtete mich nicht weiter, sondern sah Warren an. »Da dachte ich, dies wäre ein guter Zeitpunkt, um über unsere Strategie zu sprechen.«

»Strategie, Sir?« Warren beugte sich auf seinem Sessel ein wenig vor.

»Ja, die Werbestrategie. Ich muss mindestens dreimal die Woche in deinen Zeitungen erwähnt werden. Mir ist klar, dass das nicht immer auf der Titelseite oder auf der oberen Seitenhälfte geschehen kann. Aber trotzdem gut platziert. Ich werde meinem Sekretär sagen, was du drucken sollst.«

Warren ließ sich mit seiner Antwort Zeit. »Als Ihr Schwiegersohn werde ich natürlich Ihre Bemühungen unterstützen und Ihnen bei Ihrem Wahlkampf helfen. Aber als Verleger kann ich Ihnen keine bevorzugte Berichterstattung gewähren.«

»Natürlich kannst du das.«

»Dann lassen Sie es mich anders ausdrücken. Ich werde Ihnen keine bevorzugte Berichterstattung gewähren.«

Ich blinzelte. Was sagte Warren da? Er weigerte sich, Vaters Pläne umzusetzen?

»Der redaktionelle Teil meiner Zeitung«, fuhr Warren fort, als wäre die Luft im Raum nicht so dünn geworden, dass man kaum noch atmen konnte, »ist nicht für Ihre persönliche Werbung da. Ich werde die Anzeigen schalten, die Sie gekauft haben. Aber was die Artikel betrifft, kann ich Ihnen nicht mehr zusichern als anderen Kandidaten.«

Warren war plötzlich so anders. Er war nicht schroff. Seine Worte waren auch nicht kurz angebunden. Aber er hatte eindeutig einen Tonfall, der keinen Widerspruch zuließ. Nur richtete dieser Tonfall sich jetzt gegen Vater, dessen Methoden noch nie jemand hinterfragt hatte. Nicht auf diese Weise.

»Ich rate dir, das noch einmal zu überlegen.« Vater drohte nie. Das war nicht seine Art. Aber ich wusste, dass unter der Maske der Gleichgültigkeit Gefahr lauerte. Er stand auf und nickte kurz. »Ich habe gleich eine Besprechung.« Seine entschlossenen Schritte beförderten ihn aus dem Salon.

Warren erhob sich aus seinem Sessel und trat zu mir. Dann ergriff er meine Hände. »Ich hoffe, ich habe dich nicht verärgert. Dein Vater erwartet Privilegien von mir, die weit über einen Gefallen, den man sich innerhalb der Familie macht, hinausgehen.«

Mir war nicht wohl bei dem Gedanken. Warren hatte recht, wenn er sich Vater widersetzte, aber ich fürchtete die Konsequenzen. »Ich dachte, das wäre Teil des Vertrags.«

»Welchen Vertrag meinst du denn?«

»Unseren Ehevertrag.«

Warren sah mich verwirrt an. »Es gibt keinen Ehevertrag.«

Moment mal. Was? »Ich dachte, es wäre klar, dass Vater dir nach unserer Hochzeit einen besonders guten Preis für das Papier macht oder andere finanzielle Vorteile gewährt. Und du ihm im Gegenzug freie Hand lässt, was in deinen Zeitungen steht.«

Bei den Worten *freie Hand* zog Warren die Augenbrauen hoch. »Es gab nichts derart.«

Hatte Vater einfach nur angenommen, dass es so kommen würde? Warum war ihm die Hochzeit so wichtig gewesen, wenn es keine offizielle Vereinbarung zwischen den beiden gab? Vater würde sich doch nicht allein auf Vermutungen stützen, oder? Dann kam mir ein Gedanke, der mich noch mehr beunruhigte. Hatte Vater unter Umständen noch etwas ganz anderes vor? Ich dachte an Mr Yater – den Mann, der Vaters Pläne vor einigen Monaten durchkreuzt hatte.

Und der anschließend tot aufgefunden worden war.

※

Warren war mit mir fliegen gegangen und genau das hatte ich gebraucht, um nicht mehr an Vaters Besuch zu denken. Als wir zum Stadthaus zurückkehrten, berichtete Jenkins, dass wir noch einen Besucher hatten.

Kent Brisbane wartete in Warrens Arbeitszimmer. Ich eilte nach oben, um in etwas Angemesseneres zu schlüpfen als die staubigen Hosen meines Mannes. Iris war gerade in meinem Zimmer und hängte einige frisch gewaschene Kleider in meinen Schrank. Ich hatte nicht die geringsten Gewissensbisse, weil ich meinen Eltern die junge Frau abspenstig gemacht hatte. Es hatte sofort eine positive Wirkung auf das Dienstmädchen gehabt.

»Hallo, Iris«, sagte ich, als ich eintrat und zu meinem Frisiertisch ging.

Das Mädchen fuhr zusammen und presste sich eine Hand aufs Herz, sodass das weiße Band an ihrer Morgenhaube wie eine Friedensflagge wehte. Offenbar hatte Iris ihre Schreckhaftigkeit noch nicht ganz überwunden. »Tut mir leid, Madam.«

Ich lächelte sanft. »Du musst dich nicht entschuldigen.« Ich setzte mich auf den Hocker und griff nach meiner Haarbürste.

»Und ich weiß, dass meine Mutter darauf bestanden hat, dass du diese Haube trägst, aber hier brauchst du das nicht zu tun.«

Sie starrte mich an, als hätte ich ihr ein anzügliches Geheimnis verraten. »Das ist kein Problem, Mrs Hayes. Ich trage sie gerne.« Ihre Antwort überraschte mich. Die meisten jungen Frauen wehrten sich gegen diese altmodische Kopfbedeckung. »Ich bin froh, dass du hier bist, Iris. Ich muss mich schnell umziehen. Macht es dir etwas aus, mir ein Kleid zu bringen? Irgendeins.«

Sie eilte in mein Ankleidezimmer und holte ein Kleid. Ich roch nach Natur und, wenn ich ehrlich war, nach Warrens Rasierseife. Er hatte mir genüsslich gezeigt, wie erfreut er über meine Fortschritte beim Fliegen war. Ich tupfte etwas Parfüm auf meinen Hals und runzelte die Stirn, als ich mein Haar betrachtete. Der Wind hatte das, was nicht unter dem Helm eingeklemmt gewesen war, in alle Richtungen zerzaust. Mit einer Grimasse zog ich die Bürste durchs Haar, während Iris mir Unterwäsche und Strümpfe herauslegte.

Wenige Minuten später stand ich vor Warrens Arbeitszimmer. Männerstimmen drangen von drinnen heraus, aber etwas an ihrem Tonfall ließ mich zögern, den Raum zu betreten. An den gedämpften Stimmen erkannte ich, dass es eine ernsthafte Unterredung war.

»Bist du dir sicher, dass sie es war?« Warren.

»Ich habe ihren Namen auf dem Grab gesehen. Sie ist vor fast einem Jahr an einer Magenkrankheit gestorben. Aber die Gerüchte stimmen trotzdem. Sie war es.« Die ruhige Stimme gehörte zweifellos Kent Brisbane.

Gerüchte? Von Warren wusste ich, dass sein Freund Detektiv war. Er klang ganz sachlich. Fast so, als würde er Warren Bericht erstatten. Vielleicht tat er das ja auch. Als Zeitungsverleger musste Warren sicher Geschichten auf ihren Wahrheitsgehalt überprüfen, bevor er sie druckte. Aber wäre das nicht die Aufgabe eines Journalisten? Oder eines Redakteurs? Ich hatte keine Ahnung, wie diese Branche funktionierte. Aber ich hatte auch nicht vor, meinen Ehemann zu belauschen.

Ich betrat das Arbeitszimmer und beide Männer blickten auf und erhoben sich, wie es die Etikette verlangte.

Warren lächelte und durchquerte den Raum. »Ich dachte, es würde länger dauern, weil es heute auf dem Flugplatz so staubig war.« Er gab mir einen flüchtigen Kuss auf die Wange.

Mr Brisbane schüttelte den Kopf. »Das klingt ja gerade so, als bräuchte deine Frau eine Ewigkeit, um vorzeigbar zu sein. Sehr ungalant von dir.« Seine Augen funkelten schelmisch. »Guten Tag.« Er nickte mir zu und lächelte.

Seit dem Gartenfest hatte ich nicht mehr mit Kent Brisbane gesprochen. Er war bei unserer Hochzeit gewesen, aber bei all dem Durcheinander mit Lilith und den Aktivitäten, in die ich an dem Tag eingespannt gewesen war, wusste ich kaum noch, mit wem ich gesprochen hatte. Dies war das erste Mal, dass ich Warrens Freund sah, nachdem ich erfahren hatte, dass er der junge Schuhputzer war, der mich zu meinem engagierten Brief an die Zeitung inspiriert hatte.

»Du irrst dich, Brisbane.« Hatten sich Warrens Augen gerade ein wenig verengt? »Ich habe Mrs Hayes lediglich gesagt, dass ich mich sehr freue, sie so bald zu sehen.« Seine Hand glitt um meine Taille, während er mich zum Sofa führte.

»Mich freut es auch«, gab Brisbane lässig zurück. »Wie geht es Ihnen heute?«

»Sehr gut.« Die Herren warteten, bis ich auf dem Sofa Platz genommen hatte, dann setzten auch sie sich, Warren neben mir und Mr Brisbane uns gegenüber in einem der Sessel. »Was führt Sie heute zu uns, Mr Brisbane?«

Er lächelte. »Bitte nennen Sie mich Kent.«

Vielleicht war es mein misstrauisches Wesen, aber er schien mir zu charmant und durch seine Bitte, ihn mit seinem Vornamen anzureden, war er meiner Frage über den Grund seines Besuchs ausgewichen. Der Mann wirkte freundlich und mit seinen dunklen Haaren und den rauchgrauen Augen hatte er gewiss reichlich Verehrerinnen. Aber meine ganze Bewunderung galt meinem

Mann. Frisch vermählt hatte ich Mühe, irgendeinen Mann auch nur halb so attraktiv zu finden wie den meinigen.

»Warren hat mir erzählt, dass Sie heute geflogen sind.«

»Das ist richtig.« Ich strich eine Falte meines Rocks glatt. »Ich habe gelernt, wie wichtig Unterlegkeile sind und wie man gefahrlos mit einer Kurbel umgeht.« An diesem Vormittag hatte Warren mir zum ersten Mal erlaubt, den Propeller anzuwerfen. Die Geschwindigkeit, mit der die Rotorblätter sich drehten, war beängstigend, aber auch beeindruckend.

Warren lachte neben mir. »Mrs Hayes hat eine schnelle Auffassungsgabe. Sie wird bald am Steuer sitzen.«

Seine Worte wärmten mir das Herz.

»Das bezweifle ich nicht.« Kent lehnte sich zurück. »Ich kann mir schon die Schlagzeile vorstellen.« Er machte eine ausladende Handbewegung. »Ashcroft-Engel schwingt sich in die Lüfte.«

Dieser alberne Name. Den ich auch gar nicht mehr trug. Vielleicht würden die Leute ihn ja mit der Zeit vergessen.

»Hast du Hunger?«, fragte Warren zu mir gewandt. »Ich habe gesagt, sie sollen uns ein Tablett bringen. Und Getränke dazu.«

Mein Lächeln wurde breiter. Wieder einmal war ich beeindruckt von Warrens Einfühlungsvermögen. Ich brauchte dringend etwas zu trinken. Meine Kehle und mein Mund waren von der staubigen Luft noch wie ausgetrocknet. Ich drehte mich ein wenig, um Kent anzusehen. »Ich meine mich zu erinnern, dass Sie Privatdetektiv sind?«

»Das ist korrekt.« Er warf Warren einen Blick zu und sah dann wieder mich an. »Vor zwei Jahren habe ich meine eigene Detektei eröffnet.«

Ich nickte. »Vielleicht können Sie ja ein kleines Geheimnis für mich aufklären.«

Brisbane zog ein wenig die Augenbrauen hoch. »Ich tue gern, was ich kann. Was denn für ein Geheimnis?«

Natürlich könnte ich die Drohbriefe erwähnen, aber davon hatte ich Warren noch nichts erzählt. Die letzte Nachricht war mehr als drei Wochen her. Das war noch, bevor ich in mein neues Zuhause gezogen war. Vielleicht war die Sache ja erledigt, nachdem ich jetzt nicht mehr im Haushalt der Ashcrofts lebte. Warum sollte ich also unnötig Aufmerksamkeit auf etwas so Albernes wie einen dummen Streich lenken? »Ich habe mich gefragt, ob Sie mir sagen können, warum mein Mann mich in jedem zweiten Satz als Mrs Hayes bezeichnet.«

Die Mundwinkel unseres Besuchers zuckten wie die Tanzschuhe der jungen Mädchen an einem Samstagabend. »Ich nehme an, Warren versucht auf nicht sehr subtile Weise, mich daran zu erinnern, dass die reizende Geneva Ashcroft jetzt seine Gattin ist.«

»Gut erkannt, Brisbane.« Warren setzte sich wieder neben mich. »Es ist kein Geheimnis, dass du ein Faible für die Damenwelt hast.«

Kent nickte, anstatt Warren zu widersprechen. »Und er weiß auch, dass ich Ihnen besondere Hochachtung entgegenbringe.« Dann wurde seine Miene weicher. »Danke für alles, was Sie für mich getan haben, Mrs Hayes.« Von allem, was er bis jetzt gesagt hatte, war dies am ehrlichsten. »Ich weiß nicht, was ohne Ihre Güte aus mir geworden wäre.«

»Ich war noch ein Kind«, erinnerte ich ihn, bevor er mich wie eine Heilige aussehen ließ.

»Ein Kind, das mehr Verstand hatte als jene, die sich für so klug halten.« Brisbane lächelte. »Für mich waren Sie ein Engel, lange bevor die Gesellschaft Sie so genannt hat.«

Ich saß da, unsicher, was ich darauf antworten sollte. Kent schien ernsthaft in seiner Dankbarkeit, obwohl er mit seiner Bewunderung etwas sehr direkt war.

Warren legte einen Arm um mich. »Und deshalb muss ich ihn daran erinnern, dass du *meine* Frau bist. Brisbane kann schon mal vergesslich werden, wenn er sentimental ist.« Warren war nicht verärgert oder überrascht darüber, wie sein Freund sich verhielt. Es war beinahe so, als hätte er gar nichts anderes erwartet. »Aber trotz seines Charmes vertraue ich diesem Mann. Selbst wenn er ein schlimmer Gauner ist.«

Kent lachte. »Das musst du gerade sagen – obwohl ich vermute, dass du deinen unsoliden Lebenswandel jetzt aufgibst, wo du eine so hingebungsvolle Frau hast.«

Warren hatte ein unsolides Leben geführt? Oder zog sein Freund ihn nur auf? Ich hatte keine Zeit nachzuhaken, denn die Haushälterin kam mit einem Tablett herein, auf dem Sandwiches und Limonade angerichtet waren. Nachdem wir gegessen hatten, verabschiedeten wir unseren Gast und Warren ging in sein Arbeitszimmer, um vor dem Abendessen noch geschäftliche Dinge zu erledigen.

Ich widmete mich derweil der Aufgabe, die Abläufe im Haus besser kennenzulernen. Ich wollte den Haushalt so gut führen, wie ich konnte. Ich sprach gerade mit der Köchin, als Jenkins kam und mir die Post überreichte.

Ich hoffte auf einen Brief von Lilith. Schließlich hatte ich seit meiner Hochzeit nichts mehr von ihr gehört und wollte unbedingt wissen, wie es ihr ging. Zumindest ein Lebenszeichen, um zu wissen, dass sie wohlauf war. Bereute sie es, dass sie mit dem Lieutenant durchgebrannt war und ihn geheiratet hatte?

Aber als ich die Treppe hinaufging, sah ich, dass die Handschrift auf dem Umschlag nicht meiner Schwester gehörte. Nein, es stand nur mein Name darauf, als wäre er vor der Tür abgelegt worden. Ich riss den Umschlag auf und las die einzelne Zeile, während mir das Herz in der Brust hämmerte.

Noch eine Drohung.

*Damit kommst du nicht durch.*

# KAPITEL 20

6. September 1922
Stella

»Glaubst du, die Jenny ist dort sicher?« Ich warf einen Blick über die Schulter zurück, als wäre mein Flugzeug noch zu sehen und nicht verstaut auf einer Lichtung fünf Kilometer von hier entfernt. Warren hatte uns hierhergebracht und das Flugzeug auf einem flachen Stück Land – von Pinien umgeben – am Stadtrand von Glenfield sanft aufgesetzt. Normalerweise suchten wir den Besitzer des Feldes auf, um seine Erlaubnis dafür zu erbitten, dass wir unser Flugzeug dort abstellten, aber wir hatten nicht viel Zeit. Außerdem wollten wir sowieso nicht lange bleiben – nur bis wir Lilith von ihrem Ehemann, der ein Hochstapler war, befreit hatten.

»Niemand wird dein Flugzeug anrühren«, versicherte Warren mir und drückte meine Hand, während wir die Allee hinuntergingen, die angeblich zum Haus meiner Schwester führte.

»Es war nett von dem Milchmann, uns mitzunehmen.« Kurz nachdem wir in die Stadt gekommen waren, hatten wir einen älteren Herrn mit einem Pferdekarren getroffen, der uns nicht nur den Weg beschrieben hatte, sondern uns sogar unweit des Hauses abgesetzt hatte. Der Mann hatte gesagt, es seien noch etwa achthundert Meter bis ans Ziel, aber seine Freundlichkeit hatte uns Zeit und Kraft gespart. Leider hatte er nichts von meiner Schwester oder ihrem Mann gehört, sondern den Ort nur anhand des Absenders auf dem Briefumschlag erkannt. Was, wenn Lilith gar nicht dort war? Wie sollte ich sie dann jemals finden?

»Dieser arme Milchmann hatte doch gar keine Chance«, sagte Warren, der neben mir ging, und unterbrach damit meine sorgenvollen Gedanken. Sein Blick huschte hin und her, um unsere Umgebung bewusst wahrzunehmen. »Den Mann, der sich weigert, wenn du dich so verhältst, muss ich erst noch kennenlernen.«

Ich blinzelte. »Wie verhalte ich mich denn?« Ich hatte nicht mit dem Mann geflirtet. Ich hatte ihn nur gefragt, ob er wüsste, wo Liliths Haus war.

»Ich glaube, es ist dir gar nicht bewusst.« Warren blickte weiter geradeaus. »Aber wenn du eine Frage stellst, die dir wichtig ist, dann kaust du auf der Unterlippe und neigst den Kopf zur Seite. Das ist bemerkenswert.«

»Was? Nein, das mache ich nicht!« Oder doch? Ich dachte an die Unterhaltung mit dem freundlichen Mann. Ich konnte mich nicht daran erinnern, dass ich den Kopf schief gehalten oder mir auf die Lippe gebissen hatte.

»Doch, machst du.« Warren stupste mich an. »Das ist mir schon aufgefallen, als wir uns zum ersten Mal begegnet sind und du in der Jenny mitfliegen wolltest. Und ich dachte, du wärest schüchtern und ich hätte diese Reaktion bei dir ausgelöst.«

Er hatte tatsächlich etwas in mir ausgelöst. Seine Nähe. Der Klang seiner Stimme. Und jetzt, in diesem Augenblick, brachte die Wärme, die von ihm ausging, meine Gedanken ganz durcheinander. Aber an dem heiteren Tonfall dieser Unterhaltung erkannte ich, was er tat. »Du lenkst mich ab, oder? Du versuchst zu verhindern, dass ich vor Sorge um Lilith noch ganz verrückt werde.«

»Es war einen Versuch wert.« Er warf mir einen Blick zu. »Aber jetzt denke ich, dass du hierbleiben und mir den Rest überlassen solltest.«

Ich runzelte die Stirn. »Aber wir sind doch ein Team.«

Warren führte mich von der Schotterstraße an den Wegrand und zog mich hinter eine Reihe hoher Büsche. »Ich weiß nicht, was uns dort erwartet. Es könnte auch gefährlich sein, denn ich denke nur an deine Sicherheit.«

»Aber auf den Flugzeugtragflächen hast du mich herumlaufen lassen!«

Er zog die Augenbrauen hoch. »*Lassen* ist wohl nicht ganz das richtige Wort. Du bist da rausgeklettert, ohne mich vorher zu fragen.«

Bis zu diesem Moment war mir gar nicht aufgefallen, wie braun sein Gesicht von den vielen Stunden im Freien geworden war. Sein Haar war über seinen Kragen gewachsen und kringelte sich an den Spitzen. Diese rustikale Männlichkeit stand ihm besser als ein maßgeschneiderter Anzug. Aber es war die Fürsorge in seinen Augen, die mir den Atem raubte.

»Tut mir leid. Ich vergesse es immer wieder.« Ich biss mir auf die Innenseite der Wange. »Wenn man so lange davon ausgegangen ist, dass man allen gleichgültig ist, fällt man leicht in dieses Gefühl zurück. Ich wollte dir mit meinem Flügelspaziergang keine Angst einjagen.«

»Das verstehe ich.« Er fuhr mit den Fingern über meinen Arm. »Ich kann nicht erwarten, dass ein paar Monate Ehe ein ganzes Leben voller Verletzungen heilen. Und dann habe ich es auch noch schlimmer gemacht.«

Warren hatte sich schon mehrfach für sein Verhalten entschuldigt und für den Schmerz, den er mir zugefügt hatte. Was mehr war, als ich von meiner Familie sagen konnte. »Bitte nimm mich mit.« Ich deutete die Allee entlang. »Ich muss mit eigenen Augen sehen, dass es den Menschen, die ich liebe, gut geht.«

»Würde dir mein Wort, dass es Lilith gut geht, nicht genügen?«

Unsere Blicke trafen sich. »Ich meine nicht nur Lilith.«

In seinen Augen sah ich, dass Warren begriff. So nah war ich einem Liebesgeständnis noch nie gekommen. Etwas war in mir geschehen. Ganz still und leise. Wie wenn man ruhelos ist und nicht schlafen kann, bis einem bewusst wird, dass es nur einer leichten Veränderung bedarf, um die genau richtige Schlafposition zu finden. Ich hatte schon befürchtet, ich wäre nicht in der

Lage zu lieben; dass es mir einfach nicht möglich war. Aber was, wenn die Liebe die ganze Zeit in mir gesteckt hatte? Und nur darauf wartete, dass ich aufhörte, mich zu wehren, und mein Herz sanft den richtigen Ort finden ließ? Und dieser Ort schien da zu sein, wo Warren auch war. Ich wollte schon etwas sagen, aber da knackte hinter mir ein Zweig.

»Ich weiß ja nicht, was Sie beide vorhaben, aber das hier ist Privatbesitz.«

Ich fuhr herum, während Warren versuchte, sich vor mich zu schieben. Dabei stießen wir aneinander und Warren hielt mich fest, während er sich zugleich unauffällig zwischen mich und den Fremden stellte. Aber der Mann war mir nicht gänzlich fremd, denn das Gesicht passte zu dem auf Liliths Foto.

»Das ist er.« Meine Stimme war nur ein ersticktes Flüstern.

Statt einer Soldatenuniform trug der Mann ein fleckiges Hemd. Ein Ärmel war abgebunden, wo sein rechter Arm fehlte, während er mit der linken Hand ein Gewehr umklammerte.

Warren schüttelte ein wenig den Kopf, um anzudeuten, dass dieser Fremde nicht Paul Cameron war, dann stellte er sich breitbeinig hin, die Muskeln in seinem Nacken angespannt. Der andere Mann richtete sich ebenfalls auf und reckte das Kinn vor, als würde er dadurch größer werden. Aber ich hatte nicht die Geduld für männliches Imponiergehabe.

Ich stellte mich auf Zehenspitzen und funkelte den Mann über Warrens Schulter hinweg an. »Sind Sie mit Lilith Ashcroft verheiratet?«

Der Mann hob seine Waffe nicht, drückte sie aber etwas fester an seine Seite, während sein misstrauischer Blick weiter auf Warren ruhte. »Wer will das wissen?«

Sein besitzergreifender Tonfall fachte meine Wut nur noch an. »Ich. Liliths Schwester. Wenn Sie mir nicht glauben, habe ich ihren Brief hier als Beweis.« Ich zog den Umschlag aus meiner Tasche und wedelte damit hin und her.

»Geneva?« Die Miene des Mannes wurde freundlicher, als er

versuchte, um Warren herumzusehen. »Ist das da meine Schwägerin hinter Ihnen, Mister?«

Mister. Das bestätigte es. Dieser Kerl kannte meinen Ehemann nicht. Wenn die beiden früher befreundet gewesen wären, hätte er Warren wiedererkannt. Bedeutete das auch, dass dieser Mann nicht das Flugzeug manipuliert haben konnte? Ich ging davon aus, wenn jemand einen Menschen umbringen wollte, wusste er, wie sein Opfer aussah. Obwohl ... vielleicht hatte er auch jemanden angeheuert, der sich um alles gekümmert hatte.

Ich spürte, wie mein Beschützerinstinkt sich in mir breitmachte. Wenn dieser Typ tatsächlich hinter dem Flugzeugabsturz steckte, sollte er nur dann erfahren, dass Warren noch am Leben war, wenn es gar nicht anders ging. Deshalb sprach ich weiter, bevor mein Mann etwas sagen konnte. »Ja, ich bin Geneva. Bitte bringen Sie mich zu Lilith.«

»Sie ist oben im Haus.« Er zeigte die Allee entlang. »Sie wird sich freuen, dass Sie da sind.« Er warf einen fragenden Blick auf Warren. »Und wer ist Ihr Freund?«

»Ach, der?« Ich hakte mich bei Warren unter. »Er ist ein Landstreicher, der illegal mit dem Zug unterwegs ist. Ich habe ihn auf dem Weg hierher kennengelernt. Wie er richtig heißt, weiß ich gar nicht. Deshalb nenne ich ihn nur Jeffy.«

Warren riss die Augen auf.

Auch mein Schwager schien überrascht. »Sie kennen ihn gar nicht?«

Ich machte eine wegwerfende Handbewegung. »Ich glaube, er ist Ausländer, weil er mich nicht versteht. Aber er ist süß. Also habe ich nichts dagegen, dass er mitkommt.« Ich wandte mich Warren zu. In seinen Augen funkelte ... etwas. Beglückwünschte er mich im Stillen für meine Eingebung oder würde er mich am liebsten erwürgen? Ich wusste es nicht.

Aber ich fuhr mit hoher Stimme fort: »Ist doch so, oder, Jeffy?«

Warren stieß meinen Fuß an, aber ich strahlte ihn nur an und tätschelte seine Wange. Jetzt verstand ich, was er vorhin hatte sagen wollen, als er sich Sorgen um meine Sicherheit gemacht hatte. Denn in diesem Augenblick fürchtete ich um seine. Dieser Fremde, der nur wenige Meter von uns entfernt stand und eine Waffe umklammerte, könnte durchaus versucht haben, meinen Mann zu ermorden.

Ich holte tief Luft. »Aber genug von mir und meinem Freund. Wo ist meine süße Schwester?«

Der Mann musterte mich, als hätte ich den Verstand verloren, und warf dann Warren einen Blick zu. »Hier entlang.« Er ging voran zu dem kleinen Holzhaus.

Ich bückte mich, um die Schnalle an meinem Schuh zu richten, in der Hoffnung, dass die zusätzliche Zeit etwas mehr Abstand zwischen uns und das Gewehr brachte. Außerdem wollte ich mit Warren sprechen, ohne dass der Mann es hörte.

»Ein Landstreicher. Sehr kreativ, Liebling«, murmelte Warren. »Hoffen wir nur, dass er uns wirklich zu Lilith bringt und nicht an einen abgelegeneren Ort.« Sein Blick wanderte über den Wald entlang des Weges.

Ich richtete mich auf. »Wie meinst du das?« Ich konnte den Schreck nicht aus meiner Stimme verbannen. »Ich habe ihn doch absichtlich hinters Licht geführt, damit er nicht weiß, dass du noch lebst.« Obwohl er es erfahren würde, sobald wir Lilith wiedersahen. Sie kannte Warren und hielt ihn für tot. »Vielleicht solltest *du* lieber hierbleiben. Und wenn meine Schwester dann mitkommt ...«

»Kommt nicht infrage.« Warrens Tonfall war entschlossen. »Ich weiche dir nicht von der Seite. Schließlich geht es um mehr als nur um mich. Überleg mal.« Er beugte sich näher und sprach weiter mit gesenkter Stimme. »Ich bin mir sicher, dieser Mann weiß, dass deine Eltern fünftausend Dollar Belohnung ausgesetzt haben und dass du steckbrieflich gesucht wirst. Ich glaube nicht, dass er die Polizei ruft, weil er sich als jemand ausgibt, der er nicht ist, aber vielleicht ruft er deinen Vater an.« Warren kniff die

Augen ein wenig zusammen. »Könnte eine Strategie sein, um sich mit ihnen gut zu stellen.«

Meine Eltern hatten gesagt, dass sie mit Lilith nichts mehr zu tun haben wollten, nachdem sie ohne ihre Einwilligung davongelaufen war und geheiratet hatte. Warrens Theorie war mir nicht einmal in den Sinn gekommen und jetzt hinterfragte ich alles. Wären wir besser nicht hergekommen? Aber was war mit Lilith?

Warrens Hand lag auf meinem Rücken und sein Blick huschte hin und her, so als wäre jeder seiner Sinne in Alarmbereitschaft.

Auch ich suchte alles ab, aber nur nach einer zierlichen rothaarigen Frau, die zu jung war für das, was unvermeidlich kommen würde. Wir näherten uns einem bescheidenen Haus, das der Jagdhütte von Kent Brisbane nicht unähnlich war. Die Veranda hing in der Mitte durch und das Dach war schon mehrfach geflickt worden. Liliths Mann bedeutete uns, ihm ins Haus zu folgen.

Warren berührte mich am Ellbogen, um mich zurückzuhalten. »Lass mich zuerst reingehen. Dann kann ich sehen, ob es ungefährlich ist.«

Ich nickte. Warren blieb im Türrahmen stehen, sodass ich sein Profil weiterhin sehen konnte. Er ließ die Arme sinken und ein merkwürdiger Ausdruck verdunkelte seine Miene. Dann drehte er sich zu mir um und streckte die Hand aus.

Ich trat über die Schwelle und Warrens Finger schlangen sich um meine. Was ich da sah, raubte mir den Atem. Zerknitterte Kleidung hing über maroden Möbeln. Nicht nur ein paar Kleidungsstücke, sondern es sah so aus, als hätte jemand einen riesigen Koffer ausgeleert und den Inhalt im Zimmer verteilt. Blechdosen lagen auf dem Fußboden, die Deckel offen und zurückgebogen, darin verfaulende Reste. Schmutziges Geschirr stapelte sich auf zwei Beistelltischen. Ein fauliger Geruch hing in der Luft, in der Hunderte Staubpartikel im Licht tanzten, das durch das große Fenster hereinfiel. Und auf der Fensterbank saß Lilith.

Ihre Haare waren gekämmt und ihr heller Teint strahlte. Aufrecht saß sie dort, so als nähme sie Tee in einem Salon der Ashcrofts zu sich, anstatt in einer baufälligen, schmutzigen Hütte zu hocken.

Liliths Ehemann lehnte sein Gewehr an die Wand und schloss die Tür hinter uns. »Sorry.« Er rieb sich den Nacken und warf einen Blick auf den Fußboden. »Wir haben keinen Besuch erwartet.«

Lilith erschrak, als würde sie aus einem Tagtraum gerissen.

Ihr Mann zeigte auf mich. »Guck mal, wen ich beim Jagen gefunden habe.«

Die großen blauen Augen meiner Schwester sahen in meine und ihr zierliches Gesicht verzog sich verwirrt. »Geneva, bist du das?« Sie blinzelte. »Was ist denn mit deinen Haaren passiert?« Aber bevor ich antworten konnte, bemerkte sie Warren. Die Farbe wich aus ihrem Gesicht. »Ist das …?«

Ich eilte zu ihr und stieg dabei über herumliegende Schuhe und leere Flaschen. »Ja, Lilith«, sagte ich schnell. »Alles ist gut.« Nun ja, irgendwie. Es gab mehrere Situationen, die nicht gut waren, darunter auch die, in die wir gerade geraten waren. Zum Glück hatte Lilith Warrens Namen nicht ausgesprochen, sonst wäre seine Tarnung dahin gewesen.

Ich zog Lilith auf die Füße und betrachtete sie genauer. Irgendwelche blauen Flecke konnte ich nicht sehen. In ihren Augen lag zwar der Schock, aber sie waren klar und nicht gerötet oder übermüdet. Ich umarmte meine Schwester und fuhr mit den Händen über ihren Rücken. Erleichtert stellte ich fest, dass sie nicht ausgemergelt war. Sie wirkte gesund und trotz der strengen Gerüche im Raum duftete sie noch immer nach Rosenwasser. Ihr Kleid war ein wenig zerknittert, sah aber sauber aus. Ich drückte sie ganz fest an mich und flüsterte ihr ins Ohr: »Ich musste mich davon überzeugen, dass du in Sicherheit bist.«

Sie löste sich von mir und um ihre Mundwinkel erschienen Fältchen, die mich zu sehr an Mutter erinnerten. »Warum sollte ich das denn nicht sein?«

Ich warf einen Blick auf die Männer. Liliths Mann wirkte jetzt verlegener als vorher. Warren trat zwischen das Gewehr und den Hochstapler, ohne den Blick von dem Mann zu nehmen. Ich hatte vergessen, wie gefährlich Warren wirken konnte.

Mit einem Arm fest um Lilith funkelte ich diesen Kerl an. »Wollen Sie uns vielleicht erklären, warum Sie die Identität von Lieutenant Cameron angenommen haben?«

Liliths Schultern erstarrten unter meinen Fingerspitzen. »Wie meinst du das, Geneva?« In ihren blauen Augen funkelte etwas ... Zorn? »Wie kannst du es wagen, hierherzukommen und meinem Mann solche absurden Anschuldigungen an den Kopf zu werfen!«

Warren verschränkte die Arme vor der Brust. »Geneva sagt die Wahrheit.«

Der Mann sah ihn misstrauisch an. »Ich dachte, Sie verstehen unsere Sprache nicht.«

»Das spielt jetzt keine Rolle.« Warrens Stimme hatte einen drohenden Unterton. »Ich weiß, dass Sie nicht der sind, für den Sie sich ausgeben. Erklären Sie sich jetzt, sonst informiere ich die Polizei.« Das waren kühne Behauptungen, wenn man bedachte, dass ich wegen Mordes gesucht wurde und Warren immer noch offiziell tot war.

Aber seine Drohung bewirkte, dass der Mann erschrocken zurückwich.

»Unsinn.« Lilith schüttelte meinen Arm ab und eilte zu ihrem Ehemann. Mit trotzig vorgerecktem Kinn nahm sie seine Hand. »Ich habe keine Ahnung, warum ihr gekommen seid ...«

»Sie haben recht.« Die Stimme des Lügners klang resigniert. »Ich wollte es dir die ganze Zeit schon sagen, Lil. Ich bin nicht der, für den du mich hältst.«

Lilith starrte ihn mit großen Augen an und riss ihre Hand weg. Ihr Mund stand offen, aber kein Wort kam heraus.

»Ich fordere Sie ein letztes Mal auf, sich zu erklären.« Eindringlich sprach Warren auf den Mann ein und ich hoffte, dass er wusste, was er tat. »Wo ist der echte Lieutenant Cameron?«

Jede Emotion wich aus den Zügen des Hochstaplers und seine Stimme klang hohl, als er antwortete: »Er ist tot.«

# KAPITEL 21

Warren griff nach dem Gewehr, den Blick weiterhin auf den Hochstapler gerichtet. »Geneva und Lilith, kommt zu mir, während dieser Mann uns erzählt, was mit Paul geschehen ist.« Sein Tonfall duldete keinen Widerspruch.

Ich schob mich zu Warren und nahm auf dem Weg eine zitternde Lilith mit. Ihr Mann versuchte gar nicht erst, sie aufzuhalten. Obwohl ihm auch gar nichts anders übrig blieb, da Warren das Gewehr auf ihn richtete.

Lilith packte mich am Arm und mit der Panik in ihrem Blick wirkte sie viel jünger. »Was hat das zu bedeuten, Geneva?« Dann sah sie meinen Mann an. »Weißt du, was er meint, Warren?«

Der Angesprochene zuckte zusammen. Lilith hatte Warrens Namen genannt, also war die sprichwörtliche Katze aus dem Sack – und hoffentlich erwies sie sich nicht als gefährlich und wild.

Warren schob sich zwischen uns und den potenziellen Killer. »Wir warten, Sir. Was haben Sie zu Ihrer Verteidigung zu sagen?«

»Lieutenant Cameron war mein bester Freund. Wir haben Seite an Seite gekämpft.« Er schluckte. »Es war bei der Maas-Argonnen-Offensive, als eine Granate in der Nähe einschlug. Paul stieß mich zur Seite und warf sich auf das Geschoss. Ich habe dadurch meinen Arm verloren, aber er sein Leben. Er hat mich gerettet.«

Erschrocken schlug Lilith die Hand über den Mund. »Du hast … gelogen.«

Er nickte kummervoll. »Das stimmt. Es tut mir leid, Lil. So schrecklich leid.« Seine Stimme brach. »Paul hat immer von dem lieben Mädchen gesprochen, das ihm schrieb. Er hat mir deine Briefe vorgelesen. Hat mir erzählt, wie deine Worte ihm Mut gemacht haben.« Der Mann trat einen Schritt zur Seite, um Lilith besser zu sehen, aber sie drückte sich an mich.

»Lassen Sie mich raten.« Meine Stimme war voller Wut. Der verletzte Blick in Liliths Augen tat mir in der Seele weh. »Der Lieutenant hat Sie gebeten, sich um meine Schwester zu kümmern. Und Sie dachten, ein Wunsch auf dem Sterbebett rechtfertig diese Täuschung?« Im vergangenen Jahr hatte ich alles getan, um Lilith vor einer Ehe mit dem falschen Mann zu bewahren. Und jetzt war es doch geschehen.

»Nein«, antwortete er. »Es gab kein Versprechen am Totenbett. Nur einen gebrochenen Mann, der auf seine eigene verquere Weise Wiedergutmachung leisten wollte.«

»Das verstehe ich nicht«, sagte Lilith mit gerunzelter Stirn.

»Die Schuldgefühle. Ich hatte solche Schuldgefühle.« Er zog die Augenbrauen zusammen und sein Blick wirkte trüb, so als würde er diese Augenblicke auf dem Schlachtfeld noch einmal durchleben. »Schuldgefühle wegen all dem, was Paul verloren hatte. Er wollte doch nur ein Leben mit der Frau, die er liebte. Ich dachte, meine Gewissensbisse würden mit der Zeit nachlassen, aber sie wurden nur noch schlimmer. Dann habe ich dir in Pauls Namen geschrieben. Das war falsch. Ich dachte, du wärest schon verheiratet, weil du so lange nichts von ihm gehört hattest.« Er starrte vor sich hin, ohne zu blinzeln. »Aber dann hast du mit so herzlichen Worten zurückgeschrieben und deine Liebe zu Paul beteuert. Ich dachte, wenn ich für dich sorge, kann ich ihm am besten Ehre erweisen. Dann haben wir hin und her geschrieben und ich habe dich persönlich kennengelernt.«

Ich spürte, wie Lilith nachgab. Ihr Körper war nicht mehr so starr und sie lockerte ihren Griff um meinen Arm. Aber ich kaufte dem Mann nichts von alledem ab.

Und Warrens finsterer Miene nach zu urteilen, ging es ihm ebenso. »Lilith anzulügen, sollte einen Toten ehren? Sie hätten ihr die Wahrheit sagen können. Dass Paul sie geliebt hat und dass seine letzten Gedanken ihr galten. Ich glaube, Sie wollten einfach eine reiche junge Frau, die Ihnen ein angenehmes Leben ermöglicht.«

»Sieht es etwa so aus, als würden wir ein angenehmes Leben führen?«, fragte der Mann – nicht unwirsch, sondern ganz nüchtern. »Sie konnten ja nicht wissen, dass die Ashcrofts Lilith enterben würden.«

Die meisten Eltern würden nicht wollen, dass ihre Kinder in Armut lebten, aber John Ashcroft interessierte sich für niemanden außer für sich selbst. Liliths unkluge Entscheidung brachte den Familiennamen in Verruf und dafür hatte er sie bestraft.

Warren fuhr fort: »Der Einzige, der Ihren Betrug aufdecken konnte, war ich. Lilith hat Ihnen geschrieben, dass ich Paul kannte. Sie wussten, dass ich Sie entlarven würde, also haben Sie sie dazu gebracht, mit Ihnen durchzubrennen.«

»Ja«, gab der Mann zu.

»Aber dann ist Ihnen klar geworden, dass Sie nicht für immer vor mir weglaufen konnten, also haben Sie mein Flugzeug sabotiert. Sie wollten meinen Tod und mich für immer aus dem Weg schaffen.«

»Nein«, leugnete er, während Lilith ein leises Wimmern ausstieß. »Ich war an dem Tag gar nicht in der Nähe des Flugzeugs.«

»Das können Sie ja leicht behaupten. Ich brauche Beweise.«

Er hob resigniert die Hände. »Ich wollte nicht, dass Lilith die Wahrheit erfährt, aber ich würde nie jemanden deswegen umbringen. Ich habe genug Tote gesehen.« Sein panischer Blick hüpfte zwischen uns hin und her. »Das müssen Sie mir glauben.«

»Wir schulden Ihnen gar nichts, und schon gar nicht unser Vertrauen.« Ich legte den Arm um Lilith. »Alles an Ihnen war eine Lüge, von Ihrem Namen über Ihre Liebe zu Lilith bis hin zu …«

»Ich liebe Lilith.« Seine Worte überschlugen sich. »Zuerst habe ich ihr nur geschrieben, um mein Gewissen zu beruhigen, aber dann, Lil, habe ich dich durch deine Briefe kennengelernt und mich in dich verliebt.« Sein flehender Blick suchte Liliths Augen. »Es tut mir leid. Du hast allen Grund, mir nicht zu glauben, aber bitte zweifele nicht an meiner Liebe. Habe ich sie dir nicht bewiesen?«

Lilith richtete sich ein wenig auf und nickte.

Ich schüttelte meine Schwester. »Du kannst nicht ernsthaft in Erwägung ziehen, bei ihm zu bleiben, Lilith. Du kennst ja nicht einmal seinen richtigen Namen!«

»Heißt du Michael?«, fragte sie ihn leise.

Er senkte den Kopf.

»Der Name auf unserer Heiratsurkunde.« Lilith sah aus, als würde sie eins und eins zusammenzählen. »Du hast gesagt, das sei dein Geburtsname, aber als deine Eltern gestorben waren, hättest du den Nachnamen deiner Großmutter angenommen. Und sie hätte deinen Vornamen in Paul geändert.«

»Ich heiße Michael Jamison.«

»Was für eine Geschichte! Vertrau nie einem Mann, der seine eigene Großmutter in seine Lügen verstrickt.«

»Du hast auch gelogen.« Lilith sah mich an. »Du hast gesagt, dein Mann wäre gestorben, und jetzt steht er hier.« Sie löste sich von mir und wirkte klein, als sie sich ein paar Schritte von mir entfernte.

Ich schüttelte den Kopf, wollte aber nicht sagen, dass sie diejenige war, die mich an meinem Hochzeitstag und die ganze Woche davor getäuscht hatte. Seit Warrens Flugzeugunglück hatte ich kein einziges Wort mehr mit meiner Schwester gewechselt. Ich hatte ihr auch nicht geschrieben, also hatte ihre Anschuldigung keinerlei Gewicht. Aber wenn Lilith aufgebracht war, folgte sie nicht immer ihrem Verstand.

»Ich dachte, Warren wäre tot«, antwortete ich leise. »Ich habe erst vor ein paar Tagen erfahren, dass er noch am Leben ist.«

Warren runzelte die Stirn, vermutlich nicht angetan von der Wendung, die das Gespräch nahm. »Ich habe mich versteckt gehalten, um herauszufinden, wer mein Flugzeug sabotiert hat. Ich war mir nicht sicher, wer hinter dem Unfall steckte, aber jetzt habe ich eine ganz gute Spur und ahne, wer dahintersteckt.« Er funkelte Michael an.

Der riss die Augen auf. »Ich habe doch gesagt, dass ich nicht beim Flugplatz war.«

»Dann können Sie das ja auch der Polizei erzählen.« Warrens Stimme klang ruhig und eiskalt. »Ich bin sicher, die Beamten würden gern die ganze Geschichte hören. Und lassen Sie nicht aus, dass Sie sich als Kriegsheld ausgegeben haben.«

Michael biss sich auf die Lippe, zog aber nicht die Schultern ein. »Ich werde alle Fragen beantworten.« Sein Mut musste zurückgekehrt sein, denn er trat einen selbstbewussten Schritt auf Warren zu. »Jetzt habe ich nichts mehr zu verbergen.«

Warren spiegelte seine Bewegung. »Gut, denn ich werde Ihre Geschichte ...«

»Oh, bitte geh nicht.« Lilith rannte zu ihrem Mann und hakte sich bei ihm unter. »Ich verzeihe dir. Ich verzeihe dir, dass du gelogen hast, und ...« Sie hob ihre andere Hand. »Und alles andere auch.«

»Alles andere?« Warren starrte sie ungläubig an. »Du meinst den Anschlag auf mein Leben?«

»Das war er nicht«, beharrte Lilith. »An dem Tag, an dem du umgekommen bist, war er bei mir. Also, du bist ja nicht umgekommen. Aber an dem Tag, an dem das Flugzeug abgestürzt ist, waren wir die ganze Nacht zusammen ... und ... und den ganzen Tag.« Ihre Augen suchten den Blick ihres Ehemannes und etwas geschah zwischen ihnen. »Er kann das also unmöglich gewesen sein.«

Mir drehte sich der Kopf, als ich langsam auf Warren zuging und Lilith ungläubig anstarrte. »Du verzeihst diesem Mann wirklich? Einem Fremden?«

Sie legte Michael eine Hand auf die Brust. »Für mich ist er kein Fremder, sondern mein Mann. Und ja, seine Lügen missbillige ich, aber ihn selbst nicht.« Sie schmiegte sich an ihn. »Ich kannte vielleicht nicht seinen Namen, aber er hat mir monatelang geschrieben. Ich kenne ihn. Genauso gut, wie ich dich kenne, Geneva.«

Das traf mich wie ein Schlag in die Magengrube. »Du kommst also nicht mit uns?« Ich wusste nicht, was ich sagen sollte. »Du willst dieses Leben hier?« Ich zeigte auf die Unordnung.

»Es gab ein Problem mit seiner Rente. Das wird bald behoben sein.« Lilith reckte das Kinn vor und von der zerbrechlichen Hülle, hinter der sie sich gerade noch versteckt hatte, war jetzt nichts mehr zu sehen. »Ich werde mich nicht wieder von Vater kontrollieren lassen. Ich habe den Mann geheiratet, den ich liebe. Mein Platz ist an Michaels Seite.«

Der Mann neben ihr verlor die Fassung. »Es ist so schön, wie du meinen richtigen Namen sagst.« Er zog Lilith noch näher an sich und gab ihr einen Kuss. Mir drehte sich der Magen um.

»Das läuft ganz und gar nicht so, wie ich es mir gedacht hatte«, flüsterte ich Warren zu. »Wir können sie doch nicht einfach hierlassen?!«

Er schüttelte den Kopf, während er das Schauspiel mit gerunzelter Stirn beobachtete. »Deine Schwester bestimmt selbst über ihr Leben. Sie hat sich entschieden, ihn zu heiraten.«

»Aber sie dachte, er wäre Paul.«

»Jetzt kennt sie die Wahrheit, aber sieh sie dir an.« Er zeigte auf das eng umschlungene Paar. »Es scheint ihr nichts auszumachen. Wir können nichts weiter für sie tun.«

Meine Schultern wurden schwer. »Dann verabschieden wir uns besser.«

Wieder eine Sackgasse.

※

Die Sterne strahlten hell und klar und waren überall. Es war ganz anders als in New York, wo die Abende diesig und trüb waren. Nein, der Anblick über mir verlangte förmlich meine Aufmerksamkeit. Ihr Glitzern gab dem weiten Firmament eine glühende Energie, sodass es aussah wie ein Himmel mit tausend Monden.

»So ist es in der Stadt nicht«, murmelte Warren neben mir und sprach aus, was ich dachte. »Aber wenigstens haben wir dort ein warmes Bett.«

An diesem Morgen vermisste Warren es ebenso sehr wie ich,

das wusste ich. Denn in der Stadt Turnberry, wo wir eine Flugvorführung absolviert hatten, hatten wir kein Zimmer mieten können. Strohhaufen von einem nahe gelegenen Heuschober dienten uns als Matratze und zugedeckt hatten wir uns mit einer rauen Decke, die wir in einem Gemischtwarenladen gekauft hatten. So lagen wir nebeneinander auf dem Feld, auf dem wir vorher den Flugzirkus veranstaltet hatten. Die Temperatur war nach Sonnenuntergang drastisch gesunken und jetzt fuhr eine kalte Brise über mein Gesicht. Unsere jetzige Situation war absurd, aber ich brachte es einfach nicht über mich zu klagen. Weil Warren bei mir war.

»Was kann ich tun, damit du dich wohler fühlst?« Seine Stimme war sanft und leise.

Auch wenn ich seinen vertrauten Tonfall genoss, hatte ich ein schlechtes Gewissen. »Mir tut das alles schrecklich leid.« Ich drehte mich auf die Seite und sah erst, als ich mich ihm zuwandte, dass er mich beobachtete. In der Dunkelheit konnte ich nicht viel von ihm sehen, aber da ich schon viele dunkle Nächte neben ihm verbracht hatte, erkannte ich, dass sein aufmerksamer Blick auf mir ruhte.

»Glaubst du, dass diese Flugvorführungen sinnlos sind?« Wieder hatten wir nichts in Erfahrung gebracht – nichts über Brisbane, nichts über den Absturz – und Lilith hatte ich in einem dreckigen Loch bei einem Lügner zurücklassen müssen. Warren hatte versucht, mich aus meinen trüben Gedanken zu reißen, aber erst als ich im Cockpit der Jenny saß, hatte ich wieder einen klaren Kopf gehabt.

Ich fühlte sein Lachen mehr, als dass ich es hörte. »Du kannst mir nicht weismachen, dass du diese Situation nicht genießt.«

»Wie meinst du das?«, schnaubte ich und ließ im gleichen Moment die Hand auf meinen Hals klatschen, um eine Mücke zu erschlagen. »So herrlich der Ausblick auch ist, ich schlafe lieber ohne Insekten.«

»Nein, ich meine die Flugvorführungen. Ich sehe es, wenn du

nach der Landung deine Brille abnimmst. Deine Augen leuchten dann noch blauer. Es ist so, als würdest du bei jedem Ausflug an den Himmel ein Stück davon mitnehmen.« Seine tiefe Stimme war klangvoll. »Es fällt mir schwer, mich nicht in diesen Augen zu verlieren.«

Ich schluckte. Viele Männer hatten mir schon Komplimente über meine Augen gemacht, aber keiner wie Warren. Er war der Einzige, der wusste, wie viel das Fliegen mir bedeutete. Der Himmel war mein Zufluchtsort, was den meisten Menschen absurd vorkäme. »Aber wir haben nichts in Erfahrung gebracht, was uns irgendwie von Nutzen wäre.«

»Das ist nicht wahr.« Selbst in der Dunkelheit konnte ich sein Grinsen sehen. »Wir haben erfahren, dass das Wundertonikum aus dem Laden in Turnberry in Wirklichkeit selbst gebrannter Schnaps ist. Der Sohn des Barbiers hat etwas mit der neuen Lehrerin. Und wenn ich jemals eine Fabrik bauen will, ist das ländliche Amerika der richtige Ort dafür.«

Ich konnte nicht anders und musste einfach lachen. Trotz all unserer Nachforschungen an diesem Tag hatten wir lediglich Klatsch und Tratsch aufgeschnappt. Die einzige Verbindung zwischen den Städten waren die Gerüchte, dass bald eine Fabrik entstehen sollte. Um der Einwohner willen hoffte ich, dass diese Gerüchte sich als wahr erwiesen. Neue Arbeitsplätze für diese Menschen würden ihre Lebensqualität verbessern. »Mir gefällt es auf dem Land.«

»Ich weiß.« Es klang resigniert.

Mir wurde bewusst, dass ich meine Meinung zu direkt geäußert hatte. Ich war zu geradeheraus gewesen. Die anderen Damen der feinen Gesellschaft hätten das nicht verstanden. Hunderte Frauen in unseren Kreisen liebten die Großstadt. Sie blühten auf in ihrem belanglosen Leben, gaben mit ihrem Wohlstand an und übertrumpften sich gegenseitig im Ausrichten aufwendiger Feste. Aber auch wenn Warren all diese Dinge gleichgültig waren, musste er wegen seines Berufs doch in der Stadt sein. Daran konnte er nichts ändern. Wenn mich schon unsere ergebnislose Suche frustrierte, musste es Warren erst recht so gehen. Er hatte keine Ahnung, wie es derzeit um seine Zeitungen stand. Zwar hatte er eine effiziente Verlagsmannschaft, die sein Imperium in seiner Abwesenheit leitete, aber ich merkte doch, dass es ihn nervös machte, so lange fort zu sein. Außerdem hatten wir beide den Verdacht, dass mein Vater höchstwahrscheinlich versuchte, die Macht an sich zu reißen, was auch nicht gerade sehr tröstlich war.

Weil ich meinen Mann nicht noch mehr beunruhigen wollte, fügte ich hinzu: »Aber wenn ich da bin, wo du bist, bin ich immer zufrieden.«

»Meinst du das ernst?« Er stützte sich auf den Ellbogen. »Wenn unser Theater hier vorbei ist und wir mit den Flugvorführungen aufhören ... willst du das hier dann immer noch?«

Ich brauchte nicht zu fragen, was *das hier* bedeutete. Er meinte uns. Ob ich immer noch mit ihm zusammen sein wollte. Sein Verdacht, ich hätte versucht, ihn umzubringen, war für unsere Beziehung nicht gerade förderlich gewesen. Und war es falsch von mir, noch mit der Verletzung zu hadern, die er mir zugefügt hatte, weil er mich hatte leiden lassen, obwohl er die ganze Zeit am Leben gewesen war? Ich wusste, dass es ihm leidtat, und ich hatte ihm ja auch verziehen, aber mein Herz schien ziemlich mitgenommen von allem, was geschehen war.

Obwohl bei allen Höhen und Tiefen eines wahr blieb. »Dich zu heiraten, war eine der besten Entscheidungen meines Lebens.«

Und doch kam ich mir so vor wie Liliths Mann, denn ich hatte ein Geheimnis vor Warren. Ich hatte ihm nicht erzählt, wo ich an dem Morgen des Absturzes gewesen war. Ich konnte mich nicht dazu überwinden, ihm zu gestehen, was ich damit ausgelöst hatte, weil sonst das zarte Band zwischen uns reißen könnte. Ich durfte ihn einfach nicht ein zweites Mal verlieren. Diese Katastrophe würde mein Herz nicht überleben. »Also lautet meine Antwort Ja. Vorausgesetzt, du willst bei mir bleiben.«

Er schlang die Arme um mich und zog mich an sich. Der raue

Stoff seines Hemdes, das ich in meinem Gesicht spürte, war aber nicht verantwortlich für die Tränen, die mir kamen und die ich nur mühsam zurückhalten konnte.

»Ich will.« Sein Ton war feierlich, als würde er einen Schwur ablegen.

Ich wollte zu der Unterhaltung zurückkehren, die wir geführt hatten, bevor Michael uns unterbrochen hatte. Fast hätte ich den Mut aufgebracht, Warren zu sagen, was ich für ihn empfand. Aber heute Abend war es, als hätten meine Gedanken sich eingeschlossen. Kein einziges Wort konnte ich ihnen entlocken. So war es schon immer gewesen. Weil ich in einer Familie aufgewachsen war, in der niemand seine Gefühle zeigte und auch nicht darüber sprach. Ich wollte ja den Korken aus der Flasche ziehen und meinen Emotionen freien Lauf lassen, aber es gab eine Blockade. Etwas, das mich daran hinderte, sosehr ich es mir auch wünschte. Stattdessen nickte ich und klammerte mich noch fester an ihn. Konnte er die Verzweiflung in meiner Berührung spüren?

Wir blieben so, meine Hände in sein Hemd gekrallt, während er mir mit seinen Fingern über mein kurzes Haar strich. Beide pressten wir die Lippen zusammen, als hätten wir Angst, zu früh das Wort zu ergreifen.

Irgendwann war es Warren, der sein Schweigen brach. »Bist du einverstanden, wenn wir morgen die nächste Stadt auf der Liste ansteuern?«

Ich zögerte und das merkte er.

»Du machst dir Sorgen wegen Lilith?«

»Es fällt mir schwer, sie zurückzulassen.« Noch an diesem Morgen war ich fest davon überzeugt gewesen, dass sie uns begleiten würde. Warren und ich hatten vorgehabt, Lilith zur Jagdhütte von Brisbane zu bringen. Meine Schwester und ich hätten den Nachmittagszug dorthin genommen und Warren wäre mit der Jenny geflogen. »Vielleicht hätte ich mir mehr Mühe geben müssen.« Da sie nur zwei Ortschaften weiter wohnte, konnte ich leicht zurückgehen und sie anflehen mitzukommen.

»Sie würde trotzdem bleiben.« Er fuhr mit einem Finger über meinen vom Mond beschienenen Arm. »Lilith ist dickköpfig. Eine Eigenschaft, die ihr beide habt.«

»Aber sie ist so zerbrechlich.« Ich seufzte. »Hast du den Zustand der Hütte bemerkt?«

»Das Chaos war kaum zu übersehen.« Ich zweifelte nicht daran, dass Warren über das Durcheinander, in das wir geraten waren, erstaunt gewesen war. »Lilith hat nicht gelernt, wie man einen Haushalt führt. Ich weiß, dass man aufräumen muss, aber sie ist damit schnell überfordert. Wenn das passiert, zieht sie sich in sich selbst zurück.«

»Sie schien nicht überfordert, als sie erfahren hat, dass der Mann, den sie geheiratet hat, jemand ganz anderes ist.«

»Ich weiß«, sagte ich leise. »Und das macht mir Sorgen. Glaubst du wirklich, dass er dein Flugzeug sabotiert hat? Nur damit du ihn nicht entlarvst?« Konnte meine Schwester wirklich mit einem Mörder zusammenleben? Bei dem Gedanken fröstelte es mich.

»Ist dir kalt?« Warren zog mich wieder an sich und rieb mir über meine Arme, um die Kälte zu vertreiben. »Es könnte seine Schuld sein. Ich kannte den echten Lieutenant Cameron. Michael hat zugegeben, dass sie deshalb überhaupt durchgebrannt sind. Und auch wenn er es leugnet, bin ich sicher, dass es ihm ums Geld ging. Zumindest am Anfang.«

»Aber als die beiden verheiratet waren, haben meine Eltern Lilith den Unterhalt gestrichen.« Ich sah Warren in die Augen. »Wenn Geld das Motiv war, hat der Mann doch nichts gewonnen. Warum sollte er dir also etwas antun?«

»Vielleicht ging es ihm zu diesem Zeitpunkt nicht mehr nur ums Geld. Vielleicht wollte er ja nicht, dass Lilith von seinem Betrug erfährt, also hat er versucht, die einzige Person auszuschalten, die ihm das vermasseln konnte.«

»Aber Lilith hat gesagt, sie sei an dem Tag bei ihm gewesen.« Warren seufzte. »Sie hat ihn sofort verteidigt. Aber ich fand ihre Ausrede, gelinde gesagt, ziemlich dürftig. Wie viele Menschen wissen denn noch so genau, was sie an einem bestimmten Tag in der Vergangenheit zu welcher Uhrzeit gemacht haben?«

Ich erstarrte. Warren hatte von Lilith gesprochen, aber ich hatte den Verdacht, dass dieser Seitenhieb auch gegen mich gerichtet war und sich darauf bezog, wo ich an dem Tag gewesen war. Ich wusste, dass ich es ihm sagen sollte. Aber nicht heute Abend. Nicht, während er mich im Arm hielt. Mir so nahe war. Denn sobald mir diese Wahrheit über die Lippen kam, würde er wieder auf Distanz gehen.

ଛ

Wir tourten noch durch drei weitere Städte, aber ohne Erfolg. Aber auch wenn unsere Nachforschungen keine Ergebnisse brachten, wurde unsere Beziehung besser. Warren und ich kehrten zu unserem gewohnten Umgang zurück. Wir scherzten miteinander und flirteten. Ab und zu eine flüchtige Berührung. Wir hatten noch nicht zu der Vertrautheit gefunden, die wir vor dem Flugzeugunglück gehabt hatten, aber es schien so, als wären wir auf dem Weg dorthin.

Während Warren die Jenny für den Start bereit machte, ging ich in die Drogerie im Ort, auf der Suche nach Aspirin gegen meine hartnäckigen Kopfschmerzen. Ich fand, was ich suchte, und ging zum Tresen.

»Gibt es heute noch eine Show?« Der Inhaber hörte auf, die Regale abzustauben, und trat hinter die Kasse, sein Grinsen strahlender als seine weiße Schürze.

»Nein, Sir. Heute reisen wir ab. Wir wollen uns mit unserem Freund Kent Brisbane treffen. Er ist Privatdetektiv und wir kennen ihn aus New York.« Warren und ich hatten in den letzten Tagen ständig Brisbanes Namen erwähnt, wenn auch ohne Erfolg. Es konnte nicht schaden, auch diese Chance noch für Nachforschungen zu nutzen.

»Brisbane?« Der Mann kratzte sich am Kopf. »Warum kommt mir dieser Name so bekannt vor?«

Ich hätte beinahe das Aspirin fallen gelassen. »Kennen Sie vielleicht seine Familie?« Brisbane hatte keine Familie. Jedenfalls nicht, dass wir wüssten. Aber ich musste irgendetwas fragen, um das Gespräch weiterzuführen.

»Dafür, dass Sie Männerhosen tragen, reden Sie viel zu sehr wie eine Dame.« Der Drogeriebesitzer lachte. »Was Ihre Frage betrifft ...« Der Mann senkte den Blick, als könnte er die Antwort aus den Rissen im Linoleum herauslesen. »Vor ungefähr einem Monat kam ein Herr in schicken Klamotten und mit einer glitzernden Krawattennadel hier rein. Er hat sich als Sam Hendricks vorgestellt.«

Ich spitzte die Ohren. Brisbane trug immer eine diamantbesetzte Krawattennadel. Obwohl. Es gab viele Männer, die solche auffälligen Stücke trugen. Es wäre nicht klug, sich zu früh zu freuen.

Der Mann sah die Packung in meiner Hand an. »Das macht dann zehn Cent.«

Ach ja. Ich holte die entsprechende Münze aus meiner Tasche und gab sie ihm. »Bestimmt kommen hier viele Leute her, wo Sie doch der einzige Laden in der Stadt sind.«

Er nickte. »Ja, aber ich erkenne sofort, wenn jemand nicht von hier ist.«

Die Glocke über der Tür klingelte und ließ uns aufblicken. Warren kam herein und sah sich um, bis er mich entdeckte. Sein Lächeln ließ mein Blut schneller fließen.

»Stella, Liebling.« Er sagte meinen falschen Namen, als hätte er sein Leben lang nichts anderes getan. »Gerade spielt zum ersten Mal das Wetter nicht mit. Es fängt an zu regnen.«

Der Regen würde unsere Abreise verzögern, aber zum Glück war unser Zimmer bis zum nächsten Tag gebucht. »Ich habe gerade mit dem netten Drogisten hier gesprochen. Er glaubt, dass er unseren Freund Kent Brisbane gesehen hat.« Ich sah, wie Warrens Augen interessiert aufleuchteten. »Obwohl er noch nicht gesagt hat, wie es genau dazu kam.«

Der Mann hinter dem Tresen lachte. »Hab ich das nicht? Vermutlich nicht. Also, der Mann ist gegen einen Ecktisch gestoßen, sodass mein ganzes Möbelwachs runtergefallen ist. Dann hat er vor sich hin gemurmelt: ›Pass doch auf, Brisbane.‹ Er muss gedacht haben, er wäre allein. Aber ich habe hier hinterm Tresen gehockt und die Kassenbons aufgefüllt.«

»Und Sie erinnern sich daran, dass er das gesagt hat?«

Der Drogist warf mir einen Blick zu. »Klar doch. Schließlich kommt es nicht alle Tage vor, dass jemand sich mit einem Namen vorstellt und sich selbst dann mit einem anderen anspricht.«

Ich sah ganz bewusst nicht zu Warren hinüber. Denn genau das taten wir ja auch.

»Ich hätte ihn zur Rede stellen sollen, aber auf mich hat er keinen gefährlichen Eindruck gemacht. Wenn er wollte, dass die Leute ihn als Sam Hendricks kannten, warum sollte ich mich dann einmischen?«

»Sam Hendricks«, murmelte Warren leise.

Ich beugte mich näher. »Kennst du den Namen?«

Er nickte. »Hat der Mann sonst noch etwas gesagt?«

»Nicht, dass ich wüsste.« Der Drogist ging zum Ende seines Tresens und wir folgten ihm, während die Stimme des Nachrichtensprechers im Radio etwas lauter wurde. »Er ist nicht mehr lange geblieben, nachdem er meine Sachen durcheinandergebracht hat.« Der Tonfall des Mannes ließ vermuten, dass er Brisbane noch immer nicht ganz verziehen hatte.

»Danke für Ihre Zeit.« Warren schüttelte die Hand des Drogisten, der anschließend ein paar Mehlsäcke packte und ins Hinterzimmer schleppte.

»Okay«, sagte ich, als der Mann nicht mehr zu sehen war. »Wer ist Sam Hendricks?«

»Er hat früher bei meiner Zeitung gearbeitet. Und eine Zeit lang war er Brisbanes Chef.«

»Und wo ist Mr Hendricks jetzt?«

»Er ist vor fünf Jahren gestorben.«

Ich blinzelte. »Wie bitte?«

»Wir können davon ausgehen, dass Brisbane Sams Namen als Tarnung angenommen hat, während er sich in diesen Städten umgehört hat.«

Das war die Spur, die wir brauchten. »Das heißt, da wir jetzt wissen, welchen Namen Brisbane benutzt hat, sollten wir vielleicht noch mal die anderen Städte besuchen und nach ihm fragen?«

»Das könnten wir.« Warren zog eine Grimasse. »Aber welchen Grund sollten wir nennen? Wir haben gerade Flugvorführungen dort veranstaltet. Außerdem bezweifle ich, dass Brisbane zweimal denselben Namen verwendet hat.«

Wo wir gerade von Namen sprachen – in diesem Moment hörte ich einen vertrauten Namen aus den Lautsprechern des Radios dringen. Warren trat neben mich, während der Nachrichtensprecher weitersprach.

*Wir haben soeben eine Nachricht aus New York erhalten. Die Matriarchin des Holzimperiums, Helena Ashcroft, ist plötzlich erkrankt. Die Ärzte sind nicht optimistisch, was ihre Genesung betrifft.*

# KAPITEL 22

*Drei Monate zuvor – 3. Juni 1922*
*Geneva*

»Ich glaube, das ist keine gute Idee.« Ich drückte die Fingerspitzen auf das Tuch, mit dem meine Augen verbunden waren. Alles war dunkel, als Warren mich durch den Hangar auf dem Flugplatz führte. Die Wärme seiner Hände, die er um meine Taille gelegt hatte, spürte ich durch die Kleidung hindurch.
Er lenkte mich nach links. »Vertrau mir. Die Überraschung wird sich lohnen.«
Der Samstagvormittag war inzwischen unsere regelmäßige Flugzeit geworden. Es war der Höhepunkt meiner Woche, auf den ich mich freute, aber mit etwas hatte ich nicht gerechnet: mit Warrens plötzlicher Idee, mir die Augen zu verbinden. Das Leuchten in seinen Augen war für mich Grund genug gewesen, mich auf sein Spielchen einzulassen.
Aber jetzt war ich mir nicht mehr so sicher. »Ich bin dir komplett ausgeliefert.«
Seine Lippen kitzelten mich am Ohr. »Ich verspreche, mich tadellos zu benehmen.«
Unter seiner Anleitung machte ich den nächsten zögerlichen Schritt. »Was du als tadelloses Benehmen bezeichnest, ist das in meinen Augen nicht immer.«
Warren lachte nur und ich spürte seine warmen Lippen in meinem Nacken. Wären wir nicht in einem öffentlichen Hangar gewesen, hätte ich ihn wahrscheinlich mit seinen Scherzen und Zuneigungsbekundungen weitermachen lassen, aber so drehte ich den Kopf fort. »Genau das meine ich.«
»Es ist doch wohl nichts dagegen zu sagen, wenn ein Mann sei-

ne Ehefrau küsst.« Seine Hände glitten über meine Seiten und blieben auf meiner Hüfte liegen. »Abgesehen davon ist niemand hier, Eva. Wir haben den ganzen Hangar für uns. Besser hätte ich es nicht planen können.« Er klang so zufrieden mit sich, dass ich lachen musste.

»Und zu deinem Plan gehört diese alberne Augenbinde?« Das letzte Mal, dass ich mir die Augen hatte verbinden lassen, war bei einem Gartenfest im Landhaus gewesen, als wir Blinde Kuh gespielt hatten. Während der kurzen Zeit war ich zweimal hingefallen und mein Kleid hatte ein paar unschöne Grasflecken abbekommen. Hoffentlich würden diesmal angenehmere Erinnerungen zurückbleiben. »Ich weiß nicht, wie du mich dazu überredet hast.«

»Ich hoffe, es liegt daran, dass du dich zu mir hingezogen fühlst.«

Das tat ich. Sehr sogar. Aber wieder einmal konnte mein Mund meinem Herzen nicht folgen. Warren hatte keine Probleme damit, seine Gefühle zum Ausdruck zu bringen. Er sagte oft, dass er mich liebte. Bei seinem Abschiedskuss am Morgen, bevor er zur Arbeit ging, und leise flüsternd bei Nacht, wenn er mich im Arm hielt. Und auch sonst immer wieder während des Tages, wenn er da war. Er hatte gemerkt, dass es mir schwerfiel, über meine Gefühle zu reden, aber bis jetzt hatte er mich nicht gedrängt, sie in Worte zu fassen.

Er führte mich weiter und unsere Schritte hallten auf dem Betonfußboden wider. »Noch ein paar Schritte.« Seine Hände hielten mich an den Schultern und dann drehte er mich nach rechts. »So.« Seine Finger entfernten die Augenbinde.

Ich riss die Augen auf. Vor mir stand ein Doppeldecker, der genauso aussah wie Warrens Flugzeug daneben. »Du hast … noch einen gekauft?«

Er sah mich mit einem wundervollen schelmischen Grinsen an. »Die Maschine gehört dir.«

Ich musste mich verhört haben. »Du kannst mir doch …«

»Kein Flugzeug kaufen? Natürlich kann ich.« Er trat zum Propeller der Jenny und fuhr mit den Fingern über eines der Rotorblätter. »Herzlichen Glückwunsch zum einmonatigen Hochzeitstag.«
Ich presste eine Hand auf meine Wange. Mir fehlten die Worte. »Schmuck würde dich nicht beeindrucken, wenn ich mir die überfließende Schatulle auf deinem Frisiertisch anschaue.« Er stieß einen übertriebenen Seufzer aus. »Es ist gar nicht so einfach, Ihnen etwas zu schenken, Mrs Hayes.«
Warren hätte mir kein größeres Geschenk machen können und das wusste er auch. Ich fiel ihm um den Hals. »Danke!« Ich küsste ihn ausgiebig. Wahrscheinlich hatte Warren seine Beziehungen zum Militär spielen lassen. Die Jennys waren für einen Bruchteil der Produktionskosten abgegeben worden, da die Regierung zu viele von den Flugzeugen hatte, aber sie waren schnell verkauft gewesen. »Findest du nicht, dass das ein bisschen dekadent ist, wenn wir zwei Flugzeuge haben?«
»Manche Männer kaufen ihrer Frau ein Automobil. Warum kann ich meiner nicht ein eigenes Flugzeug kaufen?« Er zwinkerte. »Ich kann es in einer anderen Farbe streichen, damit es nicht so aussieht wie meins. Die meisten Militärflugzeuge haben eine Nummer auf dem Rumpf, damit die Piloten sie auseinanderhalten können.« Er verstummte, als er meinen verständnislosen Blick sah, und grinste. »Aber unsere Flugzeuge wurden gebaut, nachdem die Armee sie verkauft hat. Daher haben sie keine Nummer. Sie sehen gleich aus.«
»Und wieso ist das ein Problem?« Ich drückte mich an ihn. »Wir sind ein Paar.«
Das entlockte ihm ein Lächeln. »Immer, Liebes. Nachdem das jetzt geklärt ist …« Sein Blick wanderte zu meinem Flugzeug. »Ich dachte, du kannst mit ihr gleich deine Prüfung ablegen.«
Meine Finger krallten sich um den Kragen seiner ledernen Fliegerjacke. »Meine Prüfung?«
»Nur, wenn du willst.« Er schlang die Arme um mich. »Das ist nicht unbedingt nötig, wenn du ein Flugzeug lenken willst.«

Ich wusste, was er meinte. Bis jetzt verlangte die Regierung noch keinen Pilotenschein. Obwohl ich davon ausging, dass es nicht mehr lange dauern würde. Zweifellos würden sie den Verkehr am Himmel bald ebenso regulieren wie den auf der Straße.

»Du hast mehr Unterrichtsstunden absolviert als meine Kadetten bei der Armee. Und wo wir gerade davon sprechen« – Warren ließ mich los und schob die Hand in seine Hosentasche – »das wollte ich dir eigentlich erst nach deiner Prüfung zeigen, aber vielleicht motiviert es dich ja zusätzlich.« Er holte mein Logbuch heraus. »Wirf einen Blick hinein.«

Er reichte es mir und ich zog neugierig die Augenbrauen hoch. Als ich das Heft aufschlug, fiel mein Blick auf eine neue Unterschrift. Ich starrte mit offenem Mund darauf. »Das ist von Orville Wright unterschrieben.« Der Vater der Luftfahrt hatte seinen Namen in meinem bescheidenen Logbuch verewigt.

»Das da ist besser als jeder Führerschein, den du machen kannst.« Warren strahlte mich an. »Sollte irgendjemand deine Qualifikation als Pilotin anzweifeln, wird ein Blick auf diesen Namen ihn zum Schweigen bringen.«

»Aber … wie?« Ich hatte so viele Fragen. »Ich dachte immer, Mr Wright hält nichts von weiblichen Piloten.« Es war weithin bekannt, dass er sich geweigert hatte, der Flugpionierin Ruth Law Oliver das Fliegen beizubringen. Mr Wright war der Meinung, dass Frauen keinen technischen Verstand hatten. Und trotzdem hatte er meine Flugstunden abgezeichnet?

Warren zuckte mit den Schultern. »Ich habe da so meine Methoden.«

»Du weißt gar nicht, wie viel mir das bedeutet.« Ich küsste ihn.

»Ich habe eine gewisse Ahnung.«

Ich sah ihn an und konnte nicht anders, als zu strahlen. »Jetzt fühle ich mich richtig verwöhnt.«

»Gut. Das war meine Absicht.« Er grinste. »Warte ab, bis du Geburtstag hast.«

Er dachte schon jetzt an meinen Geburtstag? Es waren noch

einige Monate, bis ich vierundzwanzig wurde. »Ich brauche kein anderes Geschenk mehr. Und außerdem bezweifle ich, dass du dieses noch übertreffen kannst.«

Warren lachte leise. »Das kannst nur du beurteilen. Jedenfalls hat Terrence mir gesagt, dass schon alles in die Wege geleitet wurde. Zu spät, um einen Rückzieher zu machen.«

»Was hat denn dein Cousin damit zu tun?« Terrence Hayes war der Anwalt der Familie. Warren traf sich oft mit ihm, aber ich hatte keine Ahnung, was er mit meinem Geburtstag zu tun haben könnte.

»Oh nein. Keine weiteren Andeutungen.« Er trat einen Schritt zurück. »Du hast mir schon genügend Informationen abgeluchst.« Er blickte zu meinem neuen Flugzeug hinüber. »Also, was meinst du? Bist du bereit, dich als Pilotin zu beweisen?«

Plötzlich überkam mich eine gewisse Nervosität. Konnte ich das schaffen? Um die Prüfung zu bestehen, musste ich allein fliegen. Bisher war Warren jedes Mal bei mir gewesen, mit einer zweiten Steuervorrichtung zur Hand. Ich starrte meinen Mann an. Er traute es mir zu. Und aus irgendeinem Grund trieb mir diese Tatsache Tränen in die Augen. »Mein Vater hat nicht einmal erlaubt, dass ich den Führerschein für ein Automobil mache.«

»Was?« Warren blinzelte. »Das ist nicht dein Ernst.«

»Doch. Er hat es aus mehreren Gründen nicht erlaubt. Erstens hat eine Frau am Steuer nichts zu suchen.« Ich verdrehte die Augen, während ich die Gründe aufzählte. »Zweitens wäre es sinnlos, sich die Mühe zu machen, wenn mich doch ein Bediensteter überall hinfahren kann? Und drittens wollte er nicht, dass ich unabhängig bin.«

Warren stieß ein ersticktes Lachen aus. »Dein Vater hat all diese Autos und keines davon gehörte dir?«

»Ich bin ganz gewiss nicht stolz darauf.«

Er nahm meine Hand. »Das hätte mir früher klar werden müssen. Ich dachte, da wir in der Stadt leben, wolltest du kein Auto haben.«

Vier Wochen waren wir jetzt verheiratet und es gab noch so viel, was wir übereinander nicht wussten.
»Wolltest du deshalb fliegen lernen?«
Ich lächelte. »Bevor du gekommen bist, war ich gezwungen, mich an die Regeln der anderen zu halten. Als ich dein Flugzeug damals auf dem Feld gesehen habe, wollte ich gegen all das aufbegehren. Und mich der Schwerkraft zu widersetzen, schien mir ein guter Anfang.«
»Wo wir gerade über Regeln sprechen ...« Warren nahm eine meiner Haarsträhnen und wickelte sie sich um den Finger. »Ist dein Vater ein Pedant, was das betrifft, oder hält er sich für die Ausnahme?«
Ich runzelte die Stirn. »Wie meinst du das?« Sprach er von Vaters Wahlkampagne, an der er mit voller Kraft arbeitete? Oder von etwas anderem?
»Ach nichts. Es ist egal.« Warren schüttelte den Kopf und ließ mein Haar wieder los. »Also, willst du dich heute der Schwerkraft widersetzen?«
Die Fragen überschlugen sich in meinem Kopf, aber ich wollte meine Zeit mit Warren nicht damit verderben, dass ich über meinen Vater sprach. Eine Unterhaltung über John Ashcroft machte selbst die beste Laune zunichte. Und heute war unser einmonatiger Hochzeitstag. »Ich möchte die Prüfung gerne heute versuchen. Meinen Himmelführerschein zu machen, wenn auch inoffiziell, scheint mir reizvoller als ein Führerschein für staubige Straßen.«
Warren lachte. »Na, den besorgen wir dir auch noch, meine Liebe. Der Autoführerschein steht als Nächstes auf der Tagesordnung.«
Ich spürte, wie es mir ganz warm ums Herz wurde. »Bist du dir sicher? Du willst schließlich nicht, dass ich zu unabhängig bin. Sonst reden die Leute noch.«
»Lass sie.« Er küsste mich und löste sich dann lächelnd von mir. »Und jetzt machen wir eine Pilotin aus dir.«

Mutter war noch nie so aufmerksam gewesen. Ich war mir nicht sicher, was ich glauben sollte, als ich auf ihren geneigten Kopf starrte, während sie mir im Salon eine Tasse Tee einschenkte. Meine Hände waren ungewöhnlich zittrig, sonst hätte ich das selbst getan. Der Monat, nachdem ich meinen Flugschein gemacht hatte, war angenehm ereignislos gewesen, aber in der vergangenen Woche musste ich mir etwas eingefangen haben. Denn heute war der vierte Tag, an dem ich abwechselnd fröstelte oder mir der Schweiß ausbrach. In diesem Augenblick geschah aber weder das eine noch das andere. Vielleicht war das Schlimmste ja auch schon überstanden. Dann würde ich mich etwas ausruhen, wenn Mutter gegangen war. Ich hatte Probleme beim Einschlafen gehabt und hatte nachts länger wach gelegen, was meiner Genesung vermutlich auch nicht genutzt hatte.

»Bitte sehr.« Mutter reichte mir die Tasse.

Ich hatte keinen Appetit auf Tee oder irgendetwas anderes, aber ich dankte ihr. Sie hatte mich noch nie so früh am Tag besucht. Selbst die Morgenzeitung hatte ich noch nicht zu Ende gelesen; die Gesellschaftsseiten lagen noch auf meinem Schoß.

Mutter rührte Zucker in ihren Tee, wobei der Löffel unerträglich lang gegen die Tasse klirrte. »Ich habe gehört, dass dein Mann in letzter Zeit nicht zu Hause war.«

»Die Gerüchteküche brodelt also, wie ich sehe.« Warren hatte so viel gearbeitet, dass ich ihn in den letzten paar Tagen kaum gesehen hatte. Er rief oft an, kam jedoch spät nach Hause und verließ das Haus schon früh am nächsten Morgen. Woher Mutter das wusste, war mir ein Rätsel, aber es überraschte mich nicht.

»Dein Vater hat es mir erzählt. Er war gestern im Büro deines Mannes, bekam dort aber nur zu hören, der Verleger habe eine Besprechung mit seinen wichtigsten Beratern. Der Sekretär empfahl deinem Vater, einen Termin zu machen. Ich bin mir sicher, das war ein Versehen.«

Ich umklammerte meine Teetasse ein wenig fester. Mutters Besuch war nur ihrer Loyalität Vater gegenüber geschuldet und nichts sonst. Ich hätte es wissen müssen. Vater war niemand, dem man etwas Unerhörtes sagte – zum Beispiel, er solle einen Termin machen. Für John Ashcroft stand die Welt still und nicht andersherum. »Warren hat eben viel zu tun.«

»Ich verstehe.« Mutter trank einen eleganten Schluck aus ihrer Teetasse. »Dann ist er vermutlich heute Abend nicht zum Essen hier?«

Aha, allmählich wurde mir einiges klar. Mutter war gekommen, um sich eine Einladung zum Abendessen zu erschleichen. So würde Warren gezwungen sein, mit Vater zu sprechen. »Warren war die ganze Woche über nicht zum Abendessen hier. Aber ihr könnt gerne kommen.« Falls ich in der Lage war, mein Essen bei mir zu behalten.

Noch ein Schluck. »Schon gut, meine Liebe. Wir wollen dir keine Umstände machen. Ich bin mir sicher, du genießt diese Augenblicke, wenn du allein bist. Ich tue es jedenfalls.«

Ich wusste nicht, was ich darauf sagen sollte. Mutter war immer allein gewesen. Sie hatte Lilith und mich verschmäht und uns in die Obhut der Kindermädchen gegeben und uns später ins Internat geschickt. Ich senkte den Blick. Da fiel mir ein Artikel in der Zeitung auf, die noch auf meinem Schoß lag. Er handelte von Ruth Law Oliver, der Pilotin, die Orville Wright nicht hatte unterrichten wollen. Nur dass der Bericht nicht ihre jüngsten Flugabenteuer beschrieb, sondern stattdessen verkündete, die Pilotin wolle sich zur Ruhe setzen. »Wie merkwürdig. Ich habe gerade an sie gedacht.«

Mutter schniefte. »An wen, Liebes?«

»Ruth.« Ich starrte auf den Artikel. »Sie ist heute Morgen in der Zeitung.«

Ein scharfes Klirren der Teetasse auf ihrer Untertasse ließ mich aufblicken. Mutter sah mich entsetzt an. »Was hast du da gesagt?«

Dieser Tonfall. Ich hatte diesen eiskalten Unterton seit Jahren nicht mehr gehört, aber ich wusste, was er bedeutete. Ich hatte ebenso leicht gegen die Etikette verstoßen, wie Mutter beinahe meine Teetasse angeschlagen hätte. Ich biss mir auf die Lippen, um nicht etwas zu sagen, was ich später bereuen würde. »Gut, Mutter.« Ich faltete die Zeitung zusammen und legte sie auf den Couchtisch. »Mir ist bewusst, dass du nicht gerne über das aktuelle Weltgeschehen redest. Ich habe nur von Ruth Law Oliver gesprochen. Sie hört als Pilotin auf.«

Mutters Schultern senkten sich ein wenig. Sie schien eher erleichtert als aufgebracht. Vielleicht hatte sie ja doch noch die Hoffnung, dass ich mir einen gewissen Sinn für Anstand bewahrt hatte. »Frauen haben in Flugzeugen ja auch nichts zu suchen.«

Jetzt war nicht der geeignete Zeitpunkt, ihr von meinen Ambitionen als Pilotin zu erzählen.

»Es war schön, dich zu sehen, aber jetzt muss ich einige Dinge erledigen.« Mutter stellte die Tasse auf das Tablett und tupfte sich mit der Serviette den Mund ab. »Vielleicht solltest du die Gelegenheit nutzen, dich etwas auszuruhen. Du siehst ziemlich blass und dünn aus.«

Ich hatte ihr nichts von meinem Unwohlsein erzählt. »Mir geht es gut, Mutter. Danke für deinen Besuch.« Obwohl sie nur gekommen war, um Informationen zu ergattern.

Als sie ging, begab ich mich tatsächlich in mein Zimmer, aber auf dem Weg machte ich kurz in der Bibliothek halt. Als ich schließlich an mein Bett trat, schmerzten meine Muskeln. Vielleicht sollte ich ein wenig schlafen, anstatt in einem Brontë-Roman zu blättern. Ich legte das Buch auf den Nachttisch und erstarrte.

Eine Nachricht lag auf meinem Kopfkissen.

Den Umschlag erkannte ich auf Anhieb. Es war wieder ein Drohbrief. Ich war zu müde, um ihn zu lesen oder mich auch nur zu fürchten. Ich warf den Brief in den Papierkorb und presste die Hände auf meinen grummelnden Magen. Ich musste mit Warren darüber reden. Über alles. Die Nachrichten. Die Manipulationsversuche meiner Eltern. Ich hatte mich zurückgehalten, weil ich ihn nicht belasten wollte. Denn er hatte wirklich viel zu tun und ehrlich gesagt wollte ich nicht, dass er meine Anwesenheit mit Problemen gleichsetzte. Ich hatte schon vor langer Zeit gelernt, dass es einfacher war, mich selbst um meine Angelegenheiten zu kümmern, als mich auf andere zu verlassen, die dann nichts für mich taten.

Natürlich war Warren anders. Oder etwa nicht? Ich beschloss, es ihm zu erzählen. Mir war schwindelig und ich presste eine Hand auf meine Stirn. Aber zuerst würde ich den Arzt anrufen.

# KAPITEL 23

*12. September 1922*
*Stella*

Eine Regenwand ergoss sich über die gestreifte Markise. Es wäre dumm, die schützende Drogerie zu verlassen. Aber ich musste hier raus. Denn die Worte des Radiosprechers klangen mir noch in den Ohren und fuhren wie ein Ungeheuer ihre scharfen Krallen nach mir aus. Als wäre das nicht schlimm genug, stieg ein Gedanke aus der Dunkelheit in mir auf. Ich kniff die Augen zusammen und versuchte, das alles zum Schweigen zu bringen, aber das Getöse in meinem Kopf wurde immer lauter. Es gab einfach keine Stille.

Ich hatte keine Wahl. Und so rannte ich in den strömenden Regen hinaus.

Warren rief nach mir, aber ich kannte mich. So war ich nun einmal. Ich lief ins Chaos hinein, bis sich alles nur noch taub anfühlte. Nach Warrens Unfall war ich in den Himmel aufgestiegen. Hatte auf Flügeln gestanden. Ich hatte mich gegen jede Grenze gewehrt, um den Sturm zu stillen, der in mir tobte.

Aber es hatte nicht funktioniert. Denn hier draußen in dem strömenden Regen fühlte ich jedes zerbrochene Teil in mir.

Warren erschien an meiner Seite. Er zog seine Jacke aus und legte sie mir über den Kopf. Ich suchte seinen Blick, unsicher, was ich in seinen Augen finden würde. Der Regen schlug ihm ins Gesicht und lief in Bächen über seine Wangen, aber sein Blick war unverwandt auf mich gerichtet. Und darin lag ein leidenschaftlicher Beschützerinstinkt, als würde er allen Elementen trotzen und es mit jeder Macht aufnehmen, um mich vor Kummer zu bewahren.

Seine Hand packte meine. Den anderen Arm locker um meine Taille gelegt, führte er mich durch das Unwetter. Alles war grau. Ein nebliger Dunst. Aber Warren manövrierte uns ebenso sicher durch den Sturm wie durch die Lüfte. Als wir schließlich in unserem Fremdenzimmer ankamen, das über dem Barbierladen lag, waren wir bis auf die Haut durchnässt.

Ich bebte am ganzen Körper und konnte meine Finger zittern sehen. Aber fühlen konnte ich sie nicht. Ich fühlte rein gar nichts. Mutter lag im Sterben. Angeblich. Es bestand die Möglichkeit, dass ich sie nie mehr wiedersehen würde.

»Eva?« Warrens Stimme klang weit entfernt. »Du solltest deine nassen Sachen ausziehen.«

Die Worte des Radiomoderators kamen mir in den Sinn. *Plötzlich erkrankt. Nicht optimistisch, was ihre Genesung betrifft.* Vermutlich erhielt sie die beste Pflege, aber zweifellos würde sie allein damit fertigwerden müssen. Vater sorgte sich um sie genauso wenig wie um Lilith und mich. Wahrscheinlich stand er pflichtschuldigst an ihrem Krankenbett, während die Ärzte da waren. Aber sobald sie gingen, würde auch er sich von ihr abwenden. So schätzte ich ihn jedenfalls ein.

»Eva?«

Und was war mit dem beunruhigenden Gedanken, den ich hatte? Der mich in der Drogerie überwältigt hatte? Dass dies irgendwie nur ein Trick war, um mich zu kontrollieren? Mich wieder in ihre Krallen zu bekommen? Ich war mir nicht sicher, was mir mehr zu schaffen machte – die Tatsache, dass diese dunkle Stimme mir gehörte, oder dass der Gedanke möglicherweise der Wahrheit entsprach.

Große Hände öffneten die Knöpfe an meinem Kleid. Der Stoff klebte an meinem Körper, aber er zog ihn fort. Meine Haut wurde kalt, aber auch nicht kälter als das Eis in meinen Adern. Innerhalb weniger Sekunden legte sich eine Decke um mich. Warren, immer noch klatschnass, kramte in unserer Tasche.

Ich sank aufs Bett, mein Blick unscharf.

»Hier, Liebling.« Er kam näher, frische Sachen in der Hand. Ich streifte die Decke ab und machte mich daran, meine nasse Unterwäsche auszuziehen. Aber es gelang mir nicht. Ich sank aufs Bett, entschlossen, in meinen nassen Sachen gefangen zu bleiben. Überhaupt war es meine eigene Schuld. Ich hätte nicht in den Regen hinausrennen sollen. Was hatte ich damit erreicht? Wann würde ich endlich lernen, dass meine übereilten Entscheidungen sich am Ende immer rächten?

Warren trat neben mich, um mir zu helfen. Ich hob die Arme, damit er mich aus der nassen Wäsche ganz befreien konnte. Wie er mich auszog, hatte nichts Sinnliches an sich. Er war nur unglaublich sanft. Als könnte ich seine Liebe durch seine Fingerspitzen fühlen und die Wärme seiner Hände auf meiner Haut. Er hielt mir die trockene Wäsche hin und ich schüttelte den Kopf. Er schien meine Gedanken zu lesen, denn er griff nach meinem Nachthemd. Ich fühlte mich schon besser. Natürlich konnte ich mich selbst anziehen, aber dass Warren für mich sorgte, war irgendwie heilend. Wie oft hatte er mir helfen und meine Last mittragen wollen, und ich hatte ihn nicht gelassen? Stur wie ich war, hatte ich versucht, mit allem allein fertigzuwerden.

Ich hob wieder die Arme und Warren zog mir das Nachthemd über den Kopf. Dann deckte er mich mit einer frischen Decke zu und drückte mir einen Kuss auf die Stirn.

Erst jetzt zog er selbst seine nassen Kleider aus. Es gab keine Verlegenheit, als ich ihm dabei zusah. Wir waren wieder so vertraut miteinander, als hätte es unsere Trennung nie gegeben. Und so kletterte er jetzt ins Bett und nahm mich in den Arm. Seine kraftvolle Gegenwart linderte den gähnenden Schmerz.

Seine Hände fuhren in sanften Kreisen über meine Arme. Einige Minuten lang lagen wir einfach so da und ruhten uns aus. Wie immer wartete Warren, bis ich bereit war zu reden. Normalerweise war dies der Moment, in dem ich mich verschloss oder das Problem nur oberflächlich anrührte, ohne in die Tiefe zu gehen. Deshalb überraschte ich mich selbst mit dem, was mir im nächsten Augenblick über die Lippen kam. »Als ich im Radio gehört habe, dass Mutter krank ist, war mein erster Gedanke aus der Panik geboren. Was wäre, wenn ich sie nie wiedersähe?«

Warren zog mich näher. »Das ist ganz normal.«

»Aber mein nächster Gedanke ist es nicht.« Ich schloss die Augen. »Denn dann habe ich mich gefragt, ob das wieder nur ein Trick von ihr ist. Was, wenn Mutter die Krankheit nur vortäuscht, um mich nach Hause zu holen? Ein hübscher kleiner Plan meines Vaters, weil bisher nichts anderes funktioniert hat. Für ihn wäre es ein Leichtes, die Ärzte zu bestechen, damit sie lügen. Und eine herzzerreißende Radionachricht zu verfassen, fiele ihm auch nicht schwer.« Ich drehte mich um und sah zu Warren auf. »Meine Mutter könnte ihren letzten Atemzug tun und ich mutmaße, dass alles nur ein Trick ist. Was bin ich nur für ein Mensch, der so denkt?«

»Ein Mensch, der von den Manipulationen anderer sehr verletzt wurde.« Warren strich eine nasse Haarsträhne aus meinem Gesicht, zog dann aber die Hand nicht fort. Seine Finger fuhren meine Wange entlang, während sein Blick auf mir ruhte. »Dein Vater hat deine Liebe zu Lilith benutzt, um dich in eine Ehe zu zwingen. Deine Mutter hat dabei mitgemacht. Und das ist nur ein Fall, von dem ich weiß. Ich bin mir sicher, du bist dein ganzes Leben lang so behandelt worden. Die beiden sollten sich für ihr Verhalten schämen. Nicht du.«

Ich konnte ihn nur anstarren. Ich war mir so sicher gewesen, er würde mich für einen schlechten Menschen halten. Stattdessen verteidigte er mich. Meine Episode im Regen kam mir wieder in den Sinn. Ich hatte mich hilflos gefühlt, schwach im Angesicht der widerstreitenden Gefühle. Warren hatte das verstanden und die Sorge mitgetragen. Offenbar wollte er mir etwas von der Last nehmen. So oft hatte ich mich geweigert, Hilfe anzunehmen, weil ich glaubte, ich würde stark, wenn ich die Last allein trug. Aber vielleicht war das gar keine Stärke. Es brauchte mehr Mut, sich auf andere zu stützen. Nicht nur auf Warren, sondern auch auf Gott.

»Es ist deine Entscheidung, Eva«, unterbrach Warren meine Gedanken. »Willst du zu deiner Mutter?«

Seine Frage schreckte mich auf und ich sah ihn an. »Das würde aber bedeuten, dass wir in die Stadt zurückmüssen.«

Er nickte.

»Das geht nicht.« Ich blinzelte. »Die Welt glaubt, du wärest tot. Und ich hätte dich umgebracht.«

Ich lehnte mich noch mehr an ihn und er zog mich fester an sich. »Wir gehen gleich zur Polizei und machen eine Aussage.«

»Aber was sollen wir denn sagen? Wie sollen wir alles erklären?« Wir waren in den vergangenen zehn Tagen durch den ganzen Bundesstaat gereist – ich sogar noch länger – und das unter falschem Namen. Was konnten wir tun? Einfach bei einem Polizeirevier erscheinen und sagen, dass alles ein Scherz war? Aber es war kein Scherz gewesen. Jemand hatte versucht, meinen Mann umzubringen, und ein Großteil meiner Landsleute glaubte, dass ich dieser Jemand war. Konnte ich verhaftet werden, wenn ich mich freiwillig befragen ließ?

»Die Öffentlichkeit liebt Sensationen.« Warren zuckte mit den Schultern. »Und die können wir ihnen bieten.«

»Die Wahrheit *ist* eine Sensation.«

»Genau. Und die werden wir erzählen.« Er drückte mir einen Kuss auf die Nase, so als würde seine Bemerkung nicht die ganze Welt auf den Kopf stellen.

Die Sache konnte kein gutes Ende nehmen. Wir würden plötzlich im Rampenlicht stehen. Die damit verbundene Aufmerksamkeit war ich gewohnt, aber das hier war etwas ganz anderes. Mein Leben lang war ich dazu erzogen worden, niemals einen Skandal auszulösen, niemals im See der Gesellschaft Wellen zu schlagen. Aber Warren und ich würden weitaus mehr auslösen – wir würden einen Tsunami verursachen.

»Eva.« Warrens Stimme war sanft. »Es ist die einzige Möglichkeit, wie wir deine Mutter wiedersehen können. Willst du das versuchen?«

»Ja«, flüsterte ich.

»Dann lass uns tun, was nötig ist. Morgen machen wir unsere Aussage und dann fliegen wir zu ihr. Hoffentlich ist noch genügend Zeit.«

Da das Unwetter andauerte und bald die Nacht hereinbrechen würde, saßen wir hier bis zum Morgen fest. Ich betete, dass der Regen bis dahin nachlassen würde. »Aber was ist mit unseren Nachforschungen? Die Welt wird dann wissen, dass du am Leben bist, und …« Was, wenn der Mörder es noch einmal versuchte? Schon der Gedanke daran ließ mich die Finger verzweifelt in Warrens Hemd krallen. Ich hatte meinen Mann zurück. Und ich würde ihn nie wieder loslassen.

Unsere Nasen berührten sich sanft. »Diese Sache werden wir zusammen durchstehen.« Dann schob er seine Hand in mein Haar, um es mit den Fingern zu kämmen. Er hatte schon früh erkannt, dass mich das beruhigte, aber ich war alles andere als ruhig.

Warren war bereit, sein Geheimnis zu lüften – dass er lebte –, und zwar vor der ganzen Welt. Er zögerte nicht einmal. Das wollte er für mich tun. Ich konnte auch für ihn tapfer sein. Und für mich. Auf meinen Mut hatte ich mir immer viel eingebildet. Ich konnte die Jenny bei stürmischem Wetter steuern und mit einem Fallschirm von Flugzeugtragflächen springen, aber ich war nicht mutig gewesen, wo ich es hätte sein müssen. Warum kamen mir die Worte, dass ich ihn liebe, nicht über die Lippen? Warum erzählte ich ihm nicht meine ganze Geschichte? Unsere Geschichte.

»Ich will nicht, dass es Geheimnisse zwischen uns gibt, Warren. Nicht mehr. Ich muss dir erzählen, warum ich in der Woche vor deinem Flugzeugabsturz so distanziert war.«

Seine Hand stockte. »Auch wenn ich das sehr gerne wissen möchte, kann es warten. Du bist erschöpft. Und dir ist es vielleicht nicht bewusst, aber du zitterst immer noch.« Seine Stimme war sanft. »Komm, ich wärme dich.«

»Aber es ist mir wichtig, es dir zu sagen. Und auch zu erklären, wo ich am Morgen deines Unfalls war.«

# KAPITEL 24

*Etwa zwei Monate zuvor – 21. Juli 1922*
*Geneva*

Warren lehnte im Türrahmen zwischen unseren beiden Schlafzimmern, seine finstere Miene wie versteinert. »Gibt es etwas, das du mir verschweigst, Geneva?«

Ich hielt beim Kämmen inne und starrte meinen Mann verständnislos an. Die zusammengezogenen Augenbrauen gaben ihm ein mürrisches Aussehen. Ich wusste nicht, warum er so aufgebracht war, aber es hatte jedenfalls nichts mit meinem Termin heute zu tun.

»Ich wünsche dir auch einen guten Abend«, tadelte ich ihn.

»Wovon redest du?«

Er lockerte seinen Krawattenknoten mit einer ruckartigen Bewegung. »Von deinem Vater«, war alles, was er sagte, aber das erklärte seine schlechte Laune. Vater hatte diese Wirkung auf andere Menschen. »Er sagt, er weiß es – und du?«

Ich seufzte. »Was weiß er?« Mir war nicht klar gewesen, dass Warren im Laufe dieses Tages eine Unterredung mit Vater gehabt hatte. Obwohl ich in letzter Zeit vieles nicht mitbekommen hatte. In den vergangenen Wochen hatte ich mit einer Grippe gekämpft, die mich ausgelaugt hatte. Der Arzt hatte mir ein Schlafmittel gegeben, und auch wenn das Fieber nachgelassen hatte, war mir immer noch schlecht. »Was hat Vater denn jetzt schon wieder gemacht?«

»Eine Menge.« Warren kam zu mir und ich drehte mich, um ihn anzusehen. »Wenn ich schon weiß, was los ist, sind die anderen Zeitungen mit Sicherheit auch alarmiert. Ich habe ihn gewarnt, dass die Nachricht die Runde machen würde. Skandale werden immer bevorzugt gedruckt.« Er lachte freudlos. »Aber er will, dass ich auch weiterhin so über ihn berichte, als wäre er ein Geschenk für die Menschheit.«

Ein Skandal? Ich dachte wieder an die Spekulationen über den Tod von Mr Yater. Hatte jemand Beweise dafür gefunden, dass Vater etwas damit zu tun hatte? Konnte es sein, dass mein Vater ein Mörder war? Mein Magen meldete sich und ich presste eine Hand auf meinen Mund.

»Eva?« Warren klang jetzt sanfter. »Ist alles in Ordnung? Ich dachte, es geht dir wieder besser.« Sein Blick wanderte zu der Pillendose auf meinem Frisiertisch. »Vielleicht solltest du aufhören, diese Medizin zu nehmen. Ich glaube, sie macht dich in letzter Zeit lethargischer.« Er sah mir in die Augen. »Oder gibt es einen anderen Grund für dein Schweigen?«

Ich atmete mehrmals vorsichtig ein und aus und saß ganz still da, bis mein Magen sich wieder beruhigt hatte. Warren hatte recht. Ich war in letzter Zeit sehr still gewesen. Nachdem ich mich von meiner Grippe erholt hatte, war die anhaltende Übelkeit für mich ein Grund zur Sorge gewesen. Ich hatte Angst gehabt, ich hätte mir irgendeine schlimme Krankheit eingefangen, aber als mir klar wurde, dass meine Periode ausgeblieben war – vielleicht sogar zweimal –, war ich aus einem ganz anderen Grund nervös geworden. Der Arzt hatte es an diesem Morgen bestätigt – ich erwartete ein Kind. »Ich wollte sowieso mit dir über etwas sprechen.« Warren würde sich darüber freuen, dass er Vater wurde, aber was wusste ich schon über Kindererziehung? Es war nicht so, dass ich mir kein Kind wünschte. Nein, ich machte mir vielmehr Sorgen, dass ich der Aufgabe nicht gewachsen war und dabei scheitern würde. Ich hatte ja nicht gerade die besten Vorbilder gehabt.

Warren nickte. »Ich höre mir gerne an, was du zu sagen hast, aber zuerst möchte ich diese Unterhaltung beenden.« Er kniete sich neben mir auf den Boden. »Eva, ich muss vielleicht etwas über deinen Vater drucken, das deinen Eltern nicht gefallen wird. Obwohl ich versucht habe, ihn zu warnen.«

Ich umklammerte beide Seiten meines Hockers und grub meine Finger in das Polster. »Was denn?« Ich sagte es so leise, dass Warren es nicht hörte.

»Und weißt du, was er zu mir gesagt hat? Er hat gesagt, wenn ich auch nur ein Fünkchen Respekt vor dir hätte, würde ich nicht so überstürzt handeln. Als wäre es meine Schuld! Er hat mir gedroht. Daran habe ich keinen Zweifel.«

*Gedroht.* Ich musste sofort an diese bösen Briefe denken. Konnte Vater dahinterstecken? Welchen Vorteil hätte er davon, wenn er seiner eigenen Tochter Angst machte? Es sei denn, er hatte versucht, mich mit dieser Angst gefügig zu machen. Die Nachrichten hatten mich gewarnt, ich solle mit niemandem darüber reden, sonst würde das Folgen haben – und ich würde alles verlieren. Warren war mein Ein und Alles. Ich durfte ihn nicht verlieren.

»Musst du es denn drucken? Hast du Beweise für das, was mein Vater angeblich getan hat?«

Warren warf den Kopf in den Nacken. »Ich kann nicht fassen, dass du das gesagt hast.«

Mein Mann hatte nicht ein Leben lang unter der Fuchtel von Vater gelebt und gelitten. Er wusste nicht, wozu dieser Mann fähig war. »Diese Frage muss doch erlaubt sein.«

»Du glaubst, ich würde deine Familie in Verruf bringen, ohne Beweise zu haben?«

Mir wich das Blut aus dem Gesicht. Wenn Warren mit seiner Berichterstattung Vaters Kampagne ruinierte, wollte ich mir nicht vorstellen, welche Konsequenzen das haben würde. »Warren, bitte mach nichts …«

»Vielleicht sollte ich auf der Titelseite über seinen kleinen Skandal berichten. Das wird deinem Vater eine Lehre sein und er wird mir in Zukunft nicht mehr drohen.«

Warren wusste nicht, was er da sagte. So hatte ich ihn noch nie gesehen. Obwohl ich aus erster Hand wusste, dass Vater einen Menschen dazu bringen konnte, die Fassung zu verlieren.

Aber Warren hatte ja keine Ahnung, mit wem er sich da anlegte. Ich ergriff seine Hand. »Ich flehe dich an. Druck es nicht.«

Warren sah mich verblüfft an. »Warum?«

»Weil ich dich darum bitte.« Mein Magen drehte sich mir um und wieder stieg Übelkeit in mir auf. Ich konnte kaum sprechen, geschweige denn meine Gedanken erklären. So hatte ich mir diesen Abend nicht vorgestellt. Warren hatte in den letzten Wochen viel gearbeitet und dies war unser erster gemeinsamer Abend. Eigentlich sollte er gefeiert und nicht im Streit verbracht werden. Aber ich wusste nicht, wie ich das bewerkstelligen sollte. Ich würde mit meiner guten Nachricht jedenfalls nicht herausplatzen, nur damit Warren aufhörte, mit mir zu streiten.

»Ich brauche einen besseren Grund, Geneva.« Er sprach mich inzwischen kaum noch mit meinem vollen Namen an. Und in den letzten Minuten hatte er es gleich zweimal getan. Aber angesichts seiner jetzigen Laune würde ich ihn nicht darauf hinweisen. Ich wollte auch nicht zugeben, dass ich den Verdacht hatte, mein Vater könnte ein Mörder sein. Denn dann würde ich genau das tun, wovon ich Warren abhalten wollte – ohne Beweise handeln. Konnte ich wirklich sagen, dass ich meinen Vater des Mordes für fähig hielt? Das war eine schreckliche Anschuldigung. Und gerade jetzt, wo meine Gefühle heillos durcheinander waren und mein Körper in Aufruhr war, wusste ich kaum, wo oben und unten war.

»Ist es denn nicht genug, dass ich dich darum bitte? Kannst du mir nicht glauben, ohne alles zu wissen?«

Warren sah mich ganz seltsam an. »Allmählich glaube ich, dass in dir mehr Ashcroft steckt als Hayes.«

Ich schlang die Arme um meinen Bauch. Seine Worte trafen mich an einer empfindlichen Stelle. »Wie kannst du nur so etwas sagen?«

Er seufzte frustriert. »Du verteidigst sie doch!«

»Ich verteidige *dich*!«

»Wie denn?«

War das hier ein Verhör? Denn es fühlte sich eindeutig so an.

»Es gibt Gerüchte. Und … und mit meinem Vater legt man sich besser nicht an.«

Warren schnaubte verächtlich. »Mit mir auch nicht.«

Jetzt lief die Sache endgültig aus dem Ruder. Schlimmer noch, er sah mich so an, als wäre er gar nicht sicher, ob ich die Wahrheit sagte. Hatte er wirklich gedacht, ich wäre in Vaters illegale Geschäfte eingeweiht? »Lass uns in Ruhe darüber reden, Warren. Sag mir, was du über Vater gehört hast, dann sehen wir weiter.«

Er drehte sich um und starrte auf irgendeinen Fleck an der Wand. Nach einem Moment des Zögerns nickte er schließlich. Als ich ihn ansah, fiel mir auf, dass das Funkeln in seinen Augen verloschen war, so als würde er die Hoffnung verlieren. »Zuerst muss ich etwas wissen: Vertraust du mir?«

»Natürlich vertraue ich dir.«

»Liebst du mich?« Er nahm meine Hände und umklammerte sie, seine Stimme ungewohnt zittrig. »Denn was ich gleich sagen werde, könnte alles ändern. Ich muss wissen, dass du auf meiner Seite stehst.«

»Ich bin immer auf deiner Seite.« Mein Tonfall war entschlossen. »Schließlich bin ich deine Frau.«

»Ich habe dich gefragt, ob du mich liebst, Eva. Die Sache könnte hässlich werden und ich will davon überzeugt sein, dass unsere Liebe sich allem entgegenstellen kann, egal was geschieht.«

*Liebe.* Mein ganzes Wesen reagierte heftig auf dieses Wort. Warren verstand nicht, was für eine hässliche Bedeutung es für mich bekommen hatte. Ich konnte es nicht ertragen, dieses Wort laut auszusprechen. »Du bist mir sehr, sehr wichtig. Wichtiger als jeder Mensch vorher.«

In seinen Zügen lag ein verletzter Ausdruck und er ließ meine Hände los. »Wichtig?«

»Das ist nicht leicht für mich.«

»Mich zu lieben, ist nicht leicht für dich?«

»Das meinte ich nicht.« Wie konnte ich ihm die dunkle Leere in meinem Innern erklären? »Ich habe Probleme, meine Gefühle auszudrücken – das weißt du doch. Es macht mich verletzlich. Es ist gefährlich.«

»Es ist nicht schwer, Eva. Ich hatte Geduld, aber ich brauche mehr von dir, wenn wir diese Sache zusammen durchstehen wollen. Entweder du liebst mich oder du tust es nicht.«

»Das ist nicht fair.« Ich wusste, dass Warren in den letzten Wochen unermüdlich gearbeitet hatte und erschöpft war. Seine Gefühle waren überstrapaziert, genau wie meine. Und zusätzlich zu allem anderen mit Vater fertigwerden zu müssen, half auch nicht gerade. »Vielleicht sollten wir morgen darüber reden, wenn wir beide wieder einen klaren Kopf haben.«

Ohne ein weiteres Wort verließ er das Zimmer. Als er die Tür schloss, schien das laute Klicken darauf hinzuweisen, dass uns mehr trennte als nur eine Wand.

Ich konnte nicht einschlafen, zu aufgewühlt waren meine Gedanken. Ein Artikel, der Vaters Namen beschmutzte, würde Jahre sorgfältiger Planung zunichtemachen. Seine Hoffnung auf den Senatorenposten zerstören. Er würde sich rächen. Mich fröstelte und meine Hand wanderte instinktiv zu meinem Unterleib. Ich durfte nicht zulassen, dass er Warren schadete.

Ich musste etwas unternehmen.

Mit meiner letzten Kraft schwang ich die Beine über die Bettkante, und bevor ich es mir anders überlegen konnte, floh ich aus meinem Zimmer und lief durch die Dunkelheit in Warrens Arbeitszimmer. Meine Hände legten sich um den Telefonhörer. Ich hatte einmal alles für Lilith riskiert. Ich würde es sogar noch eher für Warren tun, für unser Kind. Mit einer entschlossenen Bewegung hob ich den Hörer ab und gab der Vermittlung den Anschluss durch.

Innerlich wappnete ich mich für eine Auseinandersetzung, sollte der Butler sich weigern, Vater ans Telefon zu holen, aber zu meiner Überraschung nahm Mutter ab.

»Geneva, es ist spät. Hast du denn gar keine Manieren, jemanden um diese Zeit zu wecken?«

Meine Finger krallten sich noch fester um den Telefonhörer. Ich könnte verbluten und meinen letzten Atemzug tun und selbst dann würde Mutter mir noch einen Vortrag über angemessene Umgangsformen halten. »Ich muss mit Vater sprechen. Es ist dringend.«

»Er ist schon zu Bett gegangen. Es kann bis morgen warten.«

»Warren weiß von einem Skandal, in den Vater verwickelt ist. Vielleicht druckt er es in seiner Zeitung.«

Als Mutter hörbar die Luft einsog, zuckte ich beinahe zusammen. »Das kann er nicht. Es wird alles ruinieren.«

Zweifellos sprach sie von Vaters Kampagne, während ich mir Sorgen um den Schaden machte, den er meiner Ehe und meinem Mann zufügen konnte.

»Du musst Warren davon überzeugen, keine Verleumdungen zu drucken, Geneva. Es wäre für alle Beteiligten das Beste.«

Doch was, wenn Vater wirklich für den Tod von Mr Yater verantwortlich war? Warren hatte es nicht ausdrücklich gesagt, aber ich nahm an, dass dies der Skandal war, von dem er sprach. Er hatte auch angedeutet, dass er Beweise hatte. Konnte ich Warren guten Gewissens überreden, bei einer solchen Sache zu schweigen? Mein Blick fiel auf den Vogelkäfig. Selbst in der Dunkelheit konnte ich die Umrisse erkennen. Warren hatte mich aus einem eingeengten Leben gerettet und mich aus Vaters Klauen befreit. Dasselbe würde ich jetzt für ihn tun.

»Ich werde mich an deinen Plan halten.«

Warren würde wütend sein, aber ich musste ihn überreden. Wenn nicht um seinetwillen, dann für unser Baby. Ich hasste den Gedanken, das Kind als Druckmittel einzusetzen, aber Warren musste verstehen, wie ernst die Folgen sein würden, wenn er Vater verärgerte.

Ein schlurfendes Geräusch drang vom Flur herüber, sodass ich den Hörer sinken ließ.

»Bist du noch da, Geneva?« Mutters Stimme klang schrill. »Du musst ihn zur Vernunft bringen. Es steht zu viel auf dem Spiel.«

Ja, zu viel. Ich fuhr mit einer Hand über meinen Bauch. »Ich verspreche, dass ich das mache.«

Als ich am nächsten Tag erwachte, hatte ich am ganzen Körper Schmerzen. Nach meinem Telefonat mit Mutter hatte ich nur schwer einschlafen können. Obwohl ich versucht gewesen war, hatte ich kein Schlafmittel genommen.

Der gestrige Abend war nicht so gelaufen, wie ich es mir vorgestellt hatte. Warren und ich mussten miteinander reden und ich hatte ihm versprochen, dass ich an diesem Morgen dazu bereit sein würde. Hoffentlich konnte ich ihn dazu bringen, die Sache mit Vater auf sich beruhen zu lassen.

Noch im Nachthemd klopfte ich an Warrens Schlafzimmertür. Dies war die erste Nacht, die ich in meinem Zimmer geschlafen hatte. Seit unserer Hochzeit hatten wir das Bett geteilt. Ein Teil von mir hoffte, dass wir es an diesem Abend wieder tun würden.

Ich klopfte noch einmal. Nichts.

Zögernd öffnete ich die Tür.

Warren war fort. Sein Bett war ordentlich gemacht. Sein würziger Duft hing in der Luft. Vielleicht wartete er im Frühstückszimmer auf mich. Ich wich zurück und fühlte mit dem Fuß etwas.

Ich blickte zu Boden und sah einen Zettel, den Warren unter meiner Tür hindurchgeschoben haben musste. Ich hob ihn auf und las die Nachricht.

*Wir müssen reden. Ich musste wegen einer Sache ins Büro, aber wir sehen uns am Hangar zu unserem wöchentlichen Treffen. Bis bald.*

Heute war Samstag, aber fliegen würde ich nicht können. Doch ich würde mich mit ihm treffen und ihm alles erklären. Meine übliche Flugkleidung – ein Paar Hosen und eine locker sitzende Bluse – alles lag gefaltet auf dem Hocker neben meinem Kleiderschrank. Iris hatte es gestern Morgen herausgelegt, weil sie heute ihren freien Tag hatte. Als ich mich fertig machen wollte, spürte ich, dass an meinen Beinen etwas Warmes hinunterlief. Mir stockte das Herz. Auf dem Boden bildete sich eine kleine rote Pfütze.

Von meinem eigenen Blut.

# KAPITEL 25

12. September 1922
Stella

Warrens Arme legten sich um mich, während wir beide in unserem Fremdenzimmer auf dem Bett lagen. Er hatte eine Kerosinlampe angezündet, die um uns herum einen warmen Glanz verbreitete. Ich schloss die Augen vor dem Licht, denn ich hatte es nicht verdient. Für mich blieb nur der Schatten.

Ich presste eine Hand auf meinen Unterleib – auf meinen flachen Bauch, der gewölbt sein sollte. Eine frische Schmerzwelle schlug über mir zusammen und ich klammerte mich daran. Wahrscheinlich war es ungesund, die Trauer nicht loszulassen, aber sie war meine einzige Erinnerung. Ich hatte keine Schwangerschaftsstreifen. Nichts, was darauf hinwies, dass ich einmal ein Kind im Leib getragen hatte. Der Schmerz war das einzige Andenken.

»Ich … ich …« Ich brachte es nicht heraus. Fünf Wörter. Es waren nur fünf Wörter, aber sie wollten mir einfach nicht über die Lippen kommen.

Warren strich mit einer Hand über meinen Körper, eine sanfte Liebkosung. »Du musst es mir nicht heute Abend sagen. Schlaf einfach.« Er zog mich näher und ich spürte das Auf und Ab seines Brustkorbs neben mir.

Ich blieb ganz still liegen und achtete auf das leise Geräusch seines Atems, den Inbegriff des Lebens. Warren hatte ein Recht darauf, es zu erfahren. Ich senkte das Kinn, zog die Knie an und rollte mich zusammen, als könnte ich mich so gegen einen vertrauten Feind wappnen – die Reue.

»Ich habe unser Baby verloren.« Ich konnte nicht verhindern, dass ein Schluchzer in meiner Kehle aufstieg und sich mit einem heftigen Zittern einen Weg hinausbahnte.

Warren erstarrte, sein Arm schwer auf meiner Taille. »Unser ... Baby?«

Meine zusammengekniffenen Augen konnten die Tränen nicht mehr zurückhalten. »Es tut mir leid, Warren. So schrecklich leid.« Ich vergrub das Gesicht in meinen Händen und riss mich von ihm los, damit ich mich ganz klein machen konnte.

Aber Warren überließ mich nicht allein meiner unsagbaren Trauer. Er hob mich hoch und zog mich an sich.

Ich weinte noch mehr. Denn so hatte auch unsere Hochzeitsnacht begonnen. Warren hatte mich zu seinem Bett getragen und mich wie ein kleines Kind auf dem Schoß gehalten, während er mich mit Küssen voller Zärtlichkeit bedeckt hatte. Vielleicht war unser Kind genau in der Nacht gezeugt worden.

Jetzt drückte er dieselben Lippen auf meine Stirn, während er mich weinen ließ. Seine zärtliche Berührung öffnete ein Ventil in mir und mit jeder Träne, die fiel, ließ der Druck nach. Tränen, die Warren immer wieder mit dem Daumen fortwischte, während er mein Gesicht küsste und tröstende Worte murmelte.

Nach einer gewissen Zeit verstummte ich. Normalerweise weinte ich, bis ich Kopfschmerzen bekam, aber diesmal war da kein pochendes Engegefühl.

Warren legte die Hände um mein Gesicht und seine Augen glänzten. »Du hast es mir nicht gesagt.«

»Das wollte ich ja.« Ich schniefte. »Ich wollte es dir an dem Abend erzählen, als wir uns gestritten haben.«

Ich sah, dass er begriff. »An dem Abend vor dem Unfall.«

Ich nickte. »An dem Morgen hatte ich es erfahren, aber das ist noch nicht alles, Warren.« Ich presste meine Wange an seine starke Schulter. »Es war meine Schuld. Ich habe unser Kind umgebracht.«

Warren bewegte sich. Ich konnte seinen Blick spüren, ihm aber nicht in die Augen sehen. »Du hattest eine Fehlgeburt, Liebling. Das hättest du doch nicht verhindern können.«

»Nein, da ist noch etwas.« Ich würde ihn nicht in dem Glauben lassen, ich hätte keine Schuld. »Weißt du noch, dass ich wochenlang krank war? Der Arzt hat mir Medizin gegeben, damit ich trotz des Fiebers und der Übelkeit schlafen konnte. Das war ein Opioid.« Ich hatte keine Ahnung gehabt, dass es einen Zusammenhang zwischen Opioiden und Fehlgeburten gab, aber der Arzt hatte erklärt, er habe das oft bei Frauen in den frühen Stadien der Schwangerschaft gesehen.

»Aber du wusstest doch gar nicht, dass du in anderen Umständen warst.« Warren verteidigte mich mit einer solchen Zärtlichkeit, dass ich es kaum ertragen konnte.

Mir war nicht klar gewesen, dass ich schwanger war, als ich das Medikament genommen hatte. Ja, das stimmte. Aber diese Schuldgefühle hatten sich trotzdem eingestellt und hatten meine körperlichen und seelischen Qualen über den Tod unseres Kindes noch verschlimmert. »An dem Samstagmorgen bin ich blutend aufgewacht und schnell zum Arzt gefahren. Aber da hatte ich das Baby schon verloren.«

»Du hast den ganzen Kummer allein getragen.« Warren schüttelte den Kopf. »Und dann dachtest du auch noch, ich wäre am selben Tag mit dem Flugzeug abgestürzt und umgekommen.«

»Ich habe an diesem einen Tag meine ganze Welt verloren.« Noch nie hatte ich einen solchen Verlust erlitten, hatte einen solchen Schmerz nicht einmal für möglich gehalten. Ich legte eine Hand auf Warrens Herz und fühlte, wie kräftig es schlug. »Wenigstens habe ich einen Teil wiedergefunden. Ausgerechnet in einer Flüsterkneipe.« Ich wollte damit die Stimmung etwas auflockern, aber Warren runzelte die Stirn.

»Wir waren endlich wieder vereint und dann habe ich dir noch mehr wehgetan, indem ich dir etwas Furchtbares vorgeworfen habe. Kannst du mir verzeihen?«

»Kannst du *mir* denn verzeihen? Ich hätte es dir sagen müssen. Ich wollte, dass es ein vollkommener Augenblick wird, aber ich hätte nicht warten sollen.« Ich schüttelte den Kopf. »Ich hätte

nicht mit dir streiten sollen, hätte die Tabletten nicht nehmen sollen.« Mein Blick trübte sich. »Ich bereue so viel, Warren. So viel.«
»Nichts von alledem war deine Schuld.«
Ich wollte ihm widersprechen, aber Warren legte mir einen Finger auf die Lippen und hinderte mich so am Reden.
»Hör mir zu, Eva. Dich trifft keinerlei Schuld an dem Verlust unseres Kindes. Und auch nicht an dem Streit. Ich war hitzköpfig. Ich habe voreilige Schlüsse gezogen. Du warst ungewohnt fordernd, als du mich überreden wolltest, die Geschichte nicht zu drucken, aber ...«
»Das habe ich doch nur getan, weil ich dich beschützen wollte. Das war auch der Grund, warum ich Mutter an dem Abend angerufen habe. Ich wollte nicht, dass du Vater verärgerst und er dir daraufhin wehtut.«
Unsere Blicke trafen sich. Jetzt konnte ich genauso gut auch den Rest noch ausspucken. »Ich hatte Gerüchte gehört, dass jeder, der sich mit ihm anlegt und ihn verrät, mit dem Leben dafür bezahlt. Es gab Spekulationen über den Tod eines früheren Geschäftspartners.«
»Howard Yater?«
Ich nickte. »Deshalb wollte ich nicht, dass du etwas druckst. Damals wusste ich ja noch nichts von Ruth Fields. Ich dachte, du wolltest Vaters Rolle beim Tod dieses Mannes hinterfragen. Ich hatte Angst um dich.«
Warren sah mich an, die Arme immer noch um mich geschlungen. »Warum hast du das nicht gesagt?«
»Ich war mir nicht sicher, ob es stimmte. Ich wollte Vater nichts vorwerfen, was nur auf Gerüchten basierte. Mord ist eine gravierende Anschuldigung.«
Warren atmete hörbar aus. »Und ich habe dich des Mordes beschuldigt.« In seiner Stimme war die Reue deutlich zu hören.
Ich schmiegte mich an ihn, weil ich seine Wärme brauchte. »Mr Yater und Ruth Fields haben sich beide mit Vater angelegt.« Einer hatte ihn bei einem Geschäft übervorteilt, die andere ihn angeb-

lich erpresst.« Und dann sind beide an einer Magenkrankheit gestorben. Das kann doch kein Zufall sein, oder?«

»Was den Tod von Howard Yater betrifft, bin ich mir nicht sicher. Dazu habe ich keine Nachforschungen angestellt. Aber Brisbane hat nichts gefunden, was deinen Vater mit dem Tod von Ms Fields in Verbindung bringt.«

Das war wenigstens etwas. Obwohl es auch nicht seine Unschuld bewies. »Wenn die Wahrheit über ihr Verhältnis und ihre mögliche Erpressung herauskommt, werden die Leute ganz sicher über ihren plötzlichen Tod spekulieren.« Ich setzte die Puzzleteile laut zusammen. »Schon das allein würde ihn den Wahlsieg kosten.«

»Und das weiß er auch.«

»Und du dachtest, ich hätte davon Kenntnis.« Ich sprach es nur ungern an, aber wir durften keine Missverständnisse mehr zulassen. »Als wir an dem Abend gestritten haben, dachtest du, ich wäre auf seiner Seite. Du hast geglaubt, ich wüsste von seiner Beziehung zu Ruth Fields.« Was zu seinem Verhalten passte, als wir in der Stadt waren, in der sie gestorben war. Er hatte mich immer wieder gefragt, ob ich mit dem Ort etwas anfangen könnte. »Und als du gehört hast, wie ich nach unserem Streit mit Mutter telefoniert habe, hat dich das in dem Glauben bestärkt, ich wollte dir etwas antun.«

»Ich dachte, du wolltest nicht, dass der Name deines Vaters beschmutzt wird.« Er zog mich an sich. »Dass du ihn beschützt. Und weil ...« Seine Hand fuhr geistesabwesend über meinen Arm. »Ich dachte, du liebst mich nicht. Als ich dich gebeten habe, es zu sagen, konntest du es nicht.«

Wieder spürte ich, dass mir die Tränen kamen. »Ich habe Mühe, diese Worte auszusprechen. Nicht deinetwegen.« Ich drehte mich, sodass ich ihn ansehen konnte. »Sondern wegen meiner Eltern. Mutter hat diese Worte missbraucht, um Vaters Pläne zu rechtfertigen. *Wir schicken dich in ein Internat, weil wir dich lieben. Vater hat viel Geld für diesen Zeitungsbericht über dich bezahlt. Das hat er aus Liebe getan. Weil er will, dass du einen makellosen Ruf hast. Alles für deine Zukunft.«* Aber es ging um *seine* Zukunft. »*Vater macht das, weil er dich so sehr liebt.«* Ich seufzte schwer. »Nachdem ich achtzehn geworden war, hat sie dieses Wort nicht mehr benutzt. Aber in meinen Gedanken war es schon völlig verdreht.«

»Nichts davon war Liebe, Eva. Das war nur eine selbstsüchtige Imitation.« Warren sah mir in die Augen. »Wahre Liebe gibt, sie nimmt nicht. Sie zwingt einen anderen Menschen niemals zu einem Opfer, sondern opfert sich selbst für den anderen.«

Noch eine Träne lief mir über die Wangen und Warren wischte sie mit dem Daumen fort. Er hatte recht. Mein Verständnis von Liebe war von den Menschen in meinem Umfeld verzerrt worden.

*Wahre Liebe gibt.* Ich sah meinen Mann an. Von unseren frühesten gemeinsamen Augenblicken an hatte er das getan. Er hatte mich nicht einmal gekannt und mir einen Flug in der Jenny geschenkt. Er hatte mir die Entscheidung überlassen, ihn zu heiraten, als meine Eltern das nicht getan hatten. Er hatte mir das Fliegen beigebracht. Mir ein Flugzeug gekauft. Er hatte mir Flügel verliehen, während meine Eltern immer nur versucht hatten, sie mir zu stutzen. Warren hatte mir wahre Liebe gezeigt.

Ich musste an eine Bibelstelle denken, die ich als Kind besonders geliebt hatte, bevor die Welt meine Gedanken abgestumpft hatte. So sehr hat Gott die Welt *geliebt,* dass er seinen eingeborenen Sohn *gab* …

Jetzt verstand ich es – es beruhte auf Gegenseitigkeit. Eins folgte immer auf das andere.

»Ich hätte nie an dir zweifeln dürfen.« Warren drückte mir einen Kuss auf die Stirn. »Oder an dem Abend damals mit dir streiten. Wie es aussieht, kann ich gar nicht genug um Verzeihung bitten.«

»Wir haben beide Fehler gemacht. Ich hätte dir von unserem Baby erzählen sollen. Und von den Drohbriefen. Ich hätte dir sagen sollen, was ich gefühlt habe.« Ich streckte die Hand nach ihm aus. »Und was ich jetzt fühle.«

Er sah mich mit einer Zuneigung an, die mein Herz schneller schlagen ließ. Ich schmiegte mich an ihn, barg mich in seinen starken Armen. Eine vertraute Bewegung und doch schien sie neu. Alles war irgendwie neu. Offen und hell. Als hätte sich die diesige Wolke, die über unserer Ehe gehangen hatte, endlich verzogen.

Nichts stand mehr zwischen uns. Abgesehen von einer Sache. Ich bewegte mich auf ihn zu, bis unsere Gesichter nur noch einen Kuss voneinander entfernt waren. Ich wollte mir sicher sein, dass Warren die Ernsthaftigkeit in meinen Augen sah. »Als ich dachte, ich hätte dich verloren, hat es sich so angefühlt, als wäre alles Gute in mir gestorben.« Ich legte beide Hände um sein Gesicht. Meine Fingerspitzen fühlten sein markantes Kinn, das sich anspannte. Er wappnete sich. Die zögerliche Hoffnung in seinen Augen war mein Verderben. »Ich will nie mehr von dir getrennt sein. Ich liebe dich mit allem, was in mir ist.«

In diesem Augenblick erdrückten mich seine Arme fast und sein Mund presste sich fordernd auf meinen.

Dies war das erste Mal seit unserer Trennung, dass wir uns küssten. In den vergangenen Tagen hatte Warren mir einen Kuss auf die Stirn oder die Wange gedrückt, aber mich nicht auf den Mund geküsst. Aber jetzt brach sich seine Leidenschaft Bahn.

»Ich liebe dich, Eva.« Der feuchte Glanz in seinen Augen ließ die herrlichen goldenen Flecken funkeln. »Ich habe nie aufgehört, dich zu lieben.«

Ich gab ihm einen langen Kuss und verlor mich in seiner Umarmung, bevor ich mich an etwas erinnerte. »Jetzt müssen wir aber die Konditionen unserer Abmachung erfüllen.«

Warren hob den Kopf und wir lösten uns voneinander. Als Geschäftsmann hatte er unsere Abmachung sicher nicht vergessen. Wir hatten sie getroffen, als er mir zum ersten Mal gesagt hatte, dass er mich liebte. »Du musst gerade mit sehr vielen Gefühlen fertigwerden, Eva. Angesichts der Situation mit deiner Mutter und der Ereignisse, über die wir gerade gesprochen haben, will ich nicht, dass du eine überstürzte Entscheidung triffst. Ich kann warten.«

»Aber ich nicht.« In meinen Augen war unsere Beziehung jetzt sogar tiefer als noch vor dem Flugzeugabsturz. Ich enthielt ihm nichts mehr vor. Ich sehnte mich danach, alles mit ihm zu teilen. Wieder eins mit ihm zu werden im vollen Sinn des Wortes. »Bitte bleib heute Nacht bei mir.«

Mehr als diese einfache Bitte war nicht nötig. Denn Warren küsste mich, als würde er mir nie wieder irgendetwas abschlagen. Der Morgen würde eine neue Herausforderung mit sich bringen, wenn wir aus unserem Versteck traten, aber heute Nacht stärkten wir unsere Beziehung, während ich mich in Warrens zärtlicher Liebe verlor.

# TEIL 2

# KAPITEL 26

Keine Stella Starling mehr.
Denn heute würde ich mich wieder in Geneva Hayes zurückverwandeln. Es war an der Zeit, dass ich in der Gegenwart lebte. Die letzten Wochen hatte ich mich auf die Vergangenheit konzentriert und versucht, Antworten zu finden. Ich hatte schreckliche Angst gehabt, dass ich etwas Wichtiges übersehen hatte. Aber Rückblenden würden mir jetzt nichts mehr nützen. Ich brauchte alle meine Kraft, um mich dem *Jetzt* zu stellen.
Wie die nächsten paar Stunden verlaufen würden, war ungewiss. Es konnte sein, dass ich am Ende eine graue Gefängnisuniform trug oder, schlimmer noch, einen Sarg für meine Mutter aussuchen musste. Nichts von alldem war verheißungsvoll. Aber Warrens Finger waren mit meinen fest verflochten und das gab mir Kraft.
Der gestrige Abend war aus mehreren Gründen denkwürdig gewesen. Aber was ich am meisten genoss, war das Wiederaufleben unserer Beziehung. Mehr noch als unsere Körper hatten sich unsere Herzen miteinander verbunden und meine Geheimnisse waren nicht mehr in mir eingeschlossen.
Und heute würden wir noch mehr davon freilassen. Warren war wirklich davon überzeugt, dass es das Beste war, wenn wir uns nicht länger versteckten, und so waren wir aufgebrochen, als das erste Rosa am Himmel erschienen war.
Die Heimreise erwies sich als der turbulenteste Flug, den wir bisher erlebt hatten. Der Motor stotterte eine erschreckende Minute lang, sodass wir eine Notlandung durchführen mussten. Warren, ganz der Mechaniker, fand heraus, was das Problem war, aber dann musste auch noch ein Reifen repariert werden. Es war, als würde die Jenny genauso widerwillig zurückkehren wie wir.

Schließlich erreichten wir den Flugplatz am Rand der Großstadt. Auf dieser vertrauten Landebahn hatte ich fliegen gelernt und dort war später auch mein Herz in tausend Stücke zersprungen, als ich von Warrens Absturz erfahren hatte.

Nachdem wir gelandet waren, verstauten wir das Flugzeug eilig in unserem Teil des Hangars, weil wir wussten, dass es nicht lange dauern würde, bis jemand es sah und die Polizei informierte. Es waren nicht viele Piloten vor Ort und dafür waren Warren und ich dankbar. Er stand Wache, während ich meine Hosen auszog und stattdessen in ein zerknittertes Kleid schlüpfte. Mutter würde einen Anfall bekommen, wenn sie mich so sehen könnte. Aber dann zog sich mein Herz zusammen. Mutter kämpfte gerade um ihr Leben. Ich hoffte nur, dass es noch nicht zu spät war.

Warren schlug vor, dass wir die anderthalb Kilometer zur Autowerkstatt zu Fuß gingen und erst dort ein Taxi bestellten. Es würde weniger Verdacht erregen, wenn ein Fahrer uns bei einem Autohändler abholte anstatt beim Flugplatz. Der Plan war, dass wir so lange wie möglich unbemerkt blieben.

Also stand ich jetzt am Straßenrand und wartete darauf, dass mein Mann das Telefonat beendete, das der Werkstattinhaber ihm freundlicherweise gestattet hatte. Die Sonne brannte auf mich herunter und der Schweiß lief mir über den Rücken. Meine Nerven waren angespannt und ich fühlte mich unbehaglich bei dem Gedanken, zur Polizei zu gehen. War es die richtige Entscheidung?

Warren kam aus der kleinen Werkstatt auf mich zu. »Alles geregelt. Der Mann vom Taxiunternehmen hat gesagt, dass sie gleich jemanden schicken.« Er sah mich prüfend an. »Alles in Ordnung?«

»Ja.« Ich wischte mir die Stirn ab, wobei ich darauf achtete, meine dunkel geschminkten Augenbrauen nicht zu verwischen. »Fahren wir von hier aus gleich zur Polizei?«

Warren sah sich um, als wollte er sich vergewissern, dass niemand uns belauschte. Dann nickte er. »Ja. Ich habe auch noch bei Terrence im Büro angerufen.«

»Ach ja?« Ich zog die Augenbrauen hoch. »Wieso denn das?« Von diesem Teil des Plans hatte er mir nichts erzählt. Ich kannte Warrens Cousin kaum. Wegen Warrens Zusammenarbeit mit ihm hatte ich angenommen, dass Terrence ein anständiger Kerl war, aber ich war von Natur aus misstrauisch. Ich konnte mir eine Million Dinge vorstellen, die schieflaufen könnten, wenn unsere Geschichte herauskam, bevor wir bei der Polizei eintrafen.

Warren führte mich weiter von der Werkstatt fort. »Ich denke, es ist das Beste, wenn wir unseren Anwalt dabeihaben, während wir mit der Polizei sprechen. Nur für den Fall.«

»Für welchen Fall?« Würden sie mich verhaften? Oder uns beide?

»Es ist immer gut, jemanden an der Seite zu haben, der sich mit dem Gesetz auskennt.« Warren atmete hörbar aus. »Aber ich konnte nicht mit ihm sprechen, sondern nur mit seiner Sekretärin. Es ist 12 Uhr und da ist Terrence in der Mittagspause. Ich hatte vergessen, dass man nach diesem Mann die Uhr stellen kann.« Er sah meinen fragenden Blick und deutete ihn richtig. Seine Mundwinkel wanderten nach oben. »Nein, ich habe meinen Namen nicht genannt. Jedenfalls nicht meinen richtigen. Nur das Pseudonym, das ich immer benutze, wenn ich meinen Cousin kontaktiere.«

Das war mir neu. »Du nennst einen falschen Namen?«

Warren zog die Augenbrauen hoch. »Habe ich dir nie erzählt, warum?«

Jetzt war ich es, die einen Seufzer ausstieß. Es gab so viele Dinge in den ersten Wochen unserer Ehe, die ich im Nachhinein anders machen würde, wenn ich könnte. Die Dinge ansprechen und darüber reden war eines davon. Nicht, dass ich darin gut war, aber ich verstand jetzt, wie viel Schaden es anrichten konnte, wenn man dem andern etwas verschwieg.

»Du hast vor dem Absturz viel gearbeitet. Und wenn wir zusammen waren, sind wir entweder geflogen, haben gegessen oder … waren frisch vermählt.«

Sein Grinsen blitzte auf, sorglos und ein bisschen schelmisch, als wären wir nicht gerade drauf und dran, an diesem Tag unser Leben auf den Kopf zu stellen. »So kann man es auch formulieren.« Er zwinkerte. »Was Terrence betrifft, gehe ich nicht mehr in seine Kanzlei, weil er einmal einen Angestellten dabei erwischt hat, wie er ein Gespräch belauscht hat, in dem wir uns über ein Problem mit einem Zeitungskonkurrenten ausgetauscht haben. Der Kerl wollte damals die Informationen an meinen Rivalen verkaufen.«

»Das ist ja schrecklich.«

»Leider geschieht so was oft.« Warren ließ mich los. »Deshalb hinterlasse ich einen Codenamen – Thomas Hawkins –, wenn ich mich mit Terrence treffen muss, und dann kommt er in mein Büro oder wir treffen uns an einem neutralen Ort. Obwohl ich diesmal darum gebeten habe, dass er zur Polizeiwache kommt.«

Wie es schien, hatte Warren schon lange, bevor es Stella und Stan Starling gegeben hatte, fremde Namen erfunden. »Will dein Cousin kommen? Er wird sicher erleichtert sein, dass du lebst, aber er könnte auch gekränkt sein, weil du ihm nichts gesagt hast.« Dann senkte ich den Blick. »Oder vielleicht … ist er auch gar nicht erfreut darüber, dass du den Absturz überlebt hast.« Ich hatte mich so auf meine Eltern als mögliche Täter konzentriert, dass ich an Warrens Verwandtschaft gar nicht gedacht hatte. »Wer erbt denn das Hayes-Vermögen, wenn du tot bist?«

Er erwiderte meinen Blick. »Du.«

Ich hatte meine Frage nicht richtig formuliert. Ich wusste, dass Warrens Grundbesitz an mich fallen würde. Aber ich hatte ihn nicht wegen seines Vermögens oder seines Einflusses geheiratet, den er hatte. Ich wollte lieber ihn haben als alles Geld der Welt. Abgesehen davon war ich selbst auch nicht gerade unvermögend. Sosehr meine Eltern mein Leben auch kontrollierten, so hatten sie sich doch korrekt verhalten, was meine Erbschaft betraf. Es gab eine hübsche Summe, die auf meinen Namen angelegt war, aber Warren weigerte sich, sie anzurühren.

»Aber wenn ich für den Mord an dir verurteilt würde – und es gibt ja Menschen, die mich dessen beschuldigen –, würde ich nicht erben.«

Warren nickte. »Dann würde alles an meinen Onkel fallen, den Bruder meines Vaters. Und dann an seine Familie weitergegeben werden. Er lebt seit Jahren im Ausland. Ich bezweifle, dass er etwas mit alldem zu tun hat.«

»Und Terrence?«

Warren starrte auf die menschenleere Straße und hielt Ausschau nach unserem Taxi. »Mein Tod würde ihm finanziell eher schaden.«

Ich erinnerte mich daran, dass Warren gesagt hatte, sein Cousin sei nicht wohlhabend, aber ich hatte keine Ahnung, wer den Großteil von Warrens Vermögen erhalten würde. »Wie meinst du das?«

»Er ist ein entfernter Cousin. Vor ihm sind mindestens noch fünfzehn andere Verwandte erbberechtigt. Da müsste er eine Menge Leute umbringen.« Er zuckte mit den Schultern. »Und wie gesagt: Mein Tod würde seiner Kanzlei schaden, weil er die meisten meiner geschäftlichen Angelegenheiten regelt. Es gibt keine Garantie dafür, dass derjenige, dem die Zeitung nach mir gehört, seine Dienste in Anspruch nehmen wird.«

Das leuchtete mir ein. »Fällt dir noch jemand ein, der sich deinen Tod wünschen könnte? Abgesehen von meiner Familie.« Zu der John Ashcroft gehörte und auch mein aktueller Schwager Michael. Sie beide hatten ein starkes Motiv, meinem Mann etwas anzutun.

»Ich habe immer versucht, andere gerecht zu behandeln, aber ich bin nicht so dumm zu glauben, dass ich mir im Laufe der Jahre keine Feinde gemacht habe.« Er nahm meine Hand in seine und sein Daumen fuhr über meinen Handrücken. »Aber wer auch immer es war, wusste, dass wir samstags immer geflogen sind. Und er hatte Zugang zu unserem Haus, da du diese Drohbriefe erhalten hast.«

Mein Kinn fuhr hoch. »Du glaubst, die beiden Dinge hängen zusammen?«

»Glaubst du das denn nicht?«

»Ich habe das auch überlegt, aber ich weiß nicht, wie. Ich bekomme diese Nachrichten seit dem Abend unserer Verlobungsfeier. Das schließt also Liliths Mann aus. Er war da noch gar nicht in der Stadt.«

»Jedenfalls, soweit du weißt«, gab er zu bedenken. »Wer sagt denn, dass er nicht schon vorher in der Gegend war, ohne dass Lilith davon wusste? Schließlich ist der Mann nicht gerade ein Muster an Ehrlichkeit.«

Sehr wahr. »Er könnte es eingefädelt haben, um jeglichen Verdacht von sich abzulenken.« Aber das ergab keinen Sinn. »Obwohl ich weiterhin Drohbriefe bekommen habe, nachdem Lilith mit ihm durchgebrannt war. Und er kann sie nicht geschickt haben, weil kein Poststempel darauf war.«

Warren rieb sich das Kinn. »Er könnte jemanden angeheuert haben, der die Briefe deponiert hat.«

Das war möglich. »Was mich an einen anderen Brief erinnert. Ich werde erklären müssen, was ich an Brisbane geschrieben habe.« Etwas, worauf ich mich nicht gerade freute. Was war, wenn die Polizei mir nicht glaubte? »Könnte ich verhaftet werden, obwohl dir nichts passiert ist?«

Warren nahm mich in den Arm. »Sie werden dir nichts tun. Das verspreche ich dir.« Er gab mir einen Kuss auf die Wange. »Ich habe versucht, Brisbane anzurufen. Ich dachte, vielleicht ist er zurückgekommen, während wir weg waren.«

Ich löste mich aus seinen Armen. »Und?«

»Es hat niemand abgenommen. Weder in seinem Büro noch in seiner Wohnung.«

Kent Brisbane wurde also immer noch vermisst? In meinem Kopf war alles so durcheinander. Ich deutete mit dem Kinn auf die Autowerkstatt. »Es war nett von ihnen, dich so viele Anrufe machen zu lassen.«

Warren zuckte mit den Schultern. »Ich habe sofort einen Zwanzigdollarschein auf den Tresen gelegt, als ich durch die Tür bin. Daraufhin hätten sie mich sogar mit dem Mann im Mond telefonieren lassen.«

Wie es schien, hatte jeder seinen Preis. Die Frage war, ob das auch für Kent Brisbane galt. Konnte jemand ihn dafür bezahlt haben, dass er verschwand oder er mir die Schuld an einem Mordversuch in die Schuhe schob, den ich nicht begangen hatte? Ich hatte nie gedacht, dass er Warren etwas antun könnte, der für ihn wie ein Bruder gewesen war. Aber was, wenn ich mich irrte? Warren hatte sich nach dem Flugzeugunglück mit Brisbane in Verbindung gesetzt und ihn angeheuert, um Nachforschungen über mich anzustellen. Danach hatte die Polizei mich gesucht, weil sie mich verhören wollte. Außer mir war Brisbane der Einzige, der wusste, dass Warren am Leben war, und anstatt seinem langjährigen Freund zu helfen, hatte er sich in Luft aufgelöst. Obwohl es auch sein konnte, dass jemand ihn zum Schweigen gebracht hatte … für immer. Der Anschlag auf Warrens Leben hatte keinen Erfolg gehabt, aber galt dasselbe auch für Kent Brisbane?

# KAPITEL 27

Das Taxi setzte uns einen Häuserblock von der Polizeiwache entfernt ab. Terrence sahen wir schon auf einer Parkbank sitzen und auf uns warten. Als wir näher kamen, riss er die braunen Augen auf und die Zeitung sank auf seinen Schoß.
»Warren?« Terrence sprang auf und die Zeitung flatterte zu Boden. Er stützte eine Hand auf die Armlehne der Bank, ohne meinen Mann aus den staunenden Augen zu lassen. »Du ... lebst.«
Warren nickte feierlich. »Ja.« Er zog mich an seine Seite und sein Arm legte sich schützend um mich. »Ich will mich dafür entschuldigen, dass ich dich in dem Glauben gelassen habe, ich wäre tot. Damals hatte ich das Gefühl, dass es keinen anderen Weg gab.«
Terrence stand dort und starrte Warren an. Ihm war alle Farbe aus dem Gesicht gewichen. Dann wanderte sein Blick zu mir und er zuckte zusammen. »Geneva? Bist du das?«
Ich wusste, dass sich mein Äußeres drastisch verändert hatte, aber ich war auch ein bisschen stolz darauf, dass es mir gelungen war, mir selbst ein ganz anderes Aussehen zu verpassen, sodass Terrence mich jetzt genau musterte, weil er sich nicht sicher war. Ich lächelte. »Ja.«
Der Blick des Anwalts schwankte zwischen Warren und mir und blieb schließlich auf Warren liegen. Er schüttelte leicht den Kopf, sodass sein fleischiges Kinn wackelte. »Es geht dir gut«, sagte er beinahe im Flüsterton und dann noch einmal etwas lauter. Und bevor wir uns versahen, schlangen seine dicken Arme sich um Warren und zogen ihn in eine brüderliche Umarmung. »Ich habe jede Menge Fragen, aber erst mal bin ich ... einfach froh, dass du hier bist.«
Dann klopfte Warren seinem Cousin auf den Rücken und löste

sich wieder von ihm. »Wir sind gekommen, um eine Aussage bei der Polizei zu machen.«

Anschließend hatte er vor, seiner eigenen Zeitung die exklusive Story zu geben. Aber mein Mann war ein Stratege, der sich immer ganz auf einen Teil seines Plans konzentrierte.

Terrence schüttelte den Kopf. »Als meine Sekretärin mir die Nachricht überbracht hat, wusste ich nicht, was mich erwartete.« Er nickte mir zu. »Ich dachte, dass Geneva vielleicht zurückgekommen ist und einen Anwalt braucht und deswegen deinen Codenamen benutzt.«

Warren warf einen Blick zur Polizeiwache hinüber und sah dann wieder seinen Cousin an. »Ich will das so bald wie möglich erledigen.«

Er warf mir einen besorgten Blick zu und ich wusste, dass er an meine Mutter dachte, die ich besuchen musste.

»Aber zuerst will ich dir erzählen, was in den letzten Wochen passiert ist.« Mit knappen Worten schilderte Warren ihm, dass Brisbane verschwunden war und welche Rolle ich bei der Suche nach dem Privatdetektiv spielte, ausgehend von den Hinweisen, die er hinterlassen hatte. Anschließend berichtete Warren, dass er sich in Brisbanes Hütte versteckt hatte und wie wir uns in der Flüsterkneipe begegnet waren. Dann fügte er nahtlos die Drohbriefe an und dass ich um mein Leben gefürchtet hatte, weshalb ich mich versteckt hatte.

Obwohl das nicht genau der Grund war, wagte ich nicht, ihn zu unterbrechen. Terrence nickte, als wollte er Warren zeigen, dass er den verrückten Wendungen in der Erzählung des Sachverhalts folgte.

Anschließend fasste Warren die Situation mit Ms Fields zusammen und berichtete auch von unserer Entdeckung, was Lilith und ihren Ehemann betraf. »Und als dann die Nachricht über Mrs Ashcroft kam« – er nahm meine Hand – »haben wir uns entschieden zurückzukommen.«

»Was für eine Geschichte!« Terrence hatte die Augenbrauen

hochgezogen und die Stirn in Falten gelegt. »Ihr wart in all den Städten auf Mr Brisbanes Liste?«

Warren nickte. »Die letzten sechs Ortschaften haben Eva und ich gemeinsam besucht, in allen anderen war nur sie.«

Terrence wandte sich mir zu. »Hast du etwas Brauchbares herausgefunden?«

»Nichts, was alle Städte gemeinsam haben. Oder was sie mit Warrens Absturz in Verbindung bringt.« Ich hatte das Grab der Frau gesehen, mit der Vater ein Verhältnis gehabt hatte, und die wahre Identität des Mannes aufgedeckt, der meine Schwester geheiratet hatte. Und während wir Michael Jamison durchaus als Verdächtigen betrachteten, schienen die Städte nichts mit Warrens Flugzeugabsturz zu tun zu haben.

»Und hier?«, übernahm Warren wieder die Führung des Gesprächs. »War es chaotisch?«

»Tja.« Terrence verlagerte sein beträchtliches Gewicht von einem Fuß auf den anderen. »John Ashcroft hat mir angeboten, seinen Einfluss für die Verwaltung des Hayes-Vermögens einzusetzen, solange seine Tochter weg ist.« Er warf Warren einen vielsagenden Blick zu. Ich hatte keinen Zweifel daran, dass es Vater in den Fingern juckte, an Warrens Zeitungen zu kommen. Das überraschte mich gar nicht. »Die Polizei hat auch Fragen gestellt. Sie wollten alle deine Unterlagen durchsehen. Geschäftliche und private. Sie wollten …«

»Herausfinden, was für ein Motiv ich haben könnte«, ergänzte ich, da mir bewusst war, wie der Mann sich wand, um dieses sensible Thema nicht anschneiden zu müssen. Ich wusste, dass man mich für schuldig hielt. Und der Brief an Brisbane hatte diesen Eindruck noch verstärkt.

Terrence nickte widerwillig. »Man hat mich angewiesen, alle Ordner zu übergeben.«

Ich bemühte mich, nicht die Augenbrauen hochzuziehen, beobachtete Terrence aber, um irgendwelche verdächtigen Anzeichen zu entdecken. Wenn er Geld von Warrens Vermögen abgezweigt oder die Bücher frisiert hatte, würden diese Unregelmäßigkeiten gewiss auffallen. Der Mann warf mir nur kurze Blicke zu, um zu sehen, wie ich auf das Interesse der Polizei an meiner Person reagierte.

»Noch irgendwas?« Warrens Stimme hatte jetzt einen ungeduldigen Unterton, wie mir schien. Ich wusste, dass er sich nicht länger als nötig hier draußen aufhalten wollte.

»Nichts, was nicht bis später warten kann.« Terrence hob seine Zeitung auf und warf sie in den Mülleimer. »Ich schlage vor, dass wir mit Captain Severs sprechen. Er hat mich mehrmals angerufen und scheint von allen der Unvoreingenommenste zu sein.«

»Sehr gut.« Warren nickte seinem Cousin zustimmend zu, dann sah er mich an. »Wollen wir?« Er drückte meine Hand und nahm sie so, als würden wir gleich in einen Ballsaal schreiten und nicht in eine Wache des Polizeireviers von New York.

»Ich bin bereit.« Aber mein verkrampfter Magen sagte mir etwas anderes.

※

»Und Sie erwarten, dass ich Ihnen diese Geschichte abkaufe?« Captain Severs faltete die Hände hinterm Kopf und sah Warren und mich an.

Er hatte mich ausdrücklich darum gebeten, alles von dem Zeitpunkt des Flugzeugabsturzes bis zu diesem Morgen zu berichten, und das hatte ich getan. Vorher hatte Warren erklärt, wie er den Absturz überlebt hatte und warum er sich bis jetzt versteckt gehalten hatte. Die Miene des Beamten war während unserer Schilderungen neugierig und offen geblieben, aber in seinen trüb blauen Augen sah ich eine gehörige Portion Skepsis.

»Es klingt ziemlich abwegig. Eine Dame der feinen Gesellschaft führt ein Doppelleben als Artistin? Das scheint mir etwas, das sie da drüben im Theater zeigen sollten.«

Ich hielt seinem Blick stand, holte einen gefalteten Handzettel, den ich für die Flugshows gemalt hatte, aus meiner Handtasche und gab ihm den.»Es ist aber die Wahrheit. Und leicht zu überprüfen. Sie müssen nur mit Warren und mir zu all den Ortschaften fahren, in denen wir unsere Kunststücke präsentiert haben. Hunderte sind zu unseren Vorführungen gekommen. Ich bin mir sicher, jemand aus dem Publikum wird uns wiedererkennen.« Ich schlug das dreist vor, als hätte der Leiter der Polizei von New York nichts Besseres zu tun, als uns durch all diese Kleinstädte zu chauffieren. Aus dem Augenwinkel sah ich Warrens Lippen zucken.

Wir vier – Warren, ich, Terrence und der Captain – befanden uns in einem fensterlosen Raum, wobei drei von uns sich um einen Tisch drängten, der ebenso verkratzt wie wackelig war. Terrence hatte sich entschieden zu stehen und lehnte neben der Tür an der Wand. Etwas, worum ich ihn jetzt beneidete. Die Sehnen in meinen Beinen waren angespannt und zugleich war ich von Kopf bis Fuß rastlos. Aufrecht und gefasst auf diesem harten Holzstuhl zu sitzen, verstärkte nur mein Bedürfnis, mich zu bewegen.

Ich konnte schlurfende Schritte und leise Stimmen auf dem Flur hören. Im gesamten Revier brummte es vor Geschäftigkeit, und obwohl wir um ein ungestörtes Gespräch mit Captain Severs gebeten hatten, wusste sicher jeder im Gebäude inzwischen von unserer Anwesenheit.

Der Captain, ein Mann, den ich auf Anfang fünfzig schätzte, betrachtete den Handzettel.»Da wir gerade Dokumente austauschen ...« Er öffnete eine Mappe, die vor ihm auf dem Tisch lag, und schob das Werbeblatt unter einen Stapel Unterlagen. Dann blätterte er durch die Papiere und holte ... meinen Brief an Kent Brisbane heraus.»Können Sie mir das hier erklären? Es klingt für mich doch sehr nach einem Geständnis.« Sein dicker Zeigefinger tippte zweimal auf das Blatt Papier, bevor er es mir zuschob.

Ich nahm den Brief und überflog die Worte, an die ich mich kaum noch erinnerte – oder jedenfalls nicht daran, sie geschrieben zu haben.

*Kent,*
*gerade war die Polizei hier. Man hat mir gesagt, dass Warrens Flugzeug absichtlich manipuliert wurde. Dass sein Tod gar kein Unfall war. Sie glauben, es war Mord. Ich kann kaum schreiben, so sehr drücken mich Schuldgefühle nieder. Ich trage die Schuld daran. Ich hätte ihm mein Geheimnis verraten sollen, aber jetzt ist es zu spät. Ich muss aber mit dir sprechen. So schnell wie möglich. Ich glaube, du kannst mir helfen.*

Ich blickte auf und sah, dass der Beamte mich beobachtete. »Ich weiß, wie es aussieht, aber ich habe das geschrieben, weil Brisbane Privatdetektiv ist und ich gehofft hatte, er könnte Warrens Absturz untersuchen. Die Schuldgefühle, von denen ich hier schreibe, bezogen sich auf ... verschiedene andere Dinge. Mein Fehler war, dass ich vergessen hatte, den Fallschirm meines Mannes wieder im Flugzeug zu verstauen, und wegen meiner Achtlosigkeit machte ich mir Vorwürfe, weil er keinen Fallschirm hatte. Und was den anderen Teil dieses Briefes betrifft, wo ich sage, ich hätte Warren von meinem Geheimnis erzählen sollen ...« Ich spürte Warrens tröstende Hand auf meinem Bein. »Ich hatte Warren nichts von unserem Baby erzählt.« Der Blick des Captains fiel auf meinen Bauch und ich verschränkte die Arme. Ich hörte, wie Terrence sich hinter mir bewegte. »An dem Morgen des Flugzeugabsturzes hatte ich eine Fehlgeburt. Dr. Phelps in der Highbury Street wird das bestätigen. Ich hätte Warrens Flugzeug an dem Morgen gar nicht manipulieren können, weil ich ... blutete.« Ich schloss die Augen und kämpfte gegen eine Welle der Traurigkeit an.

»Das tut mir leid.« Die Stimme des Beamten klang weicher, aber mir entging nicht, dass er sich etwas auf seinem Block notierte.

Ich war zuversichtlich, dass der Arzt meine Aussage bestätigen würde, und vielleicht musste ich dann nicht noch einmal darüber reden. Ich holte zitternd Luft und zwang mich, mich auf den Brief zu konzentrieren – ich hatte damit mehr Verwirrung gestiftet, als dass er zur Klärung beigetragen hätte. »Darf ich fragen, wie Sie an den Brief gekommen sind? Ich erinnere mich nicht daran, ihn abgeschickt zu haben.«

Die Augenbrauen des Mannes, zwei schwarze Striche über den schweren Lidern, wanderten angesichts meiner Frage ein wenig nach oben. Zuerst schien es, als wollte er nicht antworten, aber dann öffneten sich seine gespitzten Lippen und er seufzte. »Jemand hat ihn anonym an uns geschickt. Wir waren uns nicht sicher, was wir davon halten sollten, bis wir Ihre Handschrift mit anderen Schriftstücken aus dem Haus Ihres Mannes verglichen haben.«

Die Polizei wusste also ebenso wenig wie ich, wer der Absender war.

»Da ist noch etwas, Captain.« Warren beugte sich vor. »Der Mann, an den meine Frau diesen Brief adressiert hat, Kent Brisbane, ist derselbe Privatdetektiv, den ich angeheuert habe, um den Flugzeugabsturz zu untersuchen. Wir waren vor elf Tagen verabredet, aber er ist nicht zum Treffpunkt erschienen. Wir befürchten, dass er vermisst wird.«

Der Captain tippte sich auf die Wange und sah Warren mit geneigtem Kopf an. »Ich kann meine Männer damit beauftragen, in der Sache zu ermitteln.«

Warren nickte. »Danke, Sir.«

Der ältere Mann schwieg für einen Moment, während er zwischen Warren und mir hin und her blickte. Schließlich lehnte er sich mit einem Seufzen zurück. »Meine Ermittler haben alle Ihre Bücher und Vermögenswerte überprüft, Mr Hayes. Ihr Cousin hat die Dinge gut verwaltet. Alles ist in Ordnung. Wir konnten keinen einzigen Fehler finden und wir haben gründlich gesucht, das können Sie mir glauben.« Er kratzte sich am Kopf. »Ich kann Ihnen nicht einmal vorwerfen, dass Sie in betrügerischer Absicht Ihren eigenen Tod vorgetäuscht hätten. Und Sie haben sich auch nicht anderer Vergehen verdächtig gemacht. So sauber sind Ihre

Bücher. Das ist vorbildlich. Es ist schwierig, einen ehrlicheren Mann zu finden – zumal in der Zeitungsbranche.«

Warren nahm das Lob mit einem dankbaren Nicken. »Heißt das, wir können gehen?«

Captain Severs klappte seine Akte zu und sah mich an. »Mrs Hayes, in mancher Hinsicht haben Sie sich nicht angemessen verhalten. Wussten Sie, dass wir nach Ihnen gesucht haben? Dass Sie für die Ermittlungen wichtig waren?«

Mein Herz hämmerte. »Ja, Sir. Das wusste ich.«

»Und was haben Sie zu Ihrer Verteidigung zu sagen?«

Warren beugte sich vor, als wollte er für mich eintreten, aber ich drückte seine Hand, um ihn zurückzuhalten. »Sie wollten mich befragen, aber ich hatte keine Antworten. Damals jedenfalls nicht. Ich wusste, dass etwas nicht stimmte.« Dann erzählte ich ihm von den Drohbriefen. »Ich kann zu Recht behaupten, dass ich um mein Leben fürchtete. Auch wenn das ein Grund für mein Untertauchen war, ist es nicht der einzige. Ich bin dem Instinkt gefolgt, Mr Brisbanes Liste abzuarbeiten. Und das hat mich dann ja auch zu Warren geführt.«

Der Mann legte die Fingerspitzen aneinander und starrte darauf. Nachdem er mich mit seinem skeptischen Blick durchbohrt hatte, ließ er die Arme sinken und schob seinen Stuhl zurück. »Ich kann nicht behaupten, dass ich Ihre abwegige Geschichte ganz und gar glaube. Ich werde einige Telefonate mit diesen Städten und mit Ihrem Arzt führen, Mrs Hayes.« Er setzte eine strenge Miene auf. »Sollte ich herausfinden, dass Sie gelogen haben, werde ich bei Ihnen auftauchen und Sie wieder vorladen. Aber jetzt können Sie erst einmal gehen.«

Der Captain gab Warren die Hand und nahm seine Akte. Nachdem er Terrence zugenickt hatte, öffnete er die Tür und blieb noch einmal stehen. »Mrs Hayes? Bitte sagen Sie Ihrem Vater, dass wir hinsichtlich Ihrer Mutter tun, was wir können.« Er ging und ich starrte ihm hinterher.

Warum sollte die Polizei meiner Mutter helfen? Ein Blick zu

Warren sagte mir, dass er ebenso verwirrt war wie ich. Der Einzige, der nicht überrascht wirkte, war Terrence.

Zum Glück erbarmte er sich meiner. »Ihr wisst es noch nicht, oder?«

Ich spürte Warrens Hand auf meinem Rücken, während ich in die mitfühlenden Augen von Terrence blickte. »Was wissen wir noch nicht?«

»Heute Morgen ist es bekannt gegeben worden. Es besteht der Verdacht, dass deine Mutter vergiftet wurde.«

# KAPITEL 28

Von der Polizeiwache aus telefonierte Warren mit Jenkins und bat ihn, uns unseren Wagen zu bringen. Der Butler hatte die überwältigende Nachricht mit überraschender Unaufgeregtheit quittiert. Während wir warteten, rief mein Mann auch bei seiner Zeitung an und diktierte unsere Aussage, damit sie so schnell wie möglich veröffentlicht wurde. Als wir dann beim Stadthaus meiner Eltern eintrafen, eilte ich sofort in Mutters Zimmer – es war dämmrig, bis auf einen Streifen Tageslicht, der zwischen den dicken Vorhängen durch das Eckfenster fiel. Schon als ich klein war, hatte ich diesen Raum nicht gerade als gemütlich oder einladend empfunden, aber jetzt lag dazu noch eine schwere Düsterkeit auf dem Zimmer. Als würde der Tod die Luft verdrängen und sich dort niederlassen.

In meinem Kopf drehte sich alles und ich hatte Schmerzen in der Brust. Wie es schien, würde es noch lange dauern, bis Warren und ich uns ausruhen und durchatmen konnten. Obwohl all das in diesem Augenblick keine Rolle spielte. Als ich Mutter den Puls fühlte, war er nur noch ein schwaches Flattern.

Die Krankenschwester, die Vater eingestellt hatte, damit sie sich um Mutter kümmerte, saß mir gegenüber am Kopfende des Bettes und ihre Bewegungen waren kantig, während sie ihre Patientin aufmerksam beobachtete. Ich hatte Mutter noch nie so zerbrechlich gesehen. Sie lag in ihrem großen Himmelbett und die Steppdecke, die bis zu ihrem eingefallenen Kinn hochgezogen war, schien ihre Gestalt fast zu verschlucken.

Sie war beunruhigend still und ihre Haut war so blass, dass sie fast durchsichtig wirkte. Ich trat näher und ergriff vorsichtig Mutters Hand.

»Wo ist mein Vater?« Jeder andere Mann wäre in einem so kritischen Moment an der Seite seiner Frau.

Als die Frau nicht antwortete, legte Warren eine Hand um mich.

»Ich bin hier.« Mein Vater stand im Türrahmen.

Er sah in keiner Weise mitgenommen aus. Keine dunklen Ringe unter geröteten Augen. Kein zerknitterter Anzug, der auf eine schlaflose Nacht an Mutters Bett hindeutete. Der Mann trug ein makelloses Nadelstreifenjackett, sein Gesicht war frisch rasiert und überhaupt sah er aus, als hätte er wunderbar geschlafen. Nichts wies darauf hin, dass seine Frau, mit der er seit sechsundzwanzig Jahren verheiratet war, gerade um ihr Leben kämpfte.

Dass sie vergiftet worden war.

Ich war immer noch entsetzt darüber, dass jemand versucht hatte, meine Mutter zu töten. Könnte es auch ein Unfall gewesen sein? Aber angesichts all der merkwürdigen Ereignisse der letzten Zeit war es wahrscheinlicher, dass jemand es auf Mutter abgesehen hatte. So wie auf Warren. Ich drückte mich enger an meinen Mann und umklammerte seinen Arm. Jetzt waren es bereits zwei mir nahestehende Menschen, deren Leben bedroht worden war. Allerdings war ich mir, wenn ich Mutter ansah, nicht sicher, ob sie den Anschlag überleben würde.

Terrence hatte uns nur gesagt, was er aus den Nachrichten wusste. Zunächst hatten die Ärzte gedacht, sie hätte eine schwere Magen-Darm-Infektion, aber an diesem Morgen hatten sie bestätigt, dass Mutter vergiftet worden war. Wie sie das festgestellt hatten, wussten wir nicht, aber ich gedachte, es herauszufinden.

Ich spürte Vaters Blick auf mir. Schließlich hatte ich noch keine Gelegenheit gehabt, ihm irgendetwas zu erklären.

Das letzte Mal hatte ich Vater bei Warrens Trauerfeier gesehen. Das bedeutete, wir waren jetzt zum ersten Mal im selben Zimmer, seit wir von Ruth Fields erfahren hatten. Unwillkürlich presste ich die Lippen aufeinander. Meine Augen weigerten sich, seinem unverwandten Blick zu begegnen. Alles in mir wehrte sich dagegen, mit Vater zu reden. Aber ich brauchte Informationen, die nur er besaß.

Ich zählte bis zehn und nahm allen Mut zusammen, während

ich tief Luft holte. Dann sah ich meinen Vater an, der mit den Händen auf dem Rücken dastand. »Wie ist das geschehen?«

Er warf Mutter einen kurzen Blick zu. »Das weiß niemand.«

Nun ja, das war wenig hilfreich. Mein Blick wanderte zu der Krankenschwester, die sich plötzlich intensiv mit ihrem Daumennagel beschäftigte. Die Frau war jung, sah umwerfend aus und verbarg hinter diesen dunklen Wimpern und meerblauen Augen ein Geheimnis.

Ich berührte Warrens Ellbogen mit einer Hand. Er neigte mir den Kopf zu und ich stellte mich auf Zehenspitzen und flüsterte ihm ins Ohr: »Ich will mit der Schwester sprechen.« Ich wartete, bis er nickte. »Ohne meinen Vater.«

Warren sah mich mit einem Blick an, der mir verriet, dass er sich lieber einen Finger nach dem anderen abkauen würde, als John Ashcroft zu unterhalten. »Ich lotse ihn aus dem Zimmer. Ungern, aber ich werde es tun. Für dich.« Er lächelte mich liebevoll an, bevor er mir einen Kuss auf die Wange gab.

»Versuch, ihn zum Reden zu bringen«, flüsterte ich, obwohl ich wusste, dass ich meinem Mann damit eine unlösbare Aufgabe gestellt hatte.

Er drückte noch einmal meine Hand und ließ mich dann los. »Mr Ashcroft.« Sein Tonfall war genau der, den er auch in der Flüsterkneipe verwendet hatte. Keine Emotionen und eiskalt. Damit würde Warren keinerlei Informationen aus meinem Vater herauskitzeln. Wenn er so angesprochen wurde, würde er garantiert nicht reden wollen. »Kann ich Sie bitte kurz unter vier Augen sprechen?«

Vater nickte und die Männer gingen. Die Krankenschwester schien meine Absicht zu erraten, denn sie zupfte nervös an ihrer Schürze und sah mich nicht an.

Ich strich Mutter das Haar aus dem Gesicht und runzelte die Stirn, weil sie so reglos dalag. Nur mit Mühe konnte ich das Auf und Ab ihres Brustkorbs sehen. Wer hatte ihr das angetan? Mein Blick wanderte zur Tür, durch die mein Vater gerade verschwunden war. Könnte er es gewesen sein? Bei dem Gedanken fröstelte ich.

Ich holte tief Luft und wandte mich an die Krankenschwester. »Danke, dass Sie so gut für Mutter sorgen.« Mein herzlicher Tonfall ließ sie aufblicken. »Mein Vater ist nicht sehr gesprächig und ich habe einige Fragen.« Ich wusste, dass er für ihre Dienste bezahlte, deshalb musste ich vorsichtig sein. »Haben Sie etwas dagegen, wenn ich Sie frage, Schwester …«

»Schwester Redman«, ergänzte sie mit ehrlich überraschter Miene. »Ich sage Ihnen gerne, was ich weiß, Mrs Hayes.«

»Ich selbst weiß kaum etwas. Gestern habe ich im Radio gehört, dass die Ärzte eine plötzliche Erkrankung vermuteten. Und erst jetzt haben sie festgestellt, dass sie vergiftet wurde.« Meine Stimme zitterte.

Die Schwester schüttelte kaum merklich den Kopf. »Das Dienstmädchen hat den Arzt gerufen, als sie Mrs Ashcroft gestern auf dem Fußboden in ihrem eigenen Erbrochenen gefunden hat. Sie hatte schreckliche Magenschmerzen. Seitdem hat Mrs Ashcroft sich häufiger übergeben müssen, manchmal mehrere Stunden lang. Sie verliert auch immer wieder das Bewusstsein.« Die Schwester sprach, als würde sie einen medizinischen Bericht vorlesen, aber jetzt sah sie mich mit einem neugierigen Blick an. »Einige Minuten lang war Ihre Mutter bei Bewusstsein. Und da hat sie mir erzählt, dass … sie vergiftet wurde.«

Mein Herz raste. Die Worte *Magenschmerzen* und *Gift* gruben sich in meine Gedanken. Wenn Mutter gestorben wäre, ohne etwas von Vergiftung zu sagen, hätten die Ärzte eine natürliche Todesursache angegeben, da war ich mir sicher. Genau wie bei Howard Yater und Ruth Fields. Das Gesicht meines Vaters erschien vor meinem geistigen Auge, aber ich verdrängte es. Beschuldigen konnte ich ihn nicht. Dazu fehlten mir noch weitere Einzelheiten.

»Warum ist sie nicht im Krankenhaus?« Ich hatte eine Ahnung, warum, wollte die Antwort aber von jemand anderem hören.

»Der Arzt hat im Krankenhaus angerufen und gesagt, sie sollten ein Zimmer für Mrs Ashcroft herrichten, aber Mr Ashcroft war dagegen. Er hatte Angst, ihr Zustand könnte sich während des Transports verschlimmern.«

Hatte ich es doch gewusst! Zorn stieg wie Feuer in mir auf. Was, wenn Vater darauf bestanden hatte, dass Mutter zu Hause blieb, damit sie keine umfassende medizinische Hilfe erfuhr? Als wollte er, dass sie starb.

Die Schwester fuhr fort: »Zuerst waren wir uns nicht sicher, weil Vergiftungssymptome oft denen eines Virus entsprechen. Aber wegen Mrs Ashcrofts Aussage musste der Arzt die Polizei informieren.«

Aha, jetzt wurde mir einiges klar. Ich konnte mir nicht vorstellen, dass Vater die Behörden eingeschaltet und dadurch mehr Aufmerksamkeit als nötig auf sich gezogen hätte. Die großen Zeitungen, auch die meines Mannes, hatten vor Polizeiwachen und Krankenhäusern Späher im Einsatz, die eine interessante Story sofort aufschnappten. So war die Nachricht vermutlich auch zum Radiosender gelangt.

Ich holte tief Luft. Meine Wut auf Vater würde schließlich nichts nützen. »Wie stehen ihre Chancen?«

Der Blick der Krankenschwester huschte zur Tür hinüber, bevor sie mich wieder ansah. »Solange wir das Gift nicht kennen, können wir ihr kein Gegenmittel geben. Obwohl die größte Gefahr die Dehydrierung ist. Wir müssen ihr mehr Flüssigkeit verabreichen. Wenn sie wach ist, versuche ich immer, ihr ein paar Schluck Wasser zu geben.« Sie deutete mit dem Kinn auf den Krug auf dem Nachttisch. »Aber sie schläft immer wieder ein, bevor ich ihr genug eingeflößt habe.«

»Wird sie überleben?«

»Das Schlimmste scheint vorbei zu sein. In den letzten zwei Stunden hat sie sich nicht übergeben, das ist schon einmal ein gutes Zeichen. Obwohl ich nichts versprechen kann. Wir wissen nicht, womit ihr Körper fertigwerden muss.«

Ihre ruckartigen Blicke und die zusammengepressten Lippen passten nicht zu den anmutigen Bewegungen, mit denen sie Mutter pflegte. Sie zog Mutters Kissen zurecht, berührte mit einer Hand ihre Stirn, um die Temperatur zu fühlen, und schenkte ihr ein Glas Wasser ein.

Ich machte einen vorsichtigen Schritt auf die Schwester zu. »Hat sie noch etwas zu Ihnen gesagt?«

Die Schwester strich sich über die Schürze und wich meinem Blick aus. »Sie hat mehrmals das Wort *Kopfschmerzen* gesagt.«

Ich verstand nicht, was daran so besonders sein sollte, abgesehen davon, dass die Schwester gesagt hatte, Mutter habe starke Magenschmerzen gehabt. Als ich kurz vor meiner Fehlgeburt die Grippe hatte, hatte das ganze Würgen und Erbrechen auch dazu geführt, dass mein Kopf heftig gepocht hatte. Aber mir war so, als hätte ich noch nicht das ganze Geheimnis ergründet, das die Schwester ganz offensichtlich verbarg. »Das ist noch nicht alles, oder?«

Die Frau atmete so ruckartig ein, dass ihre Schultern zuckten.

»Bitte sagen Sie es mir«, bat ich sie leise. »Ich will ihr doch nur helfen.« Ich zeigte auf Mutter, die so hilflos in ihrem Bett lag und schlief.

Die Krankenschwester biss sich auf die Lippen. »Bevor Sie mit Mr Hayes hereingekommen sind, war ich mit ihr allein.«

»Und?«

»Und sie hat einen Namen genannt. Sie hat auch kurz die Augen aufgeschlagen. Es kam mir so vor, als wollte sie mir etwas Wichtiges sagen.« Als spürte sie, dass sie mir zu viel verriet, wich die Schwester einen Schritt zurück. »Aber ich bin mir nicht ganz sicher. Es könnten auch wirre Gedanken im Delirium gewesen sein. Das ist bei unruhigen Patienten nicht ungewöhnlich.«

»Ich verstehe. Können Sie mir erzählen, was sie gesagt hat?«

Die Frau sah mir in die Augen, doch dann fuhren wir beide zusammen, als wir neben uns eine Bewegung wahrnahmen.

Mutter. Sie wand sich und verzog das Gesicht, während sie sich die Hände auf den Bauch presste. Ich eilte an ihre Seite und die Schwester griff schnell nach dem Wasserglas.

»Ich bin hier.« Ich ergriff die geballte Faust. »Ich bin hier, Mutter.«

Ihre trockenen Lippen öffneten sich und ein qualvolles Stöhnen entwich ihnen. »Gen…« Die dunklen Wimpern flatterten ein wenig und ihr Kopf drehte sich schwach in meine Richtung. »Clark.«

Mein Herz hämmerte. Jetzt wusste ich genau, wer sie vergiftet hatte.

# KAPITEL 29

»Ich weiß, was passiert ist.« Ich platzte in Vaters Arbeitszimmer und überraschte damit nicht nur ihn, sondern auch Warren. Als Kind war ich niemals ungebeten in dieses Zimmer gestürmt, aber in diesem Augenblick konnte ich unmöglich Rücksicht nehmen. Nicht, wenn es Wichtigeres gab – nämlich Mutters Gesundheit. An Warrens angespannter Miene erkannte ich, dass die beiden Männer wohl eine hitzige Unterredung geführt hatten. Das musste jetzt warten bis später. »Aber ich muss mich erst einmal vergewissern, was einige Dinge betrifft.« Ich schritt über den weichen Teppich zum Klingelzug und betätigte ihn entschlossen.

»Was hast du denn in Erfahrung gebracht?« Warrens hochgezogene Schultern senkten sich ein wenig, als er auf mich zuging.

»Als ihr beide draußen wart, ist Mutter aufgewacht.«

Vater erhob sich von seinem Schreibtischstuhl und ging zur Tür.

Ich konnte nicht recht glauben, was ich da sah. »Warte.« Ich hob die Hand. »Sie schläft schon wieder.«

Vater machte ein langes Gesicht, was mich erstaunte. Er schien beinahe enttäuscht darüber, dass er nicht die Gelegenheit hatte, Mutter zu sehen. Aber bei meinem Vater war es immer schwer zu sagen, was echt war. Ich seufzte und sah gerade in dem Augenblick zur Tür, als Cecily erschien.

»Kann ich Ihnen etwas bringen, Sir?« Ängstlich sah die Bedienstete Vater an.

»Geneva will etwas von Ihnen.« Er setzte sich wieder an seinen Schreibtisch.

Ich warf Warren einen verstohlenen Blick zu und seine Gegenwart machte mir Mut – etwas, das er zu spüren schien, denn er legte mir fürsorglich eine Hand auf den Rücken. Ich sah die gealterte Frau an, die sich in meiner Kindheit um alle meine Kratzer gekümmert, mir die Haare gebürstet und mir Manieren beigebracht hatte, gegen die ich mich später dann aufgebäumt hatte.

»Ich muss dich etwas fragen, Cecily. Erinnerst du dich an den gestrigen Morgen. Kannst du mir erzählen, was passiert ist? Von dem Augenblick an, in dem Mutter aufgewacht ist, bis zu dem Zeitpunkt, als du sie auf dem Boden gefunden hast?« Ich wusste, dass Mutter immer gleich nach dem Aufwachen nach Cecily klingelte.

Sie runzelte die Stirn, sodass die Falten in ihrem blassen Gesicht noch tiefer wurden. »Mrs Ashcroft hat mich gebeten, einige Besorgungen für sie zu machen, also habe ich es Iris überlassen, sie für den Tag zurechtzumachen.«

Moment mal. Hatte sie gesagt … Ich warf Warren einen Blick zu und er sah mich verwirrt an. »Iris? Meine Zofe?«

Cecily stieß langsam die Luft aus, sodass sich der weiße Spitzenkragen ihrer Schürze bewegte. »Als Sie beide nicht mehr da waren, hatte das Mädchen Angst, dass sie entlassen wird, weil es keine Arbeit mehr für sie gab. Vor zwei Wochen ist sie hergekommen und hat gefragt, ob ich sie wieder einstellen könnte.«

Iris war freiwillig in das Haus zurückgekehrt, aus dem ich sie gerettet hatte? Obwohl ich es ihr nicht verdenken konnte. Sie hatte sich Sorgen gemacht, ohne Arbeit dazustehen und ohne ein Dach über dem Kopf.

Cecilys fleischige Hand zitterte. Warren hatte es auch bemerkt und trat neben sie, um sie zu einem Sessel zu führen.

Die Bedienstete riss die Augen auf. »Nein, Sir. Ich kann mich nicht setzen, wenn Sie alle stehen. Das gehört sich nicht.«

Warren lächelte mitfühlend. »Ich bestehe darauf.«

Widerstrebend sank sie auf den Sessel, vermied es aber, in Vaters Richtung zu sehen. Ich trat zwischen sie und Vater, als wollte ich ihr zeigen, dass ich für sie kämpfen würde, wenn er auch nur den geringsten Einwand äußerte. Ich war mir nicht sicher, was mit mir geschehen war, während ich meine Flugshows absolviert hatte, aber irgendwann war ich mutig geworden. Ich hatte keine Angst mehr vor John Ashcroft.

»Ich werde Iris gleich suchen gehen, Cecily, aber ich möchte erst dich anhören. Weißt du, ob meine Mutter gestern Morgen Kopfschmerzen hatte?«

Cecily nickte. »Als ich wiederkam, hat Iris mir erzählt, dass die Herrin Migräne hat.«

»Ich verstehe.« Ich hielt meine Hand hinter dem Rücken verborgen, damit sie nicht sah, was ich in den Fingern hielt. »Und Iris hat ihr Kopfschmerztabletten gegeben?«

Cecily blinzelte. »Ja. Sie sagte, Mrs Ashcroft hätte eine dreifache Dosis verlangt, weil die Tabletten nicht stark genug sind.«

Eine dreifache Dosis? Ich kniff die Augen zu. »Hat sie die Tabletten aus Mutters Schrank geholt oder aus dem Medizinschränkchen unter der Treppe?«

Noch ein Nicken. »Ich habe mit ihr geschimpft, weil sie in den Sachen der Herrin geguckt hat, aber Iris sagte, Mrs Ashcroft hätte solche Schmerzen gehabt, dass es schneller ging, die Tabletten von dort zu nehmen.«

Ich seufzte. »Das dachte ich mir.« Ich öffnete meine Hand, in der ich die Dose hielt. »Das hier hat Iris ihr gegeben. Sieh mal.« Auf der Dose stand *Fenwick's Kopfschmerzmittel*, aber ich wusste es besser. Ich öffnete die Dose und sah mich um. »Fenwick's Tabletten sind rund. Diese hier sind quadratisch. Mutter hat sie ausgetauscht.«

»Was ist es denn dann?« Warren beugte sich vor und musterte die sogenannte Medizin.

Ich sah ihn an. »Arsen.«

Cecily sog scharf die Luft ein und fächelte sich mit der Hand Luft zu.

Ich streckte den Arm aus, damit Vater die Dose sehen konnte. »Das hier sind *Clark's Hauttabletten*. Mutter hat sie immer genommen, bis ich sie gebeten habe, damit aufzuhören, weil sie schädlich sind.« Sie war von dem Produkt ganz begeis-

sen, aber nach Berichten, dass Frauen nach einer »sicheren Dosis Arsen« – wie es früher auf der Packung gestanden hatte – tot umgefallen waren, hatte ich sie aus ihrem Medizinschränkchen entfernt.

Ich dachte, ich hätte alle entsorgt, aber wie es schien, hatte Mutter mich überlistet und in einem alten Döschen für Kopfschmerztabletten einen Vorrat dieses Hautmittels versteckt. »Iris hat ihr eine dreifache Dosis Gift gegeben. Obwohl ich bezweifle, dass es ihr bewusst war.« Ich war nur darauf gekommen, weil die Schwester mir erzählt hatte, dass Mutter das Wort *Kopfschmerzen* gemurmelt hatte. Und als Mutter mit heiserer Stimme *Clark* gesagt hatte, war mir alles klar gewesen.

»Das heißt, sie wurde gar nicht absichtlich vergiftet«, sprach Warren meine Gedanken aus. »Es war ein unglücklicher Unfall?«

»Es scheint so.« Ich nickte. »Ich werde dieses Döschen der Polizei übergeben und dort erzählen, was passiert ist.«

Vater wollte sich äußern, aber ich wandte ihm ruckartig den Blick zu. Er blinzelte und sagte nichts. Wenn überhaupt, sollte er dankbar sein. Denn so wurde jeder Verdacht von ihm abgelenkt.

Ich hielt seinem Blick stand. »Wenn es Mutter wieder besser geht, wird sie sicher die ganze Geschichte erzählen. Aber im Moment können wir wohl getrost sagen, dass alles ein Unfall war.«

Gott sei Dank. Ich war ohnehin schon nervös, weil ich wieder im Blick der Öffentlichkeit stand, während derjenige, der Warrens Flugzeug manipuliert hatte, immer noch auf freiem Fuß war. Es war eine Erleichterung, dass Mutters Erkrankung in keiner Weise damit zusammenhing. »Ich sollte wahrscheinlich mit Iris sprechen, bevor die Sache publik wird. Ich will nicht, dass sie sich Vorwürfe macht für etwas, das nicht ihre Schuld ist.«

Cecily beugte sich auf ihrem Sessel vor. »Äh, Mrs Hayes?«

Ich neigte den Kopf. Seit fast einem Jahrzehnt gewöhnt daran, dass Cecily mich *Miss Geneva* nannte, klang die Anrede irgendwie so ganz anders als sonst. Aber vielleicht war das Besondere gar nicht das, was sie sagte, sondern eher wie sie es sagte. Der nervöse Unterton erinnerte mich an unser Telefonat am Morgen meiner Hochzeit, als sie mir erzählt hatte, dass Lilith durchgebrannt war. »Was ist denn?«

»Iris ist verschwunden.« Cecily zerknüllte die Schürze in ihren Fingern. »Seit dem Morgen, an dem bekannt wurde, dass die Herrin vergiftet worden ist, habe ich sie nicht mehr gesehen.«

Sie befürchtete also, mein Vater könnte ihr die Schuld geben. Sehr verständlich. »Wann hast du sie denn das letzte Mal gesehen?« Das arme Ding. Bestimmt hatte sie schreckliche Angst.

»Ich habe sie noch nie so schreckhaft erlebt. Gleich nach dem Frühstück ist sie aus dem Haus gerannt. Sie hatte nicht mal ihre Haube auf.« Wenn Cecily nervös war, ging ihr Mundwerk mit ihr durch. »Ich hätte da schon merken müssen, dass etwas nicht stimmt. Sie trägt immer eine Haube, weil sie darunter ihr missgebildetes Ohr verstecken kann.«

Ich zuckte zusammen. Missgebildetes Ohr? So etwas hatte ich erst vor Kurzem über eine andere Person gehört. Warren berührte mich am Ellbogen – ein Zeichen dafür, dass es ihm auch aufgefallen war. »Welches Ohr, Cecily?«

Die Bedienstete blinzelte angesichts dieser Frage. »Das … das linke.«

Warren tippte sich ans eigene Ohr. »Ist der obere Teil des Ohrläppchens umgeklappt?«

Cecilys sanfte braune Augen blickten zwischen Warren und mir hin und her. »Ja. Es ist ihr sehr unangenehm.«

Mein Atem ging flach. Ich hatte mich immer darüber gewundert, dass Iris darauf bestand, eine Morgenhaube zu tragen, obwohl ich ihr gesagt hatte, das sei nicht nötig, und dies war die Erklärung. Und die Beschreibung entsprach genau der von Ruth Fields' Pflegerin. Konnte die Frau, die in meinem Haus gelebt hatte, die geheimnisvolle Krankenschwester sein? Oder … gar meine Schwester? »Danke, Cecily. Würde es dir etwas ausmachen, nach Mutter zu sehen, damit Miss Redman eine Pause machen kann?«

»Natürlich nicht.« Sie sprang förmlich aus ihrem Sessel.

Nachdem Cecily gegangen war, verschränkte Vater die Arme. »Was soll das Gerede über das Ohr eines Dienstmädchens?«

»Willst du das wirklich wissen?« Ich machte einen selbstbewussten Schritt auf ihn zu. Seit dem Tag, an dem wir von Ruth Fields und ihrer Krankenschwester gehört hatten, trieb mich die Frage um, ob ich vielleicht noch eine Schwester hatte. Dies war meine Chance, dem einzigen Menschen, der die Wahrheit kannte, die Antwort auf diese Frage zu entlocken. »Während wir fort waren, haben wir in Hanover eine ältere Frau getroffen, die von einer Krankenschwester mit einem umgeklappten Ohrläppchen erzählt hat. Diese Krankenschwester hat sich um Ruth Fields gekümmert, bevor sie gestorben ist.«

Vater zuckte zusammen, aber ich fuhr fort. »Diese Frau hat uns die Krankenschwester beschrieben und angedeutet, dass sie Ms Fields' Tochter sei, weil sie sich ähnlich sahen. Da ich von deiner Beziehung zu Ruth Fields weiß, stellt sich mir nun die Frage – ist diese Pflegerin vielleicht meine Schwester?«

Vater stand auf, das einzige Geräusch im Zimmer das Quietschen seines Stuhls.

Ich wagte noch einen Schritt. Jetzt stand ich ihm gegenüber, sein Schreibtisch zwischen uns. »Ich habe das Recht, es zu erfahren.«

Sein Gesicht wurde rot und ich hätte beinahe geblinzelt, weil ich meinen Augen nicht traute. Ich fragte mich, ob Mutters Situation ihn derart aus der Fassung gebracht hatte, denn so hatte ich ihn schon lange nicht mehr erlebt. Wenn überhaupt jemals.

Er ließ die Arme sinken. »Du solltest nichts von ihr wissen.« Er warf Warren einen vorwurfsvollen Blick zu, als wollte er ihm die Schuld dafür geben, dass ich von Vaters Geliebter wusste. »Obwohl ich mir hätte denken können, dass er es dir erzählt.«

»*Sie* mögen Geheimnisse vor Geneva haben, aber ich nicht«, warf Warren ein, während er neben mich trat. »Sie ist Ihre Tochter, aber sie ist auch meine Frau.« In seiner Stimme schwang sein Beschützerinstinkt mit. Seine zusammengepressten Lippen und funkelnden Augen verrieten mir, dass er Vaters Unsinn nicht dulden würde. »Also beantworten Sie jetzt Genevas Frage. Ist diese junge Frau – die Ihre ehemalige Geliebte gepflegt hat und möglicherweise bei Ihnen angestellt war – Ihr Kind?«

Vaters Miene blieb stoisch, aber in seinen Augen lag etwas, das ich nicht ganz einordnen konnte. Mehrere unbehagliche Augenblicke lang stand er wortlos da, als überlegte er, was er preisgeben sollte. Schließlich sah er mich an. »Diese junge Frau mag die Tochter von Ms Fields sein, aber meine ist sie nicht.«

Die Luft entwich meiner Lunge in einem Schwall. Aber wie konnte ich mir sicher sein, dass er die Wahrheit sagte? »Bitte lüg mich nicht an, Vater.«

Ein Schatten huschte über sein Gesicht und es sah beinahe so aus wie … Gekränktheit? Andererseits war dieser Ausdruck so schnell wieder verschwunden, dass ich mich auch geirrt haben könnte. Er schob seinen Stuhl unter den Schreibtisch und machte Anstalten, den Raum zu verlassen. Seine Schritte waren nicht eilig und sein Gang nicht steif. Nach den leichten Gefühlsregungen vorhin gab es jetzt keinerlei Anzeichen dafür, dass diese Unterhaltung ihn irgendwie aus der Fassung gebracht hatte.

»Geneva.« Er blieb an der Tür stehen, machte sich aber nicht die Mühe, sich zu mir umzudrehen. »Du und Lilith seid meine einzigen Kinder.«

Dann verließ er das Zimmer.

※

Wie erwartet machte die Neuigkeit, dass Warren von den Toten auferstanden war, in New York mit rasender Geschwindigkeit die Runde. Eine große Menschenmenge hatte sich bereits vor unserem Haus eingefunden, als wir an diesem Abend dorthin zurückkehrten. Wir waren einige Stunden im Stadthaus meiner Eltern geblieben, um Mutters Zustand zu überwachen. Sie hatte noch einen weiten Weg der Genesung vor sich, aber sie war einige Minuten lang wach gewesen und hatte sogar an einer Scheibe Toast geknabbert. Und sie hatte meine Vermutung, wie sie sich die Vergiftung zugezogen hatte, mit einem bedauernden Nicken bestätigt.

Hätte sie doch nur die Tabletten entsorgt, als ich sie darum gebeten und sie angefleht hatte, dann wäre dies niemals geschehen.

Wir standen vor unserem Haus und wussten nicht, wie wir hineingelangen sollten, so dicht gedrängt standen die Menschen um uns herum.

Warrens Zeitung war die erste, die unsere Geschichte druckte, aber über das Radio hatte sich die Kunde schnell ausgebreitet. Das Herz in meiner Brust raste.

»Keine Sorge.« Warrens Hand hielt meine ganz fest. »Sie sind alle nur neugierig.«

Ich fröstelte. »Von mir aus kann die ganze Welt wissen, dass du am Leben bist. Ich will nur nicht, dass der Attentäter es erfährt.«

Das machte mich nervös. Ich war ausgesprochen vorsichtig gewesen, sogar im Haus meiner Eltern. Mein Vater war vielleicht nicht für die Vergiftung meiner Mutter verantwortlich, aber ich hatte immer noch den Verdacht, dass er etwas mit Warrens Unfall zu tun haben könnte. Deshalb hatte ich nicht zugelassen, dass Warren etwas aß oder trank, während wir dort waren.

»Ich verspreche dir, dass ich vorsichtig sein werde. Aber im Moment mache ich mir mehr Sorgen um dich.«

Ich blinzelte. Warum um mich? Ich wollte gerade fragen, aber da kam jemand an unserem Wagen vorbei. Warren beugte sich herüber und küsste mich. Seine Hände lagen um meine Wangen – ein kluger Schachzug, um mein Gesicht abzuschirmen – und sein Hut verhinderte einen Blick auf seine eigenen Züge. Als er sich schließlich von mir löste, war die Person längst gegangen, aber seine Augen waren verhangen. Doch dann blinzelte er mir verschwörerisch zu. »Da machen wir später weiter.« Warrens Mundwinkel zuckten. »Aber zuerst müssen wir versuchen, ins Haus zu kommen.«

Ich spähte aus dem Fenster. »Sollen wir einfach losrennen?«
»Ich werde wenden und einen Häuserblock entfernt parken. Dann gehen wir durch die Seitenstraße zum Dienstboteneingang.« Er warf mir einen Blick zu. »Obwohl dich vielleicht sowieso keiner erkennt.« Er zeigte auf meine Frisur. »Als dein Vater dich gesehen hat, hattest du ihm den Rücken zugekehrt. Du hättest sein Gesicht sehen sollen.«

Ich lachte und schüttelte den Kopf. Cecily hatte merkwürdig reagiert, als sie bei unserer Ankunft die Tür geöffnet hatte. Während ich mich inzwischen an meine dunklen Haare gewöhnt hatte, waren sie für die, die mich kannten, ein Schock gewesen. Vaters Verhalten war jedoch besonders merkwürdig gewesen. »In wenigen Stunden habe ich bei ihm so viele Emotionen gesehen wie seit Jahren nicht. Aber wenigstens scheint es so, als würde Mutter wieder gesund werden.« Jetzt mussten wir Iris finden. Wir hatten noch gewartet, nachdem meine Mutter eingeschlafen war, um zu sehen, ob das Mädchen zurückkommen würde.

Fehlanzeige.

Warren parkte den Wagen ein Stück entfernt und dann liefen wir rasch zu unserem Haus. Wir durchquerten den kleinen Garten und waren nicht überrascht, als wir feststellten, dass der Dienstboteneingang abgeschlossen war. Nachdem Warren mehrmals leise geklopft hatte, öffnete Jenkins die Tür.

Er hatte uns an diesem Tag schon gesehen, als er den Wagen gebracht hatte, und auch jetzt schien er seine gelassene Haltung zu bewahren. Er würde nicht mit der Wimper zucken, selbst wenn der Mond vom Himmel fiel. Ich lächelte ihn an und er antwortete mit einem kurzen Nicken.

Warren legte mir eine Hand auf den Arm. »Ich muss mich um einige Dinge kümmern. Brisbane bereitet mir ernste Sorgen. Der Captain hat zwar gesagt, dass er seine Männer mit der Suche nach ihm beauftragt, aber ich werde mich an andere Detektive wenden, die in der Vergangenheit auch schon für mich gearbeitet haben. Vielleicht wissen sie etwas.« Er seufzte und die Falten um seinen Mund schienen tiefer als sonst. »Aber zuerst rufe ich bei der Polizei an und erzähle ihnen von dem Begrüßungskomitee vor dem Haus.«

»Meinst du, wir sollten um eine Wache bitten?« Meine Stimme zitterte, aber es war mir gleichgültig.

Warrens Blick war sanft, als er mich ansah. »Ich bezweifle, dass sie einen Beamten dafür abstellen würden, aber vielleicht können sie regelmäßig eine Streife schicken. Vor allem angesichts der Tatsache, dass sich gerade jede Menge Neugierige auf der Straße tummeln.«

Ich nickte. Wie es aussah, standen genauso viele Leute vor unserem Haus, wie wir mit unseren Flugvorführungen unterhalten hatten. »Ich mache mich erst einmal zurecht.«

Warren küsste mich flüchtig auf die Lippen, bevor er mit Jenkins die Küche verließ. Ich wechselte einige Worte mit der Köchin, die mich zuerst gar nicht erkannt hatte, mich jetzt aber fest umarmte. Jenkins, die Köchin und die Haushälterin waren momentan das einzige Personal im Haus, da die anderen gegangen waren, um sich eine weniger unsichere Anstellung zu suchen.

Ich ging nach oben in mein Schlafzimmer. Als ich das letzte Mal in diesen vier Wänden gewesen war, hatte die Trauer mein Herz schwer gemacht. Ich sah mich um und betrachtete den Kleiderschrank und den Frisiertisch. Das große Bett unter der hohen Decke. Es war vertraut, aber irgendwie auch anders. Oder war vielleicht ich diejenige, die sich verändert hatte. Alles wirkte größer, herrschaftlicher. Nun, wir hatten in den vergangenen Wochen in beengten Behausungen gelebt, da war es nicht verwunderlich, dass alles, was größer war als eine Hutschachtel, mir riesig vorkam.

Ein Teil von mir vermisste die Einfachheit dessen, was wir gerade zurückgelassen hatten. Die Zeit, in der es nur Warren, mich und die Jenny gegeben hatte. Denn nachdem wir so lange fort gewesen waren, hatten Warren und ich eine Menge zu tun. Er natürlich viel mehr als ich. Als Warren in mein Zimmer kam, hatte ich bereits ein ausgiebiges Bad genommen und unsere kleine Tasche ausgepackt. Ich lag tief in Gedanken versunken auf meinem Bett. Er wirkte so müde, wie ich mich fühlte. Obwohl es erst kurz nach 22 Uhr war, aber es kam mir viel später vor.

Als Warren sich neben mich setzte, atmete ich erleichtert auf. Ich schob mich ein Stück zu ihm und streckte die Finger nach seinen aus. »Ich konnte es kaum erwarten, mit dir allein zu sein.«

Seine Lippen verzogen sich zu einem heiteren Lächeln. »Worte, die jeder Ehemann gerne hört.«

Ich hatte eigentlich gemeint, dass ich reden wollte, aber Warren deutete meine Worte anders, denn er beugte sich über mich und küsste mich. Offenbar war es sein Ernst gewesen, als er im Auto versprochen hatte, unser Stelldichein fortzusetzen.

»Was für ein seltsamer Tag.«

»Ja.« Warren drückte mir einen Kuss aufs Haar. »Aber wir haben ihn gemeinsam überstanden.«

*Gemeinsam.* Dieses Wort würde ich niemals leid werden. Nach Warrens Unfall hatte ich mich so einsam gefühlt wie nie zuvor. Aber Gott sei Dank hatten wir beide uns und konnten die Hürden Seite an Seite nehmen. Ich schmiegte mich an ihn und genoss seine Nähe. »Sind die Leute weggegangen?«

»Fürs Erste ja. Aber ich bin mir sicher, sie kommen wieder. Doch um die Probleme von morgen sollten wir uns jetzt nicht kümmern.« Seine Lippen wanderten zu meiner Schulter.

Ich lächelte. Warren verhielt sich wie … na ja, wie Warren. In den ersten Wochen unserer Ehe war dieser Teil des Abends unsere Zeit für Intimität gewesen. Und in diesem Augenblick schien es, als wolle er diese Angewohnheit wieder aufnehmen.

»Ich habe über Vater nachgedacht.«

Warren stöhnte. »Ich schlage eine neue Regel vor. Keine Erwähnung unserer abscheulichen Verwandten in diesem Bett.«

Ich lächelte über seine scherzhafte Bemerkung. Aber ich musste unwillkürlich an eine ähnliche Regel denken, die Lilith und ich uns gegeben hatten, nämlich in der Frühstücksecke der Ashcrofts, wo wir nicht über unsere Eltern geredet hatten. Das Herz wurde mir schwer. War Lilith glücklich mit ihrer Wahl, bei Michael zu bleiben? Oder bereute sie die Entscheidung?

»Vorschlag angenommen.« Ich sagte es mit beschwingtem Tonfall und verdrängte den Gedanken an Lilith. »Sollen wir uns aufs Sofa setzen, damit wir die Unterhaltung fortsetzen können?« Ich stieß Warren spielerisch weg und drehte mich zur Seite.

Er knurrte und fing mich ein, bevor ich die Bettkante erreicht hatte. »Kommt nicht infrage, Mrs Hayes. Vergiss, was ich gesagt habe. Mir ist egal, worüber wir reden, solange ich dich im Arm halte.«

Ich legte meine Wange an seine Schulter. »Glaubst du, dass Vater die Wahrheit gesagt hat? Du weißt schon, dass Lilith und ich seine einzigen Kinder sind?«

Er zog mich an sich. »Das ist bei ihm schwer zu sagen. Anscheinend will er nicht über seine ehemalige Geliebte reden.«

Es war leicht, abgelenkt zu werden, wenn Warren mich mit einer solchen Bewunderung ansah. Aber etwas machte mir zu schaffen und ich konnte nicht genau sagen, was. »Findest du es nicht seltsam, dass Ms Fields sich erst so spät an meinen Vater gewandt hat? Nach dem, was in dem Brief steht, den du hast, ist ihr Verhältnis Jahre her. Warum ihn jetzt erpressen?«

Warrens volle Lippen waren aufeinandergepresst und seine Finger spielten jetzt mit meinen. »Wir sind nicht ganz sicher, was sie mit ihrem Brief beabsichtigt hat. Aber warum sonst sollte sie sich mit ihm in Verbindung setzen? Vielleicht brauchte sie Geld und das war ihre einzige Option.«

»Aber Vater war schon immer vermögend. Warum hat sie nicht eher gefragt?«

»Vielleicht brauchte sie das Geld vorher nicht. Es könnte ja sein, dass sie durch besondere Umstände in Not geraten ist. Vielleicht hatten ihre gesundheitlichen Probleme auch Auswirkungen auf ihre Finanzen.«

Ich schwieg eine ganze Weile und Warren sah mich an.

»Was geht dir denn jetzt durch den Kopf?« Seine Stimme war nur ein leises Raunen.

»Wieso hat Iris – falls das ihr richtiger Name ist – wohl eine Anstellung bei meinen Eltern angenommen? Wenn sie wirklich diejenige ist, für die wir sie halten, dann ist sie Krankenschwester, kein Dienstmädchen. Ich glaube, sie hat von Vaters Verhältnis mit Ms Fields gewusst.«

»Höchstwahrscheinlich.«

»Hast du diesen Brief noch? Den Brief über Ruth, der anonym an dich geschickt wurde?«

Warren runzelte die Stirn. »Ich glaube, der ist noch in meinem Arbeitszimmer.« Er fuhr mit einem Finger über meine Wange und ich blickte zu ihm auf. »Du willst, dass ich ihn hole, oder?«

»Ich glaube einfach, dass ich nicht schlafen kann, bevor ich die eine Sache weiß.«

Warren war schon vom Bett gerutscht. »Das ist für mich Grund genug.«

Wenige Minuten später kam er zurück, den Brief in der Hand. Er hielt ihn mir hin. »Den Umschlag konnte ich nicht finden. Vielleicht hat Brisbane ihn.«

»Macht nichts.« Ich nahm das Blatt Papier behutsam in die Hand. »Ich wollte sowieso das hier sehen.« Ich überflog den Brief. Er war getippt und ... Ich neigte den Kopf zur Seite. »Ich glaube, es gibt eine Übereinstimmung.«

»Womit?«

Schnell ging ich zu meinem Frisiertisch und zog den gefalteten Zettel unter der Ablage heraus. »Sieh mal.« Ich drückte Warren das Papier in die Hand. »Das ist eine dieser hässlichen Nachrichten, die ich bekommen habe.«

Warrens Miene verdunkelte sich, als er die bedrohlichen Worte las. Er presste die Lippen zusammen und seine verengten Augen sprühten Feuer. Dieser Drohbrief war einige Tage nach Warrens Absturz aufgetaucht. »Hier steht« – er blickte auf – »dass du verdient hast, alles zu verlieren.« Diese Version von Warren erinnerte mich an den Helden aus einem Liebesroman. Er strahlte eine tödliche Energie aus, als wollte er alles bekämpfen, was mir Schaden zufügen konnte.

»Ja, die Nachrichten waren alle in der Art. Aber es ist nicht die Nachricht an sich, die ich dir zeigen wollte.«

Warren blickte finster drein. »Ich kann sie ja wohl kaum ignorieren.«

»Vielleicht hilft das hier.« Ich legte die Blätter nebeneinander auf das Bett. »Sieh dir die Buchstaben an.« Ich zeigte auf den Namen *Ashcroft* in der ersten Nachricht und dann auf das Wort *verdient* in der zweiten.

Warren beugte sich darüber. »Das r ist in beiden Fällen etwas verrutscht.«

»Genau. Es scheint so, als wären beide Briefe auf derselben Schreibmaschine getippt worden. Was möglicherweise bedeutet, dass diejenige Person, die dich über Vaters Affäre informiert hat, auch diese schrecklichen Drohbriefe geschrieben hat.«

Er nickte. »Wie lange bekommst du sie denn schon?«

»Seit dem Abend unserer Verlobung. Den hier« – ich tippte auf den Rand des Schreibens – »habe ich einige Tage nach deinem Absturz erhalten.«

Warrens Miene verfinsterte sich. »Abgesehen von deiner Familie gibt es nur eine Person, die im Landhaus der Ashcrofts und in unserem Stadthaus war. Deine Zofe. Ms Fields Pflegerin.«

# KAPITEL 30

Ein beunruhigendes Scheppern von Glas riss mich aus dem Schlaf. Mein Blick war noch ebenso vernebelt wie meine Gedanken. Wo war ich? In welcher Stadt befanden wir uns? Nachdem ich wochenlang unterwegs gewesen war, stellte ich mir diese Frage immer, wenn ich morgens die Augen aufschlug. Aber das vertraute Gefühl feiner Laken an meinen Armen und das Himmelbett, das von buttergelben Wänden umgeben war, lieferte die wunderbare Bestätigung – ich war zu Hause.

Sonnenschein erfüllte mein Schlafzimmer und mein Mann stand in der Tür. In den Händen hielt er ein Frühstückstablett. Überraschung machte sich in mir breit. Ich hatte gedacht, er wäre schon gegangen, schließlich lastete auf seinen Schultern jede Menge Arbeit.

»Tut mir leid.« Warren grinste verlegen. »Das habe ich mir viel romantischer vorgestellt.« Er warf einen Blick auf die Karaffe mit Orangensaft, die gefährlich hin und her wankte.

Ich sprang vom Bett und eilte ihm zu Hilfe. Eigentlich wollte ich Warren ein Lächeln schenken, als ich den Krug vom Tablett nahm, aber mein Mund verzog sich stattdessen zu einem Gähnen.

»Guten Morgen, meine Schöne.« Er beugte sich vor, drückte mir einen Kuss auf die Stirn und durchquerte dann den Raum, um das Tablett auf dem Bett abzustellen. »Ich wollte dich nicht wecken.«

Ich folgte ihm und stellte die Karaffe auf den Nachttisch. »Was hat es hiermit auf sich?« Ich lächelte, als ich das Frühstück betrachtete. Reichlich Frühstücksspeck und zwei Scheiben Toast mit verbrannten Rändern. Ein Turm aus Rührei, das etwas zu weich war. Dies hatte nicht unsere Köchin zubereitet, sondern mein lieber Mann höchstpersönlich. Obwohl …

»Du hast noch nie für mich gekocht.« Ich musterte sein Gesicht und versuchte, seine Miene zu deuten. »Wie kommt es, dass du nicht im Büro bist?«

»Wäre es dir lieber, wenn ich dort wäre, Liebling?« Seine Finger spielten mit der Spitze meines Nachthemds.

»Nein, natürlich will ich lieber, dass du bei mir bist. Aber ich weiß, wie viel Arbeit du hast. Ich bin davon ausgegangen, dass ich dich erst spät heute Abend wiedersehe.«

Er nahm mich in die Arme und seine Lippen berührten mein Haar. »Ich konnte dich einfach nicht allein lassen. Nicht heute.«

Etwas an seinem Tonfall ließ mein Herz schwer werden. »Gibt es etwas, worauf du mich schonend vorbereiten willst?« Die Ereignisse des gestrigen Tages stiegen vor meinem geistigen Auge auf, wobei eine Sache herausstach und mich scharf einatmen ließ. Ich sank neben dem Tablett aufs Bett. »Ist es Mutter? Oh nein. Ist es schlimmer, als wir dachten?«

»Eva.« Er legte mir eine Hand auf die Schulter und senkte den Kopf, sodass unsere Blicke sich trafen. »Deiner Mutter geht es heute schon besser, das hat Cecily mir mitgeteilt. Ich habe mit ein paar Detektiven gesprochen und ihnen den Auftrag gegeben, Brisbane zu suchen. Das Wohlergehen meines Freundes überlasse ich nicht der Polizei.« Er sagte es mit neutralem Tonfall, aber ich merkte, dass Kents Verschwinden ihm wirklich zu schaffen machte. »Die Leute sind wieder da, wie erwartet. Unsere Geschichte ist in den anderen Zeitungen ausgeschlachtet worden. Es gibt jede Menge Spekulationen. Aber abgesehen von einigen pikanten Gerüchten über uns liegt nichts wirklich im Argen.«

Ich seufzte. »Gut.« Nachdem die Welt mich für eine Mörderin gehalten hatte, machten mir ein paar Gerüchte, die wieder vergingen, nicht mehr viel aus.

Warren legte den Kopf schief. »Du weißt wirklich nicht, warum ich zu Hause geblieben bin?« Er deutete mit einer Hand auf das Tablett. »Warum ich dir Frühstück gemacht habe?«

Ich breitete die Serviette auf meinem Schoß aus und ergriff meine Gabel. Warum nicht schon ein paar Bissen essen. Ich hasste kaltes Rührei.

»Du hast es offensichtlich ganz vergessen: Heute ist dein Geburtstag.«

Mir fiel fast die Gabel aus der Hand. »Wirklich? Haben wir schon den vierzehnten?«

»Oh ja.« Er drückte mir einen Kuss auf die Wange, dann nahm er die Karaffe und schenkte mir einen Becher Saft ein.

Bei all dem, was in letzter Zeit los gewesen war, hatte ich den Überblick verloren und wusste nicht einmal, welches Datum wir heute hatten. Ich aß eine Gabel voll Ei und biss auf etwas Knuspriges. Ein Stück Schale. Mein Mann war in vielen Dingen brillant. Kochen gehörte nicht dazu. Dann trank ich einen Schluck Saft, um das Rührei hinunterzuspülen.

»Also, meine liebe Gattin, sag mir, ob du jetzt dein Geschenk haben möchtest oder lieber nach dem Abendessen, zusammen mit dem Kuchen.«

Hoffentlich backte er den Kuchen nicht selbst, schoss es mir durch den Kopf. Doch dann drängte sich mir eine Frage auf. »Wann hast du mir denn ein Geschenk besorgt?« Er konnte nichts gekauft haben, während wir mit unserem Flugzirkus unterwegs gewesen waren. Schließlich hatten wir nur aus einer Tasche gelebt und in der Jenny war nicht viel Platz gewesen. Wenn er mir etwas gekauft hätte, dann hätte ich es gefunden.

»Ich arbeite schon länger an deinem Geschenk. Schon vor unserer Hochzeit habe ich damit angefangen.«

Jetzt war ich neugierig. Ich erinnerte mich vage daran, dass er meinen Geburtstag an dem Morgen erwähnt hatte, als er mir die Jenny geschenkt hatte, aber damals hatte er sich nicht konkreter geäußert. »Wirklich?«

Er nickte.

»In diesem Fall« – ich strahlte ihn an – »glaube ich nicht, dass ich bis zum Abendessen warten kann.« Die vergangenen Wochen waren schwer gewesen. Warrens Überraschungsfrühstück und sein mysteriöses Geschenk brachten eine unerwartete Leichtigkeit in mein Herz. Wir mussten noch so viel herausfinden, was Warrens Unfall betraf, mussten Mutters Gesundheit im Blick behalten, Brisbane finden und jetzt auch noch Iris, aber ich genoss diesen Augenblick trotzdem. Ungestörte Zeit mit Warren war an sich schon ein Geschenk. »Du verbindest mir aber nicht wieder die Augen, wie damals bei der Jenny?«

Warren lächelte. »Diesmal nicht. Die Jenny konnte ich nicht verstecken, so wie dieses Geschenk.«

»Du hast das Geschenk bei dir?« Ich sah ihn genauer an und warf dann einen Blick auf das Rührei. »Es ist aber nicht irgendwo in meinem Essen versteckt, oder?« Wenn, dann musste ich vorsichtig kauen.

»Nein.« Warren lachte. »Ich will ja nicht, dass du dir einen Zahn ausbeißt. Aber jetzt gibt es keine Tipps mehr. Mach bitte die Augen zu und streck die Hand aus.«

»Okay, ich vertraue dir.« Ich schloss die Augen, während er belustigt grinste. Ich streckte die Hand aus und wenige Sekunden später fiel etwas in meine Handfläche.

»Jetzt kannst du die Augen wieder aufmachen.«

Das tat ich und sah … einen Stein? Er war kantig, hellgrau und hatte ungefähr die Größe eines Golfballs. »Soll der zu meinem weißen Kiesel passen?« Sollte ich ihn bei mir tragen, so wie er es mit meinem Stein tat? Wollte er eine Steinsammlung anlegen? Ich hatte wirklich keine Ahnung.

»Erinnerst du dich noch an unser Gespräch im Garten deiner Eltern, als du mich gefragt hast, ob ich dich auch heiraten würde, wenn du nicht mehr besäßest als zweihundert Morgen Sumpfland?«

Ich lächelte. »Natürlich. Ich habe dich auf die Probe gestellt, weil ich wissen musste, ob du mich wirklich um meinetwillen wolltest. Damals hast du gesagt, du würdest mich trotzdem heiraten …«

»Woraufhin du mich einen Lügner genannt hast.« Er wackelte tadelnd mit dem Zeigefinger.

»Das stimmt.« Ich lachte. »Und du hast gesagt, du würdest es mir beweisen.«

»Und das tue ich hiermit.« Er zeigte auf den Stein in meiner Hand. »Weißt du, woher ich den habe?«

Ich fröstelte. »Ich hoffe, du hast nicht zweihundert Morgen Sumpfland gekauft.«

»Keinen Sumpf, aber Land.« Er schlang den Arm um mich. »Ich weiß, wie sehr du das weite Land liebst. Also habe ich dir ganz viel Platz gekauft, auf dem du dein Traumhaus errichten kannst. Terrence hat alles für uns geregelt. Das Grundstück läuft auf deinen Namen. Und es ist ungefähr zweihundert Morgen groß.«

Du liebe Güte. Ich presste eine Hand auf meine Brust, als könnte ich so mein Herz daran hindern, vor Überraschung aus meinem Leib zu springen. »Warren!« Ich schlang die Arme um ihn und stieß dabei mit dem Knie gegen das Tablett, sodass etwas von dem Essen auf die Bettdecke kam, aber das war mir gleichgültig. »Ich kann nicht fassen ... das ist ... ich weiß gar nicht, was ich sagen soll.« Freudentränen stiegen mir in die Augen. Mit der freien Hand strich ich ihm übers Haar und küsste ihn. »Danke.«

»Ich würde alles tun, um dich zum Lächeln zu bringen.« Er legte seine Stirn an meine. »Das ist eine meiner Lieblingsbeschäftigungen.«

»Und wo wird unser zukünftiges Landhaus stehen?«

»Im Norden von New York. Das Grundstück grenzt an die Adirondacks. Aber es gibt eine schöne Fläche, um Gärten anzulegen, und vielleicht eine Landebahn für die Jenny.«

Das war einfach zu viel. Berge, Wälder, Gärten *und* ein Haus noch obendrein. Mit so viel Land konnten wir vielleicht sogar eine Flugschule bauen für Menschen, die es sich nicht leisten konnten, fliegen zu lernen. Ich war völlig überwältigt. »Du hast das schon geplant, als wir noch nicht verheiratet waren?«

»Ich hatte zumindest die Idee. Der Kauf ist ein paar Wochen

nach der Hochzeit rechtskräftig geworden.« Warren schob mir eine Haarsträhne aus der Stirn. »Glücklich?«

»Überglücklich.« Nicht weil ich jetzt so etwas Extravagantes besaß, sondern weil Warren mir etwas geschenkt hatte, das viel greifbarer war – Hoffnung. So lange war es mir nicht gelungen, aus eigener Kraft meinen düsteren Gewohnheiten zu entrinnen. Ich hatte mich abgemüht, mir einen Weg durch Zerstörung, Schmerz und alles Kaputte in meinem Leben zu bahnen. Und jetzt schenkte Warren mir etwas, worauf ich mich freuen konnte. Einen Ort für einen Neuanfang. Mehr noch: ein Zuhause. Wo wir einen Teil unseres Lebens gemeinsam verbringen konnten. Hoffentlich Kinder großziehen würden. Ich legte eine Hand auf meinen Bauch und flüsterte ein Dankgebet, während ich den Augenblick überströmender Freude genoss. Ich hob den Blick. Warren beobachtete mich mit einer solchen Liebe in den Augen, dass mir die Tränen kamen.

Mit seinem Daumen fuhr er mir über die Wange und hob dann sanft mein Kinn, sodass ich ihm das Gesicht entgegenstreckte. Seine Finger glitten über meine Handfläche, in der immer noch der Stein lag. »Herzlichen Glückwunsch zum Geburtstag, Liebling.«

Ich grinste ihn an, schlang die Arme um seinen Hals und ...
Es klopfte.
Mein Blick fuhr zur Tür hinüber. Wer störte uns denn so früh? Warren und ich wechselten einen Blick, dann nahm er meinen Morgenmantel vom Fußende des Bettes und reichte ihn mir. Ich zog ihn über, während Warren zur Tür ging.
Jenkins.
»Tut mir leid, Sir«, sagte der Butler mit monotoner Stimme. »Aber Sie haben gesagt, ich soll Sie informieren, wenn es Neuigkeiten über unser ehemaliges Dienstmädchen gibt.«
Ich straffte die Schultern.
»Natürlich. Es gibt also Neuigkeiten?« Warren lehnte ganz gelassen im Türrahmen, aber ich stand bereits vom Bett auf.

»In gewisser Weise ja«, nickte Jenkins. »Sie wartet in Ihrem Arbeitszimmer auf Sie beide, Sir.«

※

Noch nie in meinem Leben hatte ich mich so schnell angezogen. Keine zehn Minuten später standen Warren und ich vor der Tür zum Arbeitszimmer und hielten einen Moment lang inne, damit ich tief Luft holen konnte. Ich war fest davon überzeugt, dass Iris die Verfasserin dieser schrecklichen Drohbriefe war, und auf keinen Fall wollte ich aufgelöst erscheinen, wenn ich den Raum betrat. Denn ich musste zugeben, dass ich verletzt war. Ich hatte immer nur das Wohlergehen von Iris im Sinn gehabt und sie hatte meines bedroht.

Noch einmal tief durchatmen.

»Bereit?«, fragte Warren.

In Warrens Zügen lag jetzt etwas, das so hart war wie Granit. Vielleicht sollte ich mir weniger Sorgen um meine Selbstbeherrschung machen als um seine. Natürlich würde Warren niemals einer Frau wehtun. Aber ich konnte mir auch nicht vorstellen, dass er Iris gegenüber besonders höflich sein würde, nach dem, was sie getan hatte.

Ich nickte und er öffnete die Tür.

Unser ehemaliges Dienstmädchen saß im Sessel am Kamin. Als die junge Frau uns bemerkte, sprang sie auf. Ihr Blick fiel auf mich und sie schreckte zurück. Ich musste wirklich bald zu meiner natürlichen Haarfarbe zurückkehren. Aber ohne ihre Dienstmädchenuniform sah sie jetzt auch anders aus. Ihre schlanke Gestalt war in ein schlichtes hellgrünes Kleid gehüllt, dessen Farbe dem ihrer Augen ähnelte. Ihr linkes Ohr, das uns erst auf ihre Fährte gebracht hatte, war unter ihrem runden Hut verborgen. Aber was mich die Augenbrauen hochziehen ließ, war ihr Verhalten. Es schien unverändert. Bei jeder Begegnung war sie schreckhaft gewesen, bei jedem Geräusch zusammengezuckt. Angesichts der

Tatsache, dass sie jetzt die Hände rang und ihre Blicke nervös hin und her huschten, war das wohl nicht gespielt gewesen. Was mich nur noch mehr verwirrte. Wie konnte jemand, der so unsicher war, solche starken Worte zu Papier bringen?

»Guten Tag.« Selbstbewusst ging Warren in den Raum. »Wir haben einige Fragen an Sie.«

Ich trat neben ihn, weil ich die Briefe ansprechen wollte, aber Iris ergriff zuerst das Wort.

»Ich … ich bin gekommen, um Ihnen zu sagen, dass ich Mrs Ashcroft nicht vergiftet habe.« Verzweiflung schwang in ihrer Stimme mit. »Ich weiß, dass es falsch von mir war, einfach wegzulaufen. Aber ich hatte schreckliche Angst. Ich wollte nicht beschuldigt werden.«

»Warum bist du dann hierhergekommen und nicht zu meinem Vater gegangen?« Ich konnte mir den Grund dafür zwar denken, wollte aber ihre Reaktion sehen.

Zwei rote Flecken erschienen auf ihren Wangen. »Weil ich mich bei Ihnen wohler fühle. Sie haben zwar keinen Grund, mir zu glauben, aber …«

»Ich weiß, dass du sie nicht vergiftet hast.« Ich sank auf einen Sessel, während in Iris gemischte Gefühle miteinander rangen.

»Wirklich?« Sie legte den Kopf ein wenig schief, so als wäre sie sich nicht sicher, ob sie sich vielleicht verhört hatte. »Ich war mir sicher, Ihr Vater würde mich verhaften lassen.« Ihre zitternde Stimme verriet, dass sie das immer noch befürchtete.

»Darüber brauchst du dir keine Sorgen zu machen.« Ich strich meinen Rock glatt und versuchte, meine zunehmende Verärgerung zu beherrschen. Sie war zu mir gekommen, damit ich ihr half – nachdem sie mich so gequält hatte. »Mutter geht es besser und sie hat bestätigt, dass es nicht deine Schuld war.«

Iris presste sich erleichtert eine Hand auf die Brust. »Danke, Mrs Hayes.«

Ich warf Warren einen verstohlenen Blick zu, aber er schien nichts dagegen zu haben, dass ich diese Unterhaltung führte.

»Obwohl ich mich frage, warum du nicht erkannt hast, dass es die falschen Tabletten waren, da du doch Krankenschwester bist.«
Ihre dünnen Lippen bebten. »Nein, das bin ich nicht.«
»Interessant.« Es gab keinen Grund, Ehrlichkeit von einer Frau zu erwarten, die mich von Anfang an getäuscht hatte, aber ich unterdrückte trotzdem einen vorwurfsvollen Blick. »Denn Ivy Gibbons aus Hanover sagt etwas anderes.« Wäre die tratschende Großmutter, die wir im Lebensmittelladen getroffen hatten, nicht gewesen, wären wir dieser jungen Frau nie auf die Schliche gekommen.
Sie sah mich schockiert an. »Sie wissen davon?«
»Wir wissen inzwischen eine ganze Menge«, sagte Warren schroff. »Zum Beispiel, dass Sie meiner Frau Drohbriefe geschrieben haben.«
Ihr erschreckter Blick begegnete meinem, als ich ihre letzte Nachricht aus der Tasche zog. »Vielleicht solltest du ganz vorne beginnen. Wer bist du wirklich? Was hast du mit Ruth Fields zu tun? Und warum hast du es für eine gute Idee gehalten, mich zu verspotten?«
»Mein richtiger Name ist Pauline Cartwright.« Sie schluckte. Ihr Teint war so blass, dass die blauen Adern auf ihrer Stirn zu sehen waren. »Im … im Juli habe ich um einen freien Tag gebeten, um eine Verwandte zu besuchen. Sie erinnern sich bestimmt nicht mehr daran, Mrs Hayes, weil es die Woche mit dem Flugzeugabsturz war. Aber ich bin nach Hanover gefahren, um das Grab von Ruth Fields zu besuchen. Sie war meine Tante.«
Jetzt wurde mir einiges klar. Diese Frau war nicht Ruths Tochter, sondern ihre Nichte. Deshalb hatte Ivy Gibbons eine Ähnlichkeit festgestellt. Und als mögliche Verdächtige in Warrens Unfall schied Pauline Cartwright ebenfalls aus, denn Ivy hatte sie genau an dem Tag in Hanover gesehen.
»Ich verstehe.«
»Ich bin nach Hanover gezogen, um ihr zu helfen, als sie krank wurde. Sie hat mir von Ihrem Vater erzählt.«

Warren trat neben meinen Sessel, um mich mit seiner Nähe zu unterstützen, während sein prüfender Blick unverwandt auf Pauline gerichtet war. »Was hat sie gesagt?«

Die junge Frau sah zur Tür und ihre Füße bewegten sich. Sie überlegte, ob sie die Flucht ergreifen sollte, so viel war sicher. Aber schließlich ließ sie die Arme sinken. »Sie hatte sich in Mr Ashcroft verliebt, als sie jünger war. Und ich denke, den Rest kennen Sie.«

»Leider nicht.« An ihrer starren Haltung erkannte ich, dass sie die Informationen nicht so ohne Weiteres preisgeben würde. »Bitte sag uns, was du weißt.«

Ihre Lippen öffneten sich zu einem Seufzer, aber sie sagte nichts. Warren verschränkte die Arme vor der Brust. »Sie können entweder hier mit uns reden oder ich rufe Captain Severs auf der Wache an, dann können Sie ihm erklären, warum Sie diese Briefe an meine Frau geschrieben haben. Es ist Ihre Entscheidung.«

»Es ist alles seine Schuld«, platzte es aus Ms Cartwright heraus. »Ich meine Mr Ashcroft. Er ist schuld am Tod meiner Tante.«

Ich umklammerte die Armlehne meines Sessels so fest, dass sich meine Fingernägel in das Polster bohrten. Meine Befürchtungen waren gerade bestätigt worden. »Inwiefern?«

»Meine Tante hatte seit Jahren keinen Kontakt mehr zu ihm. Sie hat ihn in Ruhe gelassen, so wie er es auch von ihr verlangt hatte. Aber dann wurde sie krank und brauchte seine Hilfe. Sie flehte ihn in einem Brief an, aber er hat ihr nicht einmal geantwortet.«

»Und trotzdem sagen Sie, dass er sie getötet hat?« Warren sprach genau meine Frage aus.

»Verstehen Sie denn nicht?« Der flehende Tonfall in ihrer Stimme überraschte mich. »Er hat sie einfach ignoriert. Was einer Weigerung gleichkommt. Durch seine Zurückweisung hat sich der Gesundheitszustand meiner Tante noch weiter verschlechtert.«

Ich holte tief Luft. Es war nicht so, wie ich vermutet hatte. Vater hatte die Frau nicht kaltblütig umgebracht. Er hatte sie lediglich

so behandelt, wie er jeden anderen Menschen auch behandelte. Ruth Fields hatte ihn um Geld gebeten, um gesund zu werden, aber Vater hatte sich geweigert und dann war sie noch kränker geworden. »Und du hast deine Tante bis zu ihrem Tod gepflegt?«
Pauline nickte. »Ja.«
Ich lehnte mich auf meinem Sessel zurück. »Und wie kam es dazu, dass du für meinen Vater gearbeitet hast? Ich vermute, du wusstest, wer er war. Du musst dich aus einem bestimmten Grund um die Stelle beworben haben.«
»Ich weiß, dass es schrecklich klingt, aber nachdem meine Tante gestorben war, wurde ich wütend. Er hatte ihr die einzige Bitte abgeschlagen, die sie jemals geäußert hatte. Das hat sie nicht verkraftet.« Die Frau ließ die Schultern hängen. »Ich habe mich dann um die Beerdigung gekümmert und getrauert und alle ihre Dinge geregelt und bin dann ins Haus der Ashcrofts gekommen ...«
»Aus Rache?« Ich zog eine Augenbraue hoch.
»In gewisser Weise schon.« Pauline wich meinem Blick aus. »Aber vor allem wollte ich Beweise. Ich habe den Landsitz durchsucht und dann auch Mr Ashcrofts Stadthaus, habe allerdings nicht gefunden, was ich brauchte.«
Allmählich ergab alles einen Sinn. Sie wollte Beweise für den Skandal, um meinen Vater erpressen zu können. Oder ihn zu ruinieren, wie er ihre Tante ruiniert hatte. »Hast du deshalb in einem anonymen Brief an meinen Mann die Affäre angedeutet?«
Pauline hob ruckartig den Kopf, so als wäre sie überrascht, dass ich diesen Schluss gezogen hatte. »Ich dachte, er könnte vielleicht einen Beweis finden. Mir war egal, wie die Welt davon erfuhr. Ich wollte nur, dass es herauskommt.«
Wie auch immer. Das ergab keinen Sinn. »Wenn Warren die Wahrheit gewusst hätte, hättest du meinen Vater doch nicht erpressen können.« Warum sollte er ihr Geld geben, damit sie schwieg, wenn es in allen Zeitungen zu lesen war?
Pauline Cartwrights Miene verfinsterte sich. »Es ging mir nie um Geld.«

»Nicht?« Warren sah sie grimmig an. »Was wollten Sie dann, meiner Frau Angst einjagen?«

»Es ist einfach ungerecht. Sie haben allen Luxus der Welt und genießen das, was meine Tante hätte haben sollen.« Sie redete sich richtig in Rage. »Finden Sie es denn gerecht, dass Sie mit all Ihrem Reichtum und Glück prahlen, während meine arme Tante an einem gebrochenen Herzen gestorben ist? Ihr wurde die einzige Liebe verweigert, die sie sich jemals gewünscht hat.«

Und das sollte alles rechtfertigen? »Es hätte nicht funktioniert.« Ich schnaubte verächtlich. »Ich habe mehr als zwanzig Jahre lang mit meinem Vater zusammengelebt und nie hat er mir seine Liebe gezeigt. Ms Fields hätte sich keine Hoffnungen zu machen brauchen.«

»Ich rede doch nicht von ihm.« Die junge Frau sah mich an. »Als Tante Ruth Ihrem Vater schrieb, wollte sie doch kein Geld. Sie hat ihn angefleht, Sie sehen zu dürfen. Ihre einzige Tochter.«

# KAPITEL 31

Ich starrte Pauline Cartwright an, während ich Schwierigkeiten hatte, ihre Worte nachzuvollziehen. Plötzlich wurde mir der Boden unter den Füßen weggezogen. Ich kannte den Grund dafür, warum sie mich gequält hatte, nicht. Jedenfalls wäre mir der, den sie gerade laut ausgesprochen hatte, niemals in den Sinn gekommen. Und ich wollte ihre Behauptung auch gar nicht an mich heranlassen. Der Gedanke war völlig absurd. »Du lügst.« Das tat sie schon, seitdem Vater sie eingestellt hatte. Uns alle hatte sie getäuscht und an der Nase herumgeführt.

Sie senkte das Kinn, als wäre ich es gewesen, die gerade einen verbalen Schlag ausgeführt hatte.

»Ms Cartwright.« Warrens Stimme klang gepresst. »Warum sollten wir Ihnen glauben? Sie haben uns keinen Beweis dafür gegeben. Vielmehr tragen Sie mit Ihrem Verhalten dazu bei, es auch gar nicht erst zu versuchen. Sie haben unter meinem Dach gelebt und Lohn von mir bekommen, weil meine Frau Ihnen eine bessere Stellung geben wollte. Und so danken Sie es ihr? Erst versuchen Sie, meine Frau mit Briefen einzuschüchtern, und jetzt werfen Sie mit grundlosen Behauptungen um sich? Was hat sie Ihnen jemals getan, außer Ihnen Freundlichkeit entgegenzubringen?«

Die Frau hob den Kopf und unsere Blicke trafen sich, aber ich sah kaum Bedauern in ihren Augen. »Ich dachte, Sie wüssten es die ganze Zeit. Und Sie hätten Ihre Mutter absichtlich ignoriert, weil sie nur die Tochter eines Bauern ist.«

»Meine Mutter ist die Tochter eines Eisenbahnbesitzers«, sagte ich ruhig. Ich verstand nicht, wie diese Frau sich so etwas hatte einbilden können, aber sie würde mich auf keinen Fall davon überzeugen, dass ihre Behauptung der Wahrheit entsprach. Ich kannte Leute wie sie. »Ich glaube, du hast das alles erfunden.« Ja, mein Vater mochte ein Verhältnis mit Ruth Fields gehabt haben, aber wie es schien, hatte diese junge Frau ihr Wissen genutzt, um jemanden zu erpressen.»Ich bin schon häufiger Betrügern begegnet. Du hast dir eine Geschichte ausgedacht, um mich zu erpressen, aber ich weigere mich, dein Spielchen mitzuspielen. Geh und betrüge andere, wenn du keine Beweise vorbringen kannst.« Ich blickte zur Tür hinüber.

Die Anspannung im Raum war spürbar, als sie wortlos aufstand, den Blick auf den Boden gerichtet, während die Hände, die sie gerade noch auf dem Schoß gefaltet hatte, nervös an ihren Ärmeln zupften. Schließlich hob sie den Kopf.»Ich habe Ihnen doch gesagt, dass es nicht ums Geld geht.« Sie trat auf mich zu und in ihren feinen Zügen lag eine neue Entschlossenheit. Aber als sie sah, wie Warren warnend die Schultern straffte, sank ihr der Mut; sie blieb stehen und schien sich ein wenig zu ducken.»Ich habe keine Beweise. Deshalb wollte ich ja bei Ihrem Vater arbeiten.«

»Weil du Beweise finden wolltest?« Meine Finger trommelten rastlos auf der Armlehne.»Hast du dich absichtlich als Dienstmädchen beworben, damit du die Häuser durchsuchen konntest?«

Pauline Cartwright schien einen Moment lang über meine Worte nachzudenken, bevor sie die Arme vor der Brust verschränkte. »Ich dachte, ich würde mühelos finden, was ich brauchte, um alles öffentlich zu machen. Die Affäre Ihres Vaters, Ihre uneheliche Geburt. Dann würde Ihnen das Leben, das Sie geführt haben, genommen und Sie würden erfahren, wie es sich anfühlt, nichts zu haben. Genau wie meine Tante.« Ihre leise Stimme wiederholte genau die Worte aus den Drohbriefen – *nichts haben, weggenommen* –, aber ihr Tonfall war merkwürdig neutral. So als ahnte sie, dass sie eine verzerrte Wahrnehmung von Gerechtigkeit hatte. »Aber ich habe nichts gefunden.«

»Du hast also überhaupt nichts, womit du deine Behauptungen untermauern könntest.« Warren biss sich auf die Lippe und ich wusste, dass er eine schneidende Bemerkung unterdrückte.

»Nein, aber ich habe meine Tante gehört, Mr Hayes.« In der Stimme der jungen Frau lag ein Anflug von Verzweiflung. »Ich habe gesehen, wie sie geweint hat, als sie mir erzählte, wie sie ihre Tochter Mr und Mrs Ashcroft überlassen hat, weil sie nicht das nötige Geld hatte, um selbst für sie zu sorgen.« Sie sah mich mit großen Augen an und ein mulmiges Gefühl machte sich in mir breit. »Sie konnte es sich nicht leisten, Sie zu versorgen, also hat sie Ihren Vater angefleht. Mrs Ashcroft hat Sie zwar aufgenommen, aber sie hat meine Tante weggeschickt und ihr gedroht, Sie – das unschuldige Kind – aus dem Haus zu werfen, wenn meine Tante jemals versuchen sollte, Kontakt zu Ihnen aufzunehmen. Tante Ruth hat sich in all den Jahren von Ihnen ferngehalten, nur um Sie zu schützen.«

Warren warf mir einen Blick zu, aber ich konnte nur blinzeln. Mit dieser Vorstellung hätte Pauline Cartwright sich als Schauspielerin verdingen können. Aber gab es vielleicht einen wahren Kern? Sie hatte zugegeben, dass sie Beweise hatte finden wollen, um mich daraufhin als Hochstaplerin zu entlarven. Aber was war, wenn sie die Hochstaplerin war? Woher sollte ich wissen, was der Wahrheit entsprach und was nicht?

»Hat deine Tante denn irgendetwas gesagt, was man als Beweis werten könnte?«

Sie schüttelte den Kopf. »Sie hat mir nur ihre Geschichte erzählt.«

»Ich verstehe.« Ich erhob mich mit zitternden Gliedern. »Wenn es sonst nichts mehr zu sagen gibt, entschuldige uns bitte. Wir müssen nach meiner Mutter sehen.«

Die junge Frau öffnete den Mund, wohl um zu widersprechen, weil ich Helena Ashcroft als meine Mutter bezeichnete, aber dann schien sie es sich anders zu überlegen und presste nur die Lippen zusammen.

»Ab sofort gehen wir getrennte Wege, Ms Cartwright.« Warren begleitete sie zur Tür. »Ich werde Ihnen einen Monatslohn geben, damit Sie versorgt sind, bis Sie woanders eine Anstellung gefunden haben. Sie werden keinen Kontakt zu meiner Frau aufnehmen und ihren Namen in keiner Weise beschmutzen. Als Zeitungsverleger kenne ich mich sehr gut mit Verleumdungsklagen aus.«

Das schien der jungen Frau einen Schreck einzujagen, aber sie fasste sich schnell wieder. Mit einem kurzen Nicken verließ sie das Zimmer, die Nase so in die Höhe gestreckt, dass es schien, als könnte sie die Decke damit berühren. Warren brachte sie hinaus, vermutlich, um ihr den letzten Lohn zu geben und sich zu vergewissern, dass sie ging, ohne weiter in unseren Räumen zu spionieren. Obwohl ich wusste, dass sie nichts finden würde. Auf keinen Fall besaß ich irgendetwas, das ihre lächerliche Geschichte untermauerte. Wahrscheinlich war sie deshalb in das Stadthaus meiner Eltern zurückgekehrt. Cecily hatte behauptet, das Mädchen hätte Angst um seine Anstellung gehabt, als wir fort waren, aber jetzt wusste ich es besser. Sie war zurückgegangen, um ihre Suche fortzusetzen.

Ein leiser Zweifel nagte an mir. Was wäre, wenn … diese Frau recht hatte? Konnte meine ganze Kindheit eine Lüge gewesen sein? Alles unwahr? Ich hatte mein hohes gesellschaftliches Ansehen niemals vor mir hergetragen, aber meine Eltern schon. Ganz eindeutig. Auch die Presse hatte meine Position immer betont. Und jetzt sollte ich ein Bastard sein? War das möglich?

Merkwürdig, dass ich die Wahrheiten rund um meine Geburt gerade am Jahrestag eben dieser Geburt hinterfragte. Vor vierundzwanzig Jahren war ich auf diese verrückte Welt gekommen, aber welche Frau hatte mich auf die Welt gebracht?

※

»Ich muss den Brief sehen, den Ruth Fields dir geschickt hat.« Ich stand in der offenen Tür zum Esszimmer, wo Vater allein saß und sein Frühstück einnahm. Warren war dicht hinter mir. Ich konnte die Wärme seines Körpers und die sanfte Berührung seiner Finger an meiner Hand spüren.

Vater blickte nicht einmal in meine Richtung, sondern kaute weiter sein Essen und nahm in aller Seelenruhe einen Schluck Kaffee. »Du bist fordernder, als ich dich in Erinnerung habe. Ich finde, das steht dir nicht, Geneva.« Er faltete die Zeitung zusammen, die er gelesen hatte, und sah mich endlich an.

Unbeeindruckt von seiner üblichen abweisenden Art straffte ich die Schultern. Ich war hier, um Antworten zu erhalten, und die würde ich auch bekommen. Er hatte mich zwar nicht hereingebeten, aber ich wartete auch nicht auf eine Einladung, sondern ganz gezielt und mit selbstbewussten Schritten betrat ich das Esszimmer. »Es ist mir ziemlich gleichgültig, was mir deiner Meinung nach steht und was nicht. Ich will nur den Brief sehen.« Ich könnte ihn auch rundheraus nach der Wahrheit fragen, wie ich es gestern getan hatte, aber Vater hatte noch nie freiwillig irgendetwas preisgegeben. Vielleicht enthielt der Brief eine Information, die mir weiterhalf. Wenn Ruth Fields meinen Vater angefleht hatte, mich sehen zu dürfen, würde sie dann nicht ihre Argumente vorbringen und erklären, warum sie das Recht dazu hatte?

Pauline Cartwrights Anschuldigungen anhören zu müssen, war so gewesen, als wäre ein undurchsichtiger Schleier über meine Gedanken gefallen. Stück für Stück versuchte ich, wieder Klarheit zu gewinnen, mich durch die verwirrenden Umstände zu kämpfen und nach alten Erinnerungen zu kramen. Hatten meine Eltern im Laufe der Jahre vielleicht versehentlich etwas ausgeplaudert? Hatte ich etwas Wichtiges nicht erkannt? Aber jetzt, wo ich die Sache bei Lichte betrachtete, fiel mir ein offensichtlicher Fehler auf. Ich hätte verstanden, dass Ms Fields auf Abstand geblieben war, solange ich ein Kind war. Aber seit einigen Jahren war ich erwachsen. Gestorben war sie kurz vor meinem dreiundzwanzigsten Geburtstag. Wäre sie so verzweifelt gewesen, wie ihre Nichte behauptet hatte, hätte sie mir doch direkt schreiben können.

Aber vielleicht wurde diese Frage ja beantwortet, wenn ich den Brief an Vater lesen konnte. Ich verschränkte die Arme angesichts der desinteressierten Reaktion meines Vaters. »Ich kann so lange warten, wie es dauert, den Brief zu holen.«

»Ich habe ihn nicht mehr.«

Diese Worte brachten meine Strategie ins Wanken. »Was?« Die Frage kam derart kraftvoll über meine Lippen, dass es mich selbst erstaunte, denn in diesem Ton hatte ich noch nie mit Vater gesprochen. Warren trat neben mich und ergriff meine Hand. Ich wusste, dass ich aufgeregt und angespannt war, und wenn Vater meinen Zustand spürte, würde er noch weniger reagieren. Ich holte tief Luft, um mich zu beruhigen. »Weißt du, wo der Brief ist?«

»Ich hebe so einen Unsinn doch nicht auf. Natürlich habe ich den Brief sofort verbrannt, nachdem ich ihn gelesen hatte.« Er klemmte sich die Zeitung, die nicht aus Warrens Druckerei stammte, unter den Arm und stand auf. »Wenn du mich jetzt entschuldigst.« Er machte auf dem Absatz kehrt und ging zur Tür.

»Ist Ruth Fields meine Mutter?«

Seine Schritte wurden langsamer, aber er blieb nicht abrupt stehen, wie man es bei einer so schockierenden Frage erwarten würde, sondern er drehte sich langsam um. Er hatte seine übliche gleichgültige Maske aufgesetzt, die jegliche Emotionen verbarg.

Ich sah ihm in die ausdruckslosen Augen. »Du hast gestern gesagt, dass Lilith und ich deine einzigen Kinder sind, aber du hast nicht gesagt, wer meine Mutter ist.«

»Du überraschst mich.« Vater warf einen skeptischen Blick auf die offene Tür. »Du solltest nicht irgendwelche absurden Behauptungen aufstellen, wenn andere es hören können. Dein Name ist bereits ausreichend durch die Presse gegangen.« Seine langen Finger tippten auf die Zeitung, in der mein Mann und ich zweifellos die Titelseite zierten.

Warren drehte sich um, sodass nur ich die Verärgerung sah, die über seine Züge huschte, und schloss dann die Tür, damit die Dienstboten uns nicht belauschen konnten.

»Jetzt kann uns niemand hören.« Ich ging auf Vater zu und sein

Blick folgte meinen Bewegungen, als wäre er sich nicht sicher, was seine widerspenstige Tochter zu tun gedachte. »Sag mir die Wahrheit, Vater.«

»Das habe ich gestern doch getan.«

»Ich muss es genauer wissen. Es gibt nämlich jemanden, der behauptet, ich wäre die Tochter von Ruth Fields.«

Seine blauen Augen sahen zur Decke hinauf und dann wieder zu mir. »Glaub keine Unwahrheiten.«

»Willst du mir damit sagen, dass es eine Lüge ist? Dass nichts daran wahr ist?« Ich suchte in seinem Gesicht nach einer Regung, einem Blinzeln, einem Aufblähen der Nase, aber da war nichts. »Denn wenn ich das Gefühl habe, dass du mir etwas verschweigst, werde ich es auf andere Weise herausfinden.«

»Die Person, die dir diese Flausen in den Kopf gesetzt hat, ist vermutlich das Dienstmädchen, das du gestern Abend unbedingt finden wolltest.«

Ich wagte nicht, es ihm zu sagen. Auch wenn ich Pauline Cartwright nicht besonders mochte, weigerte ich mich, sie meinem Vater zum Fraß vorzuwerfen. »Spielt es eine Rolle, wer es gesagt hat? Ich will nur wissen, wer meine leibliche Mutter ist.«

»Sie liegt oben und schläft. Wenn dir ihre Gesundheit wichtig ist, wirst du ihr nichts von diesem Unsinn erzählen.«

Ich biss mir auf die Zunge. Ausgerechnet er machte mir Vorhaltungen wegen mangelnder Rücksichtnahme. Obwohl auch das eine Form der Manipulation war. Warren hatte gesagt, dass Vater am Tag vor dem Flugzeugabsturz die gleiche Karte gezogen hatte. Da hatte er versucht, meinen Mann dazu zu bringen, dass er nichts über den Skandal druckte. Er hatte Warrens Liebe zu mir als Waffe benutzt. So wie er es jetzt mit meiner Liebe zu Mutter tat.

»Wie geht es ihr denn heute?«

Er zuckte mit den Schultern. »Besser.«

Ich unterdrückte einen aufsteigenden Seufzer. Vaters Miene machte mir deutlich, dass diese Unterredung für ihn beendet war. »Wir werden gleich nach ihr sehen.«

Ich war noch nicht ganz an der Tür, als Vater meinen Namen sagte. Ich drehte mich um und sah, dass er mich beobachtete. »Diese Person, die behauptet, Ruth Fields sei deine Mutter gewesen. Hatte sie Beweise?« Er warf Warren einen scharfen Blick zu und ich hätte schwören können, dass darin etwas funkelte. Bitterkeit? Wut?

»Nein.« Ich trat zwischen ihn und meinen Mann. »Es gibt keine Beweise.«

Vater nickte nur kurz und ging dann.

Warren starrte die Tür an. Vater hatte ihn völlig ignoriert, abgesehen von dem verächtlichen Blick am Schluss. Das war Warren zweifellos auch aufgefallen.

Ich schob meine Hand in seine. »Es tut mir leid, dass er so ist.« Was, wenn Vater sich darüber ärgerte, dass Warren noch am Leben war? Hatte Terrence nicht gesagt, Vater hätte Druck gemacht, was die Verwaltung der Zeitungen betraf, während ich fort gewesen war? Steckte Vater etwa hinter dem Flugzeugabsturz? Nur, um die Zeitung in die Finger zu bekommen, in der Warren ihn hatte bloßstellen wollen?

»Das ist mir völlig gleichgültig«, unterbrach Warrens Stimme meine Gedanken. »Aber mich ärgert, dass er deinen Geburtstag nicht erwähnt hat. Dieser Mann denkt an niemanden außer an sich selbst.«

Insgeheim stimmte ich ihm zu. Und das war auch der Grund, warum ich mir Sorgen machte. Wie weit würde Vater gehen, um seinen Willen durchzusetzen? Um alle zum Schweigen zu bringen, die ihn ruinieren konnten? Ich drückte Warrens Hand. »Komm, wir sehen nach Mutter und dann können wir wieder gehen.«

Er nickte und wir stiegen die Treppe hinauf. Mutters Schlafzimmertür stand offen. Ein kurzer Blick in den Raum und mir fiel die Kinnlade herunter. Mutter war dabei, ins Bett zu steigen, wobei sie Mühe hatte, auf die hohe Matratze zu klettern. Es gelang ihr schließlich, aber sie stöhnte erschöpft.

»Mutter.«

Ihr Kopf fuhr zu mir herum. Sie zog die Bettdecke über sich, als hätte ich sie nicht gerade dabei erwischt, wie sie das Bett verlassen hatte.

Ich betrat das Schlafzimmer. »Wo ist die Krankenschwester?« Mutters Hand hob sich in einer schwachen Geste, aber auf ihrer Stirn stand Schweiß und sie atmete schwer. »Bis heute Mittag fort«, keuchte sie. »Sie hat gesagt … es sei gut für mich, mir die Beine zu vertreten.«

»Obwohl sie vermutlich nicht meinte, dass du das tun sollst, wenn du allein bist.« Ich ging zu ihr, Warren folgte mir. Er half, sie zu stützen, während ich ihr zusätzliche Kissen in den Rücken stopfte.

»Mir geht es gut. Hallo, Warren. Ich bin froh, dass du wieder im Land der Lebenden weilst.« Sie zog die Decke höher, während sie meinem Mann würdevoll zunickte. Wachsame Augen, die von zu blasser Haut umrahmt wurden, blieben auf mir liegen. »Wie geht es meiner Tochter an ihrem vierundzwanzigsten Geburtstag?«

Ich konnte nicht gerade sagen, dass es mir gut ging. Nicht, während mich beständiges Unbehagen erfüllte. Aber ich lächelte angesichts ihrer Frage. »Ich bin froh, dass es dir besser geht.« Jedenfalls besser als gestern. Mutter wirkte für meinen Geschmack immer noch sehr gebrechlich.

Ihr Blick wanderte zum Seitenfenster. Die Gardine war etwas aufgezogen worden, sodass ein Sonnenstrahl auf den dicken Teppich fiel. Mutter stieß einen wehmütigen Seufzer aus. »Das Wetter erinnert mich an den Tag, an dem du geboren wurdest. Die ganze Woche über hatte es geregnet und gestürmt. Von der Trostlosigkeit war mir ganz elend. Doch dann ist die Sonne am Morgen des vierzehnten endlich herausgekommen und ein paar Stunden später wurdest du geboren. Ich habe damals zu deinem Vater gesagt, es sei gewesen, als hätte sich der Himmel geöffnet und dich auf die Erde fallen lassen.«

Mutter war nie sentimental. Vielleicht hatte diese Gesundheitskrise sie weicher gemacht. Oder vielleicht gab es einen anderen Grund. »Du hast nie viel über den Tag gesprochen, an dem ich geboren wurde.« Ich setzte mich auf ihre Matratze. »Bin ich hier geboren oder auf dem Landsitz?«

»Auf dem Landsitz.« Mutters Finger strichen über die Quasten des Kissens, auf dem ihr Arm lag, und ihre Züge trugen einen ungewohnten Anflug von Nostalgie. »Ich konnte die Gerüche in der Stadt nicht ertragen. Während der ganzen Schwangerschaft habe ich mich unwohl gefühlt. Die Landluft war angenehmer. Dein Vater war bis zum Abend vor deiner Geburt hier in der Stadt. Ich hatte schon Sorge, er würde deinen Auftritt ganz verpassen.«

Ich bezweifelte, dass mein Vater sich derartige Sorgen gemacht hatte, aber etwas fühlte sich ... merkwürdig an. »Ist alles in Ordnung?« Ich legte eine Hand auf ihre. »Ich habe gerade ...«

In diesem Augenblick kam Cecily hereingeeilt, ihre Miene angespannt. »Bitte läuten Sie, wenn Sie Hunger haben, Ma'am. Sie sollten nicht allein ins Esszimmer gehen.«

Mutter schniefte. »Ich weiß nicht, wovon du redest.«

Cecily tat so, als wollte sie die Sache auf sich beruhen lassen, aber dann drehte sie sich ein wenig in Warrens und meine Richtung und flüsterte: »Gregory hat sie in der Nähe der Esszimmertür gesehen.«

Jetzt ergab alles einen Sinn. Ich wartete, bis Cecily das Tablett auf Mutters Nachttisch abgestellt hatte. Als alles ordentlich gerichtet war, ging sie und ich nutzte die Gelegenheit, um behutsam anzusprechen, was ich erfahren hatte. »Du hast mein Gespräch mit Vater über Ruth Fields belauscht.« Verschiedene Gefühle huschten über Mutters Gesicht, aber dann verbarg sie sie unter einer gefassten Maske. »Deshalb hast du gerade deine Geschichte erzählt über den Tag, an dem ich geboren wurde. Weil du gehört hast, dass ich Vater gefragt habe, ob Ruth Fields meine Mutter ist.«

Ihre Augen blitzten auf. »*Ich* bin deine Mutter.« Der scharfe Unterton in ihrer Stimme ließ mich zusammenzucken, was sie bemerkte, denn sie stieß einen langen Seufzer aus. »Ich bin deine Mutter«, wiederholte sie viel sanfter. Ihr Blick huschte zu Warren, der treu an meiner Seite stand. »Ich habe euch gehört. Auch deine Frage.«

»Und?«

»Ich will nicht, dass sie dein Leben ruiniert, wie sie meins ruiniert hat.« Mutters Finger krallten sich in die Decke, sodass ihre Knöchel ganz weiß wurden. »Sie hat meine Ehe zerstört, noch bevor sie angefangen hatte.«

»Vater wollte mir nichts sagen.«

Sie presste die Lippen aufeinander. »Natürlich nicht, Liebes. Denn in seinen Augen gibt es nicht viel zu erzählen.«

»Aber du hast doch gerade gesagt ...«

»Dein Vater hatte eine ... Beziehung mit der Frau. Die hat er beendet, damit er mich heiraten konnte. Aber Ruth wollte das nicht akzeptieren.« Mutter atmete hörbar aus. »Nachdem du geboren warst, hat sie mich besucht und die unerhörtesten Dinge behauptet. Dass du die Tochter seist, die sie hätte haben sollen, und dass ich nicht verdient hätte, mit deinem Vater glücklich zu sein.« Sie schüttelte den Kopf. »Dann ist sie an Orten aufgetaucht, an denen wir waren. Am Ende habe ich ...« Sie verstummte abrupt.

»Was hast du?«

»Nichts.«

»Bitte, Mutter.«

Ihr Blick suchte meinen. »Du weißt nicht, was du da verlangst. Für eine Frau meines Standes ist es demütigend zuzugeben, dass ich nicht genügte.« Und mit einem Mal zerbrach ihre polierte Fassade. Wie Porzellan unter einem Hammer. »Ruth kam vielleicht aus einer Bauernfamilie, aber sie war hübsch und reizend. Und wenn sie in der Nähe war, wurde dein Vater daran erinnert, was er aufgegeben hatte, um ... seine Ziele zu erreichen.«

Er hatte Mutter nicht aus Liebe geheiratet, sondern wegen seiner Karriere. Das sollte mich nicht überraschen. Zuneigung hatte ich zwischen den beiden nie wirklich beobachtet, aber wie es schien, hatte Mutter früher darauf gehofft.

»Je häufiger sie erschien, desto mehr zog dein Vater sich zurück. Ich glaube, vielleicht hat er sie geliebt. Oder er hatte ein schlechtes Gewissen, weil er sie in den Wahnsinn getrieben hatte. Ich weiß es nicht. Aber dann tat sie etwas Unvorstellbares.«

»Was ist passiert?«

»Sie hat versucht, dich zu entführen.«

Warren zuckte zurück, als wäre er geschlagen worden, und ich sog scharf die Luft ein.

Mutter schien unsere schockierte Reaktion nicht zu bemerken, denn ihr Blick wanderte zum Fenster. »Irgendwann war ich ausgegangen, um Besorgungen zu machen, und da hat diese Frau sich ins Haus geschlichen und dich gepackt, als dein Kindermädchen aus dem Zimmer gegangen war. Aber der Butler hat sie aufhalten können. Dein Vater hat sich allerdings geweigert, Anzeige zu erstatten, sondern einfach so getan, als wäre es nie geschehen. Die Frau war ganz besessen von dem Gedanken, deine Mutter zu werden. Wenn sie John schon nicht haben konnte, wollte sie wenigstens dich haben.«

»Das klingt so, als sei sie geisteskrank gewesen.«

Mutter nickte. »Das ergab alles keinen Sinn, aber in ihrem verzweifelten Zustand konnte man nicht mit ihr reden. Ich hatte Angst, sie könnte es noch einmal versuchen, also habe ich ihr Geld gegeben, damit sie uns in Ruhe lässt. Es war eine wirklich große Summe, weil ich mir nicht sicher war, ob sie auch wirklich verschwinden würde. Aber da hatten dein Vater und ich uns schon auseinandergelebt.« Ihre Stimme klang jetzt tonlos. »Eigentlich wollte er kaum etwas mit mir zu tun haben. Er hatte es nur auf den Einfluss und das Ansehen abgesehen, das mein Vater genoss, um sein Sägewerk-Imperium noch mächtiger zu machen.«

Auf die Traurigkeit in ihrer Stimme war ich nicht vorbereitet gewesen. Die ganze Zeit über hatte ich geglaubt, meine Eltern wären sich beide gegenseitig gleichgültig. Mutter sank in ihre Kissen zurück. Ihre Kraft schwand zusehends.

Wir sollten sie jetzt eigentlich schlafen lassen, aber ich hatte noch einige Fragen, die ich loswerden wollte. »Sie hat Vater letztes Jahr einen Brief geschrieben.«

Mutter blinzelte. »Das wusste ich nicht. Mir erzählt er ja nichts.«

»Wusstest du, dass sie gestorben ist?«

Ihr Mund verzog sich und die Falten in ihrem Gesicht wurden noch tiefer. Mir war nicht bewusst gewesen, wie viel sie in den vergangenen Monaten gealtert war. Hatte ich sie mit meinem Verschwinden zusätzlich belastet? Oder vielleicht lag es auch an Lilith. Ich hatte ihr noch nicht erzählt, was wir herausgefunden hatten. Mutter glaubte immer noch, Lilith hätte Lieutenant Cameron geheiratet. Aber das hatte Zeit.

»Nein, das wusste ich nicht«, sagte Mutter leise. »Obwohl ich kein Mitleid empfinden kann. Ruth Fields hat das zerstört, was ich immer wollte.«

Liebe.

# KAPITEL 32

Warren beobachtete mich, die Lippen fest zusammengepresst. »Das ist nicht gerade die Geburtstagsfeier, die ich mir für dich vorgestellt hatte.« Er deutete mit einem Nicken auf mein Essen, das ich kaum angerührt hatte. »Ich schwöre, dass ich nichts davon selbst gekocht habe«, neckte er mich, aber über seinen besorgt dreinblickenden Augen lag ein Schatten.

»Ich bin mir sicher, es ist köstlich.« Ich hatte nur einige Bissen von den Kartoffeln herunterbekommen, bevor mein Magen sich verweigerte. »Ich habe einfach keinen rechten Appetit.«

Warren schob seinen eigenen Teller beiseite und nahm meine Hand. »Ich weiß ja, dass dieser Tag irgendwie völlig ... anders war als geplant.«

Ich stieß ein freudloses Lachen aus, das beinahe die Kerze gelöscht hätte. Warren hatte sich mit dem Abendessen bei Kerzenschein besonders viel Mühe gegeben. Er hatte sogar ein Grammofon geholt, das jetzt am anderen Ende des Tisches stand, damit wir anschließend tanzen konnten. Aber meine Stimmung war mit jedem beunruhigenden Gedanken nur noch tiefer in den Keller gesunken.

»Am meisten Kummer macht mir, dass ich nicht weiß, wem ich glauben soll. Wir haben zwei widersprüchliche Eindrücke von derselben Frau erhalten. Pauline Cartwright sagt, dass Ruth Fields mich hergegeben hat, weil sie nicht für mich sorgen konnte. Aber Mutter sagt, diese Frau sei verrückt gewesen und habe versucht, mich zu entführen.«

Ich starrte in die Flamme der Kerze, an der ein Tropfen Wachs herunterlief, während ich über die merkwürdige Natur dieses Leuchtmittels nachdachte. Je mehr Licht die Kerze spendete, desto mehr erstarb sie. Sie verzehrte sich selbst. Etwas, von dem ich befürchtete, es könnte auch mit mir geschehen, wenn ich davon besessen war herauszufinden, wer mich tatsächlich zur Welt gebracht hatte. »Ich möchte meiner Mutter vertrauen, aber was ist, wenn sie die Geschichte nur erfunden hat? Mit ihrem Geld könnte sie doch ganz leicht die Dienstboten und Ärzte bestochen haben, damit die ihre Fassung bestätigen.«

Warrens Finger schlossen sich um meine. »Ich weiß nicht, ob das hilft, aber ich habe deine Mutter noch nie so verletzlich gesehen.«

Das stimmte. In all den Jahren hatte sie nichts von ihren Gefühlen offenbart, was ihre Beziehung mit Vater betraf. Sie hatte immer die Rolle der reservierten, aber pflichtbewussten Gattin gespielt. Heute hatte sie uns praktisch ihr Herz ausgeschüttet und von ihrer lieblosen Ehebeziehung erzählt. »Es macht mich traurig, von den Anfängen ihrer Beziehung zu hören. Immer, wenn sie mich gedrängt hat, Vaters Wünschen zu folgen – ich frage mich, ob sie damit seine Anerkennung gewinnen wollte. Oder ...«

Warren drückte sanft meine Hand. »Was?«

»Sie hat gesagt, dass sie Ruth Geld gegeben hat, damit sie uns in Ruhe lässt, aber was ist, wenn das Schweigegeld war? Wenn jemals herauskommen sollte, dass Helena Ashcroft der Geliebten meines Vaters Geld gegeben hat, damit sie meine Herkunft nicht verrät, wäre das für Mutter eine Katastrophe. Ihr ist es unsagbar wichtig, was die Gesellschaft über sie denkt. Da ist sie genau wie Vater.«

»Du glaubst also, dass sie gelogen hat?«

»Das könnte sein. Aber woher soll ich das wissen? Das alles ist sehr lange her und ich bezweifle, dass es Beweise gibt. Noch etwas. Mutter hat so getan, als hätte sie sich Sorgen gemacht, dass Ruth noch einen weiteren Entführungsversuch unternehmen könnte. Wenn es tatsächlich so war, warum war sie dann so oft fort, als ich klein war? Damals habe ich mein Kindermädchen öfter gesehen als meine Eltern. Und warum haben sie mich in ein

Internat gesteckt? Wenn Ruth so verrückt war, wie Mutter meint, hätte die Frau mich doch leicht finden können.« Die Glenwood Academy war für ihr herausragendes Bildungsprogramm gefeiert worden, aber die Sicherheitsvorkehrungen dort waren höchstens mittelmäßig gewesen. »Das klingt für mich nicht so, als wären meine Eltern besonders besorgt um mich gewesen.«

»Vielleicht dachte deine Mutter ja zu diesem Zeitpunkt, dass die Gefahr vorbei war.«

Möglich. »Ihre Geschichte klang jedenfalls einleuchtend. Aber das ist nicht verwunderlich, wenn man bedenkt, dass sie vierundzwanzig Jahre Zeit hatte, sie zu perfektionieren. Mutter war überzeugend, aber Pauline Cartwright auch.« Ich stieß einen tiefen Seufzer aus. »Was ist, wenn ich es nie erfahre? Kann ich damit leben, es nicht zu wissen?«

Warren rückte mit seinem Stuhl dichter an mich heran. Und als hätte er das Gefühl, dass ich ihm noch nicht nahe genug war, nahm er mich auf den Schoß. »Du weißt doch, dass ich im Krieg den Kadetten das Fliegen beigebracht habe.«

Ich nickte, unsicher, worauf er hinauswollte.

»Ich habe ihnen auch beigebracht, wie sie ihr Flugzeug im Notfall selbst reparieren können.« Warren fuhr mit den Fingern durch mein Haar. »Aber ich hatte immer das Gefühl, dass ich mehr tun sollte. Ich kam mir wie ein Feigling vor. Hier war ich auf sicherem amerikanischen Boden, während die Männer, die ich ausbildete, im Ausland ihr Leben riskierten. Ich wollte dort bei ihnen sein.«

Mein Herz zog sich zusammen. Ich wusste, dass seine Reaktion ganz normal war. Jeder Mann wollte seinen Beitrag dazu leisten, seine Freunde zu beschützen und den Feind zu vernichten, bis die Gefahr vorüber war. Bei dem Gedanken, dass das Flugzeug meines Mannes dann hätte abgeschossen werden können, lief mir ein Schauer über den Rücken. Unter den Soldaten war die Todesrate bei Piloten am höchsten gewesen. Das hatte ich einmal gehört.

Warren spielte immer noch mit meinen Haaren und mit seinen

Fingern berührte er mich zärtlich am Ohr. Das war so eine tröstliche Ablenkung, aber gerade fragte ich mich, ob er diese Ablenkung vielleicht nötiger brauchte als ich. »Ich habe mich an meine Vorgesetzten gewandt, aber sie haben mein Gesuch abgelehnt. Später fand ich heraus, dass mein Vater mit hochrangigen Offizieren Poker spielte. Er hatte dahintergesteckt.« Warren schüttelte den Kopf. »Damals war ich nicht nur enttäuscht – ich fühlte mich betrogen.«

»Das tut mir leid.« Ich lächelte sanft. »Ich bin mir sicher, er hatte seine Gründe.«

Die goldenen Flecken in Warrens Augen wurden trüb. »Die hatte er.« Er ließ die Hand sinken. »Als der Krieg zu Ende war, kam ich nach Hause und wünschte, ich hätte mehr tun können. Natürlich habe ich meinen Vater zur Rede gestellt. Habe ihn gefragt, ob er seinen Einfluss geltend gemacht hatte, weil ich der Erbe des Hayes-Imperiums war.« Warrens Stimme klang mit einem Mal tonlos. »Aber er sagte, das sei nicht der Grund gewesen. Es gebe noch einen Grund.«

»Und welchen?«

»Das weiß ich nicht. Er schlug vor, wir sollten am nächsten Morgen weiterreden, weil es schon spät war und ich in meinem Zustand seinen Argumenten nicht zugänglich sei. Aber dann musste er früh zu einem dringenden Geschäftstermin und ist nie wieder nach Hause gekommen.«

Ich schlug mir die Hand vor den Mund. Mir war bewusst gewesen, dass Peter Hayes in Chicago an einem Schlaganfall gestorben war, aber diesen Teil der Geschichte kannte ich natürlich nicht. »Das tut mir schrecklich leid, Warren.« Ich ergriff seine Hand. »Du konntest dich nicht einmal von ihm verabschieden.«

Er schüttelte den Kopf. »Nein. Wenigstens war ich so klug, die Dinge zu klären, bevor ich an dem Abend schlafen ging. Es wäre viel schlimmer gewesen, wenn meine letzte Unterhaltung mit ihm im Streit geendet hätte.«

»Wie es bei uns beiden beinahe gewesen wäre.« Ich ließ unwillkürlich den Kopf hängen. Wir hatten über meinen Vater gestritten und dann war Warren nicht mehr da gewesen.

»Wir haben eine zweite Chance bekommen.« Er strich meine Haare zurück. »Diesmal werde ich es nicht vermasseln.« Wie ein Versprechen flüsterte er mir die Worte ins Ohr und besiegelte sie mit einem Kuss. »Ich habe dir das nicht erzählt, um unschöne Erinnerungen zu wecken, was uns beide betrifft, sondern weil ich nie herausgefunden habe, warum es ihm so wichtig war, dass ich hierblieb. Ich musste damit meinen Frieden machen. Mit allem.« Er verhakte seine Finger mit meinen. »Ich glaube, jeder möchte irgendwann auf sein Leben zurückblicken und ein Paket sehen, das hübsch eingepackt und mit einer Schleife versehen ist. Keine losen Enden. Aber so funktioniert das nicht. Wir finden nicht immer die letzten Puzzleteile. Obwohl das nicht bedeutet, dass unser Leben unvollständig ist.«

»Danke, dass du mir das erzählt hast.« Ich lächelte zaghaft. »Ich verstehe, was du damit sagen willst, und in gewisser Hinsicht möchte ich es auch gar nicht wissen. Denn wenn sich herausstellt, dass ich wirklich Ruths Tochter bin, dann ...«

»Ja, Liebes?«

»Dann würde es bedeuten, dass ich unehelich geboren wurde. Würde das etwas ändern ... ich meine ... für dich ...?« Ich wusste nicht, wie ich es sagen sollte, weil mir die Antwort zu wichtig war. Er hatte mich in dem guten Glauben geheiratet, dass er eine Verbindung mit einer Frau aus einer angesehenen Familie einging. Ich kannte viele Männer, für die nur der richtige »Stallgeruch« zählte, und auch wenn ich diesen Ausdruck hasste, wusste ich, dass es ein Problem sein konnte.

Warren nahm meine Hand und küsste zärtlich meine Fingerspitzen. »Ich liebe dich.« Ohne den Blickkontakt zu unterbrechen, presste er unser beider Hände an seine Brust. »Wenn du willst, suchen wir nach Antworten. Normalerweise würde ich Brisbane dafür engagieren. Aber wenn er nicht bald auftaucht,

werde ich jemand anderen beauftragen. Egal was du vorhast, ich werde dich ganz und gar darin unterstützen.«
Ich nickte.
»Aber eins musst du wissen – deine Herkunft spielt dabei keine Rolle. Sie ändert nichts an meiner Liebe zu dir.« In seinem liebevollen Lächeln lag etwas von Beschützerinstinkt. »Es ist mir vollkommen gleichgültig, welchen Nachnamen du hattest oder hättest haben sollen, denn jetzt trägst du meinen. Wir sind eine Familie. Du und ich. Und alles andere ist mir gleichgültig.«
Seine Worte gaben mir eine Kraft, die mein schweres Herz festhielt. Warren hatte recht. Zu wissen, wer mich auf die Welt gebracht hatte, änderte nichts an meiner Persönlichkeit oder an sonst etwas. Natürlich würde es immer Zweifel geben, bis ich es mit Sicherheit wusste. Aber eins war mir klar: Jetzt war Warren meine Familie. Und wieder einmal musste ich an sein wundervolles Geschenk denken. Das Haus auf dem Land. »Warren? Anstatt uns mit einem Privatdetektiv zu unterhalten – könnten wir uns vielleicht auch mit einer Baufirma treffen?«
Warren gab mir einen Kuss, meine bevorzugte Art, wie er Ja sagte.
Nach einem kurzen Augenblick lehnte er sich zurück. »Hunger hast du ja keinen, aber wie wäre es mit einem Tanz?« Er zeigte auf das Grammofon. »Ich habe Jenkins damit beauftragt, aktuelle Liebeslieder ausfindig zu machen.«
»Jenkins?« Mein Blick fiel auf einen Stapel Schallplatten und ich musste lachen, während ich von Warrens Schoß rutschte. Ich konnte mir beim besten Willen nicht vorstellen, wie der eher etwas steife Butler seine Arbeit liegen ließ, um auf die Suche nach Balladen und Sonetten zu gehen. »Ich bin mir sicher, er war begeistert.«
Warren stand auf und sein entspanntes Grinsen war ansteckend. »Ich weiß, dass er insgeheim froh darüber war. Unter seinem korrekten Äußeren ist er eigentlich ein Romantiker.«
»Ach, er versteht sich auf Romantik, meinst du?« Meine Lippen

zuckten bei dem Gedanken, meinen Mann aufzuziehen. »Dann kann er dir ja vielleicht ein paar Tipps geben.«

Mit einem gespielten Knurren stürzte Warren sich auf mich und ich sprang mit einem kleinen Aufschrei zurück. Ich lief um den Tisch herum und lachte über den Schalk in seinen Augen. »Kommen Sie mal her, Mrs Hayes. Dann zeige ich Ihnen, wie romantisch ich sein kann.«

Ich lief zur Tür, um die Jagd im Rest des Hauses fortzusetzen, aber bevor ich die Schwelle erreicht hatte, streckte Warren die Arme aus und hielt mich fest. Er hob mich hoch und drehte sich mit mir im Kreis, sodass meine Füße durch die Luft wirbelten, während er mich auf den Hals küsste. Wie unbeschwert wir miteinander sein konnten.

Warren stellte mich wieder auf den Boden und begann, sich mit mir im Arm zu wiegen. Wir brauchten überhaupt kein Grammofon. »Was für ein Tanz ist das?«

»Keine Ahnung, aber er gefällt mir.«

»Ist er nicht ein wenig anstößig?«

»Wenn ein Mann nicht einmal mit seiner eigenen Frau anstößig sein darf ...« Er drückte mir einen Kuss auf die Lippen. »Weißt du, dass dies der erste Geburtstag ist, an dem ich geküsst werde?«

»Das muss nicht alles sein. Ich kann dir noch mehr Zuneigung zeigen.« Mehr Zeit, die er mit mir verbrachte. Zeit, die er opferte, damit ich einen schönen Tag hatte.

Ich wusste, dass ein Berg Arbeit auf ihn wartete. Es würde mich nicht überraschen, wenn er ins Büro führe, sobald ich eingeschlafen war. »Du hast meinen Geburtstag zu einem besonderen Tag gemacht. Danke.«

»Der aber für dich auch eine unangenehme Note hatte.« Das Lächeln verschwand aus seinem Gesicht. »Die Sache mit deiner Mutter und Ms Cartwright tut mir wirklich sehr leid.«

»Ist schon gut.« Ich schmiegte mich an ihn und atmete den Duft seiner Seife ein. »Na ja, gut ist es nicht, aber ich hoffe, es wird mit der Zeit gut und ich kann irgendwann akzeptieren, dass mir nicht alle Fragen beantwortet werden.«

Warren drückte mich noch fester an sich. »Du bist wirklich eine erstaunliche Frau.«

Ich blickte zu ihm auf. »In dieser Sache kann ich mit der Ungewissheit vielleicht leben, aber eine Sache will ich auf jeden Fall geklärt wissen. Ich glaube nicht, dass ich ruhig schlafen kann, bevor ich nicht weiß, wer hinter deinem Unfall steckt.«

Warren hörte auf, sich hin- und herzuwiegen. »Nicht heute Abend, Liebling.«

»Ich kann nicht anders. Immer wenn ich daran denke, versetzt es mir einen Stich.«

Warren machte eine abrupte Bewegung mit dem Arm, um meine Gedanken zu unserem Tanz zurückzuholen. Dann zog er mich an sich, bis unsere Gesichter sich beinahe berührten. Unsere Blicke trafen sich und Warrens Atem strich über meine Wange.

»Die Person, die versucht hat, dich zu töten, hat sich sehr auf den Zufall verlassen.«

Er legte den Kopf in den Nacken und stöhnte. »Und du hast behauptet, ich sei unromantisch.«

»Ich versuche, die Situation ernst zu nehmen.« Wie leicht es doch wäre, mich in ihm zu verlieren. In diesem Mann, dessen Seele mit meiner verschlungen war. Ich könnte unsere Probleme eine Nacht lang vergessen und mich ihm ganz hingeben. Aber das mulmige Gefühl in meinem Magen war immer stärker geworden. Wir mussten darüber reden. Ich lächelte entschuldigend. »Findest du es nicht merkwürdig, dass der Täter so unfähig war?«

Warren zog die Augenbrauen ein wenig hoch. »Wäre es dir lieber gewesen, wenn er Erfolg gehabt hätte, Liebling?«

»Natürlich nicht.« Ich versetzte Warren einen halbherzigen Klaps. »Es ist nur … die Person hat nur dein Flugzeug manipuliert. Was wäre gewesen, wenn du meine Jenny genommen hättest? Sie sieht genauso aus wie deine, nur dass sie neuer ist

und …« Ich verstummte, als ich Warrens grimmige Miene sah.
»Was?«
»Eva.« Ein Seufzer entwich seinen Lippen und er ließ die Arme sinken. »Es gibt etwas, das dir nicht bewusst ist. Ich habe darauf gewartet, dass du es ansprichst, aber als du es nicht getan hast, wurde ich unsicher …«
»Was sollte ich ansprechen?« Ein Schauer der Angst lief mir über den Rücken.
»Ich hätte früher mit dir darüber reden sollen.« Noch ein tiefer Seufzer. »Ich will es nicht einmal aussprechen. Denn was es bedeuten könnte, macht mir schreckliche Angst.« Er fuhr sich mit einer Hand durchs Haar und brachte so seine Locken durcheinander. »Weißt du noch, dass ich gestern gesagt habe, meine Sorge gelte vor allem dir?«
Ich nickte stumm.
»Deshalb bin ich dir auch kaum von der Seite gewichen.« Er legte mir die Hände auf die Schultern und sah mich besorgt an.
»Ich bin mir inzwischen gar nicht mehr sicher, wem der Anschlag galt. Es könnte nämlich auch sein, dass der Täter es auf dich abgesehen hatte.«
Meine Kehle war mit einem Mal wie zugeschnürt. »Auf mich?«
»Ich bin an dem Tag gar nicht mit meinem Flugzeug geflogen. Ich habe deins genommen. Aber es spielte keine Rolle, weil beide manipuliert waren.«

# KAPITEL 33

»Was meinst du damit, dass du mein Flugzeug genommen hast?« Meine Finger krallten sich um die Rückenlehne eines Stuhls, um mich zu stützen. »Und sie wurden beide manipuliert?« Ich war mir sicher, ich hätte gewusst, wenn jemand sich an dem Flugzeug zu schaffen gemacht hatte, mit dem ich in den vergangenen Wochen geflogen war. Seit Warrens Unfall vergewisserte ich mich immer sehr genau, dass alle Schrauben angezogen waren, dass frei liegende Teile geölt waren und der Motor gewartet war.

Warren zerrte an seinem Krawattenknoten, um ihn zu lockern. »Als ich an dem Morgen mein Flugzeug überprüft habe, war der rechte Reifen platt. Ich dachte, dass vielleicht ein Stein ein Loch hineingerissen hatte, aber ich habe mir nicht viel dabei gedacht.«

»Nein«, stammelte ich, »das war *mein* Flugzeug. Meins hatte einen Platten. Und ich dachte, weil … oh.« Ich kniff die Augen zusammen und presste eine Fingerspitze an meine Schläfe, als würde das dabei helfen, mich an eine sehr kurze Unterhaltung am schlimmsten Tag meines Lebens zu erinnern. »Al hat sich für etwas entschuldigt.« Der Leiter des Hangars, Al Donaldson, war wie eine Glucke um mich herumgesprungen, als ich am Nachmittag des Absturzes zum Hangar gekommen war. Mein Herz war in tausend Teile zerbrochen, mein Körper von schmerzhaften Krämpfen geschüttelt und meine Gedanken kaum zusammenhängend gewesen, aber allmählich kam die Erinnerung an diese qualvollen Augenblicke zurück.

Ich öffnete die Augen und sah meinen Mann an. »Al hat mir von dem Reifen erzählt. Er sagte, er hätte ihn gewechselt, bevor ich kam, weil er die Jenny umsetzen sollte. Die Polizei wollte den Platz geräumt haben, damit sie suchen konnten.« Er schüttelte den Kopf. »Ich bin einfach davon ausgegangen, dass es meine ist, weil sie da stand, wo meine immer war.« Rückblickend bezweifelte ich, dass Al der Polizei von dem Platten erzählt hatte. Zu diesem Zeitpunkt war Warrens Absturz als Unfall betrachtet worden. Erst später hatten die Beamten von einem Verbrechen gesprochen. »Du glaubst nicht, dass der kaputte Reifen Zufall war?« Wir hatten im Laufe der vergangenen Monate mehrmals Reifen wechseln müssen. Ein Flugzeug mit mehreren Hundert Kilo Gewicht auf zwei kleinen Gummirädern zu landen, bescherte uns häufiger einen Platten.

»Nein, das glaube ich nicht. Denn dadurch war ich gezwungen, deine Jenny zu nehmen.«

»Das würde aber bedeuten, dass der Täter es doch auf dich abgesehen hatte.«

»Aber es war dein Flugzeug, also könntest du trotzdem die Zielscheibe gewesen sein. Oder wir beide.« Warren zog einen Stuhl heraus und zeigte darauf, damit ich mich setzte. Dann nahm er neben mir Platz. »Ich komme mir wie ein Narr vor, weil ich den Schnitt in der Treibstoffleitung nicht gesehen habe. Ich war in einer schrecklichen Laune und habe die Überprüfung vor dem Flug ziemlich flüchtig gemacht.«

Die Leitung war nicht ganz durchtrennt worden, sondern nur leicht angeschnitten, sodass der Treibstoff langsam entwichen war. Und dieser Schnitt wäre erst aufgefallen, nachdem Warren den Propeller angeworfen hatte, damit der Motor den Diesel anzog. Und zu dem Zeitpunkt hatte er die Vorbereitungen beendet und war bereit für den Start. Der Treibstoff war so langsam herausgetropft, dass Warren hatte starten und auch eine Weile fliegen können, bevor der Tank leer gewesen wäre.

»Und als du erst mal in der Luft warst, war der Flugplatz zu weit weg, um einfach zu landen.«

»Genau.« Warren rieb sich die Stirn und verzog grimmig den Mund. »Der See war die einzige Chance.«

»Und dann bist du mit dem Fallschirm abgesprungen.«

»Was ich sagen will, ist, dass der Schnitt im Reifen *und* der in der Treibstoffleitung zweifellos von derselben Person gemacht wurden.«

Ich seufzte. »Jetzt müssen wir nur noch herausfinden, wer diese Person war.«

»Jedenfalls wusste derjenige, dass wir samstags immer zusammen fliegen gehen.«

Das stimmte. »Aber ich kann unsere Flugzeuge eigentlich nicht auseinanderhalten.« Es gab eine Seriennummer auf einer kleinen Plakette im Cockpit und darauf achtete niemand. Außer mein technisch begabter Mann. »Ich vermute, der Täter hätte sie auch nicht unterscheiden können. Wenn er nicht wusste, wem welches Flugzeug gehörte, musste er den Reifen des einen Flugzeugs beschädigen, damit wir gezwungen waren, das andere zu nehmen.«

Warren nickte zustimmend. »Aber du hast deine Jenny immer auf demselben Platz abgestellt. Wenn der Mörder uns beobachtet hat, wusste er das. Deshalb mache ich mir Sorgen, dass diese Person dich im Visier hatte.«

Mich fröstelte. Der Gedanke, dass jemand uns mit Mordabsichten beobachtete, ließ das Blut in meinen Adern gefrieren. Warren schob den Arm um mich, während ich diese neuen Informationen verarbeitete. »Ich hatte keine Ahnung, dass ich mit deinem Flugzeug geflogen bin.«

Warren lächelte. »Das dachte ich mir. An dem Tag, als du mich in der Flüsterkneipe gefunden hast, sagtest du, du wärst mit deiner Jenny geflogen. Weißt du noch, wie ich reagiert habe?«

»Ich stand völlig unter Schock. Das Einzige, woran ich mich erinnere, ist deine finstere Miene.« Ich ahmte den wütenden Gesichtsausdruck nach, den er in den ersten Tagen wie einen Lieblingshut immerzu aufgesetzt hatte.

Warren lachte leise. »Ich werde deine spitze Bemerkung nie vergessen. »»Natürlich bin ich mit meinem Flugzeug geflogen. Deins liegt schließlich auf dem Grund des Sees.‹« Er nahm meine Hand und drückte mir einen Kuss auf die Stirn. »Du hattest nicht die geringste Ahnung, dass du mit meinem Flugzeug unterwegs warst, und schon das hat in mir die Hoffnung geweckt, dass du unschuldig bist. Als du dann nichts von Ruth Fields wusstest, war mir endgültig klar, dass ich mich geirrt hatte.«

»Aber irgendjemand *ist* schuldig.« Bei diesem Gedanken hätte ich Warren am liebsten ins Cockpit der Jenny gesteckt und einen Transatlantikflug versucht. Ein Meer zu überqueren, schien weniger beängstigend, als in New York herumzulaufen und Zielscheibe eines Mörders zu sein. »Die Frage ist, wer davon profitieren würde, wenn wir beide tot wären.«

Warren zuckte mit den Schultern. »Mein Onkel ist in Frankreich. Er hat sein eigenes Vermögen und braucht unser Geld nicht.«

»Gut.« Ich tippte mir mit dem Finger ans Kinn. »Wer würde davon profitieren, wenn *ich* tot wäre?«

Warren nahm meine Hände in seine und küsste sie. »Ich hasse es, mir darüber Gedanken zu machen.«

»Aber wir müssen jede Facette bedenken.«

»Vielleicht denken wir ja an das falsche Motiv. Nicht jeder tötet aus Habgier. Was, wenn es einen anderen Grund gibt?«

»Zum Beispiel?«

»Eifersucht, Hass, Rache.« Er zählte all diese hässlichen Eigenschaften auf, als würde er eine Einkaufsliste vorlesen. »Die Gerechtigkeit selbst in die Hand nehmen. Fällt dir jemand ein, der so empfinden könnte?«

»Pauline Cartwright hat geschrieben, dass sie mir alles nehmen wollte, aber sie hat ein Alibi für den Tag deines Unfalls. Diese Frau in Hanover, Ivy. Sie hat gesagt, dass sie Pauline an Ruths Todestag gesehen hat.«

»Sie hat aber auch behauptet, Ms Cartwright sei Krankenschwester. Es kann also durchaus sein, dass sie sich irrt. Wir wissen ja bereits, dass das Dienstmädchen am Tag des Absturzes freihatte, *und* es weiß, dass wir samstags zusammen fliegen.«

Ich zog die Nase kraus. »Es wäre möglich, aber … ich weiß nicht.« Mein Instinkt sagte mir etwas anderes, obwohl ich Paulines Namen nicht komplett von der Liste möglicher Verdächtiger streichen würde. »Und was ist mit Terrence? Er könnte neidisch auf dich sein. Du bist der Hayes mit all dem Reichtum, dem Einfluss und dem tollen Aussehen.« Der letzte Teil war als Scherz gemeint, war aber trotzdem nicht unwahr. Warren hatte von allem mehr als Terrence.

Warren quittierte meine nicht so ernst gemeinte Bemerkung mit einem kleinen Lächeln, wurde dann aber sofort wieder ernst. »Ich kann mir nicht vorstellen, dass Terr so etwas tun würde. Außerdem wäre er mich längst losgeworden, wenn er gewollt hätte. Der Mann hatte im Laufe der Jahre jede Menge Gelegenheiten.« Warren streifte seine Jacke ab und hängte sie über den Stuhl neben sich. »Es könnte auch Liliths Mann sein. Ihm und seiner fadenscheinigen Geschichte traue ich nicht über den Weg.«

Mein Herz zog sich zusammen. Wie sehr ich mich doch nach meiner Schwester sehnte. Ich wusste, dass sie sich entschieden hatte, aber ich war fest davon überzeugt, dass ihre Entscheidung sie langfristig unglücklich machen würde. »Einen wichtigen Verdächtigen haben wir noch gar nicht in Betracht gezogen.«

»Deinen Vater.«

»Brisbane.«

Wir hatten beide gleichzeitig gesprochen, aber nach einer Sekunde fassungslosen Schweigens erholte ich mich zuerst. »Du hast recht. Vater hat mehrere Motive. Obwohl ich Brisbanes merkwürdiges Verschwinden einfach nicht vergessen kann. Warum hat er sich nicht gemeldet? Warum ist er wenige Tage nach deinem Unfall einfach von der Bildfläche verschwunden? Und warum hat er sich nicht in der Flüsterkneipe oder danach in seiner Hütte mit dir getroffen? Vielleicht konnten wir ihn nicht finden ... weil er nicht gefunden werden will.«

Am nächsten Morgen betrat ich wieder das Esszimmer. Der Tisch war natürlich abgeräumt worden. Das Grammofon war fort, ebenso die Schallplatten. Und Warrens Stuhl war leer. Da mein Mann nirgendwo im Haus war, vermutete ich, dass er ins Büro gegangen war. Er hatte vorgehabt, Unterlagen zu holen, die er dann zu Hause durchgehen konnte, weil er mich noch nicht allein lassen wollte.

Ich hasste die Tatsache, dass ich ihn zusätzlich belastete, wo ich doch wusste, wie viel Arbeit während seiner Abwesenheit liegen geblieben war, aber er hatte darauf bestanden. Als er mittags immer noch nicht wieder zurück war, wunderte ich mich, aber ich wartete noch zwei Stunden, in denen ich mich um Dinge im Haus kümmerte und mit der Köchin darüber sprach, dass ich mir Grundkenntnisse der Essenszubereitung aneignen wollte. In den Wochen, die ich unterwegs gewesen war, hätte es geholfen, kochen zu können, da manche der Fremdenzimmer eine Kochnische gehabt hatten. Nicht, dass ich plante, noch einmal auf der Flucht zu sein, aber es war gut, für Notfälle gewappnet zu sein.

Ich sprach auch mit dem Dienstmädchen darüber, meinen Haaren wieder zu ihrer normalen Farbe zu verhelfen, woraufhin sie Ammoniak empfahl. Ich verzog angewidert den Mund. Auf keinen Fall würde ich dieses schreckliche Zeug auf meinen Kopf schütten. Stattdessen beschlossen wir, dass eine Perücke vielleicht die beste Lösung war, während die Farbe herauswuchs. Ich würde Warren also zu einem Perückenmacher schleifen müssen, weil er mich darum gebeten hatte, das Haus nicht ohne ihn zu verlassen.

Um 14 Uhr lag ich auf dem Sofa im Salon, ein aufgeschlagenes Buch auf dem Schoß. Ich hatte immer noch nichts von Warren gehört. Hatte er die Zeit aus dem Blick verloren? War bei der Arbeit ein Notfall eingetreten? Vielleicht sollte ich mal nach ihm sehen. Doch in diesem Augenblick klingelte das Telefon, gefolgt von ruhigen Schritten auf dem Flur.

Dann erschien Jenkins im Türrahmen, alles an ihm förmlich,

von dem gebügelten Anzug bis hin zu seiner steifen Haltung.

»Ein Anruf für Sie, Madam.«

»Warren?«

»Nein, Mr Brisbane.«

Was? Mit hämmerndem Herzen sprang ich auf, sodass das Buch zu Boden fiel. »Kent?« Ich eilte an Jenkins vorbei, dessen Augenbrauen angesichts meiner hastigen Bewegungen nicht einmal zuckten. Ich griff eilig nach dem Hörer und sprach atemlos in das Mundstück. »Brisbane? Bist du das?«

»Geneva. Was für eine Erleichterung, deine Stimme zu hören.« Die Verbindung war furchtbar. Er klang, als würde er in einen Blecheimer schreien.

»Wo bist du? Wir haben dich überall gesucht!«

»Wir sind in der Nähe meiner Hütte.« Das Knistern in der Leitung übertönte fast seine Stimme. »Warren ist bei mir.«

Mein Magen zog sich zusammen. »Warum?« Warum sollte Warren weggefahren sein, ohne mir Bescheid zu sagen? Die Hütte war zweieinhalb Stunden nördlich von hier. Was konnte so wichtig gewesen sein, dass er keine Zeit hatte, mich zu informieren? Außerdem gefiel mir der Gedanke, dass Warren mit Brisbane allein war, gar nicht. Er mochte ein langjähriger Freund sein, aber nach seinem mysteriösen Verschwinden traute ich ihm nicht mehr. Und jetzt war er plötzlich wieder aufgetaucht. Irgendetwas stimmte da nicht.

»Tut mir leid, Geneva. Wir mussten uns beeilen, sonst hätten wir die Spur verpasst.«

Moment mal. Was? »Ihr habt eine Spur? Ihr wisst, wer hinter Warrens Unfall steckt?« Das wäre das Einzige, was Warren möglicherweise weglocken könnte. Unmut stieg in mir auf, aber ich unterdrückte den Impuls. Warrens Wunsch, mich keiner Gefahr auszusetzen, würde ihn daran hindern, mich über seine Pläne zu informieren. Er hatte sicher vermutet, dass ich hätte mitkommen wollen, und damit hätte er auch recht gehabt. Ich hasste den Gedanken, hier festzusitzen, aber selbst ich sah ein, dass es besser so war.

»Ich kann das alles nicht am Telefon erklären.«
Natürlich nicht. »Dann gib mir meinen Mann.«
»Das geht nicht. Ich musste in die Stadt fahren, um anzurufen.« Seine Stimme wurde leiser. Ich presste den Hörer fester an mein Ohr, um zu verstehen, was Brisbane sagte. »Er ist in der Hütte mit ...«
»Mit wem?«
»Komm einfach her, Geneva. Warren hat gesagt, du sollst den Roadster nehmen. Wenn du kommst, erklären wir dir alles.«
Ich wippte ungeduldig auf und ab. Das würde ich nicht akzeptieren. Ich traute Brisbane sowieso nicht mehr über den Weg und die knisternde Verbindung machte mich noch ungehaltener. »Sag es mir jetzt.«
»Wir haben den Täter geschnappt. Aber es steckt mehr dahinter. Und jetzt beeil dich bitte.«
Kein Wunder, dass sie in Eile gewesen waren. Warren würde den Schuldigen nicht davonkommen lassen. Obwohl mir der Gedanke, dass er mit einem Mörder allein in Brisbanes Hütte war, nicht gerade gefiel. »Ich werde die Polizei informieren.«
»Nein.« Seine Stimme klang eindringlich, aber noch etwas in seinem Tonfall fiel mir auf. »Das willst du nicht tun. Komm her, so schnell du kannst. Sie besteht darauf, dass sie erst mit dir sprechen will.«
Sie? »Von wem redest du, Brisbane?«
»Von Lilith.«

# KAPITEL 34

Die Verbindung war tot.

Mein Herz auch. Alles verblasste. Verschwamm. Sie hatten Lilith gefasst?

Ausgerechnet Lilith. Meine geliebte Schwester. Ihr sanftes Gesicht tauchte vor meinem geistigen Auge auf. Das war ein Versehen. Es musste ein Irrtum sein. Lilith konnte doch nicht hinter Warrens Absturz stecken. Ihr gütiges Herz war zu einer so bösen Tat gar nicht fähig. Konnte sie uns so getäuscht haben? Nein. Aber andererseits … Ich hätte auch nie gedacht, dass sie mich an meinem Hochzeitstag hintergehen könnte. Oder alle Vernunft in den Wind schlagen und bei dem Mann bleiben würde, der sie ein Jahr lang betrogen hatte.

Aber das machte sie noch lange nicht zu einer Mörderin.

Warum würde sie Warren etwas antun wollen? Nicht, um ihren Mann zu schützen. Denn damals hatte sie noch gar nicht gewusst, dass Michael ein Hochstapler war. Während meine Gedanken sich überschlugen, hängte ich den Hörer ein und sank auf den Stuhl neben dem kleinen Tisch.

Wenn Lilith kein Motiv hatte, meinem Mann Schaden zuzufügen, welchen anderen Grund könnte sie gehabt haben, das Flugzeug zu manipulieren? Warrens Worte vom Abend zuvor kamen mir wieder in den Sinn. *Der Täter könnte es auch auf dich abgesehen haben.*

Ich presste eine Hand auf meinen Bauch. Es war ein vergeblicher Versuch, meine aufsteigende Übelkeit zu unterdrücken. Ich konnte es einfach nicht glauben. Meine Schwester und ich hatten eine gute Beziehung. Jedenfalls war das bisher so gewesen. Es gab absolut keinen Grund dafür, dass sie …

Mein Atem ging flacher.

»*Sinn und Sinnlichkeit*«, flüsterte ich, als eine schreckliche Gewissheit in mir aufstieg. Ich hatte Lilith einen Roman von Jane Austen über zwei Schwestern geschenkt. Aber das war nicht alles gewesen. Aus einer jugendlich überschwänglichen Laune heraus hatte ich ihr all meinen Schmuck und mein gesamtes Erbe vermacht, sollte mir etwas zustoßen. Ein schnörkelig geschriebenes Vermächtnis auf der ersten Seite des Buches.

Obwohl das Jahre her war. Kinderkram. Nur war ich damals kein Kind mehr gewesen. Ich war gerade achtzehn geworden und voller Leichtsinn und Dummheit.

Indem sie Michael geheiratet hatte, war meine Schwester von allen finanziellen Mitteln unserer Eltern abgeschnitten worden. Würde sie so etwas Drastisches tun, um an Geld zu kommen? Mir wurde ganz schwindelig von all der Ungewissheit.

Die Zeilen in dem Buch waren vermutlich nicht rechtskräftig. Ein richtiges Testament erforderte Zeugen und andere juristische Dinge, oder etwa nicht? Ein einfacher Anruf bei Terrence würde das aufklären. Aber ich hatte keine Zeit. Wenn Lilith versucht hatte, mich zu töten, dann ...

Nein, das war Unsinn. Lilith war es nicht gewesen. Konnte ich Brisbane wirklich trauen – jemandem, den ich nur wenige Male getroffen hatte? Mit meiner Schwester dagegen fühlte ich mich nicht nur durch unsere Blutsverwandtschaft verbunden. Abgesehen davon hatte er noch etwas Fragwürdiges gesagt, das meinen Verdacht erregte und mich zum Telefon greifen ließ. Entschlossen, wenigstens einen Teil von Brisbanes Behauptungen zu überprüfen, gab ich der Vermittlung die Nummer von Warrens Büro.

Der Sekretär meines Mannes nahm ab.

»Hallo, Edmund. Mrs Hayes hier.« Zum Glück war die Verbindung gut, im Gegensatz zur vorigen. »Ist Warren da? Ich würde gerne mit ihm sprechen.«

Ein metallisches Geräusch, wie das Schließen eines Aktenschranks, drang durch den Hörer. »Tut mir leid, Ma'am.« Die Tenorstimme am anderen Ende der Leitung klang freundlich. »Mr Hayes hat das Büro heute Vormittag verlassen.«

Meine Kehle zog sich zusammen. »War jemand bei ihm?«

»Ja, Mr Brisbane kam vorbei. Ich bin davon ausgegangen, dass er einen Termin mit Mr Hayes hatte, denn sie sind zusammen weggegangen.«

»Danke, Edmond.« Brisbane war also wirklich im Büro gewesen. Der gewissenhafte Sekretär arbeitete lange genug für Warren, um den Privatdetektiv zu erkennen. Ein Anflug von Erleichterung machte sich in mir breit, aber nicht genug, um meine aufgeschreckten Gedanken zu beruhigen. »Wissen Sie noch, um welche Uhrzeit die beiden gegangen sind?« Sie würden mindestens zwei Stunden brauchen, um zu der Blockhütte zu gelangen. Wenn Edmond gesehen hatte, dass sie erst nach 11 Uhr abgereist waren, war das ein Indiz darauf, dass etwas nicht stimmte.

»Ich würde sagen, gegen 9 Uhr. Es tut mir leid, aber Mr Hayes hat nicht gesagt, wohin er wollte. Wenn ich auf die Uhr schaue, vermute ich, dass Sie ihn eher sehen werden als ich.«

Das wollte ich hoffen. Wenigstens war Brisbanes Geschichte bestätigt worden. Er war bei Warren. Nach Edmonds ruhiger Reaktion zu schließen, war mein Mann nicht gegen seinen Willen aus dem Büro gezerrt worden. Das war wenigstens etwas.

Brisbanes Anweisungen kamen mir wieder in den Sinn.

Ich blickte zum Fenster hinaus. Es sah aus wie ein perfekter Tag für einen Flug über Land.

Ich holte meinen Kompass und breitete die Karte des Bundesstaates auf Warrens Schreibtisch aus. Mein Blick fiel auf den Zielort. Ich markierte die Stelle mit einem Bleistift und plante dann meine Route. Ich war noch nie auf direktem Weg zu Brisbanes Hütte geflogen. Aber wenn ich dem Hudson River nach Norden folgte, bis der Roundout Creek abzweigte, konnte ich nach Westen weiterfliegen und mehrere kleine Teiche und andere Orientierungspunkte nutzen.

Jetzt musste ich nur noch in einen Overall schlüpfen, ein paar Dinge einpacken und mir einen guten Plan für den Moment überlegen, in dem meine Räder wieder auf dem Boden aufsetzten. Denn wie beim Kochen sollte ich auch hier für alle Eventualitäten gewappnet sein.

※

Meine Gedanken tobten lauter als der heulende Wind, der mir entgegenwehte.
Der vage Anruf von Brisbane war mir immer noch ein Rätsel. Abgesehen von den Anschuldigungen gegen Lilith hatte es einen bestimmten Punkt bei unserem Telefonat gegeben, der keinen Sinn ergeben hatte. Wenn ich doch nur mit Warren hätte sprechen können! Er hätte gewusst, dass die Nachricht über Lilith mich tief treffen würde. Und doch hatte er Brisbane gebeten, mir diese Nachricht zu überbringen, und dann verlangt, dass ich die Stadt verließ, um in die Wildnis zu reisen? Sie hätten meine Schwester doch leicht zu mir bringen können.
Was war, wenn es eine Falle war? Ein gut geplanter Trick, um mich dorthin zu locken? Vielleicht war meine Vorliebe für Kriminalromane schuld an meinen misstrauischen Theorien. Zu oft ignorierten die fiktiven Heldinnen ihren starken Instinkt und begaben sich leichtsinnig in Gefahr.
Und deshalb hatte ich mich für eine andere Art Gefahr entschieden. In diesem Augenblick brummte die Jenny, von einer anderen Person gesteuert, ein Stück entfernt und flog zweifellos in einem Bogen zurück, während ich an einem acht Meter breiten Seidenfallschirm hing. Vor wenigen Sekunden war ich in zweitausend Fuß Höhe von der Tragfläche meiner Jenny gesprungen und froh gewesen, dass mein Fallschirm sich ganz geöffnet hatte. Jetzt schwebte ich der Erde entgegen und zog mit meinen Fingern an den Fangleinen. Ich betete, dass mein Fallschirm nicht von Seitenwinden erfasst wurde. Wenn zu schnell zu viel Luft in den

elfenbeinfarbenen Baldachin strömte, würde ich wie ein Papierdrachen hin und her geworfen werden.

Ich hatte keine Zeit, mich in den Ästen der auf mich zukommenden Pinien zu verfangen, deshalb drehte und zog ich die Leinen und arbeitete mit der schwachen Brise, um mich so zu positionieren, dass ich auf einer Lichtung von der Größe eines halben Footballfeldes landen konnte.

Ich konzentrierte mich darauf, meine Gelenke zu lockern und jegliche Steifheit abzulegen. Das Letzte, was ich brauchte, war ein gebrochener Fuß. Oder Schlimmeres. Ich drückte das Kinn auf die Brust und beugte die Knie.

Eins ... zwei ... drei.

Ich landete auf dem weichen Boden und rutschte auf den Fußballen vorwärts, wobei ich mein Gewicht so verlagerte, dass es bestmöglich gestützt wurde. Der in sich zusammenfallende Fallschirm zog an meinen Schultern und brachte mich aus dem Gleichgewicht. Ich fiel auf meinen Hintern, aber das spielte keine Rolle, solange ich mir nichts gebrochen hatte.

Das Blut hämmerte in meinem Schädel, während ich im Gras lag und keuchend um Atem rang.

Dann richtete ich mich auf und schnallte den Fallschirm ab. Es war an der Zeit, meinen restlichen Plan in die Tat umzusetzen. Eines war mir in den vergangenen Monaten bewusst geworden. Ich musste nicht mit allem allein fertigwerden. Es war wichtig, mich auf einen treuen Gott zu verlassen und zu lernen, andere um Hilfe zu bitten.

In diesem Fall Tex.

Vorhin im Hangar hatte ein scharfes Stechen in meinem Bauch mich erschreckt. Zum ersten Mal seit Brisbanes merkwürdigem Anruf hatte ich in meiner schwindelerregenden Geschäftigkeit innegehalten. Ursprünglich hatte ich gehofft, ich könnte mich unbemerkt der Hütte nähern und die Situation einschätzen, bevor jemand von meiner Anwesenheit erfuhr. Wenn ich flog, verlor ich das Überraschungsmoment. Der laute Motor der Jenny war nicht für heimliche Manöver gemacht. Aber ich konnte das mächtige Knurren des Flugzeugs auch zu meinem Vorteil nutzen. Es konnte nämlich als falsche Fährte dienen. Aber dafür brauchte ich einen zweiten Piloten und der ehemalige Kampfflieger wohnte nur einen Ort weiter als mein Ziel. Zum Glück war es mir gelungen, Tex ausfindig zu machen; durch die Vermittlung in der kleinen Stadt. Und er hatte die Gelegenheit, sich ans Steuer der Jenny zu setzen, sofort beim Schopfe ergriffen, obwohl ich ihn gewarnt hatte, dass es gefährlich werden könnte.

Ich warf einen Blick gen Osten in den Nachmittagshimmel, aber das Flugzeug war nur noch ein silberner Punkt am Horizont.

Inzwischen hatte Tex sicher den riesigen zusammengefallenen Fallschirm neben mir auf dem Boden entdeckt, der ihm verriet, dass ich sicher gelandet war und er sich für den nächsten Teil dieser spontanen Operation bereit machen konnte.

Fünf Minuten hatte ich Zeit, um zu der Hütte zu gelangen.

Ich drehte mich schnell um meine eigene Achse und prägte mir den schmalen Feldstreifen ein, damit ich später zurückkommen und meine Sachen holen konnte. Der Motor wurde lauter. Es wurde Zeit, dass ich mich auf den Weg machte. Ich musste genau dann eintreffen, wenn die Jenny über das Haus hinwegflog. Meine Gelenke kribbelten – eine Mischung aus dem Rest Adrenalin von meinem Fallschirmsprung und meiner Nervosität. Was würde wohl gleich geschehen?

Das Holzhaus stand einen knappen Kilometer von hier entfernt zwischen sanften Hügeln. Gut geeignet, um meinen Sprung aus der Jenny zu verbergen, aber für mich und meinen vom Sprung gebeutelten Körper eine Herausforderung, denn ich musste einen steilen Hang hinauf und dann einen Teil davon auf der anderen Seite wieder hinunter.

Ich zwang meine Beine, sich zu bewegen, rannte über den Streifen Land und dann hinauf, hinauf, hinauf. Die Steine rutschten unter meinen Stiefeln weg, umgefallene Bäume versperrten mir den Weg und Mückenschwärme klebten an meiner klammen

Haut, als wollte der Wald sich gegen mein Eindringen wehren. Trotz alledem kam ich gut voran. Meine Entschlossenheit gab den verkrampften Muskeln Kontra, bis ich die Hügelkuppe überwunden hatte. Ich duckte mich hinter einen Baumstamm, vornübergebeugt und mit den Händen auf den Knien, um kurz zu verschnaufen.

Nur noch ein kleines Stück. Ich lief weiter.

Hier wuchsen hohe Farne und die Äste der Pinien hingen weit hinunter, fast bis zum Boden. Tex musste nur einmal möglichst tief über das Holzhaus fliegen. Das war ungefährlich. Ein schneller Vorbeiflug sollte genügen, um die Personen im Haus aufzuschrecken. Sie würden dann hinauslaufen und nachsehen, was los war. Das war jedenfalls der Plan.

Meine Beine brannten von der Anstrengung. Ich hockte mich hinter ein hohes Gebüsch, etwa fünfzehn Meter von dem Ort entfernt, wo hoffentlich mein Mann war. Zweifellos konnte jeder im Haus das näher kommende Flugzeug hören. Ich beugte mich vor und hielt den Blick starr auf das kleine Giebelhaus gerichtet. Alles um mich herum vibrierte, als das Flugzeug über mich hinwegknatterte. Tiefer, als ich gedacht hatte, so als wollte Tex mit einem Flügel den Schornstein streifen.

Angeber.

Ich wartete darauf, dass sich in der Hütte etwas tat, aber … nichts. Mir wurde das Herz schwer. Dies war meine ganze Strategie. Einen Plan B hatte ich nicht. Was, wenn niemand drinnen war? Oder wenn man mich hierhergelotst hatte, nur um zu Hause freie Bahn zu haben?

Ich reckte den Hals, um zu Tex hinaufzusehen, und da sah ich, dass er im Kreis flog und erneut zu einem Tiefflug ansetzte. Was? Nein. Ich hatte ihm gesagt, er solle das nur einmal machen. Mir gefiel nicht, welchem Druck der Motor bei dieser Flughöhe ausgesetzt war. Etwas, das Tex wissen sollte, weil …

In diesem Moment sah ich aus dem Augenwinkel eine Bewegung. Eine Gestalt war aus dem Haus gekommen. Der Pfosten

der Veranda verdeckte das Profil der Person, aber ich konnte den Lauf eines Gewehres erkennen.
Und dieser Lauf war auf die näher kommende Jenny gerichtet.

# KAPITEL 35

Ein Schuss fiel.
Die Jenny schrie vor Schmerzen auf.
Rauch stieg von dem stotternden Motor auf. Das Flugzeug verschwand hinter den bewaldeten Hügeln. Tex!
Alles geschah schnell und doch qualvoll langsam. Ich erstarrte, völlig hilflos. Das Gewehr wurde gesenkt und der Schütze trat hinter dem Pfosten hervor, sodass ich einen deutlichen Blick auf den Mörder werfen konnte.
Mir stockte der Atem.
Terrence Hayes.
Der Mann, der mit Warren blutsverwandt war. Der als Gast auf unserer Hochzeit gewesen war. Der bei Warrens Trauerfeier zu Tode betrübt gewirkt hatte. Jetzt rannte er los. In die Richtung, in der die Jenny verschwunden war.
Seine stämmige Gestalt bewegte sich bergauf. Anscheinend ging er davon aus, dass ich in dem Flugzeug saß. Warum sonst hatte er geschossen? Und wenn ich sein eiliges Tempo richtig deutete, war er entschlossen, sein Werk zu vollenden. Vergeblich suchte ich den Himmel ab, während ich betete, dass Tex irgendwie davongekommen war. Jenseits der Baumreihe erstreckte sich Ackerland. Vielleicht war dem jungen Piloten eine sanfte Landung gelungen. Aber was würde geschehen, wenn Terrence ihn entdeckte?
Ich warf einen Blick zur Hütte hinüber. Hin- und hergerissen. Sollte ich Tex warnen? Oder versuchen, Warren zu finden?
Ein qualvolles Stöhnen durchbrach die Totenstille. Das Geräusch war aus dem Holzhaus gekommen. Warren! Und es klang so, als hätte er Schmerzen. Hatte Terrence ihm etwas angetan? Die Angst setzte meinen Körper in Bewegung. Ich lief auf die Hütte zu und betete, dass ich mich richtig entschieden hatte.

Denn wenn ich mich um Warren kümmerte, bedeutete das, dass ich Tex, der möglicherweise verletzt war, einem Wahnsinnigen auslieferte. Ich allein konnte Terrence nicht entgegentreten. Ich brauchte Hilfe. Ich brauchte meinen Mann.
*Bitte, Gott, mach, dass ich nicht zu spät komme.*
Ich rannte über das offene Feld. Da ich keine Ahnung hatte, wie weit Terrence in den Wald gelaufen war, gab ich die perfekte Zielscheibe ab, wie ein Reh auf einer Lichtung. Wenn er zurückkam, konnte ich leicht von einer Kugel getroffen werden. Und möglicherweise warteten hinter dem einzigen Fenster der Hütte weitere bewaffnete Männer.
Der Schweiß rann mir in Bächen über den Rücken, als ich die Seite des Holzhauses erreicht hatte. Mein Atem ging jetzt flach und stoßweise. Ich duckte mich unter die schmutzige Fensterscheibe und lauschte, ob drinnen etwas zu hören war. Aber alles war still. Wenn Terrence Komplizen hatte, hätten sie sicher längst zugeschlagen. Mit letzter Kraft stellte ich mich auf Zehenspitzen und wagte einen Blick hinein.
Zwei dunkelhaarige Männer saßen mit dem Rücken zu mir. Warren und Brisbane. Sie waren gefesselt. Ich drückte das Gesicht fester an das schmierige Glas, auf der Suche nach feuerroten Locken. Die restliche Hütte schien leer zu sein. Keine Spur von Lilith. Ich war mir nicht sicher, ob ich darüber erleichtert sein sollte oder besorgt. Warrens Kopf war vornübergebeugt und seine Schultern bebten.
Ich ging um das Haus herum, ging die Treppe zur Veranda hoch, die ich vor gar nicht so langer Zeit hinuntergestolpert war, und schlüpfte hinein. Brisbane sah mich zuerst und riss die Augen auf. Ich nickte ihm zu, sah aber meinen Mann an. »Warren?«
Er zerrte an seinen Fesseln und seine geröteten Augen starrten mich schockiert an. »Eva …« Seine Stimme klang heiser. »Eva, ich dachte …« Er blickte zum Fenster hinüber, das zu den Hügeln hinausging, hinter denen Tex verschwunden war. Warren hatte zweifellos geglaubt, ich wäre in dem abgeschossenen Flugzeug. Das musste der Grund für den Aufschrei gewesen sein, den ich

gehört hatte. Seine Trauer. Vor zwei Monaten war ich selbst an genau dem gleichen Schmerz beinahe erstickt.

Ich legte die Hände um sein Gesicht, sodass er mich ansehen konnte, und gab ihm einen Kuss. »Ich bin hier«, flüsterte ich. Aber wir waren noch nicht außer Gefahr. Terrence konnte jede Sekunde zurückkommen. Mit neuer Entschlossenheit kniete ich mich hin, um die Seile um seine Beine loszubinden. »Wir müssen uns beeilen. Wir müssen zu …«

»Hör zu, Eva.« Warren schüttelte den Kopf, als wäre er aus einer Trance erwacht. »Du musst hier raus. Lauf. So weit weg wie möglich.« Sein dringlicher Tonfall ließ einen Schauer über meine klamme Haut laufen. »Sofort.«

»Was?« Ich zerrte an seinen Fesseln. Sie rührten sich nicht. »Ich lasse dich doch nicht hier zurück. Wo ist Lilith?«

»Nicht hier. Das war sie nie. Es war ein Trick, um dich herzulocken.« Warrens Blick huschte zur Tür und dann wieder zu mir. »Aber du verstehst nicht. Es ist Terrence.«

»Ich weiß.«

»Nein, das tust du nicht. Wenn er den Verdacht hat, dass du hier bist, wird er die Zündung betätigen.«

Meine Finger erstarrten. »Was für eine Zündung?« Aber Warren musste nichts erklären, denn ich hatte den Gegenstand gerade entdeckt. Eine Kiste stand vor Warren und Brisbane. Als ich ins Innere sah, schlug ich erschrocken die Hand vor den Mund. Die Kiste enthielt mit Drähten versehenen Sprengstoff.

Eine Bombe.

Keinen Meter von mir entfernt. Die Verkabelung war kompliziert. Antennen ragten in alle Richtungen heraus. Eine Fertigkeit, die Terrence im Krieg erlernt haben musste. Warren hatte erzählt, dass sein Cousin während des Krieges bei der Versorgungstruppe gewesen war – der Abteilung, die Waffen baute.

Panik stieg in mir auf. Aber dann … siegte die Wut. Wie konnte er es wagen! »Ich gehe. Aber du kommst mit.«

»Ich hoffe, ich bin auch eingeladen«, schaltete Brisbane sich ein, ganz beiläufig, als würde er von einer Einladung zum Mittagessen reden. »Sieh mal hinter dich, Geneva. Die Fußbodendiele zu deiner Linken. Heb sie an und nimm das Messer, das darunter liegt. Dann kommen wir schneller voran.«

Ich hebelte das Brett aus dem Boden, ganz und gar nicht überrascht darüber, dass Brisbane ein Versteck in seinem Haus hatte. In dem schmalen Hohlraum darunter befand sich ein regelrechtes Waffenarsenal. Ich nahm das Messer und durchtrennte das Seil fast mühelos, sodass mein Mann kurz darauf frei war. Brisbanes Fesseln waren stärker geknotet, als hätte Terrence den Verdacht gehabt, dass der Detektiv sich eher befreien könnte.

Nicht einmal eine mögliche Bombenexplosion brachte den Mann aus der Ruhe. Sein Blick wanderte zu etwas über meinem Kopf und dann zu meinem Gesicht zurück. »Ich habe dich nicht angerufen.«

Die Klinge schnitt die Fesseln um seine Beine entzwei. »Das dachte ich mir schon.« Natürlich hatte ich es während des Telefonats noch nicht gewusst. Schließlich kannte ich Kent Brisbane noch nicht so lange, dass ich ihn an seiner Stimme erkennen würde. Aber ich hatte schon bemerkt, dass etwas nicht stimmte. »Ich kann nicht Auto fahren.«

Brisbane zog eine Augenbraue hoch. »Wie bitte?«

»Terrence hat einen Fehler gemacht. Er hat mir am Telefon erzählt, Warren hätte gesagt, ich solle den Roadster nehmen.« Ich trat hinter Brisbane und bearbeitete die Seile, mit denen sein Oberkörper gefesselt war. »Warren hätte so etwas niemals gesagt, weil ich noch nie ein Auto gefahren habe.« Ich schüttelte den Kopf. »Aber eins verstehe ich nicht. Warum Terrence?«

Brisbane sah auf das Messer in der Nähe seiner Rippen. »Der Mann hat eine schmutzige Methode gefunden, ein Vermögen zu ergattern.«

Wie konnte das sein? Warren war der Meinung gewesen, sein Cousin stünde in der Erbfolge viel zu weit hinten, um etwas zu erben.«

»Ich bin froh, dass du uns gefunden hast«, durchbrach Brisbanes tiefe Stimme meine hektischen Gedanken.

»Und ich bin froh, dass du endlich aufgetaucht bist. Wir haben dich überall gesucht, Kent.« Ich konzentrierte mich auf den nächsten Schnitt, während Warren sich hinter mir zu schaffen machte. Vermutlich an Brisbanes Waffenarsenal.

»Ich war nicht annähernd so lange weg wie ihr zwei.« Kent sprach im Plauderton, so als hätten wir alle Zeit der Welt für eine entspannte Unterhaltung. »Ich kam zwei Tage zu spät hier an, da war Warren schon weg. Und ich konnte keinen von euch beiden erreichen, da ihr als Zirkusartisten herumgereist seid.«

Ich zog das letzte Seil fort. »Na ja. Wenn wir hier lebend rauskommen, hast du eine Menge zu erklären.«

Brisbane zog eine Pistole aus dem Loch im Fußboden. »Wir werden hier lebend rauskommen. Hayes.« Er reichte meinem Mann die Waffe und er nahm sie. Dann drückte er auch mir eine Pistole in die Hand. »Hier.«

Ich hatte keine Ahnung, wie man mit einer Schusswaffe umging, aber ich war lieber bewaffnet als unbewaffnet.

Warren half mir auf. In seinem Blick lagen Feuer und Liebe und gerade so viel unterdrückte Wut, dass mir Terrence beinahe leidtat, wenn ich mir vorstellte, was mein Mann ihm antun würde, wenn er ihn zu fassen bekam. Dann flohen wir aus der Hütte, so schnell unsere Füße uns trugen.

Aber es war nicht schnell genug.

»Na, wo wollt ihr denn hin?« Terrence trat keuchend zwischen den Bäumen hervor. Er war offensichtlich außer Atem, aber das hielt ihn nicht davon ab, auf uns zuzukommen, sein Gewehr auf mich gerichtet.

Warren und Brisbane hoben ihre Waffen, also tat ich es auch. Es sah aus wie eine Pattsituation, aber Terrence schien nicht im Geringsten beunruhigt.

»Hallo, Geneva.« Seine Stimme war tiefer, als ich sie in Erinnerung hatte, aber das spielte kaum eine Rolle, denn ein rechteckiges Gerät hing ihm um den Hals. Mitten darauf befand sich eine Art Drehknopf, wie man sie an einem … Radio findet. Die Bombe. Der Zünder wurde per Funk ausgelöst. »Ich weiß nicht, wie du ohne einen Kratzer aus dem Schrotthaufen von Flugzeug hierhergelangt bist, aber bravo.«

Die Jenny war zerstört. Und was war mit Tex? Ich war untröstlich, während ich ein stilles Gebet gen Himmel schickte.

»Lass die Waffe fallen.« Warrens kalter Blick und tödlicher Tonfall waren ganz auf seinen Cousin gerichtet. »Wir sind drei gegen einen. Du hast keine Chance.«

Terrence begriff, dass Warren nicht angreifen würde, solange Terrence mit seinem Gewehr auf mich zielte. Er fuhr fort, als hätte er die Drohung nicht gehört, und sah mich an. »Dein Mann und sein Kumpan haben sich heute Morgen ja sehr viel Mühe gegeben, aber als ich sie vor meinem Büro gesehen habe, wusste ich sofort, dass sie mir auf die Schliche gekommen waren. Also habe ich sie überrumpelt, bevor sie mich überraschen konnten.« Er warf meinem Mann einen Blick zu. »Der wutentbrannte Ehemann. Zu berechenbar.«

Terrence neigte den Kopf ein wenig und musterte mich. »Aber du … dich habe ich unterschätzt. Diese« – er deutete mit dem Kopf zum Himmel hinauf – »Scharade habe ich nicht durchschaut und ich weiß nicht, wie du das geschafft hast.« Seine Augen verengten sich. »Wieso hast du überhaupt Verdacht geschöpft?«

Terrence sah mich an, als erwartete er tatsächlich eine Antwort. Unglaublich. Aber andererseits würde er, wenn er wie Warren technischen Verstand hatte, wirklich wissen wollen, wo der Haken bei seinem gut geölten Plan gewesen war.

Aus dem Augenwinkel sah ich, wie Warren kaum merklich nickte, und ich verstand das Zeichen. Er wollte, dass ich Terrence in ein Gespräch verwickelte. Bestimmt wollte er Zeit gewinnen, um sich eine Lösung zu überlegen. Vielleicht konnte ich das ja zu meinem Vorteil nutzen. »Dazu waren kaum große Deduktionen nötig.« Immer wenn meine Nerven zum Zerreißen gespannt waren, warf ich mit hochtrabenden Fremdwörtern um mich. »Warren hat mir alles erzählt, bevor er zu deinem Büro gegangen ist.«

Einen Moment lang sah ich Zweifel in Terrence' Augen, aber dann hatte er seine Züge wieder unter Kontrolle. »Mir hat er gesagt, du wüsstest von nichts.«

Ich zuckte mit den Schultern. »Er würde alles behaupten, um mich zu schützen.« Genau, wie ich es jetzt tat. Offenbar war Flugakrobatik nicht mein einziges Showtalent. Seit wenigen Sekunden war ich auch noch Schauspielerin. »Denk ja nicht, dass du damit durchkommst. Ich habe die Polizei informiert. Mit Captain Severs habe ich gesprochen.« Ich nannte den Namen, den Terrence erkennen würde – nämlich den des Beamten, mit dem wir alle vor ein paar Tagen gesprochen hatten.

»Captain Severs?« Er schüttelte den Kopf. »Jetzt weiß ich, dass du lügst. Der Mann bewegt sich keinen Zentimeter für irgendetwas. Dich hat er ungestraft davonkommen lassen, trotz des belastenden Briefs.«

Mir stockte der Atem. Mein Brief an Brisbane. Der die Welt hatte glauben machen, ich hätte meinen Mann getötet. Terrence hatte ihn an die Polizei geschickt.

»Ja, meine Liebe.« Sein Mund verzog sich spöttisch, als er meinen finsteren Blick sah. »Ich musste nur ein paar Akten aus Warrens Büro holen und habe dabei dein Zimmer durchsucht. Du kannst dir vorstellen, wie überrascht ich war, als ich deinen kleinen Brief fand. Nachdem Warren tot war, konnte ich genauso gut dir die Schuld in die Schuhe schieben.« Er warf meinem Mann einen verächtlichen Blick zu. »Was für eine Zeitverschwendung. Aber noch ist nichts verloren. Schließlich sind wir jetzt alle hier, nicht wahr?«

Ich schluckte meine Angst hinunter und bemühte mich um einen selbstbewussten Tonfall. »Ja, und Captain Severs weiß, dass ich hier bin. Ich habe ihm erzählt, wohin ich fliege.«

»Natürlich hast du das.« Der Mann sprach nicht wie ein Wahnsinniger. Seine Stimme klang ruhig, sein Blick war neugierig, so als würde er über einen Fall diskutieren. Gar nicht wie die Schurken im Kino, die dunkle Umhänge trugen und sich über den Schnurrbart strichen. »Wenn du die Polizei informiert hast, wo ist sie denn dann?«

»Nicht hier. Severs hat mir nicht geglaubt, weil ich keine Beweise hatte.« Ich sah Terrence in die Augen. »Aber eins garantiere ich dir – wenn Warren, Brisbane und ich umkommen, wird der Mann dich jagen.«

Terrence schluckte und verlagerte sein Gewicht von einem Fuß auf den anderen. »Du bluffst.«

»Denkst du das wirklich?« Ich reckte mein Kinn vor.

Der Blick des Mannes huschte zwischen uns dreien hin und her, während er stammelte: »D-dann sterben wir vielleicht alle. Da drin ist genug Sprengstoff, um den halben Hügel hier in die Luft zu jagen.« Er deutete mit dem Kinn auf den Sender um seinen Hals. »Ich muss nur an diesem Knopf drehen, dann sind wir Geschichte.«

»Und wer blufft jetzt?« Warrens Stimme klang hart wie Stahl. »Du würdest dich niemals selbst in Stücke reißen.«

Mir wurde schwindelig und ich sah, dass meine Waffe zitterte. »Wir können doch sicher eine Lösung finden.«

Aber Terrence schien kein Interesse mehr an einer Unterhaltung zu haben. Der Schweiß lief ihm über das Gesicht. »Zwingt mich nicht dazu.«

Warren zuckte mit den Achseln und hielt seine Waffe unverändert auf Terrence gerichtet. »Nur zu, versuch es ruhig«, sagte er. »Ich bezweifle, dass die Bombe explodiert. Du warst noch nie geschickt in praktischen Dingen.«

Ich sog scharf die Luft ein. Warum provozierte Warren ihn jetzt? War das klug?

Brisbane nickte. »Da hast du recht, Hayes. Dein Cousin konnte dir noch nie das Wasser reichen. Seine Bombe funktioniert garantiert nicht. Das ist nur ein Haufen Drähte und nutzloses Pulver.«

»Das denkst du also?« Terrence' Blick war jetzt wild. »Dass du besser bist als ich? Natürlich.« In seiner Stimme lag etwas, das ich nur als Schmerz bezeichnen konnte. »Das hast du schon immer gedacht. Ich war nur ein Wohltätigkeitsprojekt für dich. Der arme Cousin.«

Eine Bewegung im Wald ließ mich zusammenzucken. Etwas flog durch die Luft und traf Terrence am Kopf. Ein Stein? Er wankte und ließ dabei das Gewehr sinken.

Schüsse ertönten. Terrence schrie auf und auf seiner Brust erschien ein roter Fleck. Er taumelte vorwärts, aber sein Finger krümmte sich um den Abzug und das Gewehr ging los.

Meine Seite brannte mit einem Mal höllisch. Er hatte mich getroffen. Das Schwindelgefühl, das mich vorhin überkommen hatte, schlug jetzt mit überwältigender Macht zu. Mir stockte der Atem und die Geräusche um mich herum wurden leiser.

Warren sah erschrocken zu mir herüber und sein Mund bewegte sich, aber ich konnte nichts verstehen. Ein langer Schatten fiel auf die Erde.

Ich stürzte darauf.

# KAPITEL 36

»Wach auf, Liebling.« Dieser wundervolle Klang drang in meine Seele und nistete sich dort ein. »Jetzt wird alles gut.« Etwas Warmes, aber Schwieliges – eine Handfläche? – legte sich auf meine Wange. »So ist es gut.«
Langsam öffnete ich die schweren Lider. Holzbalken, ungleichmäßig und hässlich gefärbt, bildeten Streifen an der Decke über mir.
Ich kannte diesen Ort. Brisbanes Hütte. Dann erinnerte ich mich wieder an alles und ich riss die Augen ganz auf. »Es gibt eine Bombe hier drinnen.« Ich wollte hochfahren, aber eine feste Hand hielt mich auf der Matratze und ich spürte einen brennenden, pochenden Schmerz in der Seite.
»Du darfst dich nicht ruckartig bewegen.« Warren legte meinen Kopf wieder auf dem Kissen ab.
»Aber die Bombe.« War es ihm denn egal, dass wir in einem Raum waren, der voller Sprengstoff war? Ich versuchte, mich von dem Feldbett zu rollen, aber wieder drückte er mich auf das klumpige Kissen.
»Du bist in Sicherheit.« Warren senkte den Kopf und sah mir in die Augen. »Ich habe die Bombe weggebracht. Außerdem ist sie entschärft. Sie kann nicht mehr explodieren.«
Ich blinzelte, weil mir wieder schwindelig wurde. »Entschärft?«
»Dafür habe ich eigenhändig gesorgt.«
Mein Mann hatte an einer Bombe herumgespielt? Und er sagte das ganz ruhig? Ich runzelte die Stirn und ärgerte mich darüber, dass mein Kopf nicht richtig funktionierte. Ich vergaß Dinge. Wichtige Dinge. Aber ich konnte keinen klaren Gedanken fassen. Obwohl ich eindeutig nicht begeistert davon war, dass Warren sich an Sprengsätzen zu schaffen machte. »Du hättest dich in die

Luft jagen können.« Es sollte entschlossener klingen, aber meine zittrige Stimme wurde immer schwächer.

»Bleib ruhig liegen.« Warren machte ein besänftigendes Geräusch, das mich überhaupt nicht beruhigte. »Es war nicht schwierig, Eva. Eine Sache von wenigen Sekunden und du hast es gar nicht mitbekommen.« Er hob eine Hand, um jeden Widerspruch zu unterbinden.

Ich konnte keine zusammenhängende Antwort formulieren. Warum war ich nur so träge?

»Bitte reg dich nicht auf. Ich habe das Ding entschärft, nachdem du meine Fesseln durchtrennt hattest, während du mit Brisbane gesprochen hast.«

Jetzt erinnerte ich mich wieder daran. Wie ich Brisbane losgemacht hatte und Warren hinter mir beschäftigt gewesen war. In dem Moment hatte ich gedacht, Warren hätte in Brisbanes Waffenversteck gekramt, aber offenbar hatte ich mich geirrt. Mein Mann hatte eine Bombe entschärft. Und ich vermutete, dass sein Freund mich abgelenkt hatte, damit ich nicht sah, was Warren tat, und in Panik geriet. Eine große Müdigkeit schlug über mir zusammen und färbte meine Gedanken wieder grau. Und warum pochte meine Seite so, als hätte sie ihren eigenen Puls?

»Hör auf, dich zu drehen. Du musst ruhig liegen bleiben. Ich habe gerade die Blutung gestillt.«

»Was?« Ich sah an mir herunter. Ich trug nur mein Unterhemd. Na ja, so halb. Das Hemd war aufgerollt worden, sodass meine Taille entblößt war. Ein Verband bedeckte meine linke Seite. Was gerade noch verschwommen und vage gewesen war, war mir auf einmal glasklar. Die Kugel. Warren hatte auf Terrence geschossen und der hatte den Abzug betätigt, bevor er zu Boden gegangen war.

»Ich bin angeschossen worden«, sagte ich mit flüsternder Stimme.

»Ja. Ich glaube, du bist vor allem von dem Schock ohnmächtig geworden.« Warrens Blick war sanft. »Zum Glück hat die Kugel dich nur gestreift. Wenn wir verhindern können, dass es blutet, muss es nicht genäht werden. Terrence hatte weniger Glück. Brisbanes und mein Schuss haben ihn getroffen. Brisbane bringt die Leiche gerade in die Stadt zu den Behörden. Mal sehen, was die Polizei mit ihm anfängt. Sie werden auf jeden Fall mit uns sprechen wollen. Es wäre mir lieb, wenn du bis dahin so viel wie möglich schlafen würdest.«

Er war tot. »Das mit Terrence tut mir leid.« Die Geschichte war komplizierter, aber ich konnte nur ahnen, wie schrecklich Warren sich fühlen musste. Immerhin war Terrence sein Cousin gewesen.

»Du bist meine einzige Sorge.« Warrens Stimme zitterte ein wenig.

Eine Weile schwieg er, aber die zärtliche Berührung seiner Finger an meiner Wange sagte mehr als alle Worte. Etwas war anders daran, wie er mich berührte und mich dabei ansah.

»Ich habe noch nie so einen Schmerz erlebt wie in dem Augenblick, als ich dachte, ich hätte dich verloren. Erst mit der Jenny und dann mit dem Schuss.«

Ich sog scharf die Luft ein. Die Jenny. Tex! Warren hatte keine Ahnung, dass ich ihn rekrutiert hatte. Der arme Mann war irgendwo da draußen und litt vermutlich furchtbare Qualen. Oder schlimmer. »Warren, du musst den Mann finden, der das Flugzeug gelenkt hat. Er könnte verletzt sein.« Meine Worte überschlugen sich, aber Warren blieb ganz ruhig. »Bitte geh ihn suchen. Ich würde es mir nie verzeihen, wenn er stirbt.«

Warren nickte, griff nach der Decke am Fußende des Bettes und deckte mich damit zu. Dann stand er auf und ging zur Tür hinaus.

Die Schuldgefühle brannten mehr als meine Wunde. Hätte ich Warren früher von Tex erzählt, hätte er ihn eher finden können. Der junge Pilot hatte mir nur helfen wollen und jetzt war er …

Hier. Er stand im Türrahmen.

»Du hast überlebt!« Ich bewegte mich, aber Warren warf mir über Tex' Schulter einen warnenden Blick zu. »Wie denn?«

»Ich bin ein bisschen mitgenommen, aber ansonsten geht's mir gut.« Tex grinste, obwohl ich bei näherem Hinsehen erkennen konnte, dass er nicht ungeschoren davongekommen war. Beim Laufen belastete er sein linkes Bein mehr als das rechte und sein Gesicht zierten mehrere Schrammen. Und er war von Kopf bis Fuß mit … Heu? … bedeckt. Ich hatte keine Ahnung, was passiert war. Tex zog den Stuhl näher, an den mein Mann gefesselt gewesen war, und setzte sich. »Es kränkt mich, dass du meinen Flugkünsten nicht vertraust.« Das Zwinkern in seinen Augen sah alles andere als gekränkt aus. »Als der Motor getroffen worden war, wusste ich, dass ich eine Notlandung hinlegen musste. Wären die Hügel nicht gewesen, hätte ich ein Problem gehabt. Aber der Hang auf der anderen Seite war steil genug.«

Ich seufzte. »Du konntest also runtergleiten?«

Er kratzte sich am Kopf. »Könnte man so sagen, aber es war nicht gerade eine sanfte Landung. Der Boden war uneben und es gab Zäune.«

Das erklärte die Kratzer und die unsanfte Landung hatte ihm vermutlich einige Prellungen beschert. »Und Heuballen?«

Tex grinste. »In die bin ich aber nicht reingerauscht. Ich bin meinem Bauchgefühl gefolgt, und als die Jenny stand, bin ich aus dem Cockpit geklettert und habe mich versteckt, bis ich wusste, was los war. Das nächstbeste Versteck war ein Heuhaufen.«

Deshalb hatte Terrence also geglaubt, ich wäre aus dem Flugzeug entkommen. Er hatte Tex nicht entdeckt.

»Aber es tut mir leid, dass ich dein Flugzeug zerstört habe.«

»Das war doch nicht deine Schuld«, sagte ich sanft. »Außerdem sind es die Menschen, die wichtig sind. Ich bin so froh, dass du noch bei uns bist.«

»Und dass er uns das Leben gerettet hat.« Warren legte Tex eine Hand auf die Schultern. »Ich möchte nicht wissen, was geschehen wäre, wenn dieser Mann nicht gewesen wäre.«

Ich warf Tex einen fragenden Blick zu, aber er senkte verlegen den Kopf.

Warren fuhr fort: »Tex ist nicht nur ein guter Pilot, sondern auch ein guter Steinewerfer.«

Meine Gedanken gingen zu dem Moment draußen zurück. Wir hatten reglos dort gestanden, bis Terrence von irgendetwas am Kopf getroffen worden war. Aha. Jetzt wurde mir alles klar. »Du hast den Stein geworfen, der Terrence aus dem Gleichgewicht gebracht hat.«

»Ich war nicht dicht genug dran, um mich auf ihn zu stürzen.« Tex zuckte mit den Schultern. »Da hab ich mir was anderes überlegt.«

»Und uns allen das Leben gerettet.« Warrens Stimme war voller Dankbarkeit. »Mein einziger Plan war, Terrence zu provozieren, damit er den Zünder betätigt. Ich wusste ja, dass die Bombe entschärft war, also habe ich ihn angestachelt.« Warren nahm einen Krug vom Tisch. »Ich wollte schießen, sobald er das Gewehr senkte, um an dem Knopf zu drehen.« Er goss Wasser in ein Glas und kam näher. »Aber Tex hat die Sache beschleunigt. Es war sehr klug von dir, Eva, ihn um Hilfe zu bitten.«

Nur Warren konnte verstehen, wie sehr ich gereift war, um an diesen Punkt zu kommen. Ich ignorierte meinen schmerzenden Körper und lächelte meinen Mann dankbar an.

»Hier.« Er hob das Wasserglas hoch. »Deine Seite wird noch eine Weile brennen, aber wahrscheinlich solltest du etwas trinken.« Er hielt das Glas an meine Lippen.

Kaum hatte ich einen Schluck getrunken, kam mir eine Frage in den Sinn. »Aber warum hatte Terrence es denn überhaupt auf mich abgesehen? Was habe ich ihm getan?« Brisbane hatte gesagt, Terrence sei auf ein Vermögen aus gewesen. Ich verstand nicht, was ich damit zu tun hatte.

Warren zog die Decke zurecht. »Kann das nicht warten, bis du ein bisschen geschlafen hast?«

Ich zog eine Augenbraue hoch und versuchte, eine schmerzverzerrte Grimasse zu unterdrücken. Die Seite tat mir weh und mir brummte der Schädel, aber ich konnte mich nicht entspannen, bis ich wusste, warum ein Wahnsinniger mich hatte umbringen wollen.

Warren fuhr sich mit der Hand übers Gesicht und seufzte resigniert. »Also gut.« Er nahm den anderen Stuhl, drehte ihn um und setzte sich rücklings darauf, so wie er es vor einigen Wochen getan hatte, als wir das erste Mal in dieser Hütte angekommen waren. Seit dem Tag, als ich ihm in der Flüsterkneipe begegnet war, war so viel geschehen.

Tex stöhnte, als er sich erhob. »Ich gehe und ... halte nach Brisbane Ausschau.« Er hob die Hand zum Gruß und verschwand.

Warren trank das restliche Wasser im Glas. »Wusstest du, dass Granat noch für etwas anderes als für Schmuck gebraucht wird?«

Hm. Was auch immer ich erwartet hatte – das nicht. »Ich ... nein, das wusste ich nicht.«

»Die Steine von minderem Wert werden zermahlen und für industrielle Zwecke verwendet. Granat wird in Farben, Beton, Schleifpapier und so weiter verwendet.« Warren rieb sich den Nacken. »Für die Herstellung dieser verschiedenen Produkte braucht man jeweils eine eigene Fabrik.«

Ich runzelte die Stirn, während ich versuchte, die Verbindung herzustellen. »Du hast *Fabrik* gesagt – so wie in all diesen Kleinstädten? Die Leute haben immer wieder von Fabriken gesprochen, die überall entstehen und neue Arbeitsplätze schaffen sollen.« Ich neigte den Kopf seitwärts. »Das war die einzige Verbindung zwischen den Orten auf Brisbanes Liste.«

Warren nickte. »Ja, das war die Verbindung. Die Fabriken. Brisbane hat entdeckt, dass ein Unternehmen vorhatte, diese kleinen Städte für die Granatproduktion zu nutzen.«

»Gut für die Ortschaften, aber was hat das mit uns zu tun?«

»Dir gehört die Granatmine.«

»Was?« Ich fuhr hoch und bereute es sofort. Mein Körper protestierte und ich biss gegen den stechenden Schmerz die Zähne zusammen. »Unser zukünftiges Zuhause? Da gibt es ... eine Mine?« Mein Geburtstagsgeschenk von Warren.

Er stand von dem Stuhl auf und kniete sich neben mich, um seine Hand auf meine zu legen. »Die Firma muss das Land ausgekundschaftet und die Mine entdeckt haben. Als sie sich dann an den Eigentümer gewandt hat, hatte er es bereits an mich verkauft. Ich hatte keine Ahnung davon. Terrence hat alles abgewickelt.«
Mein Magen zog sich zusammen. »Und dann hat die Firma sich an Terrence gewandt.«
Warren zog eine Grimasse. »Sie haben fünfmal so viel angeboten, wie ich dafür bezahlt habe.« Er fuhr mit dem Daumen über meine Handfläche. »Brisbane kam heute Morgen mit diesem Verdacht zu mir. Er war auf unserem Grundstück und hat versucht, Beweise in die Finger zu bekommen. Am späten Abend ist er zurückgekommen.«

»Und da war er die ganze Zeit?«

»Ja, obwohl er sagt, dass er versucht hat, uns zu finden – er hatte keine Ahnung, wo wir waren.«

Was durchaus Sinn ergab, weil wir ja als Stan und Stella Starling unterwegs gewesen waren.

»Brisbane hatte Terrence schon länger in Verdacht.« Warren runzelte die Stirn. »Ich wünschte, er hätte mir davon erzählt, aber er wollte erst Beweise haben. Denn alle Unterlagen, die er gesehen hat, waren legal.«

»Wie ist Brisbane an die Liste mit den Städten gekommen?«

»Die hat er aus Terrence' Büro entwendet. Er hat die Besitzurkunde gesucht, aber nur den Kaufvertrag gefunden. Da ich explizit gesagt hatte, Terrence solle dich als Eigentümerin eintragen lassen, vermutete Brisbane, dass Terrence später seinen eigenen Namen zusätzlich hat eintragen lassen.«

Als Jurist wusste er zweifellos, wie er das anstellen musste. Entweder das oder er hatte jemanden bestochen, damit er den Namen hinzufügte.

Warren fuhr fort: »Wenn ich es bemerkt hätte, hätte er einfach sagen können, dass bei der Abwicklung ein Fehler passiert war.«

»Aber er wollte nicht, dass du es bemerkst.«

Warren drückte meine Hand. »Nein, er wollte uns beide aus dem Weg räumen, aber vor allem dich. Dann wäre das Land an ihn gefallen und er hätte es für viel Geld verkaufen können.«

Meine Brust zog sich zusammen. Terrence konnte uns nichts mehr antun. Wir waren in Sicherheit. Auf diese beiden Gedanken konzentrierte ich mich, bis mein Herz sich beruhigte. »Also, wenn Brisbane die Liste bei seiner Suche nach Antworten gefunden hat, wieso war sie dann in dem Zigarettenetui?«

»Brisbane bewahrt immer eine Kopie seiner Notizen und wichtiger Spuren auf. Du hast die Kopie in einem zweiten Zigarettenetui gefunden. Die Originalliste hatte er bei sich.«

»Aha. Und dann?«

»Wir mussten zu Terrence' Büro, um die Urkunde zu suchen. Er machte sonst nie vor 10 Uhr auf, aber an diesem Morgen war er früh da.« Warren atmete hörbar aus. »Als wir reingegangen sind, hat er schon auf uns gewartet. Er hat Brisbane eine Waffe an den Kopf gehalten und mich gezwungen hierherzufahren. Dann hat er dich hergelockt. Offenbar war das ein Plan, an dem er gearbeitet hat, seit wir beide wieder aufgetaucht waren. Er hatte bereits alles, was er für die Bombe brauchte.«

Und wir hatten ihn auch noch auf die Idee mit Brisbanes Hütte gebracht, als wir ihm erzählt hatten, dass wir in dem einsam gelegenen Blockhaus im Wald gewesen waren. »Er hatte also die ganze Zeit vor, uns in die Luft zu jagen.«

»Aber du hast ihn überlistet.« Warren hob die Decke an und kontrollierte meine Wunde. Zufrieden deckte er mich wieder zu.

Traurigkeit stieg in mir auf, als ich daran dachte, wozu Menschen fähig sind, wenn es um Reichtum geht. »Er hat sich als Brisbane ausgegeben und gesagt, Lilith stecke hinter dem Absturz.«

Warren runzelte die Stirn. »Er hat deine Schwäche ausgenutzt – deine Liebe zu anderen.«

»Ja, aber am Ende …« Ich sah in Warrens braune Augen, die mich mit einem warmen Strahlen ansahen. »Hat die Liebe den Hass besiegt.«

Warren neigte sich über mich und senkte den Kopf, bis seine Lippen meine fast berührten. »Amen, Mrs Hayes.« Dann küsste er mich. »Amen.«

# KAPITEL 37

*Sieben Monate später – April 1923*

Ein kleiner Pinienhain trennte mich von meiner Zukunft. Ich stieg aus Warrens Wagen und das frische Gras machte meinen Gang federleicht. Die Natur hatte ihr Winterkleid aus trüben Grautönen und schwerem Braun abgeworfen und strahlte jetzt in dem satten Grün, das nur der Frühling bringt. Neues Leben. Ach, wie wundervoll waren Neuanfänge! Ich konnte die Herrlichkeit bis in die Knochen spüren. Heute würden wir endlich unser neues Stück Land sehen.

»Warte, Eva«, rief Warren. Er schälte sich aus dem Auto. »Dich kann man ja wirklich kaum bremsen. So wie heute Morgen, als du gleich aus dem Haus gerannt bist, nachdem ich diesen Ausflug vorgeschlagen hatte.« Er zog eine Augenbraue hoch. »Was sicher nichts damit zu tun hat, dass wir dadurch das Mittagessen mit deinem Vater verpassen.«

Das war auf jeden Fall ein Motiv gewesen. »Wir haben meine Eltern besucht, bevor wir hergefahren sind.« Ich hatte das Bedürfnis, auf diese Tatsache hinzuweisen. Meine Beziehung zu meinen Eltern war, wie sie immer gewesen war. Ich hatte gehofft, dass die beiden nach Mutters Krankheit, und nachdem wir selbst nur knapp der Gefahr entronnen waren, herzlicher sein würden. Aber Vater blieb reserviert. Und Mutter? Wie es schien, würden die Augenblicke, in denen wir über Ruth Fields gesprochen hatten, der einzige Blick auf einen weichen Kern unter ihrer rauen Schale bleiben. Über Ruth Fields und die Möglichkeit, dass sie vielleicht meine leibliche Mutter war, hatte es keine neuen Erkenntnisse gegeben. Aber ich war zufrieden damit, wer ich war.

Mein Blick fiel auf meinen Mann. »Was das Mittagessen betrifft, verzichte ich lieber auf das Geschwätz des Gouverneurs darüber, dass Vaters Sägewerke und Papierfabriken ein Pfeiler des industriellen New York sind.« In meinen Ohren klang es so, als wollten unsere Politiker ihn damit besänftigen. Eine Art Trostpreis.

Am 28. September – beinahe zwei Wochen nach den beängstigenden Ereignissen bei Brisbanes Hütte – hatte John Ashcroft sich die Nominierung seiner Partei als Kandidat für die Senatorenwahl gesichert. Aber am 7. November hatte er diese Wahl verloren. Mein Vater hatte noch nie in seinem Leben einen Rückschlag erlitten. Er war immer vorwärts gegangen und hatte alles und jeden aus dem Weg geräumt. Ich kannte niemanden, der das Wohlergehen der Menschen um ihn herum so aufs Spiel setzte, um zu bekommen, was er sich am meisten wünschte.

Bis auf Terrence.

Warrens Cousin war in dieser Hinsicht genau wie mein Vater gewesen. Er hatte andere zerstört, um sein eigenes Glück zu erzwingen. Obwohl seine Gier nach Reichtum am Ende sein Untergang gewesen war. Und das erinnerte mich an etwas. »Auf *diesem* Grundstück gibt es aber keine versteckte Mine, oder?«

Die Behörden hatten die Besitzurkunde aus Terrence' Safe beschlagnahmt und darauf hatte tatsächlich sein Name gestanden. Die Polizei hatte Ermittlungen eingeleitet, aber Warren und Kent Brisbane waren von jeglicher Schuld an dem Tod von Terrence freigesprochen worden – dank der überwältigenden Beweise gegen Terrence und der Aussage von Tex. Warren hatte Tex königlich entlohnt und dazu noch in seiner Zeitung über seine heldenhaften Flugkünste geschrieben. Das öffentliche Interesse an Tex war so groß gewesen, dass er schließlich sogar eine Anstellung als Pilot bei der Luftpost der Vereinigten Staaten ergattert hatte.

»Nein, Liebling.« Warren nahm meine Hand. »Dieses Stück Land ist frei von Granaten.«

»Gut.« Obwohl ich in seinen Daumenbewegungen auf meinen Fingern ein Zögern spürte. »Was ist denn?«

Warren seufzte leise. »Ich hoffe, du bist nicht enttäuscht, wenn du siehst, was hinter diesen Bäumen liegt.« Er deutete mit dem Kopf auf die Pinien. »Es gibt keinen Gebirgskamm. Und auch keinen Seeblick. Hoffentlich bereust du nicht, dass wir das Land, das wir hatten, verkauft haben.«

»Hören Sie zu, Mr Hayes.« Ich legte ihm eine Hand auf die Wange und stellte mich auf Zehenspitzen. »Es war *meine* Idee, das Land zu verkaufen. Für mich spielt es keine Rolle, ob wir nun einen schönen Ausblick verlieren, sondern mir kommt es darauf an, dass wir den Städten helfen. Du hast doch gesehen, wie begeistert sie alle waren bei der Vorstellung, dass es neue Arbeitsplätze geben wird. Voller Hoffnung. Ohne unser Stück Land würde es keine Produktion geben. Ohne die Fabriken gibt es keine Arbeit für diese Familien.« Ich konnte nicht anders. Die Flugvorführungen hatten mir die Augen geöffnet. Wir hatten nicht nur Reifenspuren in diesen ländlichen Gegenden zurückgelassen, sondern auch einen Teil meines Herzens. Wir hatten die Besitzer der Bergbaugesellschaft kennengelernt und auch ihnen lag das Wohl der Kommunen am Herzen. Außerdem wollten wir das Geld, das wir aus dem Verkauf gewonnen hatten, wieder in diese Städte investieren. Natürlich erst, nachdem wir neue Flugzeuge gekauft hatten, um sie Flugveteranen für ihren eigenen Flugzirkus zur Verfügung zu stellen. »Es war die richtige Entscheidung.«

»Da zeigt es sich mal wieder, Mrs Hayes. Du kannst nicht anders, du bist einfach ein Genie.« Sein Blick begegnete meinem und ich spürte die Zuneigung, die zwischen uns gewachsen war. Warrens Lippen berührten flüchtig meine Stirn. »Ich bin immer noch voller Ehrfurcht, weil du meine Frau bist.« Sein Blick wanderte über mein Gesicht und mein Haar und konzentrierte sich dann darauf, wie der Wind einzelne goldene Strähnen bewegte. »Ich könnte mich an deine neue Frisur gewöhnen.«

Nicht, dass mir etwas anderes übrig geblieben wäre. Die ersten paar Monate hatte ich eine Perücke getragen und gewartet, bis meine Haare lang genug waren. Nachdem das Blond ein Stück nachgewachsen war, hatte unser Dienstmädchen alles Schwarze abgeschnitten. Jetzt war mein Bob natürlich blond und gerade so lang, dass ich die Haare hinter die Ohren schieben konnte.

»So kann ich dir viel besser Küsse auf den Hals drücken.« Und gleich ließ er Taten folgen.

»Du versuchst doch nur, Zeit zu schinden.« Ich wich zurück und lächelte spitzbübisch. »Bring mich endlich zu dem Platz, an dem einmal unser Haus stehen wird, lieber Gatte.« Bevor ich noch etwas sagen konnte, hob Warren mich hoch, als wollte er mich über die Schwelle eines gemauerten Hauses tragen und nicht durch eine Baumreihe treten.

Ich lachte. »Das wäre jetzt nicht nötig gewesen.«

»Du machst mir nichts vor.« Sein würziger Duft mischte sich mit dem frischen Piniengeruch. »Ich weiß, dass du das insgeheim liebst.«

Das tat ich. Wenigstens einmal in der Woche schlief ich absichtlich in der Bibliothek ein, damit Warren mich ins Bett trug.

Der Baldachin aus grünen Ästen verschwand und ich musste den Kopf drehen, um einen ersten Blick darauf zu werfen. Aber da erstarrte Warren und seine Schritte wurden langsamer.

Ich sah, wie ihm die Kinnlade herunterfiel. »Ist es schlimmer, als du es in Erinnerung hattest?«

Er schüttelte den Kopf. »Sieh selbst, Liebling.« Mit einer schwungvollen Bewegung stellte er mich auf die Füße.

Ich sog scharf die Luft ein. Das hatte ich nicht erwartet. Warren hatte mich in dem Glauben gelassen, dass unser Stück Land nur aus Unkraut und Gestrüpp bestand. »Da sind ja Blumen.« Und zwar jede Menge. Als hätte Gott eine Decke aus Glockenblumen und Narzissen ausgerollt, mit kleinen Tupfen aus Schneeglöckchen. Es war ein Blütenmeer und meine Augen konnten gar nicht genug davon bekommen.

»Ich hatte mich schon gefragt, warum der vorige Besitzer meinte, es würde dir gefallen.« Warrens Lippen verzogen sich zu einem Lächeln. »Ich kann dir versichern, dass es im Januar nicht so aussah, Eva.«

Damals war der Boden gefroren und hart gewesen. Aber jetzt sprühte er vor buntem Leben.

Ein kleiner Bach funkelte im Sonnenschein und entlockte mir ein Lächeln. Konnte es einen vollkommeneren Ort geben? Mit einer Hand umklammerte ich meine Tasche und mit der anderen packte ich Warrens Finger. »Komm.« Ich zog ihn mit und wir rannten gleichzeitig los, als wären unsere Gedanken ebenso verbunden wie unsere Hände.

Farne kitzelten mich an den Beinen und der nasse Tau drang durch meine Schuhe, aber das hielt mich nicht auf. Als wir das Ufer des Bachlaufs erreicht hatten, keuchten wir vor Anstrengung, aber unsere Herzen waren leicht.

Noch ganz außer Atem lehnte ich mich an Warren. »Ich habe vorher etwas aus dem Haus meiner Eltern geholt. Oder besser gesagt aus meinem alten Schlafzimmer.«

»Ach, da hast du dich versteckt, während dein Vater darauf bestand, dass ich ihm William Hearst vorstelle.« Er verdrehte die Augen. »Ein Verleger, auf den er Einfluss hat, reicht ihm offenbar nicht.«

Ich tat so, als würde ich Warren tadeln. »Jetzt aber kein Wort mehr über ihn.« Ich kramte in meiner Handtasche, holte den Beutel aus Wildleder heraus und gab ihn meinem Mann.

»Was ist das?« Er löste den Lederriemen und zog den Beutel auf. »Das sind deine … Himmelssteine.« Er schüttete einige der weißen Kiesel in seine Hand, aber nicht annähernd den ganzen Inhalt. Der Beutel war randvoll gewesen und jeder Stein stand für einen einsamen Augenblick in meiner Kindheit. Das wusste mein Mann. »Oh, Eva.« Er tat die Steine wieder in den Beutel. »Solange ich lebe, wirst du nie wieder allein sein. Das schwöre ich.« Er legte einen Arm um mich und seine Hand blieb an der Stelle liegen, wo ich die Narbe von Terrence' Kugel hatte. Gott hatte damals mein Leben verschont.

Warrens Worte legten sich wie ein warmer Mantel um mich. Tief empfundene Liebe stieg in mir auf und ich starrte diesen Mann an, der mir seinen Namen gegeben hatte und noch so viel mehr. Meine Gedanken wanderten zu meiner Schwester. War sie in ihrer Ehe auch so glücklich? Ich hatte ihr mehrere Briefe geschrieben, aber keine Antwort erhalten. Obwohl dies nicht der Augenblick war, um schweren Gedanken nachzuhängen. Ich sollte den Moment genießen. Und mit diesen Steinen fing es an.

»Ich hatte irgendwie das Bedürfnis, diese Steine hierher mitzunehmen. Ich war nicht sicher, warum, aber jetzt weiß ich es.« Ich nahm den Beutel wieder entgegen und schüttete die Steine in den Bach, um ihnen ein neues Zuhause zu geben, einen Ort, an den sie gehörten. So wie ich ihn bei Warren gefunden hatte.

Warren schob die Hand in seine Hosentasche und holte den Kiesel heraus, den ich ihm vor fast einem Jahr gegeben hatte. Ich wusste, dass er ihn bei sich trug, aber als ich den Stein jetzt sah, kamen mir die Tränen. »Ich will, dass meiner bei deinen ist.« Als hielte er eine Perle, ging er in die Hocke und legte den Stein behutsam ins Wasser. »So wie mein Platz immer bei dir ist.«

Im letzten Frühjahr hatte ich nicht zu hoffen gewagt, dass die Dinge sich so entwickeln würden. »Ich liebe dich.« Dieser Mann hatte mir den Himmel geschenkt und einen Platz auf der Erde. Einen Ort für meine Träume, aber auch einen sicheren Landeplatz.

Seine Arme umschlangen mich und seine Lippen fanden meine, wie sie es immer taten, wenn ich diese drei kleinen Worte sagte. Und das tat ich oft. Früher hatte ich Liebe mit einer lähmenden Krankheit verglichen, aber in Wirklichkeit war sie eine Medizin. Ein Hafen der Heilung. Mit Gottes Liebe in mir und mit Warren, der mich festhielt, konnte mein Herz in ungeahnte Höhen aufsteigen.

# ANMERKUNGEN DER AUTORIN

Wenn das Thema der Goldenen Zwanziger angesprochen wird, denken die meisten Menschen an typische Elemente wie das Frauenwahlrecht, die Prohibition und den Beginn der Weltwirtschaftskrise. Aber diese Ära war auch eine faszinierende Zeit in der Geschichte des Fliegens.

Die Curtiss-Doppeldecker tragen den Spitznamen »Jenny« nach der Modellbezeichnung JN-4, bei der die 4 so gestaltet war, dass sie einem Y ähnelte. Diese Doppeldecker wurden während des Ersten Weltkrieges oft verwendet, um Piloten auszubilden. Während der militärischen Ausbildung saß der Fluglehrer hinter dem Schüler. Etwa 95 Prozent der amerikanischen Piloten im Ersten Weltkrieg flogen dieses Flugzeug der Marke Curtiss. Nach dem Krieg hatte die Regierung zu viele Flugzeuge und verkaufte Tausende an Zivilisten, und zwar für einen Bruchteil ihres ursprünglichen Preises. So wurde die Ära der Flugkunststücke geboren.

Diese Art Flugzirkus wurde in Amerika oft »Barnstorming« genannt, also »Scheunenerstürmung«, einfach weil die Flieger in ländlichen Regionen auf Wiesen und Feldern der Bauern landeten, mit dem Eigentümer einen Preis aushandelten, um das Land als Flugplatz zu nutzen, und dann einen Flugzirkus für die Einwohner des Ortes veranstalteten. Viele Menschen in den Kleinstädten hatten noch nie ein Flugzeug gesehen, deshalb waren diese Veranstaltungen äußerst beliebt. Die Saison für diese Flugshows ging von Frühjahr bis Spätherbst.

Damals gab es noch keine gesetzlichen Regeln für die Luftfahrt. Man brauchte keinen Führerschein, und wenn es um die Eroberung des Himmels ging, kämpfte jeder für sich selbst. Piloten führten gefährliche Kunststücke durch, um die Mengen zu begeistern. Es war der letzte Schrei. Sogar Charles Lindbergh war einer dieser Flugkünstler. Zu den Vorführungen gehörten Pilotentricks wie Loopings, Sturzflüge und Fassrollen. Ebenfalls Teil der Shows waren Fallschirmsprünge und das Balancieren auf den Tragflächen.

Mit zunehmender Beliebtheit dieser Flugvorführungen fühlten Piloten sich gedrängt, immer waghalsigere Tricks und viel beachtete gefährliche Kunststücke zu absolvieren. Leider führte diese Waghalsigkeit zu vielen Toten, sodass die Regierung sich 1927 gezwungen sah, das Fliegen zu regulieren. Diese neuen Gesetze beinhalteten Sicherheitsvorgaben, die den Flugshows im Wesentlichen den Garaus machten. Zum Beispiel mussten die meisten Tricks bei einer geringen Flughöhe stattfinden, damit die Leute etwas sehen konnten, aber genau diese Tiefflüge wurden verboten. Außerdem hörte das Militär auf, die überzähligen Jennys zu verkaufen, sodass Piloten nicht mehr ohne Weiteres ein Flugzeug kaufen konnten. Diese Flugzirkus-Ära dauerte keine zehn Jahre, hatte aber einen ungeheuren Einfluss auf die Luftfahrt.

In der Geschichte erwähnt Geneva eine Ruth Law Oliver, die eine Pionierin unter den Pilotinnen war. Sie vollführte todesmutige Kunststücke im ganzen Land. Eines Morgens las sie voller Erstaunen in der Zeitung, dass sie die Fliegerei aufgegeben habe. Ihr Mann hatte diese Anzeige geschaltet, weil er es leid war, sich wegen der halsbrecherischen Vorführungen seiner Frau Sorgen zu machen. Die Ankündigung passte zum Zeitstrahl meiner Geschichte, deshalb habe ich natürlich einen kleinen Verweis auf diese erstaunliche Pilotin eingebaut.

Auch wenn die Flugshows wirklich gefährlich waren, wollte ich daneben auch die Gefahren beleuchten, die auf den Regalen der Drogerien zu finden waren. Hauttabletten mit Arsen wurden tatsächlich in ganz Amerika verkauft. Das Gift zerstörte die roten Blutkörperchen in der Haut, sodass der Teint modisch blass wurde. Es gab Fälle, in denen Frauen durch das Produkt erblindeten, und auch einige Todesfälle durch Überdosierung sind belegt. Die Tabletten wurden bis in die späten 1920er-Jahre verkauft.

Ein anderes historisches Detail ist die Nutzung von Funksendern im Waffenbereich, also Bomben. Eine Fernzündung wurde durch Radiowellen ermöglicht – wenn das Gerät eine bestimmte Tonfolge empfing, explodierte die Bombe.

Das Granat ist ein Mineral, das in den Adirondacks gefunden wird, und bei der Mine auf dem Land der Hayes habe ich mich an der Barton-Mine orientiert. Granat ist bekanntlich ein dunkelroter Edelstein, aber vor allem für industrielle Zwecke wurde Granat abgebaut, da seine schleifenden Eigenschaften auf unterschiedliche Weise genutzt werden konnten. Dadurch kam ich auf die Idee einer expandierenden Firma, die die Begeisterung amerikanischer Kleinstädte ausnutzt, während sie zugleich beliebte Produkte herstellt.

Danke, dass Sie das Buch gelesen haben!

# Weitere Bücher bei FRANCKE

Lynn Austin
**Die Wege, die wir wählen**
ISBN 978-3-96362-434-6
432 Seiten, gebunden
auch als E-Book erhältlich

New York, Ende des 19. Jahrhunderts: Der Unternehmer Arthur Stanhope III. hat sich ein mächtiges Imperium aufgebaut. Als er überraschend aus dem Leben gerissen wird, bricht für seine Witwe Sylvia und die jüngste Tochter Adelaide eine Welt zusammen. Zumal sie plötzlich fast mittellos dastehen.

Sylvia setzt alle Hebel in Bewegung, um ihrer Tochter auch weiterhin ein Leben im Luxus zu ermöglichen. Doch ihre couragierte Schwiegermutter, die in der Familie schon immer eine Sonderstellung einnahm, hegt andere Pläne. Ihrer Ansicht nach ist es höchste Zeit, wohlgehütete Geheimnisse ans Tageslicht zu bringen. Und damit den Lebensweg ihrer Enkelin womöglich für immer zu verändern …

Michelle Shocklee
**Jede Nacht hat ihre Sterne**
ISBN 978-3-96362-408-7
368 Seiten, Paperback
auch als E-Book erhältlich

Nashville, 1961:
Als Audrey Whitfield das Zimmer einer langjährigen Bewohnerin des berühmten Maxwell House Hotels ausräumt, stößt sie auf ein Album mit Erinnerungsstücken an die Weltausstellung in Nashville vor über sechzig Jahren. Nie verschickte Postkarten mit Liebesbotschaften lassen sie an eine verbotene Romanze denken. Doch was hat es mit den Hinweisen auf das unerklärliche Verschwinden junger Frauen während der Ausstellung auf sich? Gemeinsam mit einem charmanten Hotelgast begibt sie sich auf Spurensuche …